S

Łani

fabryka słów®
WYDAWNICTWO

MMXXV

Andrzej Pilipiuk

OKO JELENIA

TOM II

Srebrna Łania z Visby

Ilustracje
Rafał Szłapa

fabryka słów®
Warszawa

Cykl Oko Jelenia:

1. Droga do Nidaros
2. Srebrna Łania z Visby
3. Drewniana Twierdza
4. Pan Wilków
5. Triumf lisa Reinicke
6. Sfera Armilarna
7. Sowie Zwierciadło

Peter Hansavritson i Marius Kowalik, sapiąc, wspięli się na szczyt wieży zrujnowanego opactwa. Przed dwudziestu laty szalał tu ogień. Ściany nadal pokrywała sadza, na szczęście kamienne schody zwycięsko oparły się żywiołowi. Z góry wysepka zdawała się jeszcze mniejsza. Z czego żyli mnisi mieszkający na tej skale? W miejscu, gdzie kiedyś był wirydarzyk, nadal bujnie pleniły się zioła, jednak jesienne deszcze wypłukały glebę niegdyś zapewne pięknych ogrodów. Dawna klasztorna przystań służyła teraz jako warsztat szkutnika.

– Zostawimy tu „Łanię"? – zapytał Polak.

– Tak. W porcie za bardzo rzucałaby się w oczy, a jeszcze, nie daj Bóg, ktoś by ją rozpoznał. Tu są łowiska, zawsze ktoś nas przeprawi łódką.

– Rozumiem.

– Nidaros. – Kapitan ze wzruszeniem wskazał kuzynowi miasto leżące nad zatoką.

Marius uniósł do oka lunetę. Mury obronne od strony wody zniszczono, u ich podnóża rozciągało się skupisko bud i szop. Przy nabrzeżu cumowało kilkadziesiąt mniejszych i większych okrętów. Dalej widać było dachy domów, za nimi sterczała w niebo kamienna wieża oraz poszarpane mury zniszczonej katedry.

– Ten bliższy kościół to świątynia niegdyś pod wezwaniem Najświętszej Maryi Panny – podpowiedział mu Peter.

– A ruiny to katedra Nidaros – domyślił się Marius. – Ongiś zaliczana do jednego z cudów Europy.

– Dziś kamieniołom dla lutrów. Pora, abym powiedział ci, po co wracam do rodzinnego miasta.

– Mów, proszę.

– Wedle informacji, które otrzymałem w Suchej Zatoce, w ręce lensmanna wpadł kapitan Bjart. Miałem się z nim spotkać. To kupiec z Islandii, najlepszy i najodważniejszy ze znanych mi żeglarzy. Jego ojciec został zamordowany, gdy Duńczycy po śmierci biskupa Jóna niszczyli katolików w Reykjaviku.

– Walczy po naszej stronie?

– Jeszcze nie. Jednak zdołał nawiązać kontakt z naszymi ludźmi i poprosił mnie o spotkanie. Na wyspie wciąż żyją zwolennicy starej wiary. Połączenie sił wzmocni zarówno katolików w Trøndelag, jak i na dalekiej Islandii. Zamierzam uczynić go pełnomocnikiem Bractwa Świętego Olafa na tamtej wyspie. Gdy przyjdzie czas, archidiecezja Nidaros znowu obejmie Bergen, Stavanger i Oslo, Orkady, Wyspy Owcze, Islandię oraz Grenlandię. To perspektywa odległa być może o stulecie, ale by zebrać plony, ziarno trzeba wysiać już dziś. Potrzebujemy też paru młodzieńców z powołaniem,

by wyszkolić ich w którymś z polskich klasztorów. Wyspa potrzebuje misjonarzy.

– Takież i moje zdanie. – Polak skłonił głowę. – Widzę jednak malutką przeszkodę.

– Tak?

– Wspomniałeś, że został uwięziony.

– Owszem. Rada miasta energicznie protestowała, ale nic nie udało im się zdziałać.

– A dlaczego go uwięzili?

– Możliwości są dwie. Albo zalazł im za skórę, albo podejrzewają, że wie, gdzie znajduje się skarb diecezji.

– O jaki skarb chodzi? – Marius ze zdumieniem uniósł brwi.

– Wiemy, że arcybiskup Engelbrektsson przez ostatnie kilka lat pobytu w Nidaros nie miał możliwości odprowadzania świętopietrza do Rzymu. Nie zapłacił również protestanckiemu władcy Chrystianowi obiecanych kwot. Dziesięcinę od wiernych jednak zbierano dość regularnie. Wszyscy mówią o ogromnych skarbach, które zgromadził i z którymi zbiegł po upadku miasta. Ojciec kapitana Bjarta był tym, którego okrętem uciekał arcybiskup. Duńczycy dognali ich i znaleźli na pokładzie srebrną trumnę z relikwiami świętego Olafa, jednak złota ani srebra w postaci monet tam nie było.

– Sądzisz, że ten skarb istnieje?

– Wydaje mi się to mało prawdopodobne. Przygotowania do obrony zapewne sporo kosztowały. Oczywiście lensmann może uważać inaczej. Tak czy inaczej, z Bjartem rozmówić się musimy. A żeby tego dokonać, trzeba zwrócić mu wolność.

– A zatem nie tylko wejdziemy do gniazda węża, lecz jeszcze mamy wykraść jajo?

– Tak.

Doradca uśmiechnął się drapieżnie.

– Pomysł ten jest szalony i kto wie czy głów nie nałożymy, ale podoba mi się. Szalenie mi się podoba...

– Druga przyczyna moich odwiedzin w Nidaros też jest związana z bractwem. Wreszcie po latach poszukiwań trafiłem chyba na ślad...

– Znasz już miejsce, gdzie spoczęły relikwie świętego Olafa?

– Wydaje mi się, że dzięki zdobytym wskazówkom zdołam je odnaleźć. – Peter klepnął się po sakwie, w której spoczywały dokumenty przekazane mu przez syndyka Sudermanna. – Nie jest to informacja ścisła, ale lepszej już pewnie nie uda nam się zdobyć. A oto i nasi przyjaciele. – Wskazał żaglową łódkę płynącą w stronę wysepki.

Wiatr idący od gór był ciepły i pachniał jesiennym lasem. Po niebie sunęły obłoczki. Czas stanął. Kosmyk włosów Heli łaskotał mnie w nos. Uchylona furtka leciutko skrzypiała, kiwając się na zawiasach. Przejście wysypano żwirem. Kamienne ściany budynków pokrywały wykwity wilgoci.

– Czekajcie tu – polecił nieznajomy. – Zaraz wracam.

Pobiegł przez podwórze. Mimowolnie spojrzałem w ślad za nim. To obejście w ogóle wydawało się jakieś dziwne. Dziedziniec ze wszystkich stron otaczały same komórki. Widziałem kilkanaście par drzwi i dziesiątki okienek. Małe rombowate szybki były zarośnięte kurzem. Nad dachami górowały kominy. Od strony głównej ulicy stał większy, piętrowy dom. Mężczyzna wpadł jak burza w drzwi, a po chwili wrócił z pękatym woreczkiem i minąwszy nas, wybiegł na uliczkę.

– Ufasz mu? – zapytał Staszek.

– Nie wiem. Zobacz, co robi.

Chłopak wyjrzał przez furtkę. Nieznajomy sypnął czymś w błoto. Wzruszyłem ramionami. Patrzeć, obserwować, czekać na wyjaśnienia.

– Co to za miejsce? – zastanawiał się Staszek. – Klasztor, a może hotel robotniczy? W każdym razie mieszkało tu kiedyś sporo ludzi.

– Nie wiem. – Rozejrzałem się zdezorientowany. – Może to dawna bursa uniwersytecka... O ile mieli tu kiedykolwiek uniwersytet. Albo szkoła.

– Warsztaciki? Jak Złota Uliczka w Pradze? – podsunął. – Tylko że to wszystko wygląda na opuszczone.

– Nie wiem. Po prostu nie wiem... Na razie ani słowa. Potem zapytamy.

Hela uchyliła powieki, potoczyła półprzytomnie wzrokiem i znowu zapadła w otchłań maligny. Z kącika ust dziewczyny oderwała się nitka śliny. Czułem przez ubranie nerwowy trzepot jej serca.

– Ciężko? Może jakoś ci pomogę – zaproponował mój towarzysz. – Za nogi potrzymam albo co...

– Nawet nie ciężko, tylko niewygodnie – wyjaśniłem. – Jest kompletnie bezwładna... I nie jest z nią dobrze.

Wreszcie nasz gospodarz wrócił, zatrzasnął furtkę i zasunął rygiel. Widać było, że czuje ulgę.

– To suszona mięta z kilkoma dodatkami – wyjaśnił, zawiązując woreczek. – Mówią, że żaden pies nie zdoła iść tropem, jeśli drogę poprószono czymś takim. Za mną! – Skierował się do domu.

– Z deszczu pod rynnę? – mruknął Staszek po polsku.

– Może... To wytrawny konspirator. Zobacz, jak gładko się uwinął z zatarciem śladów. Poza tym różaniec...

Budynek był podobny do domostwa oprawcy. Korytarz na przestrzał, po lewej i prawej pomieszczenia. Oszczędna, logiczna konstrukcja. W razie zagrożenia wszyscy zbierają się w sieni. Obok drzwi, tych od strony ulicy, oparte o mur stały dwie grube belki. Wyglądały, jakby przygotowano je do zabarykadowania wejścia, jeśli zajdzie konieczność.

– Zapraszam do kantorka. – Przekręcił gruby klucz w zamku.

Wkroczyliśmy do sporego pomieszczenia. Przypominało pracownię introligatora, wszędzie walały się książki w różnym stadium wykończenia. Na stole obok prasy leżała równo przycięta ryza papieru. Był gruby i jakby lekko kosmaty po wierzchu. Ręcznie czerpany zapewne.

– Połóżcie dziewczynę tutaj. – Gospodarz wskazał łóżko zasłane grubą narzutą, zszytą z kilkudziesięciu króliczych skórek. – Co jej się stało?

– Jest głęboko odurzona laudanum albo podobną substancją – wyjaśniłem.

Pochylił się nad Helą, zmierzył jej puls. Potem zajrzał w źrenice. Dłuższą chwilę w skupieniu nasłuchiwał oddechu. Uniósł rękę i puścił, obserwując, jak opada.

– Śpi bardzo głęboko – powiedział wreszcie. – Nieprędko dojdzie do siebie. Serce bije równo, więc pewnie się obudzi. Gdyby był potrzebny medyk... – zafrasował się.

– Znam podstawy leczenia – uspokoiłem go.

Przeszedłem kiedyś kurs ratownictwa medycznego. Ni przypiął, ni przyłatał do warunków tej epoki. Jeśli dziewczyna zacznie nam tu umierać, nie mam nawet adrenaliny, żeby pobudzić pracę serca... Kicha.

– Chciałbym z wami porozmawiać.

Wskazał nam zydle przy małym stoliku stojącym obok okna. Usiedliśmy. Zakręcił się po sąsiednim pokoju, przyniósł trzy pucharki z grubego, mętnozielonego szkła oraz kamionkową butlę z winem. Polał hojnie.

– Bracia – powiedział uroczyście – choć spotkaliśmy się w dość dramatycznych okolicznościach, w imieniu Bractwa Świętego Olafa chciałbym powitać was w Nidaros.

– Dziękujemy – odrzekłem. – Ratunek przyszedł zaiste w ostatniej chwili.

– Ojcze – zwrócił się do mnie – czy dziś wieczorem zechcesz odprawić dla nas mszę?

Cholera! Staszek spojrzał na mnie bezradnie. Odpowiedziałem podobnym spojrzeniem. Niezłe jaja.

– Zabije nas, gdy mu powiemy? – zapytał mnie po polsku.

– Drogi panie... – zwróciłem się do mężczyzny.

– Mam na imię Nils.

– Drogi panie Nilsie – wyjąłem z kieszeni różaniec i położyłem go przed sobą na stole – zaszło nieporozumienie, tym bardziej przykre, że... – trudno mi było znaleźć odpowiednie słowa – nie jestem księdzem. Ani ja, ani mój towarzysz nie należymy też do waszego bractwa, którego znakiem rozpoznawczym, jak rozumiem, jest ten różaniec.

Na twarzy Nilsa nie drgnął żaden mięsień. Oczy spoglądały spokojnie i bez strachu.

– Przedmiot ten to droga mojemu sercu pamiątka – wyjaśniłem. – Ja i moja towarzyszka – wskazałem wciąż nieprzytomną Helę – spotkaliśmy księdza Jona w górach. Ponieważ my także szliśmy ku Nidaros, zaproponował, byśmy mu towarzyszyli. Wzięliśmy udział w mszy, którą odprawił w jaskini opodal wsi Horg. Niestety, ktoś go wydał. Rankiem następnego dnia zdobyto szturmem naszą kryjówkę. Nie zdołaliśmy stawiać długiego oporu. Księdza Jona spalono na stosie, mnie zaś obito okrutnie kijami i porzucono w grocie koło miejsca kaźni w mniemaniu, iż skonałem. Towarzyszkę moją zabrał jako niewolnicę kat. Dziś dopiero z pomocą przyjaciela udało mi się ją uwolnić.

– Nie uwierzy, zabije nas – szepnął Staszek po polsku.

– Może jakoś zdołamy go przekonać – westchnąłem. – W razie czego rąbnij faceta kijem, łapiemy dziewczynę i chodu, zanim dojdzie do siebie.

Gospodarz milczał. Czas dłużył mi się nieprawdopodobnie.

– Jesteście katolikami?

– Tak.

Przeniósł pytające spojrzenie na mojego przyjaciela.

– Ja też.

– Odmów „Zdrowaś Maryjo" – polecił mi. – Możesz po polsku. – Skrzywił się lekko. – Znam wiele języków, w młodości bywałem wiele razy w Gdańsku.

Zatkało mnie. Rozumiał wszystkie uwagi, które wymieniliśmy... Zacząłem odmawiać półgłosem modlitwę po polsku. Poczekał, aż skończę, i uśmiechnął się. Następnie wyjął spod stołu dłoń. Trzymał w niej nieprawdopodobną wręcz armatę. Pistolet? Dwie toczone stalowe lufy spoczywały w szerokim łożu z orzechowego drewna. Dwa zamki kołowe po obu stronach lśniły ponuro. Kaliber draństwo miało taki, że kciuka mógłbym używać jako wycioru... Musiał mieć to zawieszone gdzieś pod blatem.

– No cóż – powiedział, ostrożnie spuszczając oba kurki. – Wieści o tragicznym losie księdza Jona dotarły do Trondheim następnego dnia po jego egzekucji. Kiedy zobaczyłem różaniec w twoim ręku, wziąłem cię za kolejnego duchownego przysłanego do nas... Los i opatrzność widać sprawiły, żeśmy się spotkali. I to akurat w chwili, gdy moja pomoc była wam najbardziej potrzebna. Pech sprawił, że niechcący poznaliście jedną z moich tajemnic.

Zrozumiałem, że mówi o tym zagadkowym bractwie.

– Nie powiemy nikomu – zapewniłem. – Poza tym, cóż, wskazane jest, żebyśmy jak najszybciej opuścili to miasto...

Pomyślałem o tej cholernej łasicy i ugryzłem się w język. Jeśli znikniemy, to tym razem chyba wypruje nam flaki na żywca. A może i nie. Ostatecznie mieliśmy odnaleźć Alchemika Sebastiana, a on wyjechał do Bergen.

– W moim domu nikt was nie znajdzie – zapewnił Nils. – Lecz jeżeli chcecie ruszać dalej, nie będę was zatrzymywał. Mogę dać wam dwa konie. Oddacie je w Oslo memu przyjacielowi. Jednak szczerze odradzałbym ucieczkę lądem. Mistrz Leif z pewnością wpadnie w szał, jak zobaczy, że uprowadziliście mu niewolnicę, i to w dodatku tak urodziwą. Umykając gościńcem, moglibyście rychło wpaść w pułapkę.

– Szkoda, że jesteśmy tak daleko od naszej ojczyzny – mruknąłem. – Ta dziewczyna jest szlachcianką. Wasz kat powinien zapłacić życiem za jej zniewolenie.

– Gdy Norwegia odzyska wolność, gdy powrócą władcy wywodzący się z naszego ludu, gdy wrócimy do praw ustanowionych przez naszego świętego króla Olafa, zadbamy, by Duńczycy i ich sługusi ponieśli surowe kary za swoje zbrodnie – oznajmił Nils uroczyście.

– Wypijmy za to. – Wstałem, ujmując kielich.

Wino było bardzo słodkie, ale lekkie i przyjemne w smaku. Pewnie importowane. Tu, w Norwegii, nie rosły chyba winogrona.

– Zatem jeśli, panie, pozwolisz, skorzystamy z twojej gościny – rzekł Staszek. – Odczekamy kilka dni, aż się uspokoi, i dopiero ruszymy w drogę.

– Oczywiście. A jeśli chcecie opuścić Nidaros, polecam drogę morską. Mój przyjaciel Peter może zabrać was na południe. To człowiek godny zaufania i ma od dawna na pieńku z naszym namiestnikiem oraz Duńczykami. Problem w tym, że powinien przybyć do miasta już dobre dwa tygodnie temu. Być może coś go zatrzymało. Polecam go waszym modlitwom. Zaś co do bractwa...

– Nic nie chcę wiedzieć. – Uniosłem dłoń. – Usłyszałem nazwę przypadkowo, różaniec znalazłem także przypadkiem w miejscu męczeńskiej śmierci księdza Jona. Zachowałem go jako relikwię, na pamiątkę po tym człowieku.

– Przypadek... Pomyśl sam. Bóg nie może nam się ujawniać, więc uwielbia posługiwać się zbiegiem okoliczności. Nasz przyjaciel Jon z talii losów wyciągnął kartę męczeństwa. Na szczęście byłeś przy tym i wieści o jego bohaterstwie możemy usłyszeć z ust naszego brata w wierze, a nie z plugawych gąb protestanckich oprawców. Opatrzność czuwała nad tobą, przeżyłeś, by zdać nam tę relację. Potem trafiłeś do mnie. To niczym kamyczki mozaiki, które nieoczekiwanie ułożyły się w logiczną i sensowną całość.

– Nie wydaje mi się, żebym był wysłannikiem opatrzności – zaoponowałem.

– Bóg lubi używać ludzi jako nieświadomych narzędzi wykonujących Jego wolę.

– Ale... – zaczął Staszek.

– Uwierzcie mi, nic nie jest przypadkiem. Ja w każdym razie widzę w waszym pojawieniu się wyraźny znak.

Nie przekonał mnie, ale nie widziałem sensu się kłócić. Przegryźliśmy po kawałku chleba, potem zaprowadził nas na kwaterę. W dziwnych budyneczkach po drugiej stronie podwórza znajdowały się jakby mnisze eremy.

Większość cel miała zniszczone dachy, Nils wybrał dwie w miarę nadające się jeszcze do zamieszkania. Pokazał nam, gdzie leży drewno na opał. Mebli radził poszukać w opuszczonych komórkach.

Przeważnie składały się z jednego pomieszczenia poprzedzonego maleńką sionką, być może spełniającą funkcję wiatrołapu. Podłogi wylepiono gliną, tylko w trzech pokoikach znaleźliśmy ślady wyłamanych desek. W każdym znajdował się niewielki piec. Wnętrza urządzono bardzo oszczędnie. Sprzętów prawie nie było. Jedynie ślady na ścianach świadczyły, że kiedyś stały tu łóżka. To, co znajdowaliśmy, przeważnie nadawało się już tylko na opał. Kulawe zydle, stoczone przez robactwo skrzynie i kufry. Czas i wilgoć zatarły kolory, z pierwotnej pstrokacizny barw niewiele zostało. Drewniane misy i dzieżki popękały, spaczyły się. W niektórych kufrach leżały jeszcze resztki ubrań, jakichś pledów i kilimów. Pocięte przez myszy, cuchnęły stęchlizną. Wszystkie były zmięte, porozrzucane, jakby ktoś szukał tu usilnie pieniędzy, a może i klejnotów.

Znaleźliśmy wąską ławę do spania oraz drugą, z przepróchniałymi nóżkami. Powoli skompletowaliśmy resztę wyposażenia, a następnie pościągaliśmy tam, gdzie Nils wyznaczył nam kwatery. Zamiotłem w środkowym pokoiku. Hela nadal była zupełnie nieprzytomna, przenieśliśmy ją tam razem z łóżkiem. Stary przyniósł dwa sienniki.

– Jeśli będziemy mogli w czymś pomóc... – zacząłem. – Nie chcemy darmo chleba wyjadać.

– Trochę koniecznych prac zawsze się znajdzie – powiedział spokojnie. – Dom trzeba opatrzyć na zimę. Jeśli będę potrzebował pomocy, zażądam jej. Na razie wracam do siebie. Ugotuję jakiej polewki, będzie na wieczerzę.

Poszedł.

– I co o tym sądzisz? – zapytałem.

– Chyba nie ma zamiaru nas nocą pozarzynać – mruknął Staszek. – Ale widać, że trochę mu narobiliśmy kłopotu.

– Zmyjemy się najszybciej, jak tylko się da.

– Hela zostanie na noc sama? Nie będzie potrzebować kogoś do pomocy? – Popatrzył z powątpiewaniem.

– Liczę, iż dojdzie do siebie na tyle, że nie będziemy musieli przy niej czuwać. Zobaczmy, co z nią...

Gdy weszliśmy, dziewczyna jęknęła cicho przez sen i uchyliła oczy. Nie spodobało mi się jej spojrzenie, najwyraźniej nie doszła jeszcze do siebie. Rysy jej stwardniały. Mięśnie odpowiedzialne za mimikę dziwnie się ponapinały. Aż trudno było ją rozpoznać... Usiadłem na krawędzi łóżka.

– Już w porządku – powiedziałem. – Jesteś w bezpiecznym miejscu.

– Gdzie jestem? – Spojrzała na mnie.

Zmartwiałem i wymieniłem spojrzenia ze Staszkiem. Nasza towarzyszka mówiła w dziwnym języku. Przypominał niemiecki, ale wymowa była inna. Jidysz czy co? Co, u diabła?

– Trondheim, Norwegia – odparłem wolno i wyraźnie. – Nidaros...

Wyraz głębokiego zdumienia na buzi Heli wskazywał, że nie ma pojęcia, o czym mówię.

– Twarz pańska wydaje mi się znajoma – powiedziała. – Jak się tu znalazłam?

– Rozmawialiśmy w lesie. Las, góry, jaskinia, ksiądz Jon... – podsuwałem.

– Tak, pamiętam... Zapomniałam tylko na chwilę. To był czas wiewiórki.

– Czas wiewiórki? – nie zrozumiałem.

– Ciężko się patrzy przez cudze oczy. Moja wojna już dobiegła końca. I jej. My przegraliśmy i oni też. To wszystko bez znaczenia... – Zadumała się.

– Wojna? Chodzi ci o powstanie? – domyśliłem się. – Przypomnij sobie. Jesteśmy w szesnastym wieku! Skrat, łasica...

– Jestem Staszek – przedstawił się mój towarzysz.

– Estera – szepnęła i przymknęła oczy.

Oddech wyrównał się. Zapadła w sen. Wpatrywałem się w leżącą przede mną dziewczynę z rosnącym zdumieniem.

– Co jest? – syknął Staszek. – Jesteś pewien, że uwolniliśmy tę, o której mi opowiadałeś?

– Ciało jest ewidentnie to samo – powiedziałem. – Problem z osobowością.

– Miała być polska szlachcianka. A tymczasem mamy przedstawicielkę mniejszości...

– Mów po ludzku.

– No, Żydóweczkę znaczy. Co za sztuczka? Na przykład wsadzili jej w mózg dwa scalaki naraz i przełączyło się? – zaniepokoił się. – Myślisz, że i nam to grozi?

– Chyba to nie tak... Poznała mnie, ale nie bardzo pamiętała. To może oznaczać, że coś przebija.

– A może reinkarnacja? – podsunął Staszek.

– Nie rozumiem?

– No, to proste, kiedy kopiowali jej osobowość na scalak, to nagrali przy okazji poprzednie wcielenia. Potem nastąpił defekt scalaka i przebija bez hipnozy.

– Reinkarnacja to bzdura.

– A te wszystkie książki o życiach po życiu i tak dalej? Masa tego po księgarniach się wala. A raczej walała... Hmmm... Właściwie to będzie się walać.

– Gadałem z psychologiem, który próbował to robić. I wiesz, co się okazało? W jednym przypadku na dwadzieścia miał pacjenta, który pod hipnozą gadał z sensem. Cała reszta to było zwykłe bredzenie. Nie wierzę w reinkarnację. A nawet jeśli istnieje, to sądzisz, że daliby radę to wgrać?

– To zależy chyba wyłącznie od tego, czy te wcześniejsze wcielenia mamy jakoś zapisane w mózgu, czy nie. – Staszek zawahał się. – A może Hela została zabita wtedy w Horg? Łasica ją odtworzyła, ale w pośpiechu wsadziła inny kryształ?

– Chyba nie. To może być to samo ciało. Z tego, co wiem, kat zabrał ją stamtąd żywą. Jednak my też wyglądamy identycznie jak przed śmiercią. Dane o parametrach ciała są chyba zapisane w tym krążku. Choć głowy nie dam.

– Możliwości są zatem trzy. Znajome ciało i niewłaściwy scalak, dwa scalaki w jednym mózgu i przeskoki kontroli, jeden scalak, ale jakieś błędy zapisu.

– Może to nie błędy. Może dodali jej coś celowo, cudze wspomnienia, żeby lepiej radziła sobie z zadaniem. Albo żeby lepiej nas rozumiała. Nie wymagaj od zakichanych ufoków ziemskiej logiki. Zresztą przebicia miała już wcześniej – przypomniałem sobie. – Zaraz po pierwszym wybudzeniu pamiętała, jak wygląda żarówka. A zmarła dobre kilkanaście lat przed eksperymentami Szczepanika i Jabłoczkowa, że o Swannie i Edisonie nie wspomnę. Może to skutki uboczne związane z działaniem tego narkotyku, którym została nafaszerowana?

– Opium. To, zdaje się, coś jak heroina? Podobnie działa w każdym razie.

– Ta sama grupa środków oszałamiających – potwierdziłem domysły Staszka.

– Kumple z liceum pewnie by mi o tym umieli sporo opowiedzieć, stukali co weekend... Ale wydaje mi się, że te makopochodne nie wpływają na pracę mózgu, tak żeby przyspieszać czy coś...

– Opiaty wywołują krótką euforię, a potem długotrwały stan odprężenia i otępienia – wyjaśniłem. – Otumaniona jest... Może w mózgu sterowanym scalakiem to działa jakoś inaczej?

– Ekstra... A zatem co robimy dalej?

Spojrzałem na śpiącą i zagryzłem wargi.

– Po prostu nie wiem – westchnąłem. – Jeśli ma wbite dwie osobowości w jeden mózg, to... Zresztą i tak nawet jakbyśmy wiedzieli, które wcielenie wolimy, to ani nie mamy prawa o tym decydować, ani nie mamy żadnego wpływu.

– Próbujemy ją dobudzić czy co? – zapytał.

– Lepiej niech sama dojdzie do siebie. Sądzę, że potem będzie potrzebować jeszcze cebrzyka z ciepłą wodą i ręcznika... Brudna, jakby ją po glebie tarzali.

– Gdybyśmy wtedy zrobili dobre mydło – westchnął.

Hela jęknęła, po czym otworzyła oczy. Pochyliłem się nad nią.

– Czy pamiętasz, jak się nazywasz?

– Helena Korzecka. Gdzie jestem? Zaraz, to pan, panie Marku? – Teraz dopiero popatrzyła na mnie zupełnie przytomnie.

– Tak, to ja – odparłem z ulgą. – A to Staszek. Nasz towarzysz i przyjaciel.

– Miło mi. – Wyciągnęła drżącą dłoń.

Staszek ujął końce jej palców i ucałował.

– Punkt dla ciebie. – W głosie chłopaka zadźwięczał podziw. – Udało ci się ją zrestartować...

– Przecież niczego nie zrobiłem – westchnąłem. – Posłuchaj – zwróciłem się do dziewczyny. – Pamiętasz, co działo się ostatnio? Gdy się obudziłaś?

– Byłam u kata. – Usta Heleny zacisnęły się w wąską kreskę. – Co za bydlę... – Zaczerwieniła się.

– Spokojnie, wykradliśmy cię – mówiłem powoli i wyraźnie. – Problem w tym, że gdy ocknęłaś się jakiś czas temu, nie mogliśmy się z tobą porozumieć.

– Przez ostatnie dni nie zawsze byłam sobą – szepnęła. – Czasem patrzyłam jak przez mgłę. Czasem byłam...

Żydówką. – Nagle, przechyliwszy się przez krawędź łóżka, zwymiotowała prosto na podłogę.

Staszek skoczył po jakieś szmaty i zaraz zabrał się za wycieranie. Hela zamknęła oczy.

– Przepraszam – szepnęła.

I znowu odpłynęła.

– Kurde, antysemitka czy co? – zdziwił się chłopak. – Choć ja pewnie też bym się głupio poczuł, gdybym się obudził jako, dajmy na to, Chińczyk czy Cygan...

– Inna tradycja – mruknąłem. – Pewne rzeczy odbiera silniej, bo... – Przypomniał mi się jakiś na wpół zapomniany artykuł. – W jej czasach to chyba nie kwestia narodowościowa, a raczej religijna. Jest katoliczką, więc sama myśl, że mogła zmienić religię, musi być dla niej obrzydliwa. Takie to były czasy, zero ekumenizmu.

Poklepałem delikatnie dziewczynę po twarzy. Powoli dochodziła do siebie. Dałem jej popić wody z drewnianego kubka.

– Przepraszam – wymamrotała ponownie. – To opętanie... Ja... potrzebuję księdza.

– Nie wiemy, czym... kim jest ta druga – powiedziałem. – Też niewiele z tego rozumiemy, ale to nie jest opętanie czy obłęd. Myślę, że nie da się tego ani leczyć, ani egzorcyzmować. Zresztą i tak nie mamy tu żadnego księdza, a co dopiero mówić o egzorcyście. Musisz po prostu ignorować to, co pojawia się w twojej głowie...

– Nie wiemy, jak egzorcyzmy podziałałyby na scalak. Zapewne wcale, jednak... odnoszę wrażenie, że w tych czasach prawa zdrowego rozsądku nie zawsze działają – wtrącił Staszek.

– Te wspomnienia. Jej życie. To taki inny świat! Zupełnie odmienny od naszego, od mojego...

– Postaraj się nie zwracać na nie uwagi. Pomyśl o sobie. O waszym dworku, o swoim dzieciństwie, przejażdżkach karetą i innych przyjemnych chwilach.

– Mieliśmy tylko powóz – szepnęła. – Karety są za drogie. Ja myślałam, że moja wojna jest ważna i krwawa, ale zobaczyłem siebie... ją... jak podkładam... jak podkładamy bomby w ruinach, jak strzela z takiego lekkiego, delikatnego pistoletu do tych w żołnierskich kurtkach... Zobaczyłam całe wielkie miasto obrócone w jedno gruzowisko i...

– Dość! – Klasnąłem Heli przed nosem. – Wieś, chłopi, konie, łąki. O tym masz pamiętać. Nieważne, co robiła tamta. Teraz jesteś sobą. Tu, z nami, bezpieczna. Tamto minęło; zresztą nie przytrafiło się tobie.

– Nie denerwujcie się, panie, już mi lepiej...

Chyba za mocno na nią huknąłem. Przestraszyła się. Usiadła z trudem na łóżku.

– Powinnam się umyć...

– Zaraz poprosimy gospodarza o balię z wodą i jakiś ręcznik – obiecałem.

– Gdzie jesteśmy?

– U pewnego introligatora w Trondheim. To katolik, uratował nas i ukrywa.

– Kat...

– Mieszka zaledwie kilka domów stąd, ale nie bój się. Nikt nie wie, że tu się schroniliśmy. Odpocznij jeszcze. Potem, jeśli zechcesz, wszystko sobie opowiemy...

– Coś bym zjadła... Głodnam.

Zawsze była drobna, ale zauważyłem, że na tym katowskim wikcie bardzo wychudła.

– Zaraz coś przygotujemy.

Poszedłem ze Staszkiem do kuchni.

– Ty, z jakiej ona jest epoki? – szepnął zdumiony. – To znaczy nie osobowość podstawowa, tylko ta druga? Strzelała do kogoś w mundurze, no nie? Agentka Mossadu czy ki diabeł?

– Skoro podkładała bomby i strzelała z pistoletu, który Heli, nawykłej do krócicy, wydał się lekki i delikatny, to może wskazywać na drugą wojnę światową. Ale lepiej nie pytać.

– Żeby się znowu nie obudziła druga osobowość?

– Właśnie. Boję się, że każdego ranka może pojawiać się ten sam problem... Diabli nadali, tu by się przydał psychiatra od rozszczepienia osobowości.

– Albo mały, zielony, trzynogi technik od dostrojenia scalaka... Choć ten cały Skrat nie miał trzech nóg.

– Tak. Kiedy się pojawi łasica, trzeba będzie ją o to zapytać.

– Hmmm... Nie ufam jej.

– Heli?

– Nie, łasicy oczywiście. Hela... Kurczę, strasznie fajna dziewczyna. Taka sympatyczna i do rzeczy. Nie jest ładna, ale ma w sobie coś... Takie dziwne ciepło.

– Tylko się nie zakochaj.

– Dlaczego nie? – Wytrzeszczył oczy. – Niby trochę za młoda, ale dwa, trzy lata...

– Mmmm. No właśnie, dlaczego nie? Załatw jej ręcznik i miskę z wodą na dobry początek przyjaźni...

Hela pogryzała pajdę chleba. Była głęboko zamyślona. Milczałem, czułem, że chce sobie to wszystko poukładać w głowie.

– Panie Marku...

– Mów, proszę.

– Staszek... Stanisław. On jest taki jak pan?

– Masz na myśli, że pochodzi z mojej epoki? Tak. Byliśmy razem, gdy spotkaliśmy Skrata. Jeśli chodzi ci o pokrewieństwo dusz czy zbieżność charakterów, mam wrażenie, że jest podobny do mnie. To porządny chłopak, choć może wydać ci się początkowo zupełnym dzikusem. Tak jak ja.

– Oj, co prawda, to prawda. – Uśmiechnęła się, zerkając jakby zalotnie. – W waszych czasach swoboda zachowania posunięta była chyba aż do kompletnego barbarzyństwa.

– Zatem przyjmijmy, że to porządny barbarzyńca i z czasem uda się go ucywilizować. – Wzruszyłem ramionami. – Tak czy inaczej, musimy się jakoś dogadywać, skoro los skazał nas na to, byśmy wypełnili zadanie razem.

– Dobrze.

Staszek przyniósł nieduży cebrzyk z letnią wodą i kawał grubo tkanego płótna mający posłużyć jako ręcznik. Wyszliśmy na dziedziniec, zostawiając Helę samą.

Patrzyłem na sypiące się elewacje, porastające mchem gonty dachów... W tych czasach nie znano rynien, chyba dobrze, bo pewnie byłyby krzywe i zardzewiałe. Gdyby tak gruntownie wszystko odnowić, pośrodku dziedzińca posadzić duże drzewo, zasiać trawniczek, ustawić grill ogrodowy, powstałby uroczy malutki hotelik. Tylko komu coś takiego potrzebne w tej chorej epoce? Zresztą miasto się wyludnia...

– Muszę się urwać na parę godzin – oznajmiłem Staszkowi, patrząc na niebo.

– Dobrze. A...

– Mamy trochę naszych rzeczy pod łódką. Warto zabrać, żeby nikt ich nie zaiwanił. Wcześniej czy później trzeba będzie pożegnać ten gościnny dom. Dobry miedziany kociołek przyda się w drodze.

– Masz rację.

– Gdybym nie wrócił...

– Nawet tak nie żartuj!

– Jeśli mnie dorwą, to pamiętaj: dziewczyna jest teraz najważniejsza. To ją masz ratować, nie mnie.

– Cholera. No nic, w razie czego łasica cię wyciągnie chyba. Jeśli zdąży. – Widać było, że szuka w myślach jakiejś alternatywy. – Ale uważaj na siebie.

– Spoko.

Miałem bardzo złe przeczucia, lecz chęć ratowania naszego skromniutkiego dobytku przeważyła. Dotarłem do obozowiska brzegiem. Dłuższą chwilę obserwowałem wrak i jego otoczenie. Zasadzka? Chyba nie... Kat z pewnością szalał z wściekłości, ale miałem nadzieję, że nikt nie powiąże mnie i Staszka z odbiciem Heli. Jeśli nawet ktoś zauważył, jak włamujemy się do jego domu, to opracowanie portretów pamięciowych wybiegało już chyba poza możliwości ludzi tej epoki.

Pod łodzią wszystko zastałem w idealnym porządku. Nikt nas nie okradł. Zdjąłem skórę, którą zaraz starannie wytrzepałem. Podobnie uczyniłem z derkami. Zwinąłem wszystko w jeden zgrabny pakunek. Okopcony kociołek przetarłem piachem z brzegu rzeki, woreczek z kaszą wsadziłem do wnętrza. Tobołek z suszonymi jabłkami dopełniłem wędzonką i przerzuciłem przez plecy. Odszukałem nasze „wyjściowe" ubrania. Byłem gotów do drogi. Zaszedłem do domu pani Ilsy i zapukałem. Otworzyła mi po chwili.

– Chcę się pożegnać – powiedziałem. – Wraz z kuzynem ruszamy dziś w drogę.

– Dobrze – mruknęła. – Nie zalegasz z czynszem. Przyjdziecie znowu wiosną? Zatrzymać dla was tę kwaterę?

– Mamy taki zamiar – zełgałem gładko. – Z przyjemnością zamieszkalibyśmy ponownie u pani.

– Cena się nie zmieni. – Uśmiechnęła się.

Dobrze, że nie zażyczyła sobie zaliczki. Pożegnałem się i ulotniłem. Tłumoczek ze skór pod pachą, kociołek w drugiej ręce, wór na plecach. Nie można powiedzieć, żebym się dorobił. W dwudziestym pierwszym wieku więcej użytecznych rzeczy znalazłbym, penetrując jeden osiedlowy śmietnik. Nie, nie powinienem narzekać. Na początek dobre i to. Przeszedłem labiryntem tylnych uliczek. Wolałem nie ryzykować spotkania z katem. Wprawdzie strój i zarost musiały zmienić mój wygląd, ale mimo wszystko lepiej dmuchać na zimne.

Zapadał zmrok. Uśmiechnąłem się do swoich myśli. To był pracowity dzionek. Jeden z tych, po których człowiek przykłada głowę do poduszki bez poczucia straty czasu.

Staszek i Hela siedzieli przy stole. Wyglądało na to, że jakoś przełamali lody. Dobra nasza.

– Przyniosłem coś na kolację – powiedziałem. – Niewiele tego i niesmaczne, ale...

– Panie Marku, nasz gospodarz zachodził i pytał o pana – odezwała się dziewczyna.

– Zaraz do niego pójdę. Świeczkę sobie zapalcie, nie siedźcie tak po ciemku. – Wyłowiłem z pakunku laskę wosku.

– Ja chyba spać już pójdę – bąknęła.

– Będziemy nocowali obok – wyjaśniłem. – W razie czego proszę zapukać w ścianę.

Staszek zrozumiał w lot aluzję.

– Ja też już udam się na spoczynek. – Ukłonił się Heli. – Było mi bardzo miło panią poznać.

Czułem w sercu ukłucie niepokoju, gdy stanąłem w drzwiach pracowni i zapukałem we framugę. Stary introligator odłożył trzymaną w dłoni książkę, a następnie zapalił drugą świecę.

– Wzywaliście mnie... – zacząłem.

– Siadajcie, proszę. – Wskazał mi ciężkie, topornie wykonane krzesło.

Zająłem miejsce zgodnie z poleceniem. Teraz patrzyliśmy sobie w oczy, rozdzieleni tylko poczerniałym ze starości, porżniętym nożami blatem. Nils sięgnął do kieszeni i wydobył różaniec. Położył go przed sobą. Wyjąłem mój i położyłem po swojej stronie. Uśmiechnął się lekko.

– Tajemnica. Symbole, które coś oznaczają. Jak w alchemii – mówił spokojnym, przyciszonym głosem. – Na pierwszy rzut oka nie zdradzasz tego, ale posiadasz rozległą wiedzę. Wiedza to swego rodzaju fundament, na którym zbudować można naprawdę trwały gmach swojego życia. Jednak by wznosić jego ściany, potrzebna jest jeszcze pewna gibkość umysłu. Posiadasz ją także. A zatem zademonstruj. Opowiedz mi o tym przedmiocie. Spróbuj zagłębić się w jego ukryte, pozareligijne znaczenie.

Chce mnie sprawdzić, czy może mu się nudzi i zapragnął z kimś pogadać? Czy to ważne? Udzielił nam gościny, powinienem więc uszanować jego wolę.

Ująłem różaniec w dłoń. Patrzyłem nań po raz kolejny, ale tym razem jakby głębiej, usiłując odgadnąć jego sekret.

– To nie jest zwykły krzyż – powiedziałem z namysłem. – Taki symbol nazywa się karawaka. U nas, w Polsce, stawiano takie po wsiach na pamiątkę zarazy. Ale skąd pochodzi ta nazwa? Co symbolizuje? Muszę przyznać się do niewiedzy.

– Caravaca to miasto w Hiszpanii, skąd pochodzi ten znak. Powstał dawno temu. Używano go podczas epidemii morowego powietrza, tu znanego jako czarna śmierć.

– Hiszpania jest oazą katolicyzmu. Karawaka może być zatem symbolem walki z zarazą luteranizmu, jak i znakiem ludzi, którzy liczą, że wojska hiszpańskie przyjdą na pomoc reszcie Europy. Symbol przyszłego triumfu inkwizycji.

Gospodarz wyjął ze skrzyni flaszkę i długą chwilę obserwował płomień świecy odbijający się w brązowym, mętnym, pełnym bąbli szkle. Nie umieli widać odpowiednio sklarować masy.

– Wiele odgadłeś, ale myśl twoja nie jest do końca poprawna – odezwał się wreszcie. – Owszem, to symbol przyszłego zwycięstwa nad, jak to trafnie nazwałeś, zarazą protestantyzmu. Interesy nasze i Hiszpanii są jednak rozbieżne. Zresztą ich działania wydają mi się nazbyt ostre i przynoszą więcej szkody niż pożytku.

– Ogniwa łańcuszka oznaczają po prostu kolejne paciorki... Łańcuch to z jednej strony symbol niewidzialnych kajdan, którymi jesteście skuci, z drugiej być może nierozerwalnego braterstwa członków sprzysiężenia.

– Tak. Mów dalej.

– Po łańcuchu docieramy do małego toporka ze stali. Widziałem ten symbol wykuty na kamieniu w górach, a potem w katedrze Nidaros. To atrybut świętego Olafa. Króla, który przyniósł tym ziemiom chrześcijaństwo. A może raczej który je wprowadził, bo chrześcijańscy misjonarze docierali tu jeszcze w czasie wikingów, najczęściej jako niewolnicy porwani w Irlandii.

– Dużo wiesz...

– Czytałem kiedyś o tym – odpowiedziałem wymijająco.

Przecież nie powiem, że kiedyś wpadła mi w ręce książeczka „Porwani przez wikingów".

– Święty Olaf jest zatem raczej tym, który utwierdził kraj w wierze i pogromił inne bałwochwalcze kulty. Tak jak wy zamierzacie odbudować tu Kościół – podsumowałem.

– Tak.

– Teraz blaszki: Visby, Bergen, Nowgorod i Trondheim.

– Visby i Bergen, jak zapewne wiesz, należą do Hanzy. Nowogród był kiedyś ważnym miastem tego związku, ale obecnie Rosja pod rządami Iwana Groźnego zamknęła się dla świata.

– Hmm... Trondheim zatem w ogóle tu nie pasuje, chyba że przyjmiemy interpretację symboliczną: Hanza wyciąga dłoń ku swoim dawnym towarzyszom z Nowogrodu i ku swoim braciom w wierze żyjącym tutaj. I znowu łańcuch. Symbol nierozerwalnego braterstwa miast hanzeatyckich. Czy Trondheim kiedykolwiek należało do Hanzy?

– Nie. Ale są w związku siły, które tego od dawna pragną. Gdybym ci nie ufał, pomyślałbym, że to Duńczycy nasłali cię jako szpiega, by wykraść tajemnice naszego sprzysiężenia.

– W zasadzie nie wiecie o mnie nic, panie – zauważyłem.

– Patrzę w twoją duszę – powiedział. – Widzę szlachetność serca i czystość intencji. Patrzę nie poprzez słowa, ale poprzez czyny. Zaryzykowałeś życie, by uwolnić dziewczynę. Wszedłeś do domu kata i odebrałeś jego łup. Na takie szaleństwo nie poważyłby się nikt. Porwałeś się na to, bo wiesz, że tak trzeba. Bo jesteś świadomy, że są sprawy i obowiązki ważniejsze niż nasze życie. To oznacza, że wychowano cię w wierze, stałości i zadbano też o poczucie honoru.

Umilkł. Przeceniał mnie chyba. Wcale nie byłem taki odważny. Kat budził nienawiść i przerażenie mieszkańców Trondheim. Ich strach zapewniał mu ochronę. Oprawca mógł się poruszać po ulicach bez obstawy. Aż nadszedł dzień, że do miasta przybyli durnie z daleka, którzy po prostu nie wiedzieli, iż jest taki groźny, i załatwili go na szaro...

– Dania jest waszym wrogiem?

– Dania jest jak głaz. Od stuleci Hanza jest jej Syzyfem. Ale wrogowie... Oni są dziś wszędzie. Zduszą związek miast w swoim uścisku. A nasze bractwo... Żyjemy dzięki Hanzie. To ona jest władna wyszukiwać, szkolić i posyłać ku nam kolejnych misjonarzy. Bez jej pomocy przegramy naszą ostatnią walkę.

– Rozumiem.

– Hanza to potęga. Przez stulecia to jej kupcy dyktowali warunki. Naszym władcom bardzo się to nie podobało. Nie chcieli też, by skandynawskie porty przyłączały się do związku, a i hanzeaci niechętnie przyjmowali obcych. Coś się jednak zmienia... Jakaś siła, ktoś, może grupa ludzi, tych ważnych, delegatów hansatagu, chce zbudować Hanzę na nowo. Odrodzić. Powrócić do dawno zapomnianych ideałów wolności i braterstwa. Jeśli Hanza zginie, zginiemy i my. Jeśli Hanza przetrwa i przejdzie do kontrataku, będziemy mogli stanąć do walki ramię przy ramieniu.

– Dlaczego mi to mówicie?

– Bo spotykając księdza Jona, splotłeś swój los z naszym losem. Bo potrzebujemy ludzi odważnych i inteligentnych. Bo wiesz za dużo. Mamy dwa wyjścia: przyjąć cię do związku i uznać za brata albo zabić.

– Jest trzecie. Mogę złożyć przysięgę milczenia i odejść.

– Tak. Ale przecież widzę, że wolisz zostać.

Zamyśliłem się.

– To poważna decyzja, potrzebuję czasu.

– Oczywiście. Zresztą my nikogo nie przyjmujemy pochopnie do naszej organizacji. Będziemy cię obserwować przez miesiące, być może nawet przez lata. W stosownym czasie udzielisz odpowiedzi.

– I nie boicie się, że...

– A czego tu się bać? Poznałeś księdza Jona, tego starego wieśniaka, który zwołał ludzi na mszę, a potem udzielił wam schronienia, no i mnie. Tamci dwaj są już martwi. Ja, jeśli zaczną dobijać się do moich drzwi, zażyję truciznę. Mam na to nawet dyspensę... Kładź się spać, jesteś z pewnością zmęczony.

Wyszliśmy na dziedziniec. Wiatr od morza niósł zapach wodorostów. Zrobiło się już zupełnie ciemno, na niebie skrzyły się miriady gwiazd. Ich blask był bardzo silny, nie tak jak za moich czasów.

Czysta atmosfera, brak łuny świateł nad miastem, brak smogu – odgadłem.

Wróciłem na ziemię. Układ budynków nie dawał mi spokoju. Staszek stał w drzwiach po drugiej stronie. Widząc, że się zatrzymałem, ruszył ku nam.

– Nad czym tak dumasz? – zapytał stary.

– Zastanawia mnie to podwórze. Jeden większy dom, a wokół dziedzińca niewielkie komórki. Sądząc po okienkach i śladach po rozbitych piecach, kiedyś mieszkali tu ludzie. Myślałem w pierwszej chwili, że to jakiś klasztor, ale w takim przypadku w celach nie byłoby części kuchennych, bo mnisi jadali posiłki przygotowywane wspólnie.

– To był beginaż – wyjaśnił nasz opiekun.

– Co proszę? – zdziwiłem się.

– Nie znacie tego w Polsce? – teraz dla odmiany on się zdziwił.

Poczułem, że palnąłem jakąś straszliwą gafę, że sypnąłem się z czymś, co powinienem wiedzieć.

– Może w naszym języku nazywa się to inaczej? – wtrącił Staszek, ratując sytuację.

– Ach, racja, zapominam, że jesteście cudzoziemcami. Beginaż to istotnie coś na kształt klasztoru: przebywały tu pobożne, starsze wiekiem wdowy. Dzięki temu, że mieszkały razem, mogły lepiej gospodarować, wynajmowały mniej służby do posług, a w razie czego mogły spieszyć sobie z pomocą w razie boleści czy innych przypadków losowych. Nie składały ślubów zakonnych, dni jednak spędzały na modlitwie i spełnianiu dobrych uczynków wobec ubogich i chorych.

Coś jak dom starców, ale z elementami samorządu pensjonariuszek, pomyślałem. Wolontariat w opiece społecznej jako hobby, żeby się co bardziej ruchliwe babcie nie nudziły. Niegłupi pomysł.

– Oczywiście, gdy przyszli protestanci, zlikwidowali tego typu wspólnoty, obawiając się ich przykładu... Kupiłem te budynki zaraz po pożarze, który spustoszył część miasta.

Zamilkł, pogrążając się w swoich wspomnieniach.

Marius Kowalik, idąc niespiesznie, obszedł dawny pałac biskupi. Skręcił nad rzekę, obejrzał niższe budynki zamykające kompleks od wschodu.

– Wciórności! – zaklął.

Peter oczekiwał go w cieniu katedry.

– I co sądzisz? – zapytał.

– Ugryźć tego nijak. Możliwość jedyna to używając balisty, wystrzelić długą linę zaopatrzoną w hak. Strzelać trzeba by z ruin katedry. Następnie ktoś po linie przeszedłby na dach pałacu biskupiego. Problem w tym, że taki wystrzał narobiłby hałasu, a na dziedzińcu stoi warta.

– Masz rację, to niewykonalne. Podkop?

– Dwie niedziele roboty. A i to sukces niepewny bardzo, bo przy przegryzaniu się przez fundament usłyszą.

– Co zatem radzisz?

– Atak na bramę i opanowanie budynku są niemożliwe. W każdym razie nie tak szczupłymi siłami, jakimi dysponujemy. Podpalenie... To już lepsza idea.

– Mów.

– Nocą albo późnym wieczorem, używając strzał zapalających, wywołać wielki pożar dachu. Z całego miasta zbiegną się ludzie ratować budynek. Będzie okazja, by w zamieszaniu wprowadzić piętnastu naszych na dziedziniec. Potem wystarczy wpaść do lochów, pozabijać strażników i uwolnić naszego człowieka. Ciągle pod osłoną ognia oraz tumultu oddalić się... Można też uwolnić pozostałych więźniów. Są wśród nich z pewnością zbójcy, mordercy i szaleńcy.

– Chyba nie do końca masz rację, przyjacielu – westchnął Peter. – Lensmann i jego ludzie nie są tu szczególnie kochani. Gdy ludzie zobaczą łunę, zbiegną się, i owszem, ale po to raczej, by cieszyć się jego nieszczęściem. Może zostaną wpuszczeni do środka, a może i nie. Wszak koszaruje tam wielu żołnierzy i to oni w pierwszej kolejności będą rzuceni do gaszenia pożogi.

– Musimy zatem inaczej spróbować. I to chyba szybko?

– Krążą plotki, że zostanie stracony na dniach... Dziś wieczorem spróbuję porozmawiać z pewnym człowiekiem.

– Pomoże nam?

– Zna niektórych ludzi lensmanna. I, co najważniejsze, zna ich słabostki...

Obudziłem się o świcie. Krzywo polepione, od dawna niemalowane ściany pokryte siatką pęknięć. Kąty mimo zamiecenia nadal zasnute pajęczyną. Zżarte przez korniki, spaczone meble, woń kurzu i mysich odchodów... A jednak w porównaniu z norą pod łodzią można powiedzieć, że to namiastka luksusu. No i wiatr nie dokuczał tak bardzo. Staszek jeszcze drzemał na swoim posłaniu, ale gdy wstałem, on też otworzył oczy.

– Znowu mamy dzień – westchnąłem.

– To chyba dobrze?

– Yhym... Śniło mi się, że jadę metrem – wyjaśniłem.

– Uuu... to potrafi zdołować – mruknął. – A mnie się śniło, że miałem być na matematyce i przed wyjściem z domu zorientowałem się, że zapomniałem odrobić dwadzieścia zadań. No i gdy się obudziłem, to poczułem nawet jakby pewną ulgę... A potem zacząłem się wkurzać, że trafiłem tu, dopiero będąc w klasie maturalnej, kiedy szkoła była już prawie za mną. Jako były nauczyciel pewnie tego nie zrozumiesz...

– A myślisz, że co niby, nauczyciele nie lubią wakacji? – prychnąłem. – Dobra, nie ma się co zasiadywać.

Zrobiłem kilka pompek. Staszek się ubrał. Wyszliśmy przed naszą celę. Nils właśnie zabierał się za przerzynanie grubej kłody. Z ukłonem odebrałem mu piłę i razem z chłopakiem wzięliśmy się do roboty.

– Nie znalazłaby się, panie, dla nas jakaś praca na jesień albo i zimę? – zapytałem. – Przy oprawianiu książek czy drukowaniu?

– Niestety. – Pokręcił ze smutkiem głową. – Sam w tej chwili nie mam roboty, sami widzicie, że warsztat stoi bezczynnie. Jesień. Kto może, wynosi się z miasta. Dopiero wiosną wszystko ożyje. Co do drukowania, zleceń jest w ogóle bardzo mało, mam jeden komplet drzeworytów, dobrze schowany. I bez potrzeby go nie wyjmuję.

– To znaczy?

– Nie słyszeliście? – zdziwił się. – Jest zakaz. W całej Norwegii nie ma ani jednej prasy drukarskiej.

– To co ludzie czytają? – wyrwało się Staszkowi.

– Większość książek przywozi się z Kopenhagi, ja tylko oprawiam. Wszystko oczywiście po duńsku. Kto chce być wykształcony i robić karierę w administracji, musi zapomnieć, że jest Norwegiem.

Aha, czyli on tylko składa kartki razem i dorabia okładki?

– Czy moglibyśmy zostać tutaj do wiosny? – zapytał Staszek. – Mamy trochę pieniędzy na żywność.

– Ceny pójdą bardzo w górę. Tej jesieni przypłynęły tylko dwa statki z polskim zbożem. Gdańszczanie nie tacy głupi, wolą trzymać je do wiosny, ale i teraz pośrednicy zdarli z nas skórę. Nie dacie rady się tu utrzymać, nawet z moją pomocą. Poproszę Petera, żeby zabrał was ze sobą. Może u niego w Visby coś się znajdzie, a jeśli nie, złapiecie tam statek, który zawiezie was do Gdańska, i na zimę będziecie już wśród swoich. To najlepsze wyjście.

– Tak, chyba tak – przyznałem, ze złością dociskając piłę.

Zastanawiałem się, jak zareagowałaby łasica, gdyby poznała te plany. Trzeba tak pokombinować, żeby jednak znaleźć Alchemika. A on raczej nie udał się do Polski.

– Jeśli wrócicie wiosną, będzie może zajęcie... Tylko czy jest sens wlec się taki kawał na północ? To miasto jest grobem ludzkiej przedsiębiorczości. Lepiej wykorzystacie swoje talenty tam, gdzie puls życia bije mocniej. Tam jest wasze miejsce, nie tu, w tej kupie desek i kamienia...

Przecięliśmy kłodę. Teraz Nils ze Staszkiem zabrali się za piłowanie, a ja rozszczepiłem pieniek siekierą na polana. Odgłosy pracy obudziły Helę. Wyszła ze swojej celi i pomachała nam. Potem, mocno wsparta o podróżny kostur, pokuśtykała do wychodka.

– Czemu tak kuleje? – zaniepokoiłem się.

Przypomniałem sobie, że miała jakąś dziwną ranę pod kolanem. Nie wyglądało to jednak na nic szczególnie poważnego, więc pewnie za kilka, najdalej kilkanaście dni dziewczyna będzie chodziła w miarę normalnie.

Rozszczepiłem drugi pniaczek. Hela, nadal kulejąc, podeszła do nas.

– Zapraszam na śniadanie – powiedział gospodarz.

Jak się okazało, po drugiej stronie sieni, naprzeciw pracowni, miał niewielką kuchnię. Na nalepie ustawił gliniany garnek z wodą, obłożył szczapkami i skrzesał ognia. W mniejszym naczyniu rozrobił coś, co wyglądało na mąkę, dodał skwarek i suszonych malin moroszek. Gdy woda zawrzała, zmieszał jedno z drugim i podniósłszy gar widełkami, przelał jego zawartość do czterech misek. Drewniane łyżki też się znalazły. Ukroił do tego po pajdzie chleba.

Breja w miskach była szara, tkwiły w niej jakieś paprochy.

– Kisiel – mruknął Staszek. – Jakim cudem, przecież to na krochmalu się robi, a bez kartofli...

– Kisiel owsiany. – Hela spojrzała na niego z politowaniem.

Zjedliśmy ze smakiem. Ciepła, kluchowata masa przyjemnie wypełniła żołądki, dając uczucie sytości. Przez tyle dni jadłem różne paskudztwa, że zdążyłem zapomnieć, jak to jest...

– Muszę iść do miasta – powiedział Nils. – Gospodarujcie sobie, rozgośćcie się. Jakbyście chcieli coś poczytać, książki są w pracowni.

– Porąbiemy resztę pniaków – zaproponował chłopak.

– Niech będzie i tak. – Uśmiechnął się, a potem zarzucił na ramiona płaszcz i poszedł.

Zaryglowaliśmy starannie drzwi.

– No to do roboty. – Zatarłem ręce. – My ze Staszkiem szykujemy opał na całą zimę, ty musisz wypocząć albo...

– Panie Marku – przerwała mi – znacie się na medycynie? Wspominaliście kiedyś...

– Tyle o ile. Zrobiłem kiedyś kurs ratownika medycznego.

Przechyliła wdzięcznie główkę w niemym pytaniu.

– To taki jakby pomocnik lekarza. Przybywa na miejsce wypadku i zabezpiecza rany poszkodowanych, a potem wiezie ich do szpitala – wyjaśniłem. – Coś może jak wasz felczer, choć nie aż tak dobrze przygotowany do pracy z chorymi.

– Chciałam prosić o poradę...

– Zauważyłem, że mocno kulejesz.

Chyba niepotrzebnie to powiedziałem, bo zaczerwieniła się niczym piwonia.

– Chodźmy do twojego pokoju – zaproponowałem.

Ruszyliśmy przez dziedziniec. Szedłem z tyłu, ukradkiem obserwując chód. Wyglądało na to, że dziewczyna nie może obciążyć lewego kolana. Aż jej zbielały kostki dłoni zaciśniętej na kosturze.

Wreszcie usiadła na swoim łożu.

– No, spokojnie – powiedziałem. – Co ci dolega?

– Noga... – Z jej ust wyrwał się ni to jęk, ni to szloch.

– Co się stało?

– Kat... Okulawił mnie chyba.

– Co? – zdumiałem się.

Znowu się zaczerwieniła. Odsłoniła kolano. Spojrzałem najpierw z góry, potem z boku. Dwie paskudne, ledwo zagojone rany. Ująłem dłonią i poruszyłem łydką.

– O żeż kur... – z trudem powstrzymałem przekleństwo. – To przecież...

Nie pamiętałem, jak się nazywa to akurat ścięgno, ale z miejsca zrozumiałem, co jej zrobili. Nigdy w życiu nie czułem takiej odrazy i nienawiści jak w tym momencie.

– Wiem – załkała. – Czy da się z tym coś zrobić?

Przełknąłem z trudem ślinę.

– Przeciął...

– Wiem – powtórzyła. – Czy da się to jakoś wyleczyć? Czy w waszych czasach potrafiliście...

Milczałem dłuższą chwilę.

– Teoretycznie tak – powiedziałem ostrożnie. – Musiałbym głęboko rozharatać skórę i zszyć. Masz czucie w stopie?

– Tak.

– Czyli nerwy bydlak musiał ominąć.

Obejrzałem raz jeszcze ranę. Była wąska, musiał użyć cienkiego i długiego ostrza. Niewielka rana wywołująca potworne skutki.

– W tych warunkach... – zagryzłem wargi – zakażenie pooperacyjne jest prawie pewne.

– Wystarczy odkazić pole operacyjne karbolem. – Podskoczyłem jak ukłuty szpilką, słysząc jidysz. – Szwy załóż z jedwabnej nici.

– Nie mam środków przeciwbólowych... – przeszedłem na ten język w nadziei, że zanim Estera odejdzie, usłyszę coś przydatnego.

– Poszukaj niedojrzałych makówek albo oszołom mnie wódką...

– Byłaś pielęgniarką albo felczerką? – zgadywałem.

– Nie byłam, ale w czasie powstania musieliśmy sobie jakoś radzić. Przeszłam kilkugodzinny kurs pierwszej pomocy.

Powstanie? Karbol? To sugerowało dość wyraźnie, w jakich czasach straciła życie.

– Powiedz, proszę, jeśli wiesz, jak mam walczyć z zakażeniem pooperacyjnym bez odpowiednich leków.

– W getcie stosowaliśmy okłady z zimnej wody. Hamują zakażenie aż w dwu przypadkach na trzy. Reszta... zależy od... wrodzonej odporności... organizmu... Jeśli... nie wda się... gangrena... rokowania... są... dobre...

Uciekała. Mówiła o getcie. Czyli chodziło o któreś z powstań podczas ostatniej wojny. Nie wiedziałem jeszcze tylko, które to getto: krakowskie, warszawskie?

– Znowu – westchnęła Hela. – Znowu mnie odpycha... Ona. Tak dziwna, tak inna...

– Nie myśl o tym.

– Mam jeszcze jeden problem. – Była bardzo poważna, lecz w jej oczach czaił się lęk i jednocześnie jakby furia.

– W czym jeszcze mogę ci pomóc?

Znów spłonęła rumieńcem i splotła palce na podołku.

– Czy uczono was rozpoznawania rozmaitych chorób? – szepnęła.

– Mieliśmy podstawowy kurs...

– Zrobił mi się jakiś dziwny wrzód – wybąkała.

– Pokaż.

– Problem w tym, że...

– Masz go w jakimś wstydliwym miejscu – domyśliłem się. – Widywałem już nagie kobiety...

– Zresztą mnie chyba też? Gdy kat mnie zamknął w skrzyni, nie miałam na sobie ubrania.

– Tak. Musieliśmy odziać cię w to, co znaleźliśmy – wyjaśniłem. – Wybacz.

To pomogło, z miejsca się odprężyła i uspokoiła. Położyła się na łóżku i nadal potwornie się czerwieniąc, zakasała spódnicę. Spojrzałem, starając się, by żadne emocje nie odbiły się na mojej twarzy.

– Tu, przy pachwinie.

Patrzyłem przez chwilę na dziwny wrzód. Ostrożnie dotknąłem dłonią skóry obok.

– Boli?

– Nie... Tylko się paprze. Zauważyłam go przedwczoraj zaledwie, a już jest jakby mniejszy... Goi się chyba, ale ciągle jest wysięk.

– Odsłoń jeszcze kawałek wyżej, tak do pępka – poprosiłem. – Nie wstydź się. Zamknij oczy i tyle.

Nad łonem miała kilka krostek o charakterystycznym gwiazdkowatym deseniu.

– O Boże... – Załamany usiadłem na krześle. – O Boże...

– Czy to... przymiot? – zapytała.

– Co? – Spojrzałem zdezorientowany.

– No... franca – w ustach Heli zabrzmiało to jak wulgaryzm.

– Tak...

Ścisnąłem skronie dłońmi. Syfilis. Upiornie zjadliwy szczep grasujący w tej epoce, choroba, która posłała do piachu może nawet jedną trzecią populacji kontynentu. Uderzyłem pięścią w ścianę.

– Gwałcili cię...

Nie odpowiedziała.

– Dwa tygodnie jeszcze nie minęły i już sieje po skórze – odpowiedziałem sam sobie. – O Chryste...

Kompletny brak odporności? A może wyjątkowa podatność? Tak czy inaczej, objawy miała takie, jakby minęło kilka miesięcy od zarażenia.

– Jakie... rokowania? – zapytała cicho.

Pokręciłem głową. Nie byłem w stanie wykrztusić odpowiedzi.

– Niewiele wiem o tej chorobie. U nas na wsi prawie się nie trafiała. A chcę wiedzieć – szepnęła.

– Kilka lat życia w narastających cierpieniach – wydusiłem. – Zostaną zaatakowane narządy wewnętrzne, może nawet mózg...

Milczała przez chwilę, zauważyłem w jej twarzy dziwną, trudno uchwytną zmianę.

– Czy w waszej epoce umieją to wyleczyć? – Tembr głosu obniżył się nieco, jednak i tak najgorszy był silny żydowski akcent.

– Estero, w naszych czasach jest na to lekarstwo – powiedziałem w jidysz. – Ale ja nie potrafię go zrobić.

– A Staszek? Zanim umarłam w getcie, mówiono o cudownym leku robionym na uniwersytecie w Oksfordzie. Leku, który zabija wszelkie bakcyle, z gruźlicą na czele.

– Jakiś sulfonamid? Próbowaliście to zrobić albo kupić, siedząc w getcie? – Oddychałem ciężko.

Czułem, jakbym rozmawiał z duchem. To nie była dziewczyna zabita w dawno zapomnianym zrywie niepodległościowym. To mara, która wstała ze zbiorowych mogił, wskrzeszona z popiołów krematoriów Treblinki. Kawałek historii, której świadków znałem osobiście...

Każde jej słowo stawiało mi włosy na karku. Opanowałem się z trudem. Ktoś spoglądający przez oczy Heli, mówiący jej ustami i jednocześnie niebędący nią... Niczym zabłąkana dusza przemawiająca przez medium, tylko że to nie był horror klasy C. To działo się naprawdę o krok ode mnie.

– Nazywano to *penicylinum* – powiedziała. – Podobno dwadzieścia dolarów złotem za dawkę, ale nikt, kogo znałam, nie widział tego na oczy. A tak by się nam przydało. – Z kącików oczu Heli, a właściwie Estery, pociekły łzy.

– Penicylina... Pierwszy antybiotyk. – Opanowałem się nadludzkim wysiłkiem woli. – Wiem, kim byłaś. Domyślam się. Powiedz, kim jesteś teraz? – zadałem pytanie, którego nie chciałem zadawać.

– Nie wiem. Nie pamiętam mojego dzieciństwa. Jeśli sięgam do niego pamięcią, widzę jedynie wspomnienia tej małej szlachcianeczki. Pamiętam tylko ostatni rok przed wojną... Nie wiem, co było wcześniej. Tylko jakieś strzępy.

Kawałek osobowości. Fragment nagrania, część wspomnień, istota, która nie jest ani żywa, ani martwa. Zawieszony element kogoś, kto kiedyś czuł i myślał, a może nawet, choć potwornie okaleczony, robi to nadal.

– Czemu zajmujesz miejsce Heli? Dlaczego tak się dzieje? Czy jesteś oddzielną osobowością?

– My, Żydzi, nazwalibyśmy to dybukiem. – Uśmiechnęła się nieskończenie smutno. – Dusza człowieka, który tragicznie umarł, przyklejona do duszy żywego. Tkwię w niej niczym zadra za paznokciem. Czuję, jak dotyka mnie czasem, gdy myśli o przeszłości... Chcę żyć. Teraz jakby mnie przywołała. Jakby szukała rozpaczliwie wszystkiego, co wie o lekach i chorobach, a ja przypadkiem trochę wiem... Byłam sanitariuszką tam, wśród naszych, w czasie powstania. Tam, na placu Muranowskim.

– Powstanie w getcie warszawskim! – Teraz miałem stuprocentową pewność.

– Przegraliśmy?

– Tak.

– Wiedziałam... Czy przynajmniej ludzie o tym pamiętają? O tym, że walczyliśmy z bronią w ręku, że nie cofaliśmy się podkopami, tylko zabijaliśmy Niemców aż do ostatniego naboju, do ostatniej bomby...

– Tak.

Plac Muranowski 17. Tam bronili się ludzie z Żydowskiego Związku Wojskowego. Wolałem nie mówić jej, jak po wojnie ich towarzysze broni z ŻOB przypisali sobie niemal całą zasługę.

– Co wiesz o penicylinie? – zmieniłem temat.

– Nic. Anglicy zrobili. Były ze dwa artykuły w gazetach... Nawet nie wiem z czego.

Głos zmieniał się, Hela wracała, jakby wynurzała się z głębokiej studni.

– Słyszałaś?

– Tak. To przecież ja, częściowo... – szepnęła i rozpłakała się.

Milczałem chwilę w zadumie, wreszcie wstałem. Z trudem opanowałem drżenie kolan. Ta nagła wizyta ducha zdrowo mnie wystraszyła.

– Posłuchaj – powiedziałem. – Penicylina rzeczywiście mogłaby tu pomóc. Nie myśl o lekach. Nie przywołuj jej znowu, bo może już nie zdołasz odepchnąć. Miałaś rację, to rodzaj opętania, tylko że nie diabelskiego. Egzorcyzmy w każdym razie nam nie pomogą. Penicylinę robi się z pleśni. Spróbujemy coś poradzić na twoją chorobę. Przepraszam... czy mogę powiedzieć Staszkowi?

– Nie!!!

Ryknęła z taką siłą, aż uszy mnie zabolały.

– Uspokój się – poprosiłem. – I posłuchaj.

Opanowała się momentalnie. Czyżby tylko grała?

– Mów, proszę...

– On zrozumie. To dobry chłopak. A w tym, że jesteś chora, nie ma twojej winy... To tak, jakby ugryzł cię wściekły pies.

– Dlaczego on ma wiedzieć?

– Bo to zaraźliwe... Bardzo. Musi zachować ostrożność, żeby i na niego nie przeszło. Poza tym jest jeszcze coś. Nie jestem biologiem. Minęło wiele lat, od kiedy chodziłem do szkoły. A on, z tego, co wiem, miał to w programie nauczania. Antybiotyki, bakterie. Jeśli złożymy razem jego wiedzę i moją, może uda nam się coś zdziałać.

Kiwnęła głową, lecz widać było, że jej myśli krążą już gdzie indziej.

– Powiedzcie mu – powiedziała z pozoru obojętnie.

Zaniepokoiła mnie pustka, jaką zobaczyłem w oczach Heli. Wyglądało na to, że dziewczyna załamała się kompletnie. Wyszedłem z celi. Staszka nie było w naszej kwaterze, więc poszedłem do pracowni introligatora.

– Co z tobą? – Nils na widok mojej miny wyraźnie się zaniepokoił.

– Ech... – Machnąłem ręką. – Szukam mego towarzysza.

– Czekaj. – Przytrzymał mnie za łokieć. – Uspokój się, opanuj, wyrzuć z serca humory.

Pociągnął mnie do stołu, z antałka ukrytego w szafce nalał mi szklanicę mocnej, pachnącej ziołami wódki.

– Uwierz doświadczeniu starego człowieka – powiedział. – To jak lek, stępi wrażliwość zmysłów, zanim uczynisz coś pochopnego.

Upiłem ostrożnie łyk, a potem jednym haustem wykończyłem szklankę. Uuuu... Podły bimber zaprawiony czymś, co sprawiało, że smakował jak syrop, którym pojono mnie w przedszkolu.

– Co to? – zapytałem.

– Anyżówka. Mów – polecił.

– Obowiązuje mnie tajemnica... lekarska.

– Odbiliście dziewczynę z rąk kata, więc nie musisz łamać swojej obietnicy. Powiem ci, czego się domyślam, a ty potwierdzisz albo zaprzeczysz, i tyle. A zatem, skoro trafiła w jego ręce, mniejsza o to, legalnie czy nie, to był jej pisany jeden los. Kat najpierw próbował złamać jej wolę. Potem, przygotowując do wypełniania hańbiących obowiązków, wielokrotnie zgwałcił. Zważywszy, że to szlachcianka, jej duma i przyrodzona twardość woli z pewnością stanowiły dla niego znaczną przeszkodę. Obawiając się ucieczki, zapewne posunął się do okulawienia.

– Noga...

– Tak myślałem, to bydlę jest z tego znane. Traktuje ludzi jak zwierzęta.

Proszącym gestem podsunąłem szklankę. Nalał mi połowę. Zażyłem niczym lekarstwo, jednym haustem.

– Podstawowy problem polega na tym, że kat nasz, korzystając z uciech w ramionach swoich pracownic, z pewnością zapadł już na wstydliwą chorobę. Jeśli gwałcił waszą przyjaciółkę, to i ona może chorować. Słyszałem też co innego – zniżył głos. – Ponoć kilku możnych też na to zapadło, a jest taki pogląd, że uprawiając miłość z bardzo młodą dziewczyną, można oczyścić krew.

Wydałem z siebie tylko zduszony dźwięk. Myślałem przez moment, że zemdleję albo się porzygam... Dolał mi do kubka.

– Ta choroba czasem się cofa. Trzeba być dobrej myśli. Czy jako medyk...

– Jaki tam ze mnie medyk, trochę się o tym uczyłem i tyle – westchnąłem. – Pewne środki lecznicze w moich stronach istnieją, ale muszę się poradzić przyjaciela, nie sądzę, abyśmy potrafili je samodzielnie przygotować.

– Będę się za was modlił.

– Dziękuję.

Dopiłem ohydny trunek do końca i poczułem się odrobinę lepiej.

– Jak to jest, że to zwierzę może ot tak porywać kobiety, okaleczać, zarażać...

– A te, u których choroba czyni widoczne postępy, zabija – dokończył za mnie. – Tak stanowi prawo. Prowadzenie lupanaru i zaopatrywanie go w nierządnice to katowski przywilej. Mordowanie chorych roznosicielek zarazy to też prawo...

Alkohol na szczęście mnie ciut przymulił, bo znowu czułem żołądek w gardle.

– Szlachta w naszym kraju cieszy się przywilejem nietykalności i bez wyroku sądowego nie wolno jej...

– W Trøndelag katolicy są wyjęci spod prawa. Każdy chłystek może ich bezkarnie zabijać. Jeśli przyłapie się kogoś na kultywowaniu starej wiary, jego majątek jest konfiskowany, a dzieci mogą być sprzedane w niewolę.

Milczałem dłuższą chwilę.

– Chcę opuścić ten kraj, gdy tylko będzie to możliwe – powiedziałem wreszcie.

– Rozumiem. Mój przyjaciel powinien niebawem przybyć. Jeśli zginął na morzu, pomyślę o jakiejś innej możliwości odesłania was do ojczyzny.

– Dziękuję, panie.

– Swego towarzysza znajdziecie naprzeciwko...

Staszek siedział w warsztacie i małym pilniczkiem wycinał z grubej brązowej blachy jakąś zębatkę.

– Co robisz? – zapytałem.

– Komputer – powiedział z niewinną miną.

– Co?!

– Mechaniczny, oczywiście. Może raczej powinienem powiedzieć: kalkulator... Maszynka do dodawania. Będzie miała tarcze jak w telefonie i wynik pokazujący się w okienku. Na mniejszej tarczy jedności, na większej dziesiątki, na największej setki. I trybiki tak dobrane, że dziesięć obrotów mniejszego da jeden obrót większego. Z kolei dziesięć obrotów większego...

– Rozumiem.

– To bardzo prosta konstrukcja. Zrobię prototyp, a potem poszukamy cechu zegarmistrzów, żeby dali nam kasę na masową produkcję. Zaraz – popatrzył na mnie uważnie – mamy jakiś problem?

– Cholerny.

– Co się stało?

Wyjaśniłem.

– Syfilis? – Wytrzeszczył oczy. – Jakim cudem? Przecież... Zaraz. Myślisz, że kat ją czymś zaraził? Znaczy się gwałcił i...

– Tak.

Zacisnął wargi.

– W dodatku to odmiana, którą Kolumb przywlókł z Ameryki. Z tego, co kiedyś czytałem, upiornie zjadliwa, mijają może dwa tygodnie od zarażenia, a Hela już ma objawy – dodałem.

– Nie rozumiem?

– Zazwyczaj okres inkubacji jest dłuższy, a przebieg mniej dramatyczny. To, co roznosiły płatne panienki w naszych czasach, było o wiele łagodniejsze.

– Czyli...

– Jest źle.

Zacisnął pięści i wpatrywał się w zaśmiecone klepisko.

– Podejrzewałeś, że mamy w sobie nanotech czy coś w tym rodzaju?

– Tak sądziłem, bardzo szybko doszedłem do siebie po tym, jak dostałem w łeb. I sińce oraz guzy zbyt szybko znikły. Ale teraz wątpię. Zresztą niewykluczone, że to składa tylko uszkodzenia mechaniczne.

– W tej sytuacji pomóc nam może tylko ta cholerna łasica.

– Nie wiem, czy nam pomoże – westchnąłem. – Czy na przykład nie uzna, że dziewczyna i tak jest zbyteczna.

– I... – Wykonał dłońmi gest skręcania karku. – Coś nam pozostało poza modlitwami?

– Co miałeś z biologii?

– Pionę. Ale zarazków syfilisu nie przerabialiśmy...

– Penicylina. Najprostszy antybiotyk. Fleming i tak dalej – powiedziałem. – Co o niej wiesz? Co zapamiętałeś?

– Cholera. Zrobili ją, bo pleśń zakaziła pożywkę bakterii. Zarodniki pleśni? Zdaje się, grzyby hodowali piętro niżej, ale był przeciąg. Nie bardzo pamiętam.

– Tyle to i ja wiem. Kojarzysz, jaka to pleśń? Biała? Zielona? Gatunek?

– Moment. Nic nie mów. – Ścisnął głowę dłońmi. – Ja to umiem sprawdzić. Chyba. Trzeba przygotować hodowle bakterii, kilkadziesiąt sztuk, i zakazić różnymi odmianami pleśni. Tak zidentyfikujemy najlepsze... Bo z różnych odmian *Penicillium* tylko z niektórych pozyskiwano antybiotyk.

– Dasz radę? – Spojrzałem mu prosto w oczy.

Chyba się przestraszył.

– Tutaj? Bez mikroskopu, szalek, pożywki, w tych niehigienicznych warunkach?! Poza tym hodowla odpowiedniego szczepu pleśni to tylko pierwszy krok – spłoszył się.

– To znaczy?

– To nie są suszone grzybki. To substancja, którą się z nich otrzymuje. Krystaliczna penicylina czy coś.

– A gdyby użyć świeżych pleśni?

– Niektóre są paskudnie toksyczne. Poza tym przedawkowanie antybiotyku to może być poważna sprawa, a my nie mamy pojęcia, w jakich dawkach to podawać...

– Kurrr... – z trudem zdusiłem przekleństwo.

– Raz w życiu widziałem na zdjęciu hodowlę *Penicillium notatum*. Pamiętam z grubsza, jak wygląda, ale...

– Teraz mówisz?!

– Sam rozumiesz, teoretycznie każdy wie, jak zrobić bombę atomową, schemat znany, masy krytyczne encyklopedia podaje. Ale wzbogacenie uranu, wirówki gazowe, izotopy to już wyższa szkoła jazdy...

– Co chcesz przez to powiedzieć?

– Że co innego wiedzieć ogólnie, jak coś działa, a zupełnie co innego to wykonać! – wybuchnął. – Przychodzisz i żądasz, żebym ot tak zrobił coś, za co normalny człowiek po dziesięcioleciach badań dostaje Nagrodę Nobla. Pamiętasz, jak klarowałeś, że nie zdołam zbudować lokomotywy o użytecznej mocy? To jest tak samo! Albo i gorzej!

Zamyślił się głęboko. A potem trzasnął otwartą dłonią w ścianę.

– Oż cholera, trzeba to zrobić! – wycedził. – A przynajmniej spróbować.

Już się opanował. Zmrużył powieki i długą chwilę myślał. Najwyraźniej przypominał sobie wszystko, co wiedział. Na jego twarzy odmalowało się zwątpienie...

– Z czego zrobimy pożywkę? Nie mamy agar-agar. Żelatyna?

– Rosół z kury? Świeże mięso? – zaproponowałem.

Czułem, że znowu spróbuje się wycofać, że nie wierzy, by to było możliwe. A ja dla odmiany byłem przekonany, że to jedyna szansa dla Heli. I że trzeba zmusić go, żeby sobie przypomniał. Żeby to zrobił.

– Mikroskop... Potrzebuję mikroskopu.

– Czyli soczewki. Trzeba skombinować skądś lunetę i wymontować szkła. Nie wiem, jakie powiększenie uda się uzyskać, ale może wystarczy. Metodą prób i błędów, ale zrobimy. Mikroskop będzie. Co jeszcze?

– Nie, zaraz – jakby się obudził. – Chyba nie potrzebuję aż tak skomplikowanego sprzętu...

– Nie?

– Przez mikroskop widzielibyśmy pojedyncze komórki, a przecież to nie jest konieczne. Hodowla na szalce. Miliony, miliardy bakterii. Widać gołym okiem plamę, a to jest ich kolonia. Zobaczymy, czy rosną na pożywce, czy nie. Zobaczymy, czy pleśń je zabija.

– Jak niby?

– No wiesz, obok grzybni z penicyliną nic innego już nie wyrośnie. Tam pożywka pozostanie jałowa. Cholera... Szklanych szalek tu nie zdobędziemy, choćbyśmy się skichali.

– Umiesz zrobić pożywkę?

– W ramach szkolnego kółka biologicznego robiliśmy sobie raz hodowlę bakterii... To znaczy nie do końca my, druga grupa. – Spuścił oczy. – Zresztą w tym syfie...

– I dobrze, że jest tu syf – powiedziałem surowo. – Dzięki temu będzie dużo bakterii i pleśni do hodowli.

– Tak... Może masz rację.

– Czego potrzebujesz?

Czułem, że teraz muszę go przycisnąć, z całą belferską bezwzględnością, na jaką mnie stać. Że muszę go złamać i zmusić do wykonania zadania. I udało się.

– Miseczki. Małe. Trzydzieści sztuk. Roztwór żelatyny. Albo bulion. Faktycznie może być z kury, tylko trzeba pamiętać, żeby go nie solić. Tyle odmian pleśni, ile tylko znajdziemy. Ciepłe pomieszczenie, gdzie to dojrzeje. Jest jeszcze jeden problem.

– Tak?

– Zakładając, że wszystko się uda, nie wiem, jak jej to podamy. Chyba na surowo. W naszych czasach stosowano zastrzyki. Wydaje mi się, że z roztworu krystalicznej penicyliny. Tylko jak? Nie wiem nawet, w czym to się rozpuszcza! A nie wspomnę o dawce. Mamy ją leczyć, a nie zabić!

– Brakuje nam strzykawek – zauważyłem.

– Brakuje nam przede wszystkim technologii otrzymywania. Penicylinę, z tego, co pamiętam, odzyskiwali z roztworów schładzanych do temperatury zbliżonej do zamarzania, a potem, zdaje się, liofilizowali...

No proszę, typowy uczeń, stoi pod tablicą i dopiero jak się na takiego zdrowo huknie i walnie dziennikiem o blat, zaczyna sobie przypominać wyuczoną lekcję.

– Będziemy się martwili, gdy uzyskamy odpowiednie hodowle pleśni.

– Jeśli uzyskamy.

– Gdy uzyskamy – powtórzyłem z naciskiem. – Idę do Heli. W tym stanie nie powinna być długo sama. Tu masz pieniądze. – Wręczyłem Staszkowi sakiewkę. – Idź do naszego gospodarza, podpytaj, gdzie tu można kupić potrzebne rzeczy.

Wróciłem do Heli. Klęczała z różańcem w dłoni, modliła się. Westchnąłem w duchu. Wiara, prosta, codzienna, gasząca smutki, dająca nadzieję i pociechę. Jeszcze jeden element naszej świadomości, który zatarł się i zagubił gdzieś w czasie, jaki dzielił epoki moją i jej. Skończyła.

– Spróbujemy zrobić lekarstwo – powiedziałem. – Staszek co nieco pamięta, czeka nas jednak wiele eksperymentów, a wynik końcowy nie jest...

– Jak oceniacie szanse?

– Jeden do stu... Może więcej. Znamy jedynie podstawy teoretyczne. W naszych czasach poszłoby się do apteki i tyle.

– Mieliście aż tak silne leki? – zdumiała się.

– A nawet jeszcze lepsze – westchnąłem. – I szczepionki, które zabezpieczały nas przed wieloma różnymi chorobami...

Milczała długo.

– Jestem zbrukana – powiedziała wreszcie.

– Niebawem stąd wyjedziemy. Ani ja, ani Staszek nie piśniemy słowa. Nikt nigdy się o tym nie dowie.

– Ja wiem... Straciłam niewinność. – Zapatrzyła się gdzieś w dal.

Nic nie powiedziałem. Czułem, że argumenty mężczyzny z dwudziestego pierwszego wieku do niej nie dotrą. Dzieli nas zbyt wielka przepaść czasu. Aby ją pocieszyć, musiałbym najpierw rozszyfrować cały skomplikowany tok myślenia charakterystyczny dla ludzi z jej epoki.

Patrzyłem, jak Staszek pracuje. Ugotował kurę, potem wyjął z garnka i wrzuciwszy na jej miejsce kilka wołowych kości, długo jeszcze podgrzewał zupę, aż większość wody odparowała i na dnie pozostała warstwa gęstego, aromatycznego bulionu.

– Sądzisz, że to dobra pożywka dla bakterii? – zapytałem z powątpiewaniem.

Głupio, ale przeciągające się milczenie straszliwie działało mi na nerwy.

– Kiepska, ale najlepsza, jaką jestem w stanie tutaj zrobić – powiedział poważnie. – Zawiera dużo żelatyny, w chłodzie powinna zakrzepnąć, dzięki czemu bakterie będą rozwijały się w postaci kolonii, bez możliwości swobodnej wędrówki po całym roztworze... Tak mi się wydaje.

Złapał garnek widełkami i przeszliśmy przez podwórze. Niewielkie pomieszczenie przeznaczone na laboratorium było gotowe. Nasz gospodarz zamiótł klepisko i gdzieś poszedł. Hela, kuśtykając o lasce, odsunęła się od stołu. Spojrzałem na niewielkie gliniane miseczki ustawione w pięć rzędów po dziesięć sztuk.

A więc tak tworzy się historię? Przełknąłem nerwowo ślinę. Uda się? A może nie? Warunki były dalekie od laboratoryjnych, jednak z drugiej strony mieliśmy przecież hodować różne świństwa.

– „Dzisiaj metr, a jutro na Księżyc" – z głębin pamięci wypłynął mi cytat z Bułyczowa.

– Tylko że tym razem nie pracujemy nad teleportacją – odparował Staszek.

Zdziwiłem się. Nie sądziłem, że on także czytał klasyków.

Małą chochelką nalewał przygotowany preparat. Wrócił pan Nils. Patrzył z zainteresowaniem, jak chłopak wrzuca do każdej miseczki odrobinę zaśmierdłego mięsa i zgniłej ryby, a na końcu kruszy drobiny kolorowych pleśni z chleba.

– I cóż to będzie za lek? – zaciekawił się stary drukarz. – Składniki widzą mi się bardzo oryginalnymi.

– Panaceum, wyleczy może nie każdą chorobę, ale wiele. Oczywiście, jeśli uda się zakończyć to doświadczenie sukcesem... – Staszek uśmiechnął się smutno.

Rozumiałem go, ja też bałem się niepowodzenia. Hela... Jeśli nam się nie powiedzie, jaki los ją czeka? Kołatały mi w głowie jakieś informacje zaczerpnięte z czytanych kiedyś książek. Wrzody, uszkodzenia serca, mózgu, nerwów, kości, stawów, niedowłady kończyn i wreszcie śmierć. A jeśli się powiedzie? Pół roku kuracji? Jak sprawdzimy, czy jest już zdrowa? Ta choroba jest przecież diabelnie podstępna. Potrafi przejść w stadia utajone. Człowiek myśli, że jest zdrów, a tymczasem bakcyle toczą go powolutku od środka i nagle, gdy pojawiają się pełne objawy, okazuje się, że jest już za późno na jakikolwiek ratunek.

Penicylina... Jak wyizolować ten antybiotyk? Jak podawać? Jak dawkować? A jeśli zabijemy Helę podczas prób leczenia? Pleśnie rosnące na ścianach mogą wywołać raka. Istnieją podobno grzyby, które po spożyciu nie dają efektów zatrucia, ale ich toksyny stopniowo całymi latami niszczą wątrobę. Są i takie, które umieją żerować na żywym jeszcze organizmie, wywołując na przykład grzybicę płuc.

Hela wyszła. Chyba była dogłębnie rozczarowana. Nie dziwiłem się. Ten eksperyment rzeczywiście wyglądał dziwnie i żałośnie zarazem.

– I gotowe. – Staszek skończył zaprawiać ostatnią miseczkę pożywki. – Za parę dni, może za tydzień będziemy wiedzieli. I albo się uda, albo nie...

– Moim zdaniem, będzie z tego tylko zepsuta zupa nadająca się do wylania. – Nasz gospodarz wzruszył ramionami. – Ale to już wasz problem... Lek na syfilis bardzo by się przydał – westchnął. – Pamiętam, jak kilka lat temu zmarł mój przyjaciel. Zaraził się głupio, od młodej Niemki, którą przyjął do swego domu na służbę. Ostrzegałem starego capa, że wcześniej czy później go to spotka... A może i niedobrze byłoby, gdyby dało się leczyć te wstydliwe przypadłości? – nagle zmienił zdanie.

– Dlaczego? – Popatrzyłem na niego zdumiony.

– Te choroby to kara za rozwiązłość – rzekł z godnością. – Jeśli przestaną czynić szkody, co powstrzyma ludzi przed zaspokajaniem popędów ciała? Dziś franca zabija dziewki i rozpustników, co dla innych jest nauką. A i ostrzeżeniem.

– Zawsze mogą się trafić przypadki takie jak ten. – Gestem wskazałem Helę. – Co ona winna? Poza tym bywa, że młodzi chłopcy trafią w ramiona rozpustnych kobiet. Czy godzi się, by za chwilę słabości cierpieli przez całe życie? Cudza niedola po wielu spłynie niczym woda po kaczce. Co innego, gdyby sami zostali nią dotknięci. Nauka powinna dawać możliwości świadomej zmiany postępowania, a nie uśmiercać pouczanego.

– Masz rację – przyznał. – Jesteś widać nie tylko uczonym, ale i prawdziwym mędrcem.

– Ponadto, jeśli się uda, lek ten i inne choroby powstrzymać zdoła – dodał skromnie mój towarzysz.

– Czyńcie zatem swoje, a ja pomodlę się o pomyślność dzieła...

Wydobywszy z kieszeni różaniec, powędrował do siebie. Odprowadziłem go wzrokiem. W takich chwilach szczególnie wyraźnie czułem przepaść stuleci, które nas dzielą. On po prostu myślał inaczej. Z tych samych zjawisk wyciągał zupełnie odmienne wnioski.

– Temperatura będzie odpowiednia? – znowu przerwałem krępującą ciszę. – Tu jest dość chłodno...

– Plus dziesięć, może dwanaście stopni – uspokoił mnie Staszek. – To dobra temperatura. Na noc odrobinę dołożymy do pieca, przez ścianę trochę się i tu nagrzeje. Zaufaj mi, wiem, co robię. A przynajmniej tak mi się wydaje – westchnął ciężko. – Kiedyś już... – urwał w połowie zdania.

– Wiem, przepraszam, mówiłeś, że w szkole to robiliście. Gadam, bo się denerwuję.

– Mów, mów, czasem trzeba wyrzucić z siebie. Gotowe. – Nakrył hodowlę kawałem szarego płótna. – Teraz cóż, musimy czekać... Za trzy, cztery dni może będzie już coś widać.

Wyszliśmy z „laboratorium". Helena siedziała koło studni. W dłoniach obracała swój kij. Pomyślałem, że trzeba zrobić dla niej kulę, taką starego typu, z podpórką pod ramię.

– Jak silny jest ten lek? – zainteresowała się. – Jeśli oczywiście zdołacie go uzyskać.

Wyczułem, że też nie wierzy w sukces doświadczenia.

– Bardzo – powiedziałem. – Jeśli tylko uda nam się wyprodukować antybiotyk, to po kilku... – zawahałem się – miesiącach regularnego zażywania powinnaś zupełnie wrócić do zdrowia.

– I tylko to... – Z trudem przestawiła okaleczoną nogę. – Mogę się na niej trochę wesprzeć, ale nie jestem w stanie iść swobodnie, pewnym krokiem, jak dawniej.

– Syfilis powoduje rozkład tkanek – powiedział Staszek. – Chyba trzeba poczekać z operacją do wyleczenia.

– Nie. Im szybciej zszyjemy ścięgno, tym większe szanse, że odzyska sprawność. Ale chciałbym mieć już w czasie operacji penicylinę.

– Robiłeś to już kiedyś?

– Masz na myśli szycie? Tak. W czasie szkolenia, ale szyliśmy tylko skórę i mięśnie. Problem w tym, że nie mam tu odpowiednich narzędzi i nici. Spróbuję jedwabiem, jeśli uda się go zdobyć. No i nie wiem, czy to się dobrze zrośnie – westchnąłem. – Czy nie puści przy większym wysiłku. Skórę trzeba będzie ciąć co najmniej dwukrotnie, nici się nie wchłoną, trzeba będzie wyciągnąć. Zrozum, ja byłem szkolony do tego, żeby rannemu w wypadku zapewnić w miarę prawidłowe krążenie oraz oddychanie i jak najszybciej dostarczyć go w ręce fachowców. Byle absolwent liceum pielęgniarskiego bije mnie wiedzą o kilka długości!

– I mimo to chcesz operować? – zdziwił się.

– A mamy inne wyjście? Jeszcze się nad tym zastanawiam, zresztą ty też robisz penicylinę, bo wiesz, że to jedyna szansa!

– Ba... Jeśli w ogóle nam coś z tego wyjdzie. – Popatrzył na drzwi, za którymi zostawił swoją hodowlę. – No nic, niech sobie grzybki i bakterie w spokoju rosną. Gdybyście mnie potrzebowali, będę w warsztacie.

Poszedł. Hela wystawiła twarz do słońca, po jej policzkach płynęły łzy. Podszedłem do stosu pniaków i ująłem w dłoń piłę. Praca uspokajała, powstrzymywała straszliwą gonitwę myśli...

Czas... Przez całe życie pędziłem na złamanie karku. Szkoła, krótkie okresy wakacji. Studia, praca w rodzinnym warsztacie, praktyki wakacyjne. Nieustanny młyn obowiązków. Zarabiałem, wydawałem, jeździłem do roboty, wracałem z roboty i tak w kółko. Aktywność, męcząca rutyna zadań. Tu nagle znalazłem się w zupełnie innym świecie. Mam siedzieć na zadku i czekać, aż z południa przypłynie kupiec i może mnie zabierze do Bergen. Mam siedzieć i czekać, aż w miskach z rosołem wyrośnie kożuch pleśni albo zawartość zgnije.

Albo zrobimy penicylinę, albo będziemy musieli patrzeć, jak śliczna piętnastolatka wykańcza się miesiącami w wyjątkowo obrzydliwy sposób. Możemy się modlić za powodzenie eksperymentu, lecz w żaden sposób nie jesteśmy w stanie wpłynąć na procesy zachodzące w pożywce...

Mam robotę – pociąć i porąbać ćwierć lasu zwalone na podwórzu. Zimą te polana pójdą do pieca... Nie pozostanie żaden trwały ślad mojego wysiłku. Jak zwykle.

Dni płynęły spokojnie, podobne do siebie. Siedzieliśmy w dawnym beginażu niczym myszy pod miotłą. Rano jedliśmy we trójkę śniadanie. Czasem wpadał też nasz gospodarz. Potem on szedł na miasto spotykać się ze znajomymi. Podejrzewałem, że przez cały czas prowadzi jakąś pracę konspiracyjną, ale nie wtajemniczał nas w żadne szczegóły. Przynosił za to plotki. Hela została wywołana jako zbiegła niewolnica i wyznaczono nagrodę za schwytanie. Kat pojechał jej szukać do Horg – podejrzewał, że to ktoś z mieszkańców wioski udzielił dziewczynie pomocy.

Przedpołudnia ciągnęły się jak guma. Ja ze Staszkiem piłowaliśmy kłody i rąbaliśmy je na polana. Hela nie miała w zasadzie nic do roboty, szykowała jedzenie, czasem zamiatała obejście. Po obiedzie Staszek majstrował przy swoim „komputerze", klnąc i narzekając na brak odpowiednich narzędzi. Sądzę jednak, że tak naprawdę miał problemy z wymyśleniem, jak to urządzenie ma działać. Może prostszy do wykonania i przydatniejszy byłby suwak logarytmiczny, ale nie miałem pojęcia, jak go zrobić, a i chłopak nie bardzo pojmował, co to takiego.

Przejrzeliśmy wszystkie osiemnaście książek, które stary miał w domu. Większość z nich to były jakieś dzieła dotyczące praw majątkowych i traktaty religijne. Jedyną ciekawostką okazało się tłumaczenie pism Lutra. Długo nie mogliśmy wyjść ze zdumienia, tak ziały prymitywnym antysemityzmem.

Jesień była zaskakująco ciepła i pogodna, jednak nadchodziły coraz zimniejsze noce, a odległe góry z dnia na dzień stawały się bardziej białe.

Helena czuła się nieźle, sińce na jej ramionach zbladły. Nadal widać było, że jeszcze nie otrząsnęła się z szoku. Czasem budziła się z krzykiem, reagowała też nerwowo na każdy gwałtowniejszy ruch, ale i to powoli mijało. Wysypka stopniowo ustępowała, najwyraźniej franca przechodziła w kolejne stadium. Zastanawiałem się nawet, czy moja diagnoza nie była przedwczesna, lecz Hela nie miała złudzeń.

Od uwolnienia dziewczyny minęły dwa tygodnie. Pewnego poranka obudziły mnie kościelne dzwony. Niedziela... Koło południa przyszło kilku znajomych introligatora. W sieni pozakładali płaszcze z kapturami osłaniającymi twarze. My też zamaskowaliśmy się w podobny sposób. Zebrani na strychu odprawiliśmy coś na kształt nabożeństwa. Nils wyciągnął ze skrytki mszał i odczytał z niego po kolei cały porządek mszy. Wygłosił też krótkie kazanie o tym, że trzeba uzbroić się w cierpliwość i zaufać Panu, bo Ewangelia obiecuje, iż moce piekielne nie przemogą Kościoła...

Gdy uczestnicy się rozeszli, pan Nils też wymknął się na miasto, a my poszliśmy ze Staszkiem do laboratorium. Czternaście dni według niego to odpowiedni czas, by coś się już zdążyło wykluć. Długo i w milczeniu oglądał każdą próbkę. Na wszystkich szalkach widoczne były ciemne plamy rozkładu. Wszystkie upstrzone były też kępkami pleśni. Śmierdziało niemożebnie. Stałem, czekając cierpliwie, aż mój towarzysz się odezwie.

– Jeśli dobrze pamiętam, to wokół kolonii grzyba produkującego penicylinę powinny powstać strefy pożywki całkowicie czystej, wolnej od bakterii. Tu na wszystkich próbkach mamy to samo, pokojową koegzystencję jednego z drugim... – powiedział wreszcie.

Widać było po nim straszliwe rozczarowanie.

– Czyli nic z tego? – wolałem się upewnić.

– Nie udało się. Nie te szczepy pleśni. Niektóre wyglądają nawet podobnie, ale to nie jest *Penicillium notatum*.

– *A szajs!*

Zadrżałem, słysząc, że Hela znowu przeklina w jidysz. Tak długo był już spokój, sądziłem, że druga osobowość zasnęła na dobre.

– Myślałeś, że to takie proste? – Staszek spojrzał na mnie zmęczonym wzrokiem. – Przygotujemy kolejny zestaw. Musimy spróbować raz jeszcze... Do skutku, psiamać! Wcześniej czy później trafimy na odpowiedni szczep. Nie mamy innego wyjścia.

– Łasica? – podsunąłem.

– Jeśli zna się na ziemskiej medycynie, jeśli uzna za stosowne nam pomóc, jeśli ma odpowiednie możliwości... – Zaginał kolejne palce. – Nie pojawiała się od dawna. Co zrobimy, jeśli nie przyjdzie już nigdy?

– Myślisz, że wyczerpały jej się baterie?

– Cholera wie jak jest zasilana. Bez przerwy narzeka, że ma za mało energii. Może wreszcie paliwo się skończyło i futrzak rdzewieje teraz gdzieś w lesie? Kto wie... Hmm... Gdyby tak ją odnaleźć. Przeprowadzić sekcję, czy może raczej demontaż... Pomyśl sam, w jej wnętrzu mogą być takie rzeczy, takie rozwiązania techniczne, że popchnęlibyśmy rozwój cywilizacji co najmniej o kilkaset lat! – Oczy mu zabłysły.

– Jaaasne, doktorku – prychnąłem.

– Co ci się nie podoba?

– Rozbierałeś kiedyś komputer?

– No pewnie. Ty chyba też? Jesteś informatykiem.

– Byłem – sprostowałem.

– Komputery się składa i rozbiera w miarę potrzeb.

– Świetnie. Więc wyobraź sobie, że masz laptop. Tu i teraz. Rozbierz go i spróbuj wykorzystać zdobytą wiedzę. Proszę bardzo, weź najlepszego złotnika w mieście, niech ci odtworzy jeden głupi układ scalony. A może szlifierz kryształów zrobi ci mikroprocesor Pentium? A wyświetlacz LCD? Diody? Wiesz, jak trudne byłoby skopiowanie głupiego opornika? – kpiłem.

– Masz rację...

Raz jeszcze uważnie oglądał wszystkie próbki. Był bardzo skupiony, czułem, że ma świadomość absolutnej klęski, ale nie chce niczego zaniedbać.

– Damy więcej misek? Na przykład setkę? – zaproponowałem. – Miejsca mamy pod dostatkiem.

– Bardziej przydałyby się nowe gatunki pleśni... Sam nie wiem. Może to draństwo nie rośnie tak daleko na północy? Może trzeba sprowadzić pleśnie aż z Anglii? Nie wiem. Może są antybiotyki podobnego pochodzenia, a łatwiejsze do uzyskania niż penicylina? Ale to jedyne, co byłem w stanie wymyślić. – Wskazał hodowlę. – Jestem tylko głupim licealistą, który nie zdążył zdać matury. I nawet nie zamierzałem zdawać z biologii.

– Piątkę miałeś.

– Miałem. I zaklepaną szóstkę na koniec. A powiedzieć, jak to było naprawdę? Nasz biolog był porąbanym entuzjastą, a nie prawdziwym belfrem. W ogóle nie realizowaliśmy programu.

– Jeśli dobrze rozumiem, szóstka była najlepszą oceną? – zainteresowała się dziewczyna. – To za co właściwie miałeś ją dostać?

Na szczęście odezwała się po polsku. Widać druga osobowość już się cofnęła.

– Bo do szkolnej pracowni przygotowałem ładną gablotkę ze skamielinami – przyznał się. – A na kółko chodziłem, bo fajnie gadał o zwyczajach zwierząt i owadów. Na przykład sprawdzaliśmy pod binokularem, ile pająk ma oczu. I różne ciekawe okazy jeszcze z przedwojennej kolekcji dydaktycznej wyciągał, aby nam pokazać.

Poczułem, że moja nadzieja rozsypuje się w drobny mak. Z drugiej strony czego oczekiwałem? Przywykłem, że fajnie ze Staszkiem pogadać, że miewa czasem niezłe pomysły, ale w którymś momencie musieliśmy zderzyć się z rzeczywistością.

– Wiemy, jak to zrobić – powiedział. – A przynajmniej znamy z grubsza metodę. Powinno się udać. Tylko że to może potrwać tygodnie, miesiące, może nawet lata. No i warto by popracować na lepszym sprzęcie...

– Wszyscy jesteśmy zmęczeni. – Nasza przyjaciółka, która w milczeniu przysłuchiwała się jego wywodom, znowu odezwała się w jidysz. – Ale stanowicie moją jedyną nadzieję. Pamiętam, że już przed wojną leczono syfilis. Czyli da się bez tej waszej penicyliny. Nie wiem tylko, jak ani czym. Nikt z moich znajomych na to nie zapadł. Nie zadawałam się z takimi.

– Sulfonamidem pewnie – mruknął Staszek. – Nie, zaraz. One pojawiły się w latach trzydziestych. To musiało być coś jeszcze prostszego.

– Teraz dopiero mówisz? – wkurzyłem się. – To po cholerę męczymy się z całym tym kramem?

– Nie wściekaj się – poprosił. – Antybiotyk jest łatwiejszy do uzyskania. Przynajmniej w naszym przypadku. Nie mam zielonego pojęcia o budowie chemicznej sulfonamidów... A w przypadku antybiotyków znam przynajmniej podstawę teoretyczną. No i nie wiemy, czy sulfonamidy w ogóle zwalczają krętki kiły.

– Mam pecha – powiedziała Estera. – A rtęć? Coś mi się kojarzy, że kiedyś leczono to rtęcią...

– Pomaga tylko łagodzić niektóre objawy, w dodatku rujnuje organizm. Zresztą jej zdobycie w tej epoce będzie bardzo trudne – konsekwentnie mówiłem po polsku, licząc, że osobowość Heli wybije na powierzchnię.

Nie udało się. Twarz dziewczyny nie zmieniała wyrazu, ciągle była nieruchoma jak maska.

– Widać los mój zapisany został raz na zawsze – westchnęła. – Kiedy ktoś miał umrzeć, to nie ma odwołania.

Wzdrygnąłem się. A jeśli miała rację?

– A taka, dajmy na to, polopiryna? – podsunąłem.

– Działa przeciwzapalnie. Tym syfilisu nie wyleczysz. Zresztą nie znam jej wzoru chemicznego. – Staszek wzruszył ramionami. – Nie dam rady jej zrobić. Jakieś substancje podobne do chininy są w korze wierzbowej, ale to też o wiele za słabe.

– Czyli już po mnie – stwierdziła ze smutkiem.

– Nie! – Spojrzał zupełnie dziko. – Nawet tak nie myśl! Zrobię penicylinę!

Nasz gospodarz wrócił bardzo zdenerwowany. Trzasnął drzwiami, potem wyszedł na dziedziniec i pokręcił się chwilę zupełnie bez sensu, jakby chciał sobie znaleźć jakieś zajęcie, ale nie wiedział jakie. Staszek podszedł do niego.

– Stało się coś złego? – zapytał. – Możemy w czymś pomóc?

– Duńczycy przetrzymują w lochu jednego z naszych braci, kapitana Bjarta, Islandczyka. Dziś oficjalnie ogłoszono, że zostanie stracony.

Westchnąłem. W życiu nie słyszałem o tym człowieku, ale poczułem dziwną wspólnotę naszych losów. Oto ktoś stanął na drodze lensmannowi i za to zostanie zamordowany. A może jego schwytanie groziło dekonspiracją spisku?

– Musicie zatem go uwolnić – powiedział Staszek.

Ech, naiwniak...

– Młodzieńcze, myślisz, że nie przyszło nam to do głowy? Problem zasadza się w tym, iż brat nasz więziony jest w lochach pod pałacem biskupim. Tam rezyduje namiestnik. Możesz mi wierzyć, że budynek ten jest dobrze strzeżony we dnie i w nocy. Uwolnić? Jak niby tego dokonać?

– Z zaskoczenia? Dwaj wasi ludzie podchodzą po cichu, zabijają strażników przy bramie strzałami z kuszy. Zakładają ich płaszcze, idą do lochów, tam zabijają kolejnych strażników, rozdają broń więźniom, a dla wywołania paniki można też podpalić zabudowania gospodarcze od strony rzeki.

Dziecko mojej epoki, pomyślałem prawie wesoło. Za dużo się „Matriksa" naoglądał.

– Nie słuchajcie go, panie, młody jeszcze, to i fantazjuje – powiedziałem.

– Strażników nie da się tak łatwo zabić – odparł introligator. – Wprawdzie pilnują bramy, ale stojąc wewnątrz. Można by spróbować tak, jak mój kuzyn uczynił przed dziesięciu laty. Też był taki młody i wyrywny, umyślił sobie, że zabije lensmanna. Zebrał kilkoro przyjaciół, przekupili dostawcę i ukryli się w beczkach po winie. Liczyli, że nocą wyjdą z beczek w piwnicy i ruszą do komnat, zabijając po drodze każdego, kto się nawinie... Niestety.

Zamilkł, najwyraźniej nie chciał o tym mówić.

– Pałac biskupi – rozważał Staszek. – To ten kamienny budynek obok ruin katedry? W takim razie jest chyba metoda.

Nils popatrzył na niego pytająco.

– Trzeba zakraść się do ruin, zebrać kilkunastu waszych i nocą wydrążyć podkop z krypt na wschód, do podziemi pałacu. Po drodze nie powinno być skały, drzewa tam rosną. Podkop trzeba szalować drewnem, rozbierze się rusztowania...

– Napij się. – Gospodarz nalał Staszkowi do kubka anyżówki. – To ci głowę trochę ochłodzi albo zaśniesz i przestaniesz głupoty gadać.

– Ale...

– Posłuchaj – warknąłem. – Widziałeś wysokość ścian katedry? Widziałeś ich grubość? To są miliony ton kamienia. Fundamenty pod czymś takim są jak korzenie potężnego dębu. Wejdziemy do krypt, jeśli uda się je odnaleźć. Potem będzie trzeba przekuć ścianę grubą na co najmniej cztery, może pięć metrów. To, powiedzmy... dwa tygodnie roboty? – Spojrzałem pytająco na starego.

– Może i dwa – zgodził się.

– Następnie trzeba wykopać tunel o długości pięćdziesięciu, może siedemdziesięciu kroków. I wtedy wreszcie będziemy na miejscu, to znaczy przy nieco cieńszym fundamencie pałacu.

– Dobra, niech to nawet trwa kolejny tydzień – zaperzył się Staszek. – Zresztą można kopać całą dobę na trzy zmiany i...

– Staszku, jak wyobrażasz sobie przekucie ściany więzienia? Nawet jeśli będziemy tylko wyskrobywać zaprawę spomiędzy bloków kamienia, to i tak hałas zwróci czyjąś uwagę.

– Ponadto nie wiemy, w której części lochu przetrzymywany jest nasz przyjaciel – dodał Nils. – Jeśli trafimy na jego celę, to dobrze. A jeśli nie? A jeśli trzymają go pod innym skrzydłem?

– Fakt – zasępił się chłopak.

– Może Peter Hansavritson coś wymyśli – mruknął stary.

Drgnąłem i nadstawiłem uszu. Peter Hansavritson? To nazwisko nie było mi obce, co za zbieg okoliczności.

– Gadają, że już przypłynął, tylko się ukrywa.

– Po co się ukrywa?

– Gdyby tak po prostu przypłynął i zacumował swój okręt w porcie, z miejsca naraziłby się na kłopoty. – Popatrzyłem na niego z politowaniem. – Zapewne przybył na pokładzie jakiegoś innego statku. Może towar, który miał dostarczyć, przepakował na jakąś łajbę...

– No tak. Za dużo tej wódki. – Widząc, że stary chce mu dolać, Staszek zakrył dłonią kubek. – Umysł mi już zaciemnia...

– Tak, pora udać się na spoczynek – poparłem go.

Pożegnaliśmy się i wyszliśmy. Staszek szedł na szczęście prosto, tylko język mu się odrobinę plątał. Ja też poczułem moc trunku.

– Sponiewierało? – zapytałem.

– Nie nawykłem do picia gorzały.

– Zmęczony jesteś, to i mocniej złapało – wyjaśniłem. – A jutro pewnie będziemy mieli kaca, bo jakość tego samogonu...

– Popatrz – szepnął i złapał mnie za ramię. – Myślałem, że śpi.

Hela siedziała na progu swojego pokoju. Ramiona okryła derką.

– Może powinniśmy dotrzymać jej towarzystwa? – zapytał cicho. – Wygląda na smutną...

– Myślę, że potrzebuje raczej pobyć trochę sama, poukładać wszystko w głowie – odparłem. – Została głęboko zraniona. Zresztą śmierdzimy tą siwuchą na kilometr. Jeżeli w tym stanie spróbujemy zagadywać, raczej zepsujemy sobie opinię.

– Czy... jak przetrzeźwiejemy, oczywiście... coś da się zrobić? Pocieszyć jakoś trzeba.

– Nie wiem. Taka trauma często wyciska piętno na całe życie – westchnąłem. – Musimy się liczyć z tym, że Hela już nigdy nie będzie taka jak dawniej. Problem w tym, czy zdoła tak żyć...

Zagryzł wargi.

– Przydałby się nam wykwalifikowany psycholog – westchnął. – Może coś by doradził.

– Przydałoby nam się wielu specjalistów albo chociaż komp z dostępem do Internetu. – Uśmiechnąłem się krzywo. – Wymyśl coś innego.

– Pociecha religijna...

Podeszliśmy do naszych drzwi. Hela podniosła głowę.

– Połóż się już spać – poprosiłem. – Musisz wypocząć.

– Panie Marku...

– Tak?

– Nie przyjmą mnie do klasztoru, prawda? Nawet gdybyśmy kiedyś dotarli do jakiegoś katolickiego kraju...

– Nie widzę problemu. – Wzruszyłem ramionami. – Jeśli poczujesz powołanie, przyjmą.

– Jestem zbrukana...

– Kościół zawsze z troską pochylał się nad ofiarami przemocy.

– I chora...

– Wyleczymy cię – zapewnił Staszek. – Nie będzie to łatwe, ale stanę na uszach, żeby zrobić penicylinę.

Spałem długo. Dzień był paskudnie deszczowy, po niebie wiatr przetaczał chmury. Ochłodziło się znacznie. Nils zajrzał do nas tylko na chwilę, informując, że wróci wieczorem. Hela obudziła się jeszcze później, dopiero około jedenastej. Z jej zapuchniętych oczu wywnioskowałem, że większą część nocy przepłakała. Staszek zabrał się za szykowanie śniadania. Nakroił zakalcowatego chleba, posmarował smalcem, ugotował w kociołku kompotu z jabłkowego suszu. Usiadłem obok Heli.

– Posłuchaj... – zacząłem.

– Nie mówcie nic. – Pokręciła głową. – Nie pocieszajcie mnie. Wiem, że chcecie mi pomóc, ale...

– Witajcie! – rozległ się stanowczy głosik.

Wzdrygnąłem się i rozejrzałem. Na stole siedziała łasica.

– Cześć – mruknąłem.

– Witaj, pani. – Hela wstała i dygnęła.

Staszek również się ukłonił. Tylko ja nie czułem potrzeby okazywania temu czemuś szacunku.

– Jak wasze postępy w wypełnianiu zadania? – Czarne paciorki oczu patrzyły bez wyrazu.

– Zdołaliśmy uwolnić towarzyszkę – odparł chłopak.

– Nie o to pytam.

– Ustaliłem, że Alchemik Sebastian zbiegł na południe. Być może trop uda się podjąć w Bergen – zabrałem głos.

– Wiem – ucięła łasica.

– Jestem na dobrej drodze w poszukiwaniu transportu do tego miasta... – brnąłem dalej.

– Co z Okiem Jelenia?

– Nadal nie trafiliśmy na żaden ślad.

– Czyli przez cały ten czas nie zdziałaliście nic – podsumowała.

Popatrzyła na Staszka. Przyglądała mu się przez chwilę uważnie.

– Masz poważne zaburzenia gospodarki hormonalnej – powiedziała. – Produkcja tych substancji powoduje nadmierne napięcie seksualne, co upośledza pracę twojego mózgu.

Zrobił się czerwony jak burak.

– Co do ciebie – przeniosła wzrok na Helę – twoje ciało doznało poważnego uszczerbku fizycznego i szeregu uszkodzeń na poziomie komórkowym.

– Jestem bardzo chora – szepnęła Hela. – Czy możesz mnie wyleczyć?

Poczułem szum w uszach, wzrok mi się lekko przymglił. I nagle wszystko ustało.

– Syfilis – powiedziało zwierzę. – Nie umiem tego wyleczyć.

Odczytała nasze myśli? Raczej wspomnienia? Hela łkała bezgłośnie.

– Więc co... – zacząłem.

– Zabij ją! – poleciło zwierzę.

– Nie! Jest nam potrzebna! – zaoponowałem desperacko.

Czy za tymi czarnymi kulkami były kamerki? Czy zrozumiała moje wzburzenie?

– Potrzebna? – Łasica przechyliła głowę.

– Tak – potwierdził Staszek.

– Ach, rozumiem – odezwała się po krótkim namyśle. – Szukałam wzorca waszych zachowań behawioralnych. Zapomniałam. Ciągle nie mogę się dostosować do waszego sposobu myślenia. Aby wydajnie pracować, musicie co jakiś czas rozładować popęd płciowy, a ona jest odpowiednio dojrzała pod względem biologicznym i fizycznym, żeby zapewnić wam przy tym odpowiednie doznania estetyczne. Ryzyko zachorowania nie jest tu wystarczającą przeszkodą, a nawet dostarczyć może dodatkowego dreszczyku emocji.

– Co?! – Chłopak zrobił wyjątkowo durną minę.

– Łasicy chodzi o to, że aby dobrze wykonywać zadania, powinniśmy od czasu do czasu pofiglować z dziewczyną, i sądzi, że Hela, nawet chora, właśnie po to jest nam potrzebna – wytłumaczyłem mu łopatologicznie. – Co więcej, doszła do wniosku, że taka rozrywka...

– O kurde.

– Mylę się? – Zwierzę popatrzyło na mnie uważnie. – Czy chodzi o jakieś wasze tabu religijne? Chcielibyście najpierw ślub i tak dalej? A może za młoda? Wasze prawa nie obowiązują w tej epoce. Pod względem fizycznym jest odpowiednio dojrzała. Porównując z występującym w materiałach pornograficznych typowym wzorcem ludzkiej samicy...

– Nic nie wiesz o ludziach! – warknąłem. – I nic nie wiesz o kobietach, jeśli wiedzę o kontaktach międzyludzkich czerpiesz z takiej kloaki!

– Fakt, istoty tak nielogiczne wymykają się logicznemu rozumowaniu. Nie bardzo jestem w stanie w chaosie waszych zachowań dostrzec sens – przyznała. – Zbyt wiele was rozprasza, zbyt wiele czynników determinuje wybory, których dokonujecie. Często są to przy tym wartości zupełnie ze sobą sprzeczne i ostateczny efekt trudno przewidzieć...

– I dlatego narzucasz nam swoją wolę, nie licząc się zupełnie z naszym zdaniem i naszą oceną sytuacji? – prychnął Staszek. – Że o zdaniu Heli nie wspomnę? A może ona nie życzy sobie z nami spółkować?

– Moje interpretacje są czasem nieco na wyrost – przyznała łasica – lecz narzucanie wam mojej woli jest logiczne. Istnieją rzeczy, które trzeba zrobić, a wasz wrodzony irracjonalny upór zabiera masę czasu. No, nieważne. Zabij ją wreszcie! – zwróciła się do mnie.

– Nie.

Ból uderzył jak młot. Zdawałem sobie sprawę, że to tylko symulacja, że fizycznie nie grozi mi żadne niebezpieczeństwo... Doszedłem do siebie, leżąc na podłodze w kałuży własnego moczu i wymiocin.

– Jeżeli będziesz nas torturować, będziemy wrzeszczeć! – krzyczał Staszek. – Tak jak Marek przed chwilą! Zbiegnie się cała okolica! Zobaczą i nas, i ciebie. Legendy tego ludu mówią o demonie pod postacią łasicy! Nawet jeśli zdołasz uciec, zabiją nas i nici z całej misji!

– Tak. Masz rację – mruknęła. – To by dużo skomplikowało. Chaos nie jest dobry.

Ból uderzył mnie ponownie. Darłem się na całe gardło, ale tym razem nie wydawałem żadnego dźwięku. Jak oni to robili? Pamiętałem, że Skrat też wykonał taką sztuczkę, wtedy w krzakach za biblioteką.

– To były trzy sekundy – powiedziało zwierzę. – Następnym razem dostaniesz dziesięć.

Rysy dziewczyny tężały w znajomy sposób. Mimo że sytuacja nie sprzyjała rozważaniom, zadumałem się nad przyczyną tego zjawiska. Inna mimika? Umysł pamiętał, jak poruszać mięśniami twarzy, ale odmienność fizyczna powodowała, że impulsy biegnące po nerwach poruszały nie te partie, które powinny? Tak, to musiało być coś w tym stylu.

– Nie zabijaj mnie – poprosiła Estera, patrząc mi w oczy. – Ja i tak nie istnieję. Jestem tylko strzępkiem wspomnień dziewczyny, która cierpiała przez cztery lata, a na koniec popełniła błąd, uzbrajając ładunek wybuchowy. Jestem martwa. Tak mi się przynajmniej wydaje. Ale nawet ta odrobina życia... – Zwróciła się w stronę łasicy. – Pani, nie rób mi tego. Wykonam zadanie. Nawet jeśli nie istnieję, nawet jeśli to ciało jest skazane na zagładę, nie odbieraj mi tej resztki.

Ty może jesteś martwa, pomyślałem ze współczuciem. Ale Hela żyje.

– Nie zrobię tego – wysyczałem.

Błysnęło mi przed oczami. Poczułem, że lecę. Otchłań śmierci wypełniona tylko i wyłącznie bólem. Usłyszałem jakiś łoskot, dobiegał gdzieś z daleka.

To koniec, pomyślałem, gdy znowu poczułem pod policzkiem twarde dechy podłogi. Muszę zabić Helenę...

Przez dobrą chwilę rozkoszowałem się swoją genialnością. Zaszlachtuję dziewczynę i ból minie... I naraz się ocknąłem. Co ja pieprzę?! Nie zrobię tego. Niech łasica mnie zabije, ale ja nie będę mordował na czyjś rozkaz.

Otworzyłem oczy.

– Dureń – powiedziała do mnie łasica. – I co ci przyjdzie z tego uporu?

– Ocalę moją duszę i honor.

– Wykonasz polecenie? – Biła się ogonem po bokach niczym rozzłoszczona kotka.

Nie sądziłem, żeby łasice tak demonstrowały wściekłość, pewnie dla lepszego porozumienia zakodowano jej także zachowanie naszych zwierząt domowych.

– Nigdy!!!

– A ty? – Spojrzała na Staszka.

– Nie – wychrypiał drżącym głosem.

Czułem, że wytrzyma dużo krócej niż ja, i też chyba zdawał sobie z tego sprawę. Ale był gotów walczyć. Zawahała się na moment. Wyglądało na to, że znowu coś przelicza albo sprawdza w bazach danych.

– Dobrze – powiedziała. – Dalsze szarpanie się z waszymi idiotycznymi przesądami zajmie za dużo czasu.

Usłyszałem dziwny wizg i na chwilę pociemniało mi w oczach. Potrząsnąłem głową. W powietrzu poczułem ohydną woń spalonego mięsa. Staszek stał w kącie blady jak ściana. Poszukałem wzrokiem Heli. Leżała koło drzwi, jakby rzuciła ją tu jakaś straszliwa siła. Była bezwładna niczym szmaciana lalka. Na piersi i gardle miała niewielkie czarne plamki zwęglonego ubrania oraz skóry. Łasica zabiła ją laserem, mikrofalami albo podobną wiązką energii.

Przez sekundę czy dwie nie potrafiłem w to uwierzyć. Potem poczułem obezwładniającą rozpacz. Potworny żal ścisnął mi gardło. I zaraz ogarnęła mnie wściekłość. Nienawiść jak ta, która sprawiła, że mój pradziadek wywleczony z własnej chałupy i prowadzony pod konwojem do ciężarówki zaatakował trzech uzbrojonych po zęby niemieckich żandarmów sztachetą wydartą z płotu.

– Ty ścierwo!!! – ryknąłem i z pianą na ustach rzuciłem się w stronę zwierzęcia.

Życie, śmierć, wszystko przestało mieć znaczenie. Może mnie też zabije, ale przedtem złamię ten futrzany kark. Wbiję zęby w gardło, rozerwę na strzępki, ukręcę ogon... Zginę, ale zginę honorowo! Tak, jak umierali moi przodkowie. Tak, jak powinien odchodzić mężczyzna. W walce.

Użyła pola siłowego czy czegoś w tym rodzaju. Poczułem, jakbym uderzył w ścianę. Stłukłem sobie boleśnie palce, bark i biodro, z rozbitego nosa poszła krew. Skóra na piersi, brzuchu i udach piekła jak oparzona.

– Nawet nie próbuj! – warknęła.

Poczułem, że tracę czucie w nogach, i opadłem na podłogę niczym popsuty manekin. Ciało przestawało mnie słuchać. Spojrzałem na naszą przyjaciółkę, chcąc przed śmiercią pożegnać ją choćby wzrokiem. Jeszcze przed chwilą, może minutę temu, była tak pełna życia. Teraz... Nad plackami spalenizny snuł się dym, a może para? Oczy, nieruchome, szkliste, pozbawione iskierek, patrzyły rozbieżnym zezem. Chciałem podnieść się i spuścić jej powieki, lecz całkowicie utraciłem władzę w nogach. Poczułem, że niezależnie od woli w oczach zbierają mi się łzy.

– Na co czekasz, ty bydlę?! – zwróciłem się do łasicy. – Dobij. Będę miał to wszystko raz na zawsze z głowy. Ale zrób to teraz, bo jeśli tylko dasz mi cień szansy...

Zapadła głucha cisza. Znudziły jej się widać moje wrzaski i ponownie wyłączyła fonię. Staszek łkał całkiem otwarcie. Dźwięki powoli wracały, jakby ktoś podkręcał gałkę radia. Zwierzę siedziało dziwnie zadowolone i taksowało nas spojrzeniem.

– Wydobądź teraz scalak – poleciła chłopakowi. – Jej scalak – uściśliła.

Otarł twarz wierzchem dłoni i spojrzał z bezbrzeżnym zdumieniem. Potem przeniósł wzrok na zwłoki pod ścianą.

– Jak...? – wykrztusił.

– Jest umiejscowiony w pobliżu pnia mózgu. Musisz zrobić odpowiednią dziurę w czaszce. Bierz się do roboty, nie mamy całego dnia.

– Mam jej... odrąbać głowę?!

– Nie, możesz przecież dostać się do środka bez konieczności odcinania. Przebij się przez kości skroni. Siekiera stoi za drzwiami. Chyba że wolisz młotek.

– Ale... Nie! Nie zrobię tego – powiedział i zaraz zgiął się wpół w paroksyzmie bólu.

– Wykonać – warknęła. – Czy wy nigdy nie nauczycie się wykonywać rozkazów? Co za dziwaczna rasa! Podobnych do was obiboków nie ma chyba w całym zbadanym kosmosie!

Leżał na ziemi blady, jego czoło obficie zrosił pot. Spojrzał na nią z nienawiścią, a potem usłuchał. Wyszedł i po kilkunastu sekundach wrócił z toporkiem, którym zwykle rąbaliśmy drwa. Był zielony na twarzy.

– Nie mogę. – Stał bezradnie, patrząc na ciało.

– Ja to zrobię. – Z trudem dźwignąłem się z ziemi. – Daj mi siekierę...

– Lepiej, żeby to był on. Jest słabszy, musi się zahartować, by w przyszłości sprawnie wykonywać polecenia. – Zwierzę zwróciło na mnie paciorki oczu. – Jak macie wykonać zadanie, jeśli na każdym kroku muszę przełamywać wasze dziwaczne opory?

Ból był lekki, ostrzegawczy. Staszka też musiała smagnąć, chyba nawet mocniej, bo wydał z siebie przeciągły jęk.

– I żebym nie musiała powtarzać! – warknęła.

Staszek, łkając, ukląkł na ziemi. Przekręcił głowę Heli. Zacisnął oczy i uderzył obuchem. Za słabo, narzędzie tylko podskoczyło. Poprawił dużo mocniej. Chrupnęło obrzydliwie. Śliczne rude włosy pokryły się krwią. Zza paska wyjął nóż i płacząc rozdzierająco, zabrał się za cięcie skalpu, a potem podważanie strzaskanych, pokrytych krwią i mięsem kawałków kości.

Zwymiotował dwukrotnie. Patrzyłem w milczeniu, jak tnie mózg i z zaciśniętymi oczyma grzebie wewnątrz. I wreszcie chwila strasznego triumfu – zielony krążek leżący na zakrwawionej i umazanej szarą substancją dłoni... Scalak. Dusza, jaźń, osobowość, a może tylko pamięć? Tak czy inaczej, miał to.

– Nie zrobisz jej krzywdy? – zapytał nieco bez sensu.

– Po co? – zdziwiła się łasica.

A mnie to niby po co torturowała? – westchnąłem w duchu. To bydlę robi to, co się w danym momencie opłaca, albo to, co wydaje jej się rozsądne. Tylko że to obcy, chory rozsądek.

Zwierzę przebiegło po podłodze i wskoczyło chłopakowi na ramię, każąc podać sobie scalak. Nie podobał mi się wyraz twarzy Staszka. Miał pustkę w oczach, wyglądało na to, że szok był zbyt głęboki. Tego dnia przeżył o wiele za dużo... Obawiałem się, że to doświadczenie zostawi trwały ślad w jego psychice. Podobnie jak w mojej. Łasica przyłożyła sobie krążek do brzucha. Przeniknął przez sierść i skórę, jakby wpadł do wody. Potem zastygła na dłuższą chwilę. Przetwarzała dane?

– Tak, to błąd zapisu – powiedziała. – Niedobrze, nie powinno tak być. Ale Skrat zabrania niszczyć scalaki. Jego religia, filozofia bytu – znowu gubiła się, szukając zrozumiałych analogii – nie widzi różnicy między jaźnią zapisaną w krysztale a tą uwięzioną w strukturze biologicznej. Popełniliśmy błąd. Wgraliśmy dwie osobowości na jeden krążek. Jest ponad tysiąc dni różnicy.

– Czy to znaczy, że to był krążek z duszą Estery, ale omyłkowo zaczęliście nagrywać na niego osobowość Heli i skasowało pierwsze piętnaście lat? – W gardle dokumentnie mi zaschło.

– Tak. Tworzyliśmy kopie zapisów w statku Skrata na nośnikach. Nastąpił błąd. Ocalały zapis obejmuje tylko pięć ostatnich lat życia Estery. Nie mogę tego wykasować. Nie wolno mi. Wyciągnij dłonie w moją stronę – zwróciła się do Staszka. – Wnętrzem do mnie.

Posłusznie zbliżył zakrwawione ręce do Iny. Machnęła łapką, zamykając je w srebrnoszarej, jakby gazowej kuli. Po chwili dziwna sfera rozwiała się w dym.

– Właśnie zminimalizowałam szansę zarażenia twojego ciała tą dziwną bakterią – oznajmiła. – W przyszłości też macie na nią uważać. Nie powinniście spółkować z tutejszymi kobietami – przykazała surowo. – Zbyt wiele z nich choruje.

Następnie wyjęła z pyszczka ampułkę z dziwną opalizującą cieczą. Przebiegła po zwłokach dziewczyny, ochlapując je. W powietrze buchnął upiorny smród. Wolałem zacisnąć powieki. Tego dnia i tak widziałem już za wiele...

Gdy zdecydowałem się zerknąć, na podłodze leżał tylko kopczyk szarego pyłu. Jedynie guziki wykonane z małych agatów przetrwały proces rozkładu.

Jak za Hitlera, pomyślałem ze smutkiem. Był człowiek, a pozostała garść prochu, którą rozwieje wiatr. Widocznie Hela, może Estera, miała rację: to właśnie było jej pisane... A przynajmniej jednej z nich.

– Nie mogłam zagwarantować, że wystarczająco oczyszczę suknię z bakterii – powiedziało zwierzę. – Gdybym odtworzyła jej ciało z dostępnych aminokwasów, mogłoby się znowu zarazić. Potrzebne jest głębsze oczyszczenie. Rozbicie wszystkich struktur biologicznych. Wszystkiego, co może przechować DNA. Atomy... Tylko poszczególne atomy.

Zatkało mnie. Zaraz, zaraz! Co ona powiedziała?! Odtworzy? Ożywi Helę?

– Ty...

Staszek umilkł i podobnie jak ja patrzył na łasicę zbaraniały. Wyciągnęła z brzucha scalak i rzuciła go w pył.

– Trzy wiadra wody – poleciła. – Poprzednia woda rozłożyła się na tlen i wodór. Wyłapanie ich z powietrza zajmie za dużo czasu.

Pobiegł posłusznie. Patrzyłem na zwierzę. Nienawiść aż ze mnie buchała.

– Nie mogłaś nam powiedzieć od razu, co zamierzasz zrobić? – warknąłem. – Musiałaś nas prawie zmuszać do jej zamordowania? Nie mogłaś sama rozbić ciała i wyjąć scalaka? Kazałaś chłopakowi robić sekcję zwłok przyjaciółki!

– Musicie wreszcie zacząć wykonywać moje polecenia. To doświadczenie uczyni was bardziej posłusznymi.

– Takie męczarnie i poniżenia poskutkują co najwyżej tym, że kompletnie stracimy do ciebie zaufanie!

– Zaufanie nie jest istotnym elementem naszych relacji – odparła spokojnie.

– Będziemy wydajniejsi, jeśli współpraca będzie układać się na stopie nieco bardziej partnerskiej.

– Wasza kultura tego nie potwierdza. Szantaż, zastraszenie, cyniczna gra pozorów, żądza zysku, to skłania was do współpracy i motywuje do działania... Tak wynika z waszej literatury i sztuki. Badałam przez wiele lat waszą kulturę – przypomniała.

Czego, u diabła, się naczytała? Jej wyobrażenia o ziemskiej cywilizacji wyglądały na mieszankę dzieł Lenina z brazylijską telenowelą... A może... Może rzeczywiście tak było, tylko nauczyliśmy się tego nie dostrzegać?

– Gdybyś nam powiedziała od razu, że zamierzasz wskrzesić Helenę, nie byłoby żadnego oporu z naszej strony! Nic nam nie mówisz, a oczekujesz, że...

– To bez znaczenia. Nie wiedziałam, czy ją odtworzę. Uszkodzenia scalaka mogły być poważniejsze. Czy ubranie, które miała na sobie, gdy się spotkaliście za pierwszym razem, będzie odpowiednie? – zmieniła temat.

– Mniej więcej. Mogliśmy zachować to, które miała na sobie teraz...

– Zakażone bakteriami. Za duże ryzyko.

– Suknię wystarczyłoby wygotować we wrzątku albo kupilibyśmy nową...

– Tak jest szybciej. Czas to jedyny czynnik, którego nam brakuje.

– Szybciej potrafisz odtworzyć z atomów żywą dziewczynę w ubraniu, niż usunąć bakterie z organizmu i przebrać ją w nowe ciuchy?! – Nie mieściło mi się to w głowie.

– Tak. Nie znam bakterii. Mam zapisane informacje o nich, ale na naszej planecie nie znaliśmy podobnych organizmów niszczących inne ciała. Boję się popełnić jakiś błąd.

– Jeśli czegoś nie wiesz albo nie rozumiesz, zawsze możesz przecież zapytać nas! – wybuchnąłem.

– I dostanę wasze idiotyczne oraz nielogiczne odpowiedzi – westchnęła. – Jako wasz dowódca?... kontroler?... przewodnik?... nadzorca?... odpowiadam przed Skratem za wykonanie zadania. A wy jesteście niewolnikami. Nie wzięliśmy pod uwagę jednego: w waszych czasach w tym rejonie planety nie było już instytucjonalnego niewolnictwa, więc po prostu nie umiecie się odpowiednio zachowywać. Brakuje wam odpowiednich wzorców znanych z życia codziennego. Z dziewczyną pójdzie chyba trochę łatwiej. Miała służbę, wie, jak wykonywać rozkazy. Trzeba tylko trochę nagiąć jej idiotyczną dumę, żeby zrozumiała, kto teraz jest panem, a kto ma obowiązek wiernie służyć.

– A co ty wiesz o traktowaniu służby?! – parsknąłem.

– Przeprowadziłam pobieżne studia waszej literatury pięknej. Generalnie rzecz biorąc, jesteście niewdzięcznikami. Zgodziliście się dobrowolnie zostać niewolnikami Skrata, w zamian za co uratował wasze życie.

– Dostaliśmy zadanie do wykonania – warknąłem. – I jako nadzór przemądrzałą mechaniczną łasicę, której wydaje się, że dużo wie o ludziach.

– Co chcesz przez to powiedzieć?

– Jesteś głupia. I niedouczona.

Oczekiwałem, że zaprzeczy, a może nawet znowu zostanę ukarany, ale tylko popatrzyła na mnie, przekrzywiając głowę.

– Moja inteligencja jest nieporównywalna z waszą. Nie ustalimy precyzyjnie, kto jest mądrzejszy, a kto głupszy. Wasze testy głównie badały zdolność kojarzenia elementów w zadanym odcinku czasu. U nas nie miałyby żadnego zastosowania, ponieważ nasze umysły działały bardziej jak wasze komputery. Zestawilibyśmy w pamięci serię elementów, porównując do wzorca, i z tego wydedukowalibyśmy wzór ogólny.

Niewiele z tego zrozumiałem.

– Tak czy inaczej, nie masz odpowiedniej wiedzy, by decydować o tym, jak mamy pracować.

– Skrat stwierdził co innego. A z nim się nie dyskutuje, nie targuje. Jego wola jest naszym prawem?... Obowiązkiem?... Powinnością?... Przeznaczeniem?...

Wrócił Staszek. Przydźwigał dwa wiadra, zaraz też poleciał po trzecie. Stanął w progu zasapany, z cebrzykiem w rękach.

– Lej tu na środek – poleciła.

Pod wpływem strumienia wody powietrze zadrżało, nad podłogą uformował się bąbel, chmura pyłu o kształtach zbliżonych do leżącej ludzkiej sylwetki. Wszystko wirowało.

Staszek wlał kolejne dwa wiadra. Trwało to mgnienie oka. Wir zgęstniał i z cichym trzaskiem na podłodze zmaterializowała się Hela. Wyglądała identycznie jak wtedy, gdy spotkałem ją w jaskini, miała na sobie to samo ubranie, tamte buty o obcasach z wielu warstw wołowej skóry.

– No i gotowe – westchnęło zwierzę. – Za trzy godziny wybudzi się z letargu.

– Jeszcze jedno pytanie – zażądałem.

– Pytaj.

– Zapis... – Staszek był szybszy, ale nie miało to znaczenia. Nasze myśli podążały bowiem tą samą ścieżką. – Ta świadomość...

– Estera była starsza. W chwili śmierci miała około dwudziestu jeden lat, więc zapis jest dłuższy o niecałe pięć lat – powiedziała Ina.

– Ten fragment, który został po Esterze... Zniknie sam? Zatrze się, w miarę gdy pamięć Heli będzie nadpisywała te ścieżki?

– Nie. Zostanie tam już na zawsze. Niczym cień drugiej osoby idący w ślad za nią.

– Czy da się coś zrobić, żeby osobowość Estery pozostawała w uśpieniu? – zapytałem. – Żeby Hela była jak najbardziej sobą?

– Tak. Nie. To zależy od niej. Od nich. Częściowo od was. Gdy Helena szuka w głowie rozwiązania problemu, myśl trafia w obszary, gdzie ta informacja się znajduje. Nawet jeśli jest tam w szczątkowej formie. To ożywia drugą osobowość. Słabiej lub mocniej.

– Rozmawialiśmy o antybiotykach i to spowodowało obudzenie Estery, bo ona coś tam o nich w czasie wojny usłyszała – domyślił się chłopak. – Jeśli zaczniemy rozmawiać o samochodach, elektryczności i tak dalej, będzie to samo?

– Wysoce prawdopodobne. Zrobiłam, co się dało, żeby przyciąć wam komunikację pomiędzy pamięcią a procedurami odpowiedzialnymi za myślenie... Ale nie da się tego zrobić lepiej, bo nastąpi nieunikniony defekt osobowości.

– Proszę jaśniej! Co nam zrobiłaś?!

– Macie wspomnienia. Dość traumatyczne. Tak silne wrażenia... – zawahała się na moment – powodują negatywne ciągi myślowe. Utrudniają funkcjonowanie umysłu. Przecięłam je. Nie w całości, to coś w rodzaju filtra?... Bariery?... Zasłony?...

– Nie rozumiem.

– Przeżyliście szok związany z zagładą waszej planety oraz utratą wszystkich krewnych i przyjaciół. Ona podobnie, traumę spowodowaną śmiercią bliskich, torturami, poniżeniem, pożarem. Założyłam blokadę, żebyście o tym nie myśleli. Żeby te wspomnienia były trochę jak coś, o czym słyszeliście, czytaliście, widzieliście w kinie. Żebyście nie zwariowali.

– O kurde – wykrztusił Staszek. – To znaczy... Wiedziałem, że cała moja rodzina usmażyła się razem z planetą, sądziłem, że po prostu albo jestem jeszcze w szoku, albo coś ze mną nie tak, że mi się we łbie ze zgryzoty poprzestawiało, a tymczasem to ty pogrzebałaś mi w mózgu?!

– Tak.

– Cuuudnie – mruknąłem. – Nie wiem, czy w takim razie jesteśmy jeszcze sobą. Normalni Marek i Staszek.

– Trwalibyście nadal w stuporze i nie byłoby mowy o powierzeniu wam jakiegokolwiek zadania.

– Wykastrowałaś nas psychicznie! – wrzasnął Staszek.

– W przenośni można tak powiedzieć – zgodziła się. – Co do dziewczyny, zastanawiałam się, czy nie zatrzeć jej w ogóle pamięci i nie wzbudzić zupełnie od nowa, tak jakby się obudziła po raz pierwszy w tych czasach, ale przegląd dostępnych procedur uświadomił mi, że w obecnych okolicznościach byłaby to niedopuszczalna ingerencja w jej umysł.

– Czy to oznacza, że dałabyś radę całkowicie wymazać pamięć o tym, że kat ją gwałcił i torturował? – Spojrzałem na łasicę z błyskiem w oku.

– Z technicznego punktu widzenia istnieje taka możliwość. Ale nie mam prawa tego zrobić.

– Szkoda.

– Założyłam blokadę. Będzie mogła myśleć o tym zupełnie chłodno, jak wy... Muszę zregenerować ogniwa?... akumulatory?... – szukała analogii. – Spotkamy się za kilka dni. Wyznaczę wam nowe zadania.

– Możesz powiedzieć nam coś bliżej? – zirytowałem się.

– Ty udasz się do Bergen i odnajdziesz Alchemika. Staszek i Hela chwilowo pozostaną tutaj. Spotkacie się później.

Wybiegła na podwórze przez uchylone drzwi. Popatrzyliśmy po sobie nieludzko umęczeni.

– Wyglądamy jak... – jęknął Staszek.

– Zarzygani, zaślinieni po pas... – podsumowałem. – Do tego utytłani pyłem z podłogi. Pokoik przerobiony na chlew. Ale przynajmniej z Helą się udało...

– Wygraliśmy. Z tym wrednym robotem da się wygrać! – Zaśmiał się głośno.

– Przypadek. Żeby ją przekonać czy przechytrzyć, musielibyśmy wiedzieć, jak to bydlę myśli. Tym razem po prostu upieraliśmy się przy swoim, aż doszła do wniosku, że bardziej się opłaca odpuścić... Ale następnym razem może być inaczej.

– Fakt. Ale chociaż tym razem się udało. Dziewczyna żyje...

Nie mogłem w to uwierzyć – musiałem przyklęknąć i dotknąć ramienia Heleny. Była tu. Miękka, ciepła, żywa...

– Uratowałeś jej życie – powiedział mój przyjaciel. – Gdyby nie twój upór w czasie tortur, nigdy by jej nie wskrzesiła.

– Obaj uratowaliśmy... I wygląda na to, że jest zdrowa! – Odsłoniłem kolano dziewczyny i lekko zgiąłem jej nogę.

Żadnych śladów ran po bokach. Ścięgna wyraźnie wyczuwalne pod palcami. Mignęły mi idiotyczne majtki z nogawkami prawie do kolan. Spojrzałem wyżej, ponad tasiemką nie było widać ani śladu wysypki. Opuściłem sukienkę.

– No i po francy – odetchnąłem z ulgą.

– Przepraszam, z penicyliną się nie udało... Ale sam mówiłeś, że mikrobiolodzy dochodzili do tego latami...

– Nie masz za co przepraszać. Zrobiłeś, co w twojej mocy. Sam nie liczyłem, że cokolwiek z tego wyjdzie, ale milczałem, żeby cię nie zniechęcać. Dałeś z siebie wszystko.

– Wiesz, pomyślałem... Nieźle nam chyba szło. Może jeszcze kilkaset prób i znalazłbym, co trzeba.

– Sądzisz? – Spojrzałem na niego spod oka.

– Głowy nie dam, ale trzeba będzie spróbować. Zwłaszcza że, z tego, co pamiętam, zbliża się kolejna fala dżumy.

– Jaja sobie robisz? – zdumiałem się. – Czarna śmierć była jakoś w średniowieczu.

– A potem jeszcze parę razy. Coś tak mi się mętnie kojarzy, że przyszła pod koniec szesnastego wieku, a potem mniejszymi falami powracała aż do połowy osiemnastego. Nawet w naszych czasach istniały endemiczne ogniska. Mając penicylinę, można by stawić czoła epidemii... Pomijając wszystko inne, tak skuteczny lek ma taką wartość handlową, że Nagroda Nobla w zasadzie nie jest już potrzebna. Trzeba tylko opracować metodę szybkiego i taniego wytwarzania.

Zmyliśmy podłogę, wypraliśmy łachy, nie szczędząc ługu. Wygotowaliśmy w kotle prześcieradło Heli i koc, którym się przykrywała. Rozwiesiliśmy, żeby wyschły, położyliśmy świeżą pościel i przenieśliśmy przyjaciółkę na łóżko.

– Cholera... – powiedział chłopak, stukając się w skroń. – Sam się teraz zastanawiam...

– Nad czym?

– Nie wiem. Dała nam ten ogłupiacz, żebyśmy się nie rozkleili. Rozum mi mówi, że to dobre rozwiązanie, ale z drugiej strony tak... dziwnie. Przecież człowiek powinien odczuwać żal...

– A nie odczuwasz?

– Jakby mnie ktoś kopnął przez puchową pierzynę. Nie jest tak silny, jak powinien.

– Nie jest tak silny, jak byś chciał, czy nie jest tak silny, jak uważasz, że powinien być?

– Rozumiesz mnie?

– Tak. Coś za coś, Staszku. Coś za coś. Sam nie wiem, co o tym myśleć. Niby tak jest lepiej, ale też mam poczucie straty. Może chociaż jej dzięki temu będzie lżej. – Wskazałem nadal nieprzytomną dziewczynę.

Siedzieliśmy, patrząc na pogrążające się w mroku podwórze. Ująłem przegub Heli i odnalazłem odpowiednie miejsce. Policzyłem puls.

– Mniej więcej dziesięć uderzeń serca na minutę. Nie potrafię precyzyjnie policzyć bez zegarka... Niebawem się obudzi. Restart systemu...

– Rany... Ja rozumiem, belfer informatyk, nawyki zawodowe i tak dalej, ale czy nie mógłbyś czasem gadać bardziej jak człowiek? To żywa dziewczyna, nawet w pewnym sensie dwie dziewczyny, a ty gadasz „restart systemu", jakby to był program.

– Przepraszam. Tak mi łatwiej... Zresztą sam zacząłeś – przypomniałem mu.

– Łatwiej – westchnął. – Też bym czasem chciał, żeby było choć trochę łatwiej.

– Co masz na myśli?

– Nie grzebałeś nigdy w ludzkim mózgu, jeszcze ciepłym, być może zachowującym jeszcze strzęp świadomości, prawda? Niewiele wiemy o tym, kiedy i jak kończy się życie. Może czuła, że rozwalam jej głowę?

Spojrzał na swoje ręce. Łasica odkaziła dłonie, później dodatkowo wyszorował je bardzo starannie, ale wiedziałem, że nie o to chodzi.

– Czuję się skalany – szepnął. – Nie samym kontaktem z jej ciałem, ale świadomością, że to zrobiłem.

– Rozumiem.

– Gdzie tam rozumiesz – parsknął. – Widziałeś ją nagą, a ja widziałem, co ma w głowie. Można powiedzieć, że osiągnąłem z nią najwyższy poziom intymności – zażartował ponuro. – Nieomal zajrzałem jej w serce! – Torsje złapały go nagle, ledwo zdążył dobiec do drzwi.

Nie miał już czym wymiotować. Na dnie jednego z wiader zostało trochę wody. Kazałem mu wypić kilka łyków. Potem poszedłem do mieszkania introligatora i skorzystałem z jego zapasów anyżówki. Nalałem pół kubka i zmusiłem chłopaka, żeby przełknął. Wychylił jednym haustem, aż oczy poszły mu w słup. Odetchnął. Alkohol powoli zaczynał działać, uspokajał.

– Postaraj się o tym zapomnieć – poprosiłem. – Wiem, że nie wyrzucimy tego z pamięci, ale cóż, musimy żyć dalej. Myśl raczej o tym, jakie fajne gatki ta dziewczyna nosi.

– Postaram się.

Hela oddychała coraz głośniej i wreszcie otworzyła oczy.

– Pan Marek, Staszek... Co się stało? – Patrzyła na nas półprzytomnie.

– Co pamiętasz?

– Łasica. Chciała, żebyście mnie zabili, a potem sama to zrobiła. – Dotknęła z niedowierzaniem piersi. – A jednak żyję.

– Naprzykrzaliśmy się jej do tego stopnia, że wreszcie cię odtworzyła – powiedział mój przyjaciel.

– Co? – Wytrzeszczyła oczy. – Ja...

Spojrzała w zdumieniu na swoją suknię. Buty stały obok łóżka. Uśmiechnęła się szeroko. Zgięła nogi w kolanach.

– Wszystko... – Usiadła. – Wszystko w porządku. I może nawet... – Zaczerwieniła się.

– Tak. Tamto też – potwierdziłem jej domysły. – Zaczynasz od nowa – powiedziałem filozoficznie. – Jesteś zdrowa.

– To cud – szepnęła. – Modliłam się o to...

– Napawa mnie pewnym obrzydzeniem myśl, że to futrzane bydlę mogło być narzędziem z rękach Stwórcy – westchnąłem. – Ten wysoce skomplikowany problem teologiczny trzeba będzie jeszcze gruntownie przemyśleć.

– Ubranie wróciło – powiedziała radośnie Hela.

– Zostało odtworzone. Wydaje mi się, że wróciłaś do stanu, w jakim spotkał cię Skrat.

– Nie. Miałam wtedy nogę strzaskaną poniżej kolana, złamany obojczyk, bagnet wbity pod ramię i... – urwała, ale mogłem się domyślać, co jeszcze ją spotkało.

Pamiętałem, jak w grocie krzyczała przez sen.

– Czyli trochę cię podleczył, zanim nagrał dane na scalak – powiedział Staszek. – Odzież też pewnie pocerował?

– Tak. Tylko gdzie moje pończochy?

– Nie mam pojęcia. – Wzruszyłem ramionami. – Nie było. Kupimy ci wełniane skarpetki.

– Co tam pończochy. – Wzuła trzewiki na swoje zgrabne bose stopy. – Zatańczymy? – Spojrzała na Staszka ciepło i jakby zalotnie.

Zaczerwienił się lekko.

– Tak bez muzyki? – bąknął.

– Mamy problem – powiedziałem poważnie, patrząc, jak Hela tańczy sama, ciesząc się odzyskaną niespodziewanie sprawnością ciała.

– Dlaczego? – zapytał.

– No właśnie dlatego. Mamy ją w takim stanie jak w momencie przybycia.

– Wygląda zdrowo jak nigdy. Zbyt zdrowo, jasne! – Palnął się w czoło dłonią. – Załapałem. A nasz drogi gospodarz może wrócić niemal w każdej chwili.

– To dobry człowiek, ucieszy się! – Potrafiła się naprawdę ślicznie uśmiechać.

– Heleno – odezwałem się – będziesz musiała poudawać chorą jeszcze przez jakiś czas. Pan Nils nie powinien wiedzieć, że wyzdrowiałaś ot tak! – Strzeliłem palcami. – Gotów zobaczyć w tym sztuczkę sił nieczystych, a jeśli skojarzy to z wizytą w mieście demona pod postacią łasicy, będzie bardzo źle.

– Dobrze. – Kiwnęła głową. – Myślę, że to będzie trudne, ale jeśli założycie mi łubki usztywniające kolano, nie zapomnę się.

A to spryciula...

– Tak zrobimy. Suknię też na razie zdejmij i schowaj. Pochodzisz chwilowo w tamtej starej.

– W jakiej starej, łasica ją zniszczyła! I buty też trzeba schować – zauważył Staszek. – Nie miała ich przecież. W dodatku sińce na przegubach zniknęły. Rękawy nie zasłaniają nadgarstków. Bandażem owiniemy? Chyba że gdzieś w pracowni znajdzie się trochę niebieskiego atramentu, to można by wymalować.

– Nie ta epoka – westchnąłem. – Tak mi się wydaje. W tych czasach atrament robią raczej czarny...

– Hmm. No tak – westchnął. – Więc zostają opatrunki.

Zdążyliśmy się uwinąć przed powrotem starego. Staszek poszedł dalej pracować nad swoim komputerem. Zostałem z Helą.

– Panie Marku... – odezwała się niepewnie.

– Czym mogę służyć?

– Mam jeszcze takie pytanie. – Zrobiła się czerwona jak burak. – Takie z dziedziny medycyny. Pan pewnie... Tylko nie wiem, jak to powiedzieć.

– Tak?

– Czy jestem *virga*? Skoro wskrzeszono mnie, niczym wtedy w górach... Całe ciało od nowa... A to przecież jakoś można rozpoznać, tylko nie wiem jak... – Popatrzyła bezradnie.

Zatkało mnie. Policzyłem w myślach do dziesięciu. Z drugiej strony – no cóż, panienka z tamtej epoki mogła rzeczywiście nie wiedzieć. Jest ze wsi, z dworu, odebrała wykształcenie wychowana w surowym religijnym duchu... Mieli zwierzęta gospodarskie, więc wie, skąd się biorą dzieci. Uczyła się w mieście, wie zatem, czym zajmują się kobiety upadłe. Ale szczegóły jej umykają...

Starannie dobierając słowa, wyjaśniłem jej, na czym polega fizyczna różnica. Potem wręczyłem dziewczynie lusterko i poszedłem piłować drwa.

Gdy po kilku minutach wyszła ze swojego pokoju, była zmieniona nie do poznania. Od czasów wspólnej wędrówki przez las nie widziałem Heli tak rozpromienionej. Znacząco puściłem oko i przyłożyłem palec do ust. Spiekła raka, ale dalej się uśmiechała.

Piłując belki, dumałem sobie nad różnicami mentalności. Czy naprawdę minęło zaledwie półtora stulecia? A może dla dziewczyny pewne rzeczy były zwyczajnie prostsze? Może to my niepotrzebnie wszystko skomplikowaliśmy? Ogarnął mnie dziwny nastrój, ni to smutku, ni to wesołości. Trzęsło mną... Ileż bym dał za kubek mocnej herbaty. I tak z pół szklaneczki rumu wlane do naparu...

Nils pchnął ciężkie drzwiczki. Weszli do niewielkiego pomieszczenia o masywnych, wymurowanych z szarego kamienia ścianach. Jedynym źródłem światła były dwa maleńkie okienka wychodzące na dziedziniec. Podłogę wyłożono cegłą, a szpary zalano smołą, zabezpieczając w ten sposób przed wilgocią ciągnącą od ziemi. Także sufit wykonano dużo staranniej niż gdzie indziej. Deski spasowano i połączono piórem, a potem nawoskowano lub zaprawiono oliwą.

Pomiędzy głazy muru wbito poczerniałe stalowe haki, a na nich zawieszono uzbrojenie. Wzdłuż ścian stały okute skrzynie. Drewno pociągnięto kiedyś na kolor jasnobłękitny, od tamtej pory farba zdążyła spłowieć. Hela natychmiast domyśliła się, że spoczywa w nich reszta arsenału. Lekka woń prochu kręciła w nosie.

– Cekhauz wasz, panie, całkiem dobrze zaopatrzony. – Dziewczyna powiodła wzrokiem po wnętrzu.

– To nie zbrojownia, a mały podręczny składzik rozmaitych ostrych narzędzi jedynie...

– Skromność przesadna przez was przemawia.

Hela dłuższą chwilę kontemplowała wiszące wokół topory, miecze i dzidy. Podeszła do zawieszonej na haku szabli, trochę szerszej niż tamte, które widywała w swoim domu. Jelec był prosty jak w batorówce. Okucia na obciągniętej brązową skórą pochwie połyskiwały srebrem. Rękojeść z czarnego drewna, opleciona drucikiem, wabiła, by zacisnąć na niej palce.

– To z Gdańska przywiozłem. Ponoć po tamtej stronie morza wschodni oręż staje się coraz powszechniejszą bronią polskiej szlachty.

– Z pewnością to poręczniejsze niż miecz, a w karczemnej zwadzie szybkość staje się, panie, ważniejsza od siły ciężkiego ostrza... – powiedziała w zadumie.

Ujęła pochwę w dłoń, błyskawicznym ruchem dobyła broni i zakręciła w powietrzu podwójną ósemkę. Szabla okazała się nieźle wyważona, ale dla dziewczyny trochę zbyt ciężka i masywna.

– Widzę, że panna do takich zabaw nawykła... – zdumiał się introligator.

– Ojciec mój uważał, że w niespokojnych czasach i kobiecie przystoi w razie konieczności chwycić za żelazo. – Jednym zręcznym ruchem wsunęła głownię do pochwy. – Jakie będą moje obowiązki, panie?

– W naszym wilgotnym klimacie trzeba szczególnie dbać o przedmioty wykonane z żelaza. – Postawił dzban z oliwą i rzucił obok kłąb pakuł. – Przetrzyj starannie wszystkie klingi. A jeśli gdzieś pojawiła się rdza, odłóż ten przedmiot na bok, a potem mnie zawołaj. Sczyścić muszę.

– Dobrze, panie.

– Potem do skrzyń wszystko schowamy i przeniosę je gdzie indziej. Czasy niepewne, lepiej, żeby to nikomu nie wpadło w oko... Duńczycy gotowi pomyśleć, że coś się szykuje. – Mrugnął porozumiewawczo.

Zabrała się do roboty. Kolekcja była bogata i Helena mimowolnie zadumała się nad przeznaczeniem tego arsenału. Bronią zalegającą w pomieszczeniu dałoby się uzbroić trzydziestu, może nawet czterdziestu chłopa. Czyżby Bractwo Świętego Olafa szykowało się do małej wojenki? Nie, to chyba niemożliwe. W czterdzieści osób można uderzyć znienacka na jakiś budynek, ale przecież nie na duński garnizon czy leżącą opodal miasta twierdzę. Także w razie niespodziewanego ataku siepaczy lensmanna dawny beginaż nie nadawał się do obrony. Może po prostu gospodarz lubi gromadzić naostrzone żelazo?

Przymknęła oczy. Przypomniał jej się brat. Stali w lesie, drzewa wokół płonęły jesiennymi barwami. Z gałęzi dębów zwisały brązowe żołędzie, dalej poszycie zasypane było buczynami. Rude, złote i czerwone liście ścieliły się dywanem pod stopami. Jeszcze ciepły wiatr szarpał połami płaszcza i niósł od strony obozowiska zapach płonących gałęzi oraz pieczonych ziemniaków. Słońce rzucało blask, ale już nie grzało. Jego ciemnozłota niczym liście tarcza widoczna była za smugą dymu ulatującego z ogniska. Niedaleko przebiegło z szelestem jakieś małe zwierzę, pewnie kuna lub łasica.

– Opanowanie miast i ataki na oddziały regularnego wojska były głupotą – mówił brat, czyszcząc jednocześnie rewolwer. – Straciliśmy tylko niepotrzebnie setki ludzi.

– Jak to należało zrobić? – zainteresowała się.

– Jak w czasie wojen szwedzkich. Wybijać do nogi niewielkie oddziały i patrole, niszczyć linie zaopatrzenia, wreszcie przeszkolić grupki ludzi gotowych na wszystko, którzy w przebraniu mogą przeniknąć do wnętrza twierdz i zabijać wysokiej rangi oficerów. Wreszcie podstawowym błędem jest to, co teraz robimy. – Wskazał chaty oraz ziemianki na pobliskiej polanie.

– Masz na myśli ukrywanie się w lasach?

– Mam na myśli tworzenie regularnych oddziałów. Powinniśmy raczej żyć spokojnie w naszych majątkach, udając zwykłych dziedziców. Nocami zaś siadać na koń, wydobywać broń z kryjówek i atakować, by rano znów zmienić się w lojalnych poddanych cara.

Ocknęła się z zamyślenia. Co mogą zrobić katoliccy konspiratorzy tu, w Trondheim? Wywabić lensmanna poza miasto i zabić w jakiejś zasadzce? Taktyka, którą przedstawił jej brat, była uniwersalna. Zdałaby egzamin także tutaj.

Miecze, te najstarsze, mogły mieć kilkaset lat. Z szacunkiem oglądała poszczerbione głownie. Ludzie, którzy je nosili, stoczyli niejedną walkę. Szable były trzy, wszystkie nowe, nigdy jeszcze pewnie nieużyte. Czyściła kordy i sztylety, wreszcie zza skrzyni z półpancerzem wydobyła zakurzony obuszek na solidnym grabowym stylisku. Przetarła młotek gałgankiem. Wykonano go chyba nie tak dawno. Warstwa srebrzeń na brązie przetarła się tylko w kilku miejscach. Zważyła broń w ręce.

– Całkiem jak dziadkowy. – Uśmiechnęła się do swoich wspomnień.

Zamachnęła się na próbę i lekki grymas wypełzł jej na wargi. W oczach błysnęło coś niedobrego. Zaraz jednak się opanowała. Przetarła drewno szmatką. Dobrze nawoskowane zabłysło. Odstawiła czekanik w kąt i wróciła do czyszczenia broni siecznej. Przez następną godzinę, z pozoru całkowicie pochłonięta pracą, układała sobie coś w głowie, tylko od czasu do czasu rzucając spojrzenia w kierunku obuszka.

Znów przymknęła oczy. Przypomniał jej się dziadek Józef. Miała jedenaście lat. Stali w ogrodzie. Tamten obuszek miał długie stylisko i staruszek podpierał się bronią niczym laską. Mimo surowych zakazów chodził w kontuszu i z szablą przy pasie. Na starość trochę zdziecinniał, jednak humoru, który dopisywał mu przez całe życie, nie stracił.

Wyciągnął broń z pochwy i wręczył Helenie.

– Pomyśl, że to Moskale. – Wskazał grządkę słoneczników.

Akurat dojrzały, ich ciężkie głowy przechylały się, ukazując wnętrza wypełnione grubym czarnym ziarnem. Ręka Heli nie była jeszcze wystarczająco mocna. Głownia trochę opadła ku ziemi, ale gdy wypowiedział te słowa, dziewczyna poczuła przypływ sił. Pobiegła lekkim krokiem. Pierwszego cięła z ramienia, kolejny poległ od szybkiego ruchu samym nadgarstkiem. Przeciwnik liczny, ale bezbronny, nie stawiał długo oporu. Po chwili ostatni padł na ziemię pokonany. Oddała dziadkowi karabelę i teraz zważyła w dłoniach czekanik.

– Spójrz, Moskwicin przez krzaki pełza! – W przygasłe oczy starca wracało życie, obserwowanie, jak wnuczka walczy z urojonym wrogiem, sprawiło mu nieoczekiwanie dużo radości.

Rozejrzała się i zrozumiała, o co mu chodzi. Pośród dużych, rozłożystych liści żółciła się dorodna dynia. Hela skoczyła niczym pantera, biorąc zamach... Moskal poległ.

Westchnęła cicho. To były takie dobre lata. Po wojnie krymskiej wydawało się, że wszystko pójdzie ku lepszemu. Że wróg osłabł i że nadchodzi czas sposobny, by chwycić broń w ręce, na powrót wydrzeć utraconą przed laty wolność... Dziadek, pamiętający zarówno przemarsz wojsk Kościuszki, jak i bitwę stoczoną opodal przez pułk kawalerii wołyńskiej, cieszył się, że dożyje chwili, gdy jego ojczyzna zerwie wreszcie kajdany.

Straszliwie się pomylili...

Karczma opodal ruin katedry była wyjątkowo obskurna. W rozległej niskiej sali stały rozeschnięte stoły i kulawe ławy. W powietrzu walczyły o lepsze dym z kuchni, woń niemytych ciał, smarowanych dziegciem buciorów oraz kwaśnego piwa. Prawie wszystkie miejsca były zajęte. Wyrobnicy, rybacy, pachołkowie przepijali tu ostatnie grosze, niejeden desperat zastawiał u karczmarza kożuch czy płaszcz. Na tyłach regularnie odchodził handel złodziejskimi fantami i gratami wygrzebanymi ze zgliszcz.

Samuel, strażnik więzienia pod biskupim pałacem, sięgnął do kieszeni, ale dłoń namacała już tylko płótno. Zaklął w duchu, a potem powiódł wzrokiem po wnętrzu. Poszarzałe lub zaczerwienione gęby pijaków, spłowiały przyodziewek bywalców, okopcona powała i ściany... Jak na złość żadnego znajomego. Nikt mu nie postawi.

– Co, pieniążki się skończyły? – zagadnął do niego mężczyzna siedzący pod ścianą. – Wypijcie ze mną! – Uniósł kamionkową butlę stojącą na porżniętym nożami blacie.

Strażnik dźwignął się ciężko z ławy i siadł naprzeciw nieznajomego. Na szarym tle biała koszula i brązowy płaszcz przybysza robiły wrażenie czegoś wręcz niestosownie kolorowego. Ten hojnie polał mocnej anyżówki. Stuknęli się kubkami i w milczeniu wypili.

– Pieniądze... – powiedział obcy po duńsku. – Jaka to dziwna rzecz, tak podła i wspaniała zarazem. Gdy jest ich mało, życie wydaje się piekłem i człowiek tęskni do czasów, zanim je wymyślono, do tych szczęśliwych epok Arkadii... Jednak gdy ma się ich dużo, człowiek cieszy się, że istnieją i że rozmaite dobra dzięki nim stają się bliskie, czasem wręcz na wyciągnięcie ręki. – Odprowadził znaczącym spojrzeniem przechodzącą obok ławy karczmarkę.

Kobieta miała rozłożyste biodra. W głębokim dekolcie kiwały się kusząco olbrzymie piersi. Spódnica odsłaniała masywne łydki oplecione sinymi węzłami żylaków. Samuel przełknął w duchu ślinę.

– Filozof z was, panie. – Uśmiechnął się krzywo.

– Darujcie, po prostu lubię sobie czasem pogadać o tym, co mi się w głowie lęgnie. Zwłaszcza jak kompanija dopisuje. Dziś trudno o uważnego słuchacza.

– A co się tam lęgnie? – Samuel, licząc na drugą kolejkę, postanowił podtrzymać konwersację.

– Ano, popatrzmy sobie na to miasto. Grób myśli ludzkiej... Wszystko podupadło, kto mógł, ten wyjechał. Osiedlają się tu wieśniacy i biedota, rzemiosło zanika, handel takoż. Nawet wy, panie, wolelibyście stare lata spędzić na zielonych łąkach Jutlandii, w szynkach Kopenhagi. Gdzieś w świecie, byle dalej od potniejącego wodą kamienia, stęchłego powietrza podziemi i długich zimowych nocy, gdy zamarzają nawet myśli...

– To prawda – zgodził się strażnik i domniemany filozof polał mu jeszcze anyżówki.

– Co ogranicza nasze marzenia? Prozaiczny brak brzęczącej monety. Wszak aby wyjechać, trzeba mieć pieniądze. A gdy już się człowiek znajdzie tam na Południu, też przecież wypada jakiś domek kupić. Tu żołd niski, przez całe życie trudno odłożyć choćby na głupią izbę w kamienicy. A i robota parszywa, pół życia w ciemności lochów i jeszcze wilgoć włażąca w kości.

– Ech! – westchnął ciężko strażnik. – Ale co poradzić, taka służba, najpierw dwadzieścia lat w wojsku przeszło, potem dwadzieścia kolejnych więźniów pilnuję...

– No, toście już pewnie ze czterysta dukatów na stare lata odłożyli? – Nieznajomy uśmiechnął się, jakby przecząc swoim poprzednim słowom.

– Gdzie tam, dwanaście raptem. – Samuel skrzywił się. – Bo niby jak więcej? Żreć coś trzeba, łachy kosztują, buty się od wilgoci rozłażą, a i raz na parę dni i wypić potrzeba, i zamtuz odwiedzić, bo bez tego nuda by duszę całkiem zżarła...

– Takoż i ja smutny, chociaż sakiewka u mnie wypchana. Napijmy się razem!

Strażnik wychylił kubek jednym łykiem.

– Ty masz choć to szczęście, że z podziemia czasem na świat wyjdziesz odetchnąć powietrzem i spojrzeć na niebo, choćby i wygwieżdżone. Więźniowie przykuci do ścian cierpieć muszą i życie niejednego zgaśnie w tych katakumbach. A już szczególnie ciężko musi być takim, którzy zaznali morskiej bryzy i przemierzyli w życiu ogromne przestrzenie, a tu tkwić muszą w jednym miejscu.

– Marynarzom znaczy? – Strażnik podsunął kubek i nieznajomy polał mu jeszcze.

– Na przykład siedzi u was pod kluczem człowiek, który poznał nieskończone przestrzenie mórz Północy...

– Dziękuję za poczęstunek, panie Hansavritson – przerwał mu nagle strażnik. – Opatrzność pana zesłała spragnionego napoić... Powiem jednak od razu, że pomocy w uwolnieniu Islandczyka udzielić wam nie mogę. Choć chciałbym, bo czterysta dukatów, o których wspomnieliście... – głos mu się załamał, a w oczach stanęły łzy.

– A toście mnie przejrzeli – mruknął kupiec. – Na pewno nie możecie? Wszak domek to nie tylko ściany, ale też mebli trochę, a i dziewczyna do posług by się zdała. Dodatkowe sto uczciwych węgierskich...

– Przyjaciela waszego o świcie kat zetnie. Ja mam służbę dopiero jutro z wieczora. Za późno. Gdybyście trzy dni wcześniej przyszli, po rękach bym was całował. A tak mój jedyny zysk to tyle, że łyk gorzałki w zacnym towarzystwie wypiłem...

Zasłonił twarz dłonią, łzy ciekły mu po policzkach.

– Zawsze ciążyło na mnie jakieś fatum! – jęknął i uniósł oczy, lecz jego rozmówcy już nie było.

Pozostała po nim kamionkowa flaszka z resztą wódki, kubek i samotny dukat połyskujący na stole. Strażnik ujął go w dłoń. Wezwanie, propozycja, sugestia... Zmarszczył czoło. Szansa taka jak ta pojawia się raz w życiu. Trzeba tylko umieć ją pochwycić. Nic nie da się zrobić.

Gdyby miał jeden dzień więcej... Wpuścił monetę do chudej sakiewki. Czasem tak bywa, że okazja przejdzie koło nosa.

✷ Marv ocknął się w swojej komórce, otworzył oczy. Ogarek świecy zgasł, było ciemno. W ustach chłopak czuł knebel, ktoś przywiązał go do ramy łoża za nadgarstki i kostki nóg. Szarpnął się, ale nic to nie dało, świeżo rżnięty rzemień nie puścił, za to wpił się boleśnie w skórę.

Rozejrzał się zrozpaczony i wtedy ją zobaczył. Siedziała na zydlu w kącie pomieszczenia. Światło księżyca wpadające z podwórza przez malutkie okienko nadawało jej wygląd nieomal demona, srebrzyło się na włosach jakby zburzonych wiatrem. Loki nad czołem układały się w świetlisty nimb, ale twarz nieznajoma ukryła w złowieszczym cieniu. Marvowi wydawało się, że w tej przerażającej czerni widzi połyskujące niesamowitym blaskiem oczy. Ramiona zjawy okrywała suknia, której rękawy w promieniu miesiąca przybrały trupio zieloną barwę. Marv chciał krzyczeć, lecz knebel zdusił jęki i wepchnął je z powrotem do gardła. Chciał przeżegnać się odruchowo, ale nie mógł uwolnić ręki.

– Dobry wieczór – powiedziała po duńsku. – Miło cię znowu zobaczyć...

– Yyy... – z ust Marva wydobył się tylko ochrypły jęk.

Rozpoznał ten głos. Rozpoznał tę sylwetkę i zieloną suknię niedawnej ofiary. Jakiś czas temu zniknęła, uwolniła się albo ktoś ją uwolnił. Dlaczego zatem przychodzi do niego nocą? Czy przybyła tu żywa, aby dokonać zemsty, czy jako zjawa, by wyrównać rachunek cierpień i ukarać go za życia lub skazać na wieczne potępienie w piekle?

– Przechodziłam obok i tak sobie pomyślałam, że zajrzę tu i dowiem się, co u ciebie słychać. Wprawdzie minęło trochę czasu, ale przecież byliśmy ze sobą naprawdę blisko – kpiła w żywe oczy. – Niczym mąż i żona, można powiedzieć. W każdym razie w jednym łożu spoczywaliśmy, o ile oczywiście można to nazwać łożem i spoczywaniem...

– Oooo – westchnął lekko podduszony.

A więc jednak przyszła żywa. Mimo wszystko trząsł się ze strachu jak osika. Z największym trudem panował nad pęcherzem. Służąc u kata przez pięć lat, widział niejedno. Poznał potęgę ludzkiego przerażenia, oglądał, jak pod wpływem cierpień fizycznych najtwardsi przeciwnicy prawa i korony zamieniają się w skamlące, wyjące ludzkie wraki. Zrozumiał, czym jest władza nad drugim człowiekiem płynąca z możliwości zadawania mu bólu. I nieraz upił się tą władzą. Cieszył się, że stoi po właściwej stronie. A teraz... Teraz najwyraźniej wylądował po stronie niewłaściwej. I to właśnie wywołało atak paniki.

– Zastanawiasz się zapewne, co z tobą zrobię... – Zaśmiała się cicho. – Pewnie myślisz, że najpierw urżnę ci przyrodzenie, potem dopiero powolutku zardzewiałą piłą odetnę głowę. Albo że wytnę ci maluśką dziurkę w brzuchu, a potem wzorem twego pryncypała nawinę kilka łokci jelit na jakiś patyk. Albo na przykład złapię żywego szczura i wetknę ci go...

Wytrzeszczył przerażony oczy. Naraz uświadomił sobie, że powiedzenie „sfajdać się ze strachu" wcale niekoniecznie musi być tylko przenośnią.

– Nie, mój miły. – Niczym dzika kotka trzymająca w pazurach mysz syciła się jego lękiem. – Zrobię rzecz dużo gorszą. Wykażę się prawdziwym okrucieństwem i daruję ci twoje marne życie.

Na twarzy Marva, na ile było widać w świetle księżyca, pod opaską knebla odmalowało się zdumienie. I ogromna ulga. Zaraz jednak w oczach ponownie błysnął strach. Przecież przybyła tu, by się zemścić. Wyrównać rachunki. Zostawi go przy życiu, ale to nie znaczy, że będzie nadal w jednym kawałku! Utnie mu dłonie, wyłupi oczy, wykastruje, a może urżnie męskość? Nie, zaraz, przed chwilą mówiła, że tego akurat nie zrobi! To co pozostaje? Zapewne podetnie ścięgna u nóg. Do końca życia będzie chodził o kijach, męcząc się straszliwie przy każdym kroku. A może...

– Zastanawiasz się dlaczego? – Jej tembr głosu przyprawiał go o mdłości.

Pokiwał gorliwie głową.

– Twój pan jest niespełna rozumu. Umyślił sobie, że gwałcenie młodej dziewczyny czyści krew, czyli przywróci zdrowie syfilitykom. Ale gdy już zrealizował ten zamysł, nie wpadł na to, żeby zakazać ci dalszego spółkowania ze mną. Widać nie zdawał sobie sprawy, że ta paskudna choroba przenosi się właśnie w ten sposób... – Helena z satysfakcją zobaczyła, że twarz pachołka zmienia się w maskę przerażenia. – A może sam jest chory i wiedząc, że niebawem przyjdzie mu rozstać się z tym światem, pragnął, by jak najwięcej ludzi poszło za nim do mogiły? A może jakoś mu się naraziłeś i czekał okazji, żeby się odegrać? To już ty powinieneś wiedzieć.

Ona ma rację, pomyślał przerażony. Mistrz musiał zauważyć, że podoba mi się Onofria...

– Zresztą kto zrozumie duszę i meandry myśli zdychającego bydlęcia – prychnęła z pogardą. – No chyba że sam dojdziesz za kilka miesięcy do jakichś ciekawych wniosków.

Twarz Marva pokryła się lodowatym potem.

– Moi przyjaciele twierdzą, że to bardzo silna zaraza. To właśnie cię czeka. Taka będzie kara za pozbawienie mnie cnoty i za to, że dręczenie i poniżanie najwyraźniej sprawiało ci tak nieludzką radość... To twój wyrok. Niewiele lat życia w coraz gorszych męczarniach i śmierć będąca wybawieniem od bytowania niosącego niebawem już tylko ból i smród gnijącego żywcem ciała. Bywaj, miły, rano cię pewnie uwolnią.

– Aaaaaiiiiijj iiieeee!!! – zaskomlał żałośnie Marv przez knebel.

– Zabić cię? Zbytek łaski, ty szczurze!

Wstała i cicho wyślizgnęła się przez uchylone drzwi do warsztatu. Oprawca niebawem skończy wieczerzę. Na ile go znała, zechce jeszcze przed snem popracować. Jeśli pójdzie spać – trudno. Nie koń do wozu, to wóz do konia. Nie będzie pierwszym złoczyńcą, który umarł zaszlachtowany we własnym łożu.

Kat wszedł do swojego warsztatu, dzierżąc pod pachą księgę. Wciągnął w nozdrza miłą woń trocin. Rysunki machin niemieckich mistrzów były fascynujące.

Zacznie od budowy skrętnicy... W loszku pod dawnym pałacem biskupim jest kilku więźniów, będzie surowiec do przeprowadzenia pouczających eksperymentów. Zastanawiał się, jakiego drewna użyć. Dębiny czy tańszego buku? A może lepsze będą grabowe beleczki? Nieoczekiwanie jakaś potężna siła obaliła go na kolana.

Doszedł do siebie, gdy ktoś chlusnął mu w twarz nocnik pełen starego moczu.

– Hyy... – Spróbował wciągnąć powietrze.

– Zastanawiasz się pewnie, co ci się przytrafiło? – usłyszał skądś zza głowy. – Nie męcz się. Masz we łbie za dużo siana, żeby zgadnąć. Zaraz cię oświecę.

Natychmiast rozpoznał ten głos! Co ta suczka... Skąd ona się tu, u diabła, wzięła?!

– W moich stronach za gwałt stosuje się karę śmierci. Zaś gwałt na szlachciance karany jest oczywiście jeszcze surowiej. Dawne prawa naszego ludu przewidywały za to wbicie na pal, rwanie końmi lub ćwiartowanie.

Ciało nie chciało go słuchać. Nogi miał zupełnie bezwładne, a ręce... Ręce przywiązano mu rzemieniami do pasa! Z potwornym wysiłkiem przekrzywił głowę. Teraz ją widział. Jej oczy lśniły zimno jak u prawdziwej wilczycy.

– Potem prawo trochę złagodniało. Oczywiście jako przedstawiciel rzemiosła katowskiego sam rozumiesz, że cios obuszkiem w łeb nie jest odpowiednim sposobem wykonania egzekucji, nawet w przypadku takiego oprycha jak ty.

Teraz spostrzegł w jej dłoni ten dziwaczny młotek na długim trzonku. Uderzyła go w plecy. Gdzie? Ból wskazuje, że gdzieś tuż nad kością krzyżową. Ugodziła go w kręgosłup... To dlatego nie ma czucia w nogach. To dlatego ledwo może poruszyć łokciami. Strzaskała? Nie... Chyba nie. Parę dni, a może i miesięcy minie, ale powinien odzyskać władzę w nogach. Uczepił się tej nadziei.

– Za najbardziej hańbiący sposób odebrania życia uchodzi powieszenie. A przecież sam przyznasz, że wielokrotne gwałcenie niewinnych dziewcząt, deptanie ich godności i moralności, obracanie ich w niewolnice i wydawanie na pastwę rozmaitych wieprzy to czyny zasługujące na taką karę.

– Ty chodzisz... – wykrztusił zdumiony. – Bez trudu... Przecież przeciąłem ścięgno.

– Tak.

– Nie jesteś nią...

– Może jestem tylko duchem? – szydziła. – A może wstałam z grobu, wróciłam z krainy umarłych, by skończyć wreszcie twoją żałosną egzystencję? Po to, by żadna niewiasta nie musiała już cierpieć z twoich rąk, przeklęty knurze.

– Ty żyjesz! Nie jesteś duchem ani demonem...

Miała ochotę odpowiedzieć mu coś złośliwego, lecz nic jej nie przyszło do głowy.

– Suknia... – zidentyfikował piękny strój, w który była ubrana. – Przecież... dałem ją córce – jęknął. – Skąd...?

– Zabiłam tę sukę – skłamała gładko. – I, jak widzisz, odzyskałam przyodziewek. Wracając zaś do twojej egzekucji...

Jednym zgrabnym ruchem zarzuciła mu pętlę na szyję. Zacisnęła fachowo węzeł na karku. Drugi koniec sznura przerzuciła przez belkę biegnącą pod sufitem.

– Biblia mówi, że należy wybaczać swoim wrogom – powiedziała spokojnie. – Tedy i ty, panie, uznaj, że wybaczyłam ci wszystko, co mi uczyniłeś.

Popatrzył na nią kompletnie zdumiony. Daruje mu? Kto wie, od początku wydała mu się nieco obłąkana. Ma zatem nieprawdopodobne szczęście. Ech, ci katolicy, głowy jak trocinami wypełnione.

– Jest jednak pewien problem natury prawnej. Nie byłam pierwszą, którą zniewoliłeś i pozbawiłeś cnoty. Co więcej, z tego, co mi powiedziano, nie byłam pierwszą, którą planowałeś w stosownym czasie pozbawić życia. Mordowałeś wszystkie, które stały się nazbyt chore, by pracować. Zabijałeś też moich braci w wierze. Dziadek tłumaczył mi, że odpuszczać należy wyłącznie swoje winy. Jednakowoż za winy popełnione wobec tych, których nie ma już między nami, należy się sprawiedliwa odpłata.

Rozczarowanie uderzyło oprawcę jak młot. Ale zaraz wziął się w garść. Do diaska, jest duńskim szlachcicem. Żadna suka nie będzie decydować o tym, kiedy umrze! Lewa dłoń słuchała go lepiej. Ostrożnym, niedbałym ruchem poruszył nadgarstkiem. Zdołał poluzować rzemień. Za chwilę...

– Zrozumiałem moje grzechy – wyrzekł półgłosem. – W przyszłości nie będę...

– W jakiej przyszłości? – zdziwiła się szczerze.

Mocnym szarpnięciem uwolnił rękę z więzów i błyskawicznie wcisnął palce pod pętlę.

– Gówno – wycharczał. – Przegrałaś. Już nie zdołasz mnie powiesić. Za słabaś. Sił ci zbraknie. Nawet jeśli uwiesisz się sznura całym ciężarem, jesteś za lekka... A nie zaciśniesz pętli na tyle mocno, by mi gardło zdławić i udusić.

Zaczął ciągnąć, by poluzować i zdjąć z głowy stryczek. Węzeł zwinięty z trzynastu pętlic nie poddawał się jednak łatwo. Gdzie ona się tego nauczyła?! I naraz rozpoznał swój własny sznur. Było ich tu w warsztacie kilka. Ginąć od własnego stryczka?! Niedoczekanie! Szarpnął, ale splot zacisnął się na amen. Hela uśmiechnęła się słodko. Jej spojrzenie doprowadzało kata do szału. Tyle dni poświęcił, by wybić jej z głowy wszelki opór, a tymczasem lekcje przyniosły skutek odwrotny do zamierzonego.

– Daruj sobie – warknęła. – Może i rzeczywiście się nie uda. Ale w Polsce mamy takie przysłowie: „Nie kijem go, to pałką".

A potem pogładziła trzonek obuszka. Głupi błąd, powinien grać na zwłokę. A teraz ta mała zatłucze go młotkiem na śmierć. Wciągnął głęboko powietrze, by krzyknąć. Marv gdzieś się tu kręci, w każdej chwili może wejść do stolarni...

– Jeśli chcesz zawołać swojego parchatego pomagiera, nie wysilaj się. Nie żyje – ponownie skłamała. – Może twoja żona usłyszy, ale to da tylko tyle, że lista trupów się wydłuży. Co do wieszania, wiem, że jestem jedynie słabą dziewczyną, ale nie martw się. Znalazłam rozwiązanie. Poradzimy sobie z tym...

Przeszła wzdłuż ściany i zaczepiła luźny koniec liny do kołowrotu maszyny rozciągającej.

– Szkoda, że nie zdołasz wyciągnąć z tego żadnej nauki na przyszłość. – Zakręciła korbą. – Ale nie mogę pozwolić ci żyć.

W bezsilnej złości patrzył, jak lina napina się, a potem naprężony sznur podniósł go w powietrze. Usiłował oprzeć się na bezwładnych nogach, dłonią wbitą pod stryczek chronił gardło, dostarczając płucom ostatnie hausty powietrza. Jednak zaciskająca się pętla nie dawała najmniejszych szans. Usłyszał jeszcze głuche chrupnięcie w karku, a potem oczy zaszły mu mgłą.

Światło, przemknęło mu przez myśl. Pastor mówił, że trzeba iść do światła.

Lecz wokół była już tylko ciemność...

Panna Helena stała przez chwilę, ważąc obuszek w dłoni. Trup kata chwiał się na linie, strumyczek moczu spływał z nogawki skórzanych spodni. Oddech dziewczyny powoli się uspokajał. Podeszła i wyciągnęła zza pasa wisielca sakiewkę.

– To jako odszkodowanie – powiedziała. – A może raczej honorarium za egzekucję, skoro tak tu jest przyjęte. Tobie nie będą już potrzebne, a moje życie... Właśnie zaczęło się na nowo.

Trup nie protestował. Ostatnie mimowolne skurcze nóg słabły i wreszcie ciało całkowicie znieruchomiało. Opuściła je na ziemię, sprawdziła puls. Serce oprawcy zatrzymało się na zawsze. Na pniu leżały skórzane katowskie rękawice. Starodawnym obyczajem rzuciła je na zwłoki.

A potem zamarła. Marv... Człowiek świadom nieuchronnej śmierci jest nieobliczalny. Pomocnik kata to wyjątkowe bydlę. Jeśli zaś zsumujemy niegodziwość i żal wobec świata, efekty mogą być naprawdę nieciekawe. A po co ludzie mają cierpieć za jej zaniedbanie?

Wróciła do komórki chłopaka. Nie zdołał się uwolnić. Dziewczyna wzięła zamach i walnęła go obuszkiem w głowę. Coś chrupnęło.

Chwilę potem przesadziła ogrodzenie.

✵ Wstaliśmy wcześnie. Bez zegarka w tym zwariowanym kraju nie potrafiłem określić, która jest godzina. Słońce w każdym razie wzeszło niedawno. Ochlapaliśmy twarze w cebrzyku z wodą, ubraliśmy się, napaliłem w piecu. Hela musiała usłyszeć krzątaninę, bo też zaraz zapukała. Wpuściłem ją do naszej celi.

Staszek akurat szykował kanapki. Usiadła sobie grzecznie na ławie w kąciku. Popatrzyłem na nią spod oka. Wyglądała dziwnie. Coś uległo zmianie. Siedziała prosto, powiedziałbym nawet – swobodnie. Już nie spuszczała głowy. Wyglądała, jakby zrzuciła z barków jakiś ciężar. Jednak nie bardzo podobało mi się jej spojrzenie. Wzrok błądził po pomieszczeniu, ale myślała o czymś zupełnie innym.

Zasiedliśmy do stołu. Staszek podał jej kanapkę ze smalcem. Podziękowała uprzejmym skinieniem głowy. Skrzypnęły drzwi i do pokoiku wszedł nasz gospodarz.

– Mam nowinę – powiedział. – A właściwie trzy...

Usiadł obok nas. Hela spokojnie ukroiła nową pajdę chleba, lecz Nils nie był chyba głodny.

– Nowiny? – podchwyciłem.

– Pierwsza jest bardzo niepokojąca i może stanowić dla nas pewne zagrożenie.

Poczułem zimno w żołądku i nieprzyjemny dreszcz na plecach. Coś się rypło? Szukają nas, trafili na jakiś trop?

– Jaka to wieść, panie? – odezwał się Staszek.

– Dzisiejszej nocy powieszono kata.

– Trudno nam nie odczuwać radości z tego powodu – powiedział chłopak. – Czym podpadł?

– Co? – Stary drukarz nie zrozumiał zupełnie współczesnego norweskiego kolokwializmu.

Miałem ochotę kopnąć smarkacza pod stołem, ale, niestety, siedział za daleko.

– Czym naraził się Duńczykom, że skazali go na śmierć? – sprecyzował Staszek.

– W tym problem, że to nie Duńczycy go powiesili. Ktoś miał widać do niego żal i dopadł kata w warsztacie. Tam, skąd wykradliście panienkę Helenę.

– Dziwne – mruknąłem. – I niezwykłe. Przecież to kawał chłopa. Rozumiem zarąbać toporem, zadźgać mieczem, strzelić z kuszy w plecy albo w ostateczności przebić włócznią czy coś, ale wieszać?!

– Zapewne chodziło im o zadanie mu możliwie hańbiącej kary – powiedziała Hela.

– Im? – Nils popatrzył na nią zaskoczony. – Czemu sądzisz, że było ich kilku?

– Sami wiecie, panie, chłop jak dąb, siły miał tyle, co dwóch zwykłych mężczyzn. Aby go dopaść i sprawić niczym wieprza w rzeźni, wystarczyłby jeden człowiek, szybki, krzepki i sprawny we władaniu bronią. Ale do powieszenia potrzeba co najmniej kilku. Sądzę, że nie mniej niż pięciu. Mylę się?

– Hmm... no tak. O tym nie pomyślałem. – Pokręcił z uznaniem głową. – Rozum u waćpanny – zręcznie wplótł polskie słowo – naprawdę szparko pracuje.

Ucieszył ją wyraźnie ten komplement.

– Zabił go ktoś z waszych? – zapytałem. – Mam na myśli Bractwo Świętego Olafa. Skoro tylu katolików posłał na tamten świat...

– Nic mi o tym nie wiadomo – westchnął Nils. – Nie sądzę. Raczej staramy się siedzieć jak myszy pod miotłą. Zabójstwo kata z pewnością pociągnie za sobą śledztwo, rewizje po domach, przesłuchania... A skoro było ich kilku, nie zdołaliby ukryć przygotowań do takiego zamachu. Jako jeden z przywódców bractwa musiałbym chyba o tym wiedzieć!

– Niekoniecznie. – Pokręciłem głową. – Ktoś, jeden z członków albo i przywódców stronnictwa, mógł dojść do wniosku, że lepiej, aby nikt o tym nie wiedział. Nawet wy.

– Tak też być może. – Zadumał się głęboko. – Ciekawe, będę musiał problem ten w spokojnej chwili dogłębnie przemyśleć.

– A druga wieść? – zaciekawiłem się.

– Gorsza. Zeszłego dnia rankiem znowu widziano na ulicy łasicę. Tę łasicę.

– Znaczy demona? – zdumiał się Staszek.

– Ci... nie wymawiaj tego głośno! – ostrzegł. – Najwyraźniej wróciła.

– A skąd wiadomo, że to ta przeklęta łasica, co niszczy całe miasta, sprowadza pożary i zarazy i tak dalej? – zirytowałem się. – Może to zwyczajna, lasy tu wokoło piękne, w Nidaros na co drugim podwórzu trzyma się kury...

Nie. Leśne nie pojawiają się w mieście. Zresztą w tych stronach jest ich bardzo niewiele. O tej porze roku las pełen myszy i innych małych zwierzątek. Nie miałaby powodu, aby przyjść do miasta. Ta co innego. Poza tym można ją poznać po zachowaniu. – Zniżył głos. – Zwykły drapieżnik przebiegnie chyłkiem. Ta truchtała powoli środkiem ulicy, a co jakiś czas zatrzymywała się i kręciła łebkiem, jakby czegoś nasłuchiwała.

Scalaki zapewne są czymś w rodzaju radioboi, pomyślałem. Nie jest w stanie namierzyć sygnału szybko i bezbłędnie, więc latała po mieście i kręciła łbem jak pelengatorem, by wychwycić, skąd dobiega...

– Może ktoś trzymał tresowaną, uciekła i szukała domu? – podsunęła nasza towarzyszka.

– Nikt w miastach, gdzie o niej słyszano, nie trzyma takiego zwierzęcia w domu! – obruszył się Nils.

– Może to ona powiesiła kata – podsunąłem.

– Co?! – Wytrzeszczył na mnie oczy.

– A czemu nie? – stwierdziłem ze śmiertelną powagą. – Skoro to siła nieczysta, mogła to zrobić. Krzepy ma pewnie tyle, co kilku ludzi. A niewykluczone, że kat, powiesiwszy kogoś przez nią opętanego, naraził się na odwet zwierzęcia.

Gospodarz nic nie odpowiedział, ale przeżegnał się pospiesznie po trzykroć. Poszliśmy za jego przykładem, choć w duchu aż trząsłem się z tłumionej uciechy.

– W każdym razie uważajcie – rzekł. – Jeśli tylko któreś z was ją zobaczy, natychmiast uciekać.

– Tak, panie. – Staszek poważnie skinął głową.

– Trzecia wiadomość pewnie was ucieszy. Peter Hansavritson będzie tu za jakieś cztery dni.

Dziewczyna zrobiła minę, jakby nagle piorun w nią strzelił.

– Co się stało? – zaniepokoiłem się.

– Musimy go ostrzec! – Hela uniosła głos. – Szykują tu na niego pułapkę!

– Co ty mówisz? – Nils spojrzał na nią ze zdumieniem.

Streściła nam podsłuchaną kiedyś rozmowę.

– Mówisz, że słyszałaś, jak kat rozmawia z namiestnikiem o aresztowaniu Hansavritsona? – odezwał się wreszcie. – Zatrzymanie kupca, a przy tym cudzoziemca, to nie taka prosta sprawa. Zwłaszcza że nie ciążą na nim żadne oficjalne zarzuty.

– Nas i księdza Jona jakoś bez problemu schwytali i skazali na śmierć – wtrąciłem.

– Tak, ale w waszym przypadku istniały dowody winy, zeznania świadków, a samo zatrzymanie nastąpiło poza murami miasta. Władza lensmanna na prowincji jest dużo większa. Nie krępują go przepisy obowiązujące tu, w Trondheim.

– W mieście obowiązują inne prawa? – zdziwił się Staszek. – Jak to możliwe?

Zagryzłem wargi. Patrzeć, obserwować, niczemu się nie dziwić, tylko zapamiętywać, a potem składać to do kupy. To przecież takie proste...

– Oczywiście. Czy u was jest inaczej? – Nils spojrzał zaskoczony.

– Podobnie – wyjaśniłem pospiesznie.

– Na wsi władza namiestnika jest nieograniczona. Jedynie szlachta ma pewne bardzo ostatnio pomniejszone prawa... W mieście natomiast przynajmniej formalnie sądy podlegają kontroli rady i nawet Otto musi się z nią bardzo liczyć.

– Wspomnieli coś o prowokacji i o przelaniu krwi. – Hela zmarszczyła czoło.

– To może być metoda. Ostatnio tak właśnie pochwycono kapitana Bjarta, przybyłego z Islandii. Został zaatakowany w karczmie i gdy dobył korda, aby ranić ceklarza, mieli już powód, by wtrącić go do lochu. Przepisy zabraniają użycia broni nawet w takim przypadku jak obrona własna... – rozważał. – Tak czy siak, istotnie muszę go ostrzec, gdy tylko zejdzie na ląd.

– Czy to pewna wiadomość? – zapytałem. – Czekacie na niego od dawna...

– W nocy przybył statek z Bergen po ryby. Jego kapitan widział „Srebrną Łanię" na zatoce Vågen. Za sześć, siedem dni powinien dotrzeć do naszego miasta.

– Jego okręt nosi imię „Srebrna Łania"? – zdziwiła się Hela. – Cóż za piękna nazwa...

– I piękny statek. – Na twarzy introligatora pojawił się wyraz jakby rozmarzenia. – Holk, ale troszkę mniejszy niż normalne, mniej ładowny i odrobinę węższy, dzięki czemu pruje fale szybciej niż zwykły żaglowiec. Kadłub wykonano z drewna cyprysu, rosnącego aż w Lewancie, każdą belkę i deskę uprzednio ugotowawszy we wrzącym wosku... Mówią, że tak i arkę naszego praojca Noego przygotowano, by oparła się falom.

– Kto wykonał to dzieło sztuki szkutniczej? – zaciekawił się Staszek.

– Kto by to pamiętał! Dobre osiemdziesiąt lat już pływa po morzach. Gdy się pojawiła, Hanza używała jeszcze często kog, dziś to holki powoli odchodzą w przeszłość... Tak czy inaczej, może za tydzień powinien tu być. Pewnie zabawi kilka dni w mieście, wyładuje towar, napełni ładownie i będzie ruszał na południe. Zabierze was w bezpieczniejsze miejsca. Gdzieś daleko, tam gdzie nikt o was nie słyszał, gdzie nikt was nie rozpozna.

– Moi towarzysze muszą podążyć w inną stronę – powiedziałem z ciężkim sercem. – Tylko ja popłynę z Peterem Hansavritsonem.

Nils uniósł brwi. Widać było, że nie spodobała mu się ta nagła zmiana.

– A gdzież wy się podziejecie? – zwrócił się do Heli i Staszka.

– Nie turbujcie się, panie – odezwała się Hela. – Odejdziemy swoim szlakiem. Nie będziemy wam ciężarem na zimę.

– Uch, diabelskie z panienki ziółko. Toż pytam z troski, a nie z wyrachowania! – sarknął.

– Musimy być gotowi, na wypadek gdyby szukając zabójców kata, zechcieli zrobić tu rewizję – zmieniłem temat. – Głupio byłoby wpaść zaledwie parę dni przed ucieczką.

– Co masz na myśli? – zdziwił się Nils.

– Wejdą, zaczną zaglądać do szop na podwórzu. Zobaczą nasze rzeczy. I zechcą pana dokładnie wypytać, kto tu mieszka i gdzie się podział.

– Na Boga, masz rację. – Pobladł. – Co radzisz?

I to ma być jeden z wodzów spisku? – westchnąłem w duchu. Gęsi mu pasać, a nie konspirować...

Z drugiej strony w życiu nie czytał powieści sensacyjnych. Nigdy nie był w kinie, nie oglądał telewizji. Dziadek partyzant nigdy nie opowiadał mu, jak z fałszywą kenkartą w kieszeni przenosił radiostację przez okupowane miasto. To skąd ma wiedzieć?

– Posłania na dzień trzeba zwijać – zaproponowałem. – I do skrzyni. Nawet jeśli je znajdą, nie wzbudzi to podejrzeń. Powie się, że zostało z lata po czeladnikach i czeka kolejnej wiosny, kiedy wrócą do terminu. No i, co najważniejsze, my...

– Z tyłu jest furtka w uliczkę, można by uciekać, ale jeśli dom otoczą, a czasem tak robią, nic nam z tego planu – rozważał. – Trza by was ukryć gdzieś w obejściu...

– Mam pewien pomysł... – Zadumałem się. – Wymagałby sporej ilości desek i kompletu narzędzi stolarskich.

– Jaki to pomysł?

– Przygotujemy dwie skrytki na strychach, stawiając fałszywe ściany. Patrzącemu wyda się, że to już koniec pomieszczenia, a tymczasem będziemy mogli się tam schować.

– Dobra myśl – przyznał. – Deski są w składziku, narzędzia też tam znajdziecie. Bierzcie się do roboty. A ty, moja droga... – Spojrzał na Helę. – Mam dla ciebie inne zadanie.

– Dobrze, panie. – Skłoniła głowę. – A jakie?

– Zima idzie, mam worki pełne gęsich piór. Trzeba podrzeć pierza.

Uwinęliśmy się w cztery godziny. Na stryszku ponad jedną z szop postawiliśmy fałszywą ścianę, odcinając ostatnie półtora metra pomieszczenia. Zrobiłem też wąską szparę obserwacyjną, aby z kryjówki tej można było dostrzec, co dzieje się na dziedzińcu. Na koniec zasmarowaliśmy wszystkie świeże łączenia ścian wodą zmieszaną z odrobiną błota, aby upodobnić drewno do starego. Cały czas milczałem i w końcu mój towarzysz nie wytrzymał:

– Nad czym rozmyślasz?

– Gryzie mnie parę spraw – westchnąłem. – Po pierwsze, ta cholerna łasica... Nie podoba mi się, że ma zamiar nas rozdzielić. Ja popłynę do Bergen, ale wy...

– Skoro daliśmy sobie radę tutaj, przeżyjemy i gdzie indziej – powiedział, lecz w jego głosie brakowało pewności.

– Tu mieliśmy dobre schronienie i sojusznika. Tam trzeba będzie wszystko zaczynać od nowa. Może być bardzo ciężko – odparłem, nie owijając w bawełnę.

– Alchemik...

– Tego też się obawiam. Prawdopodobnie Ina rozkaże mi go zlikwidować. Nie mam najmniejszego zamiaru nikogo mordować. A sam wiesz, co potrafi zrobić, żeby zmusić człowieka do wykonania jej poleceń.

– Jakoś się nie pojawia. Mówiła, że przyjdzie następnego dnia, a tymczasem nie dotrzymała słowa. Może to znaczy, że... jesteśmy wolni? Może ją diabli wzięli?

– Optymista. – Uśmiechnąłem się krzywo.

– A drugi problem?

– Hela.

– Przecież jest zdrowa. – Staszek spojrzał na mnie zaskoczony. – I obyło się nawet bez operacji ścięgien...

– Właśnie – mruknąłem. – Zdrowa dziewczyna. Zdrowa i w pełni sprawna fizycznie.

– Co chcesz przez to powiedzieć?

– Szlachcianka, która całymi dniami siedziała w siodle, włócząc się po okolicy, a gorące letnie dni zapewne umilała sobie, pływając z wiejskimi dziewczętami w stawach czy rzekach. Do tego nawykła do ciężkiej pracy fizycznej. Zapewne nie był to duży, bogaty majątek, więc panienka latem pomagała przy grabieniu siana oraz innych pracach w polu.

– Nie rozumiem, do czego zmierzasz.

– Widziałeś Helenę nago.

– No, wtedy, przez chwilę. Gdy ją wyciągnęliśmy ze skrzyni. Nie chciałem się przyglądać. – Spuścił głowę. – To było nie w porządku, każdy ma prawo do pewnej intymności...

– Postawa godna najwyższego szacunku. Ale co nieco przecież widziałeś?

– Niewiele. Potem pomagałem ci naciągnąć na nią ubranie. – Zawahał się. – No co? – parsknął. – Nieduże cycuszki, jak połówki pomarańczy, kępka włosków gdzie trzeba... Przyznam, jest to widok, który niełatwo wyrzucić z pamięci. Zwłaszcza że...

– Niezupełnie o te detale mi chodziło – uspokoiłem go. – Zwróciłeś uwagę, jak jest umięśniona? Jak na dziewczynę, wręcz zaskakująco. Jest zwinna, ma wspaniały refleks. Nie przypomina egzaltowanych anorektyczek, które przychodziły do mnie na lekcje. Nie jest też zbudowana jak zawodowa koszykarka. Ma dobre proporcje mięska do kości. Rozumiesz?

– Nie.

– Chodziłeś na siłownię?

– Tak, trochę. – Zaczerwienił się. – Poprawić wygląd, jakąś muskulaturę sobie wyrobić. Żeby się dziewczynom trochę podobać, choć gucio mi to dało...

Złapałem Staszka za ramię i ścisnąłem. Naprężył muskuły. Coś tam było, choć do Sylvestra Stallone'a raczej daleko...

Puściłem.

– No i trochę wyrobiłeś. Ale zwróć uwagę, że inaczej wygląda umięśnienie człowieka powstałe w wyniku celowego rzeźbienia sylwetki, a inaczej takie, które rozwija się podczas pracy czy niewyczynowego uprawiania sportu.

– I...

– Ona jest tak właśnie zbudowana, znaczy się naturalnie, jak dziewczyna ze wsi, z sylwetką ukształtowaną przez niekiedy ciężkie prace. Jest silna niczym koń i gibka niczym kot. A poza tym jeszcze jedno. Gwałcili ją przez dobre dwa tygodnie. Straszliwie zmaltretowali, widziałeś te sińce i pręgi. Na zakończenie zarazili syfem i okulawili. I co?

– Też mnie to zaskoczyło. Po takiej krzywdzie chyba nikt nie myśli racjonalnie? No nie? A ona zachowuje się zaskakująco normalnie... – Zadumał się.

– Właśnie. I mam pewne wytłumaczenie.

– Mów.

– To nie był jej pierwszy raz.

– Masz na myśli, że nie była dziewicą, że już się z kimś kiedyś wcześniej... ciupciała?

– Cóż za wyszukane słownictwo – zakpiłem.

Spojrzał w niebo widoczne przez świetlik w dachu. Chyba się zawstydził i w ten sposób usiłował ukryć zmieszanie.

– To jak się mówiło w jej czasach?

– A skąd mogę wiedzieć? Niezupełnie to miałem na myśli. Ona już kiedyś została zgwałcona – powiedziałem poważnie. – Tak myślę. Krzyczała przez sen. Wspominała, że straciła życie w czasie powstania styczniowego. Teraz dowiedzieliśmy się, że w chwili śmierci miała zmiażdżoną nogę, bagnet pod obojczykiem i tak dalej. Czyli przeszła oprócz zgwałcenia przez niezły magiel. Do podobnego traktowania nie można się oczywiście przyzwyczaić, ale za drugim razem szok jest już pewnie mniejszy.

Staszek milczał długo.

– To się chyba nazywa wyjątkowy pech życiowy – powiedział wreszcie. – Dwa razy w ciągu tygodnia...

– Co? – nie zrozumiałem.

– Jeśli masz rację, Helenę zgwałcili i zamordowali. Łasica ją wskrzesza, odtwarza czy jak to zwać. Idziecie sobie w stronę Nidaros, wpadacie w łapy tej protestanckiej inkwizycji i znowu biedna trafia z deszczu pod rynnę...

– Tak, masz rację, doszedłem kiedyś do podobnego wniosku i zapomniałem...

– Sorry, każdej normalnej dziewczynie po czymś takim musiałoby odwalić, i to zdrowo – rozważał. – Nie wiem, nie jestem psychologiem, ale jakby mnie coś takiego zrobili, to albobym się kompletnie załamał, albo podciął sobie żyły. Co zresztą na jedno wychodzi.

– Albobyś czekał tylko okazji, żeby gardła poprzegryzać... Wszystkim po kolei. Tylko że ty jesteś chłopakiem. Dziewczyny myślą inaczej. Zupełnie inaczej. U większości zwykłe klepnięcie po tyłku może wywołać głęboki szok, utratę poczucia własnej wartości, ba, nawet poczucie winy. Gwałt jest jak zderzenie z lokomotywą. Uraz fizyczny i stokroć gorszy uraz psychiczny.

– A tu mamy do czynienia z ofiarą wielokrotnego... Czyli co, powinna być jak warzywo? Albo budzić się z wrzaskiem co pięć minut? I do tego jeszcze sikać w łóżko czy coś...

Nabrał trochę błota z szaflika i pociągnął mazią jeszcze jedną deskę. Obejrzał krytycznie nasze dzieło.

– Tak sądzę – powiedziałem.

– Masz jakieś wyjaśnienie?

– Czytałeś kiedyś wspomnienia więźniów reżimów totalitarnych? Ludzi przetrzymywanych, więzionych i torturowanych przez gestapo czy NKWD?

– Nie.

– Większość ludzi załamywała się po kilku dniach zwykłego bicia i głodzenia. Każdy ma swoją granicę. Potem w obozach czy na zesłaniu specjalnie ich nawet nie prześladowano. Wszyscy przez to przeszli, rozumieli... Ale czasem trafiały się nieliczne, wybitne jednostki. Ludzie, których nie dało się złamać. Więźniowie, których w końcu uznawano za niewinnych i wypuszczano lub których zabijano, ale którzy umierali niezłomni. Niewielu takich było, pewnie mniej niż jeden procent.

– Ona...

– Tak myślę. Jest niezwykła. Unikalna. Nie podda się nigdy. Przeciwności losu tylko ją wzmacniają. Nie wiem, co robiła w czasie powstania styczniowego, ale swoje mogła przeżyć. Nie chciała mówić. To może oznaczać, że robiła coś ważnego i tajnego. To też potwierdza moją teorię, byle kogo nie brano do takiej pracy. Zresztą wykonywanie zadań też mogło ją dodatkowo zahartować.

– Piętnastolatka? Jakie zadania?

– Mogła na przykład przewozić meldunki, choćby z Lublina do oddziałów w lesie. W ciągu tygodnia przykładna uczennica z pensji dla panienek, w niedzielę jechała konno do lasu. Nie wiem, zgaduję. I nie piętnastolatka. Ma około szesnastu, a powstanie trwało ze dwa lata. Czyli zaczęła jako kompletna siusiumajtka.

– W życiu bym swojej córki...

– Oni myśleli innymi kategoriami. Dla nas ojczyzna to abstrakcja. Nie rób takiej miny, tak było. Dla większości Polska to tylko kraj czasowego pobytu. Gdy tylko otwarto rynki pracy w Unii, wyjechały ze trzy miliony ludzi. Co najmniej połowa nie planowała powrotu. Gdyby wybuchła wojna, doszłoby pewnie do masowej dezercji. A oni, rówieśnicy Heli, byli inni. No właśnie, jeszcze jedno. Wiek.

– Wcześniej wchodzili w dorosłość. Coś mi się kojarzy, że córki cara Mikołaja były w podobnym wieku, kiedy zrobiły kursy medyczne i podjęły służbę w pociągu sanitarnym. Widziałem taki program.

– Czyli co, mam ją traktować jak dorosłą?

– Ażebym to wiedział... W każdym razie była wystarczająco dorosła, by walczyć.

– Aż ją złapali i wykończyli?

– Sam słyszałeś. Zmiażdżenie nogi i ten bagnet. Bez powodu chyba jej tak nie potraktowali. Zgwałcić, zabić, to rozumiem. Ale takie znęcanie się...? Chyba że stawiała dziki opór i wpadli we wściekłość. Albo wiedzieli, czym się zajmowała. I jeszcze...

– Zderzenie z lokomotywą – mruknął ponuro. – I to niejedną. Bo jak wojsko gwałci, to pewnie całym oddziałem. Do czego zmierzasz?

– Zachowuje się spokojnie, bo swoją krzywdę już pomściła. To ona wymknęła się nocą i powiesiła kata.

– Jaja sobie robisz! – zirytował się. – To niemożliwe. Jakim cudem?

– Widziałeś, co stoi w jej pokoju przy drzwiach?

– Hmm... Nie kojarzę. Czekaj, taki dziwaczny czekanik na długim kiju. No nie?

– To obuszek. Nadziak, inaczej mówiąc. Polska broń. Nasza szlachta tego używała. Konstytucje sejmowe zakazywały, bo łatwo było tym zrobić w zwadzie krzywdę, łatwiej niż szablą. Cięcie głownią dawało dużo krwi, to hamowało zapędy i studziło głowy. A tym jak młotkiem można było łamać kości, nie rozcinając nawet skóry. Jeśli ktoś wpadł we wściekłość, to zanim się opamiętał, już było po wszystkim – wyjaśniłem.

– Skąd wiesz? Nam w szkole o tym nie mówili...

– Gadałem kiedyś z kobietą pilnującą wystawy w muzeum w Krakowie. Zaciekawiło mnie, co to takiego, więc opowiedziała.

– Rozumiem. Czyli sądzisz, że Hela poszła i rozbiła katu głowę?

Na twarzy Staszka odmalowało się niedowierzanie. Nic dziwnego, mnie też wydawało się to średnio prawdopodobne, ale poszlaki...

– Nie wiem, czy ona ma wprawę w posługiwaniu się tym akurat narzędziem. I czemu potem jeszcze kata powiesiła?

Znowu zamilkł, patrząc na swoje uwalane błotem dłonie. Skubnął drzazgę, która utkwiła pod skórą. Bąble podeszły płynem surowiczym. Chłopak nie nawykł do ciężkiej roboty, strasznie zniszczył ręce.

– Nie, to zbyt naciągane. Masz jakieś dowody poza podejrzeniami? – zapytał wreszcie.

– Tego ranka miała lekko zaczerwienione oczy, jakby mało spała. Miała też pobrudzony rąbek sukni.

– To też tylko przypuszczenie. Oczy mogła mieć czerwone od płaczu. W nocy może przechodzić chwile załamania, choć przy nas stara się wyglądać na twardą. Myślisz, że przełaziła w takim stroju przez mur?

– Nie mam pojęcia, ale jeśli jest przyzwyczajona do tego typu ubiorów od czasów dzieciństwa, to pewnie potrafi. Poza tym uspokoiła się, jakby jej ulżyło. I jeszcze jedno: ma sakiewkę.

– Co?

– Woreczek na monety.

– Wiem, co to jest sakiewka – obraził się.

– Wcześniej nie miała. Gdy ją odbiliśmy, była przecież naga. Zresztą wcześniej też... Gdzieś ją zdobyła.

– To dlatego pieprzyłeś przy śniadaniu jak potłuczony? Te bzdury, że łasica powiesiła kata i tak dalej? Chciałeś odsunąć od Heli podejrzenia? Aby nawet nasz sojusznik...

– Tak.

– Nie, nie wierzę. – Potrząsnął głową. – Ta dziewczynka miałaby latać po nocach i rozwalać ludziom głowy młotem?! Bredzisz, szefie. To po prostu niemożliwe.

– Wtedy w Horg walczyła jak młoda lwica – westchnąłem. – Widać było, że jest wyszkolona. Zauważ, iż niewiele o niej wiemy, tyle tylko, ile nam o sobie opowiedziała. A nie wszystko musi być prawdą. Ona gra. Ciągle gra. Udaje małą, zagubioną dziewczynkę, ale uważaj, bo pod tą maską kryje się ktoś inny. Ktoś, kto patrzy na świat bardzo trzeźwo i ostrożnie. Nie licząc jeszcze drugiej, chwilowo uśpionej osobowości. Rozmawiając z Esterą, czułem niemal strach.

Pomogłem Staszkowi zeskoczyć bezpiecznie na parter. Wyszliśmy na dziedziniec. Pogoda nieco się poprawiła, było wietrznie, ale nawet ciepło. Niebo błękitne jak na norweskiej pocztówce. Sam nie wiem dlaczego, jakoś nie cieszył mnie ten widok.

– Także my o sobie nawzajem prawie nic nie wiemy. – Staszek spojrzał na mnie spod oka. – Jesteśmy skryci, jakbyśmy sobie nie ufali.

– Masz rację – przyznałem. – Tylko że... Prawda jest w moim przypadku nudna i nieciekawa. Czysta proza życia. Mieszkaliśmy pod Otwockiem, mój ojciec był kimś w rodzaju kowala, to znaczy razem z wujkiem produkowali w kuźni zrobionej z garażu ozdobne elementy do ogrodzeń willi dla nowobogackich. Robili na tym niezłą kasę. Ja lubiłem czytać książki historyczne, ale doszedłem do wniosku, że przyszłość to komputery.

– Historyczne? I teraz dopiero mówisz?

– A co nam po tym? Interesowała mnie głównie historia starożytnego Egiptu i druga wojna światowa – wyznałem.

– O, w mordę... – Zabawnie przewrócił oczyma.

– Skończyłem informatykę i, niestety, okazało się, że cienias jestem, więc wylądowałem jako nauczyciel w szkole. Dupa ze mnie wołowa była całe życie. Próbowałem kręcić z kilkoma dziewczynami, nic albo niewiele z tego wychodziło, dopiero teraz poznałem jedną fajną bibliotekarkę i myślałem, że da się wyciągnąć do kina, kiedy nagle ogłoszono koniec świata. I tyle. Całe życie można streścić w paru zdaniach. A, i co roku jeździłem pobyczyć się na plaży. Żadnych osiągnięć, żadnego ciekawego hobby. Nikt by nie zauważył, nawet gdyby mnie szlag trafił. Po moim dziadku została książka ze wspomnieniami i tabliczka pamiątkowa w małym wiejskim kościółku. Po ojcu kilometry metalowych ogrodzeń. A po mnie... nic.

– Rozumiem – westchnął. – To tak jak ze mną. Podstawówka, gimnazjum, liceum. Moje hobby? Rozbierałem różne urządzenia na części, żeby zobaczyć, co mają w środku. Przeważnie potem nie dawało się już złożyć ich do kupy. Śmiej się, śmiej.

– Nie mam zamiaru.

– Wiem, przepraszam. Poznałem w liceum jedną fajną dziewczynę, ale wolała kolesia w dresiku, który miał własną gablotę. I też bryndza. Nic nie zdziałałem. Nic wielkiego, nic choćby ciekawego czy nietuzinkowego. Nic, czym można by się pochwalić. Nic, czym mógłbym zaimponować dziewczynom czy kolegom z klasy. Zapisałem się do ruchu oazowego, bo szukałem jakiegoś innego towarzystwa niż u mnie na podwórzu.

– Ja w tym celu zapisałem się do harcerstwa...

– Nawet fajnie było na tym pierwszym i ostatnim zarazem spotkaniu.

– To czemu nie poszedłeś na drugie? Ja nie jestem zbyt religijny, ale kto wie, może tobie by podpasowało.

– Miałem iść, ale planeta wybuchła. – Wzruszył ramionami. – Jak się ma pecha, to do końca. A poza tym głównie zastanawiałem się, skąd by tu wytrzasnąć kupę kasy. I wszystkie te pomysły były niewiele warte.

– Jesteś dziesięć lat młodszy ode mnie. Miałeś jeszcze czas. Studia to dla wielu okres formacji intelektualnej. Może znalazłbyś fajną dziewczynę i drogę przez życie.

– Gówno tam. Po maturze pewnie bym drapnął na Zachód kopać rowy czy wywalać gnój na jakiejś farmie, przecież wiesz, że miałem takie plany.

– Nie miałeś ochoty się uczyć?

– To nie tak. Po prostu nie potrafiłem wymyślić, co mam w życiu ochotę robić. Obaj tak samo przepieprzyliśmy swoje życie. A przecież możliwości były naprawdę niezłe. Żadne pokolenie naszych przodków takich nie miało. Myślisz, że to nasza kara?

– A może szansa? – podsunąłem.

– W dodatku trafiliśmy tu w towarzystwie dziewczyny, która chyba umiała lepiej wykorzystać swój czas. W obu wcieleniach walczyła z wrogiem... Z bronią w ręku! A my... Jesteśmy zniewieściali. Rozmiękczyło nas poczucie bezpieczeństwa.

Wiatr nadal przesuwał po niebie obłoczki chmur. Zachodzące słońce wyzłociło dachy komórek i chaty introligatora. Jasne trociny leżące w szarym błocie wydały się w tym oświetleniu prawie białe. Siedliśmy na stosie belek.

– Kurde! – Staszek uderzył dłonią w korę. – Zawiedliśmy ją.

– Co masz na myśli? – nie zrozumiałem.

– Co powinniśmy byli zrobić? Iść i rozwalić katu łeb. Pomścić krzywdę towarzyszki, wymierzyć mu sprawiedliwą karę. A my co? Jak myszy pod miotłą siedzimy. I dziewczyna musiała męczyć się sama.

Zatkało mnie, ale zaraz potem zrozumiałem, że ma rację. Zlekceważyliśmy obowiązek, który nakładał na nas honor.

– A może... – podjął myśl – może już nie żyjemy?

– Bo i nie żyjemy – mruknąłem.

– Niezupełnie to miałem na myśli. Może to jest czyściec?

– Co?

– No, czyściec. Taki jak uczy teologia. Umarliśmy, ale ciążą nam grzechy i niebo jest dla nas chwilowo zamknięte. Trafiliśmy do miejsca, gdzie odwalimy pokutę, zanim aniołowie zabiorą nas na górę. A może wręcz od naszego zachowania zależy, czy w ogóle nas zabiorą?

Hela widać bardziej narozrabiała od nas, to i mocniejsze baty dostaje...

– Tylko się czasem nie podziel z nią tą światłą myślą – warknąłem. – I bez tego jest straszliwie zdołowana oraz zmaltretowana psychicznie. W porównaniu z nami to panienka bardzo religijna i jak się wkręci w twój pomysł, to mogiła...

– Byłaby skłonna w to uwierzyć?

– Z pewnością. Nie mam co do tego żadnych wątpliwości. Po prawdzie wpadłeś na pomysł tak dobry, że sam prawie w to wierzę. Teraz trzeba pomóc Heli odbudować poczucie własnej wartości, a nie dobijać. Poza tym sądzisz, że niby co? Co takiego mogła zrobić nastoletnia pensjonarka, żeby w ramach pokuty dostać zbiorowy gwałt, okulawienie, zarażenie syfem i towarzystwo takich dwóch niedojdów jak my? Czym niby mogła zgrzeszyć? Ciągała koleżanki za warkocze? Przezywała? Pokazała język nauczycielce? Nawet gdyby dała się uwieść, co uważam za kompletnie nieprawdopodobne, to przecież nie jest to grzech aż tak ciężki, by...

– Masz rację, wymyśliłem jak kretyn... Dobrze, przyjmijmy, że to ona załatwiła kata – powiedział wreszcie Staszek, wracając do poprzedniego wątku rozmowy. – Oczywiście zakładamy to czysto hipotetycznie. Taka teoria, nawet nie naukowa.

– Tak.

– No więc co z tego wynika?

– Katu się należało. Jeśli go zabiła, miała do tego pełne prawo. Kłopot w tym, że zabijanie jest pewną sztuką. Umiejętnością. Rozumiesz?

– Nie.

– Czy potrafiłbyś zabić człowieka?

– Dziwne pytanie. – Zadumał się. – Nie wiem, chyba nie. Nigdy nie próbowałem i nie mam zamiaru. Cholera. Jeśli to prawda... Ona jest od nas obu dużo twardsza. I my się uważamy za mężczyzn... Nie potrafiłbym. Diabli nadali. Nie umiałbym nikogo zabić. Chyba że w jakiejś bójce, przez przypadek.

– Ja byłem pewien, że nie potrafię. Wiesz, w wojsku wyjaśnili nam teoretycznie, jak się to robi, strzelaliśmy do sylwetek, na studiach łaziłem na zajęcia paintballowe, waliliśmy do siebie z kapsułek farby. Ale byłem przekonany, że nie.

– A jednak wtedy za biblioteką...

– Sam się zdziwiłem. Przekroczyłem pewną granicę, której ty nie przekraczaj nigdy. Zabiłem, dobiłem rannego. Byli niebezpieczni, ale mimo wszystko... I czuję, że jeśli trzeba, potrafię zrobić to raz jeszcze. – Spojrzałem na Staszka z rozpaczą. – Jakbym był teraz kimś innym. Jakby zabijanie mi się spodobało.

– Chcesz powiedzieć, że Helena też przekroczyła tę granicę? Że jeśli się raz kogoś zaciuka, to potem zawsze będzie się to rozważać jako jedno z możliwych wyjść z sytuacji?

– Tak. I to jest właśnie problem. Ona już wie, że potrafi. Posiadła pewną sztukę, której dziewczyna w tym wieku... – Zauważyłem, że się powtarzam.

– Jest dla nas potencjalnie niebezpieczna? Jesteśmy jej przyjaciółmi, towarzyszami, opiekunami... Przecież nas, u diabła, nie pozabija.

– Nie... Bredzę i jestem przewrażliwiony – westchnąłem. – Po prostu niepokoi mnie, co się dzieje z jej umysłem. Bo nie jest to normalne zachowanie.

– A sądzisz, że powinniśmy być normalni? Jesteśmy tu, bo niewyobrażalnym fartem wykręciliśmy się od apokalipsy i Sądu Ostatecznego. Trup w tej chorej epoce ściele się gęściej niż na filmie, i to na naszych oczach. I co, mamy sobie powtarzać, że nie jest tak źle, bo w Oświęcimiu było gorzej? Człowieku, ja wczoraj byłem świadkiem morderstwa, a potem jeszcze rozwalałem czaszkę dziewczyny obuchem siekiery! Nie wymagaj ode mnie, żebym nadal był normalny! – Zupełnie się rozkleił.

– Wiem. I proszę, abyś też tego nie wymagał ode mnie. A tym bardziej od Heli. Ona przeżyła dużo więcej niż my. Musimy jej jakoś pomóc, choć kompletnie nie wiem jak.

Wyciągnął rękę i w milczeniu mocno uścisnął mi dłoń.

Samuel wszedł do knajpy. Rozejrzał się wokoło po zadymionym lokalu i zaklął. Hansavritsona nigdzie nie było. A więc jednak... Cały jego plan runął. Wyjął z kieszeni dukata, którego otrzymał poprzedniego wieczoru, i obrócił go w zadumie w palcach. Rozmienić? A może lepiej dorzucić do podobnych mu żółtych braciszków w skarbonce? Wszak rozmienić jest łatwo, ale upilnować potem groszaków trudniej. Rozejdą się w mig. Kto nie ciuła, ten nie ma... A starość za pasem. Może póki sił w lędźwiach staje, lepiej odwiedzić przybytek katowej? Nie dziś oczywiście, przed północą zaczyna służbę. Schował monetę i wygrzebał z kieszeni dwie srebrne blaszki. Na jedną kolejkę od biedy wystarczy. Więcej tego wieczoru i tak nie może. Siadł w kącie nad kubkiem cienkiego, kwaśnego wina.

Głupota, pomyślał. Trza tu topić smutki, a taką szklaneczką cienkusza co najwyżej nerwy pobudzę, zamiast uśpić... Jutro sobie odbiję... – pocieszył się.

Pociągnął pierwszy łyk. Potem drugi. Peter Hansavritson usiadł naprzeciw niego.

– Witaj.

– Cieszę się, że was, panie, widzę...

– Coś się chyba zmieniło od wczoraj – powiedział kapitan.

– Tak. Wasz przyjaciel nadal żyje. Wczorajszej nocy zabito kata – rzekł strażnik więzienny. – Egzekucję trza było odwołać.

– Wiem – odparł kupiec. – Ty kata sprawiłeś? Gadali, że powieszono go w jego własnym warsztacie.

– Myślałem raczej, że wy, panie, wraz z członkami papistycznego spisku śmierć mu zadaliście...

– Dobry pomysł – ocenił Hansavritson. – I niechybnie zrobilibyśmy to bez wahania, gdyby idea taka przyszła nam do głowy. Tak czy siak, małodobry nie żyje. A to chyba otwiera przed nami nowe możliwości podjęcia owocnej współpracy?

– Ja tam po nim płakał nie będę... Wasz towarzysz wywinął się śmierci. Na dni parę, bo ponoć lensmann planował jego pomagiera mianować mistrzem, jednakowoż gdy przeszukano komórki, znaleziono chłopaka z roztrzaskanym czerepem. Żyje, ale nie odzyskuje świadomości. Ktoś już zgłosił się jednak, by wakat obsadzić. Tedy i czasu nie ma wiele.

– Mów – polecił krótko Hansavritson.

– Gdy druga nocna wachta dobiegać będzie końca, zejdę do lochu, niby to na obchód. Rozkuję kajdany waszego towarzysza i narzucę mu na ramiona pelerynę. Poprowadzę go przez dziedziniec do starej kuźni. Wejdziemy na piętro, jest tam okno. Spuści się po linie i pobieży ku rzece. Tam na niego czekajcie.

– Niech będzie i tak.

– Cena się nie zmieni. Pięćset dukatów.

– Kwota to ogromna – westchnął żeglarz. – I można powiedzieć, trochę wygórowana...

– Zważ, kupcze, że człowiek ten znać może miejsce ukrycia skarbu diecezji. – Strażnik obnażył w uśmiechu resztki zębów.

– Bajki starych kumoszek.

– Być to może, ale lensmann Otto wiele dni poświęcił, by sekret ten Islandczykowi wydrzeć, a i egzekucja po to miała być przeprowadzona.

– Co masz na myśli?

– Pan Otto liczył bardzo, że na widok pieńka i topora pamięć więźniowi cudownie powróci – zarechotał. – Tak więc taka jest stawka. Jeśli okaże się, że Bjart zna to miejsce, opłaci ci się, panie, stokrotnie. Jeśli nie, ja będę miał pieniądze, on życie, a ty jego dozgonną wdzięczność. To też cenne być może.

– Otrzymasz pieniądze w Bergen.

Strażnik zaklął w myślach.

– Dlaczego w Bergen?

– I tak musisz opuścić Trondheim. Tam wygodniej mi będzie się rozliczyć.

– Płać tu, kupcze, nie ufam ci!

– Jak uważasz. Ale dopiero gdy więzień będzie w naszych rękach, otrzymasz pieniądze.

– Zatem doprowadzę wam go i wtedy zapłacicie. Nad rzeką na południe od pałacu jest mały pomost, zagajnik i zwaliska murów obronnych.

– Znam to miejsce.

– Tam się spotkamy. Sto dukatów z góry.

– Bierz. – Kupiec obojętnie podał mu solidnie nabitą sakiewkę. – Przelicz.

– Nie muszę, gadają, że nigdy nikogo nie oszukałeś ani na pieniądzach, ani w inny sposób.

– To prawda.

Peter zamyślił się. Jego rozmówca najpierw stwierdził, że mu nie ufa, potem zaraz zmienił zdanie. Dłoń kupca odruchowo dotknęła kolby zatkniętego za pas krótkiego samopału.

– Bądźcie na miejscu i przynieście resztę złota – polecił Samuel.

Dopił wino i wyszedł. W takim miejscu lepiej nie siedzieć z pełnym trzosem za pazuchą. Hansavritson też wolał się nie zasiadywać. Wstał od stołu. Z ławy pod ścianą dźwignęli się Borys i Sadko. Drobny Rosjanin wyszedł pierwszy i po chwili dał znak, że droga wolna.

– Mamy mało czasu – powiedział kapitan. – Biegnij po naszych ludzi.

– Sądzicie, panie, że zdradę nam szykują? – Z gardła olbrzyma dobiegł pomruk.

– Kto wie...?

– To dobrze. Dawno nikomu już łba nie rozbiłem i aż mnie ręce świerzbią. – Zatarł potężne, owłosione kułaki.

– Od dziecka był taki wyrywny – rzekł Sadko z uśmiechem. – Pytanie, czy pana Bjarta nam na miejsce spotkania doprowadzą. Bo i w sumie po co mieliby to robić?

– Doprowadzą, dla niego to dodatkowa męka, tego sobie nie odmówią – wyjaśnił kupiec. – A jeśli nie, no cóż... Przynajmniej ucieszymy oczy widokiem ich bebechów.

Staszek poszedł pomagać Heli w darciu pierza, ja jeszcze poprawiałem właz do skrytki. Nie wyglądała źle. Może na ciemnym strychu siepacze jej nie zauważą. Choć oczywiście lepiej byłoby nie sprawdzać... Natrętne wrażenie cudzej obecności pojawiło się zupełnie nagle. Odwróciłem się, jednocześnie odruchowo kładąc dłoń na rękojeści noża.

Łasica. Siedziała w plamie światła padającego przez otwór w dachu i patrzyła na mnie czarnymi paciorkowatymi oczkami.

– Witaj – powiedziałem.

– Witaj. – Zwierzę kiwnęło głową. – Czy już wiesz, jak dostać się do Bergen w ślad za Alchemikiem?

– Mniej więcej, nasz gospodarz skontaktuje mnie z kapitanem, który tam pływa.

– Dobrze.

– Co u ciebie? – zapytałem.

Głupio. Co ją obchodzą nasze zwyczaje? Bo przecież pytanie było czysto grzecznościowe.

– Ogniwa się regenerują. – W głosie łasicy wyczułem coś na kształt troski, choć może tylko mi się wydawało. – Nanotech wymienia też elementy, które uległy nadmiernemu wyeksploatowaniu. Czy takiej odpowiedzi oczekiwałeś?

– Nieważne...

– Wy, Ziemianie, często zadajecie pytania idiotyczne i niepotrzebne, ale za to osadzone w waszej tradycji. Rozmawiałeś ze Staszkiem o Heli.

– Słyszałaś?

– Nie, ale łapię szczątkowe echo wzburzenia obecne w twoich myślach.

– Potrafisz czytać nasze myśli?

– To trochę za dużo powiedziane. Wyobraź sobie coś w rodzaju pamięci operacyjnej.

– Scalak ma taki układ?

– To zbyt złożona struktura, bym mogła ci to wyjaśnić. Nie masz wystarczającego przygotowania, a ja też podać mogę tylko bardzo dalekie analogie. Nie zrozumiesz. Tylko przybliżenia. A zatem co was tak niepokoi?

– Nie rozumiem jej. Ona nie jest normalna.

– Co masz na myśli?

– Ludzie tak nie działają. Została zgwałcona, a nie załamała się... Musi mieć niewyobrażalną samokontrolę. Czy dlatego Skrat wybrał właśnie ją do wykonania tego zadania?

– Analizowaliśmy was.

– Nasze wspomnienia? Zgraliście nasze dusze, a potem wyświetlaliście?

– To niezupełnie tak. – Pokręciła łebkiem. – Nie dysponujesz odpowiednim zasobem pojęć, by zrozumieć choćby ogólną ideę działań i motywów Skrata.

– Ekstra...

– Szukasz czegoś w rodzaju klucza do zrozumienia zachowań dziewczyny. Nie bardzo jesteś sobie w stanie to wyobrazić, bo sam nie jesteś samicą, a w dodatku twoja rasa nie posiada zdolności bezpośredniej wymiany wspomnień. Ale chyba potrafię ci pomóc.

Poczułem, że nogi w kolanach mi miękną. Zawroty głowy były coraz silniejsze. Osunąłem się na ziemię. Świat chwiał się, jakbym wypił z pół litra...

– Co się... – wykrztusiłem.

– Nie ruszaj się, już prawie znalazłam – mruknęła ta cholerna futrzana maskotka. – A może... – Zadumała się. – Tak, tak chyba będzie bezpieczniej.

Wszystkie mięśnie nagle przestały mnie słuchać. Padłem na wznak jak mokry łachman.

Wstrzyknęła mi pavulon, zaraz się uduszę... – błysnęła mi rozpaczliwa myśl.

Próbowałem się szarpnąć, ale nic z tego nie wychodziło. Nie czułem swojego ciała. Nie traciłem jednak przytomności, więc pewnie serce i płuca działały. Strych przed moimi oczyma rozjechał się. Widziałem teraz wszystko podwójnie, nakładały się jakby dwa obrazy. Coś chrupnęło mi w głowie.

Naraz wróciło wszystko. Wzrok wyostrzył się, w nozdrza uderzył zapach starego drewna, potu i dymu. Ciało.

Nie moje. Inny zapach, inna masa. Cała gama zupełnie nowych odczuć. Sekundę później poraził mnie ból porozrywanej tkanki między nogami, świdrujące rwanie przy prawym ramieniu, potworne mrowienie poniżej lewego kolana, mroczki przed oczyma, ostry trzepot serca.

W ułamku sekundy zrozumiałem, że jestem dziewczyną i właśnie wykrwawiam się na śmierć. Leżałem na plecach na podłodze. Obie nogi miałem szeroko rozciągnięte i oplątane w kostkach rzemieniami. Ich końce przybito do desek. Podłoga pod moim... nie moim... prawym ramieniem kleiła się od krwi. Jej strumyczek powoli pełzał głębiej, przesiąkał przez suknię, łaskotał w kręgosłup. Kątem oka widziałem sterczącą obok strzaskanego obojczyka tulejkę długiego czworograniastego bagnetu, którym ciało przyszpilono do desek podłogi.

Moje myśli gdzieś uciekały, schodziły na margines, stawały się nieistotne. Zdominowały je obce odczucia poniżenia i upokorzenia. Ból, wstyd i nienawiść, straszliwa nienawiść zdolna zagotować mózg pod czaszką. Nienawiść jednocześnie zimna, wyrachowana, jak i gorąca, namiętna.

Z rozbitej szafy kaskadą spływały jakieś ubrania. Na ścianie wisiało kilka malowanych na blasze portretów. Przedstawiały wąsatych szlachciców w żupanach. Chciałem przyjrzeć im się bliżej, ale to ciało też kompletnie mnie nie słuchało. Jego ruchy były zupełnie niezależne od mojej woli. Nie miałem władzy nawet nad gałkami oczu. Dwaj carscy oficerowie w wysokich butach i czerkieskach stali przy biblioteczce, przeglądając pospiesznie jakieś papiery.

Hela, zrozumiałem. To są wspomnienia Heli!

Moja własna jaźń uciekała, rozpadała się, tonęła. Czułem się, jakbym wypił pół litra wódki, racjonalne myślenie cofało się gdzieś w głąb, traciłem poczucie tego, kim jestem. Stapiałem się w jedno z tym młodym dziewczątkiem. Jej myśli... Myślałem jej myślami. Wrażenie było potworne, obrzydliwe, czułem, że umieram, że przestaję istnieć jako odrębny byt. Tak pewnie czuła się nasza przyjaciółka, gdy z głębin jej umysłu podnosiła się świadomość Estery...

Nie! – spróbowałem się otrząsnąć. Jestem Marek, informatyk, belfer z liceum, urodziłem się sto dwadzieścia lat po powstaniu. Widzę zdarzenia oczyma Heli, ale pozostaję sobą...

Pomogło. Nadal czułem myśli i emocje dziewczyny. Nadal byłem uwięziony w ciele tak zdumiewająco odmiennym od mojego, ale przynajmniej miałem świadomość, kim naprawdę jestem.

Oficerowie wymienili jakieś uwagi. Znowu odczucia nadeszły falą, znowu topiłem się w cudzej osobowości.

Uderzyły mnie tym razem nie jej myśli, lecz ich echo. Determinacja, nieludzkie pragnienie, by zacisnąć zęby na gardłach Rosjan i choć przed śmiercią napić się posoki wroga.

Z mojego... jej gardła wydobył się głuchy jęk.

– Dobij ją i chodźmy. Pora na nas – odezwał się wyższy, o wyjątkowo małpiej gębie ozdobionej bokobrodami. Teraz go rozumiałem. – Pożar za chwilę odetnie nam drogę.

Jego kompan przykląkł koło mnie, dobywając zza pasa kordzik. Struchlałem. Zarżnie mnie ot tak, na brudnej podłodze?! Wiedziałem, że to tylko wizja, symulacja, cudze życie, ale lęk przed cierpieniem i śmiercią był jak najbardziej realny. Tylko że... pochodził ode mnie. Hela się nie bała. Coś innego zaprzątało jej głowę. Coś tak ważnego, a przy tym pociągającego, że stłumiło wszystkie inne uczucia.

– Zachciało wam się Polski – mówił po naszemu z dziwacznym akcentem, ale zupełnie poprawnie. Na jego wargach grał sarkastyczny uśmieszek, gęba wyrażała sadystyczne zadowolenie. – Zrozumcie, *miatieżniki*, tamto się skończyło. Tu już na zawsze będzie Cesarstwo Rosyjskie.

Złapał jedną ręką pod brodę, odginając głowę do tyłu. Za chwilę pociągnie nożem i to będzie koniec... Odruchowo chciałem zasłonić gardło, ale właścicielka tego ciała miała inne plany. Jej lewa dłoń wystrzeliła do góry i zacisnąwszy się na kolbie, wyrwała żołnierzowi rewolwer z kabury przy pasie. To był jeden ruch, szarpnięcie za kolbę, palec odnajdujący cyngiel, pociągnięcie za spust... Broń huknęła. Pocisk trafił Rosjanina w prawe biodro. Odrzuciło go w bok. Drugi mężczyzna błyskawicznym ruchem sięgnął do boku, łapiąc za rzemień szaszki. Bębenek rewolweru nie przesuwał się automatycznie, widać był to zbyt wczesny model, a może coś uległo uszkodzeniu, ale Helenie to nie przeszkadzało, walcząc z przeszywającym bólem i bezwładem palców, wprawiła go w ruch drugą ręką.

Dwie kule ugodziły oficera w mostek. Każdy kolejny pocisk rzucał go w tył. Uderzył plecami o ścianę. Osuwał się po niej wolno, znacząc biały tynk podwójną czerwoną smugą... Z ust pociekł mu strumyk krwi, głowa nagle kiwnęła się do przodu i ciało runęło na deski.

Prawa ręka dziewczyny opadła bezwładnie. Lewa dłoń płynnym ruchem odjechała w bok, wzrok też się przesunął, gdy Hela przekręciła głowę. Ciężko postrzelony Rosjanin bezskutecznie usiłował powstrzymać krwawienie z wielkiej rany na biodrze. Straszna rzecz te ołowiane kule.

Masz za swoje, bydlaku! – pomyślałem z dziką satysfakcją.

Z jego gardła dobiegał zduszony skowyt. W oczach miał łzy. Czoło zrosił gęsty pot. Z ust ku podłodze ciągnęła się nitka śliny. Musiał potwornie cierpieć, widziałem to po jego oczach. To dziwne, ale w ogóle nie było mi go żal. Nie wiedziałem już, czy w tym momencie czułem samodzielnie, czy może echo myśli dziewczyny wyprało mnie z wszelkiej empatii.

– Tu jest Polska – usłyszałem miękki, ciepły, niemal serdeczny szept Heli. – Powtórz tę nazwę głośno i z dumą, bo tak się nazywa miejsce, w którym umrzesz...

Spojrzał na nią z przerażeniem. Bębenek pchnięty kciukiem przeskoczył na nową pozycję. Klik... Mało się nie porzygałem na widok rozbryźniętego mózgu, ale nie miałem jak zwymiotować. Heleny, choć patrzyła na to samo, wcale nie wzięły mdłości.

Jak ta cholerna łasica wyświetlała mi te wspomnienia? Miała to nagrane? Powiedziała coś o tym, że musi się dostroić. A zatem majstruje bezpośrednio przy scalaku. Stąd bezwład ciała i ohydny realizm tej wizji. Nie mogę nic zrobić, bo znajduję się w raz nagranym filmie, akurat pechowo obsadzony w roli głównej bohaterki, dopiero co zmasakrowanej i zgwałconej we własnym domu przez kompanię Ruskich...

Na szczęście zdołałem wyrwać się z uścisku jej myśli. Znowu byłem sobą. Już nie groziło mi utonięcie w duszy kogoś innego. Co by było, gdybym się poddał? Wolałem o tym nawet nie myśleć.

Odłożyła broń i sięgnęła do przeszywającego ją bagnetu. Każdy ruch wywoływał potworne, nieludzkie, paraliżujące cierpienie. Kolejna fala mdłości napłynęła mi do gardła. Czułem, jakby mnie ktoś wykastrował...

Hela złapała za końcówkę bagnetu i próbowała rozruszać ostrze. Mięśnie reagowały kolejnymi skurczami. Wreszcie udało się. Bagnet wyszedł z desek. Teraz centymetr po centymetrze wyszarpywała go z ciała. Mroczki przed oczyma i zawroty głowy były coraz mocniejsze. Jednocześnie w pomieszczeniu pojawiało się coraz więcej dymu, przenikał przez podłogę, kłębił się w drzwiach. Odbierałem tylko echo myśli dziewczyny.

Wrażenie pośpiechu, śmiertelne przerażenie, znowu pośpiech. Czterdziestocentymetrowe czworograniaste ostrze brzęknęło o podłogę. Z głębokiej rany sączyła się krew. Pod ciałem zebrała się już porządna kałuża. Hela chwilę zbierała siły, by usiąść. Wreszcie jej się udało. Zakrwawiona suknia odlepiła się od podłogi z ohydnym mlaśnięciem. Dym... Dwór płonął chyba na całego. Nie było czym oddychać, w pomieszczeniu robiło się nieznośnie gorąco, oczy piekły...

Ona też rozumiała, że musi się spieszyć. Złapała upuszczony kordzik, a potem przekręciła się, by sięgnąć ostrzem do rzemienia trzymającego prawą nogę. Druga była całkiem strzaskana, poniżej kolana w rozległej ranie połyskiwały odłamki kości. Jakiś szelest z tyłu przerwał jej wysiłki. Odwróciła głowę, chwytając rewolwer. Woń chloru boleśnie uderzyła w nos. Ślimakoid Skrat w zadumie kontemplował otoczenie. Cmoknęło powietrze wypełniające próżnię po „znikniętej" szafce z papierami.

Hela nie namyślała się długo. Pociągnęła za spust. Zaskoczyło mnie to. Na widok dziwnej istoty nie wpadła w panikę, ale próbowała się bronić...

– Diabeł, ruski diabeł – usłyszałem w głowie. – Po mnie? Niedoczekanie! Jeszcze nie umarłam!

Broń huknęła. Kula trafiła w powierzchnię ciała przybysza i spokojnie spadła na podłogę. Chyba w zetknięciu z dziwną substancją momentalnie straciła całą energię kinetyczną. Nie wyglądało na to, by gwiezdny wędrowiec odniósł jakąkolwiek szkodę, choć z pewnością zauważył, co się działo. Nie odwrócił się nawet, ale na jego korpusie pojawiło się kilkanaście fosforyzujących otworków – zapewne przez nie patrzył na dziewczynę. Szarpnęła się rozpaczliwie, by dosięgnąć szaszki u boku zastrzelonego Rosjanina.

Obraz rozjechał się, w nozdrza uderzył zapach wędzonej ryby. Przekręciłem się z trudem na brzuch. Norwegia... Obmacałem swoje ciało. Wyglądało na to, że wszystko w porządku. Nie miałem piersi ani innych żeńskich organów. Nie czułem palącego bólu będącego efektem brutalnego gwałtu. Wspomnienie tych kilku minut, kiedy moje zmysły odbierały sygnały zupełnie innego ciała, było szokująco przykre i obrzydliwe. Uspokajałem się z wolna.

– Rozumiesz? – zapytała łasica.

Głęboki szok, który przeżyłem, nie chciał puścić.

Zabijałem. Zaszlachtowałem tych trzech dresiarzy w chaszczach za biblioteką. Potem niewykluczone, że zabiłem kogoś w Horg. Czemu więc aż tak uderzyła mnie śmierć tych dwóch bydlaków? Może dlatego, że ja mordowałem na zimno, bezrefleksyjnie nieomal, traktując przeciwników jak chwasty do wyplewienia. Ona tymczasem zabijała ich, mając świadomość, że są ludźmi.

Uspokajałem się powoli.

– Jesteś bardzo wzburzony – powiedziało zwierzę. – Nie rozumiem dlaczego.

– Idź do diabła! – warknąłem.

– Pożądałeś wiedzy i otrzymałeś ją. Wszystkie wasze religie wyraźnie mówią, że za mądrość trzeba zapłacić wysoką cenę. Wyłupienie oka, otwarcie puszki plag, wygnanie z Edenu...

– Dobrze znasz nasze mity – syknąłem.

– To część mojego zadania. Ja też zapłaciłam swoją cenę: za możliwość studiowania nieprzebranych skarbów mojej rasy muszę się babrać w waszych ziemskich brudach. Za natchnione pieśni mego ludu musiałam zgłębić ohydę waszych... Do tego przestudiowałam waszą fizjologię. Nie jesteś w stanie pojąć, jak obrzydliwe było dla mnie analizowanie organizmów zbudowanych głównie z zabójczej dla mojej rasy wody, oddychających toksycznym i żrącym tlenem. Uznałam jednak, że warto, i zgodziłam się ponieść te koszta. Nie rozumiem więc twojego zdziwienia?

Znowu to samo, zderzenie innego myślenia, innego aparatu pojęciowego, innych ciągów logicznych tego kosmicznego lemurka z meandrami psychiki ludzkiego niewolnika... Nasz kochany obozowy strażnik nie pojmuje, dlaczego precyzyjnie sformułowane, choć niewykonalne rozkazy wywołują bunt przydzielonych mu podludzi.

– Mity to mity. Nie sądziłem, że tyczy się to mnie.

– To twoja religia. Jej integralny element. Czyżbyś stracił wiarę? – zaciekawiła się.

– Nie.

– Czemu więc się dziwisz? – wróciła do pytania. – Nie tylko przecież mity opierają się na motywie zapłaty za wiedzę. Wszak ty sam wiele razy tego doświadczałeś. Poświęcałeś wiele, by zdobyć to, co uważacie za mądrość.

– To sprawia, że jesteśmy ludźmi – odparłem, patrząc zwierzęciu prosto w oczy. – My umiemy poświęcać dzień dzisiejszy dla przyszłości. Umiemy zmuszać się do zdobywania wiedzy i czasem trzeba za to zapłacić. Akceptuję to.

– Ciekawe, co by powiedzieli o tym twoi byli uczniowie.

Wydało mi się, że kpi sobie ze mnie w żywe oczy. A może nie? Może była tylko ciekawa. Moi uczniowie?

Co o mnie myśleli? Część z nich chodziła do szkoły, by czegoś się dowiedzieć, innym zależało tylko na papierku umożliwiającym studia. Byli i tacy, którzy cierpieli w szkole, ale chodzili, bo zmuszali ich do tego rodzice. Cena? Koszt? Zapłata?

– Czy teraz lepiej rozumiesz zachowanie Heleny? – Przekrzywiła łebek.

– Tak.

W sumie potwierdziły się tylko moje przypuszczenia. Zgwałcona przez kata po prostu zrobiła z nim to, co już kiedyś wcześniej uznała za odpowiedni sposób odpłaty. Mogłem się jedynie domyślać, że podczas powstania, a może i wcześniej, została nieźle wyszkolona w posługiwaniu się bronią. Mogłem też przypuszczać, że na skutek jakichś dramatycznych przeżyć w którymś momencie przestała się kontrolować. Przestała trzymać nienawiść na wodzy, przestała dusić w sobie żal, gniew, rozpacz i sprawiła, że popłynęły falą jak wzburzona rzeka... I że już zawsze tak będzie. Będzie zabijać, gdy tylko uzna, że trzeba.

– Nadal jesteś wzburzony i pełen wątpliwości – zwróciło uwagę zwierzę.

– Ta dziewczyna nie jest normalna. Nie była już wtedy, gdy spotkała Skrata. Jest nieludzko opanowana i ma niewyobrażalną samokontrolę.

– Zamknij oczy! – rozkazała Ina.

Znowu stałem się dziewczyną, ale tym razem szok okazał się zdecydowanie mniejszy... Siedziałem na koniu w damskim siodle. Była noc, wokół rozciągał się zasypany śniegiem las. Pomiędzy drzewami widziałem polanę, trupy leżące w śniegu, carscy żołnierze podkładali ogień pod jakieś szopy. Obraz był nieostry. Coś trzasnęło. Biegłem przez wysokie śnieżne zaspy, brakowało mi oddechu, słyszałem huk wystrzałów, wszystko rozmywało się niczym w malignie sennej.

– Koniec – powiedziała Ina.

Otworzyłem oczy. Norwegia, strych... Szok wywołany widokiem trupów i wielogodzinna ucieczka przez las? Jakim cudem jej nie złapali, mieli przecież konie?

– Rozumiesz? – zapytała ponownie.

– Tak jakby. – Wzruszyłem ramionami. – Muszę to jeszcze poukładać w głowie. Czemu to postrzegałem jak we śnie?

– Nie wiem, czym są sny, my tego nie mieliśmy. Biorąc pod uwagę waszą literaturę, mogę dedukować, że...

– Czekaj – wszedłem jej w słowo. – To, kiedy ją zgwałcono, było wyraźne, bo zapis na scalaku nastąpił zaraz po fakcie, a tamto w lesie było wcześniejsze?

– Nie, tak.

– A dokładnie?

– To, co nagraliśmy, to po prostu wasza pamięć. Wypadki zimowe chronologicznie są wcześniejsze o kilka miesięcy. Ale zapis jest wadliwy, bo dziewczyna była na granicy przytomności.

Szok, który przeżyła Hela, doprowadził najwidoczniej do nieodwracalnych zmian w jej psychice. No, ładnie...

– Chcesz coś jeszcze wiedzieć? Powinnam siedzieć nieruchomo przez kolejne osiem minut, ciesz się zatem moim towarzystwem.

– Opowiedz mi o swojej planecie – poprosiłem.

– Po co ci ta wiedza, Ziemianinie? Nasza cywilizacja odeszła w niebyt przed tysiącami waszych lat. Niektóre pojęcia są na tyle rozbieżne, że mogę podać tylko ich analogie – powtórzyła nie wiedzieć który raz.

– Mimo wszystko – poprosiłem.

– Wyobraź sobie glob mniejszy niż Ziemia, o słabszej grawitacji. Bez tego, co nazywacie strefami klimatycznymi i porami roku. Bez księżyców. Życie narodziło się w jeziorach siarki, wyrosło na związkach krzemu, a gdy nauczyliśmy się oddychać, najważniejszym gazem stał się chlor.

– Na podstawie tego, co kiedyś mówiłaś, wyobraziłem sobie lasy i mieszkające w nich zwierzątka o wyglądzie lemurów... – mruknąłem.

– To wasz problem, patologiczny nadmiar wyobraźni, a przy tym brak konsekwencji myślenia. Wy, Ziemianie, wyobrażacie sobie za dużo i za szybko, na ułamkach informacji budujecie bzdurne hipotezy...

– Więc jak to wyglądało?

– Krystaliczno-organiczne struktury, coś jak fraktal drzewkowy, rosnące aż do granicy atmosfery, podtrzymujące swoje istnienie dzięki związkom chemicznym, syntetyzowanym, gdy ciepło naszej gwiazdy lub pochodzące z gleby rozgrzewało ich powierzchnię... Wyobraź sobie wodorosty w akwarium... Ale i tak będzie to tylko cień ich rzeczywistego wyglądu.

– Rozumiem.

– Tylko ci się tak wydaje. Ale cóż, poradzimy sobie z tym.

Przebłysk trwał może dwie sekundy. Zobaczyłem kolory, które nie istnieją. Zobaczyłem kształty, których nie da się opisać, bo nie ma w naszym języku odpowiednich słów. Poczułem tamten świat przez wszystkie kilkanaście zmysłów... Zrozumiałem, czym jest częściowe postrzeganie czwartego wymiaru.

Deski. Zbawcze solidne deski pod policzkiem i ramieniem. Cudowna twarda rzeczywistość odbierana wyłącznie przez wzrok, słuch, węch, smak i dotyk. Żadnego migotania w powietrzu fal radiowych, żadnych linii pola magnetycznego, żadnych fluktuacji pola grawitacyjnego, żadnego zmysłu umożliwiającego analizę temperatury z dokładnością do setnych części stopnia Celsjusza, żadnego rozpoznawania związków chemicznych po widmach...

– Tego nie przewidziałam – powiedziała. – Nie powinnam była pokazywać ci moimi oczyma.

– Już dobrze... – Dochodziłem powoli do siebie.

Co za rozkosz mieć tylko cztery kończyny! Czemu do tej pory tego nie dostrzegałem?

– Nasza cywilizacja była pozatechniczna – Ina, widząc, że nadal jestem ciekaw, podjęła wykład.

– Nie wynaleźliście koła. – Uśmiechnąłem się.

– Ani innych narzędzi, Ziemianinie. Nigdy ich nie potrzebowaliśmy. Większość tego, co uznałbyś za pożywienie, czerpaliśmy prosto z powietrza, zwyczajnie wdychając i wydychając. Czasem dla urozmaicenia diety ssaliśmy chemikalia spływające po łodygach. Gdy chcieliśmy zwiększyć tempo przemian biochemicznych, wbiegaliśmy kilka kilometrów w górę, by znaleźć się w lepiej nasłonecznionych miejscach. Gdy ktoś czuł, że nadeszła pora, odchodził na samo dno lasu, gdzie w ciemności i chłodzie procesy życiowe w jego ciele stopniowo ustawały.

– Niech zgadnę, dzieł sztuki też nie stworzyliście?

– Nasza sztuka była inna. Taniec? Akrobacja? Układy choreograficzne? Skoki z pędu na pęd, coś, co może nazwalibyście śpiewem... Naszymi bohaterami byli ci, którzy najpiękniej tańczyli, i ci, którzy ułożyli o tym najpiękniejsze pieśni.

– Nie zapisywaliście tego?

– Pięknych pieśni uczyli się nowi. Te naprawdę wielkie trwały przez setki lat, bo zawsze znalazł się ktoś gotów je poznać i zapamiętać. Wy zapominacie, my dzięki naszej biochemii dysponowaliśmy zawsze pamięcią absolutną.

– Czyli Skrat niewiele skarbów znalazł na waszej planecie – mruknąłem.

– Odczytał informacje z mózgów tych, którzy żyli, i tych, którzy zmarli na tyle niedawno, by struktura zachowała jeszcze dane. Zebrał dziesiątki milionów pieśni.

Wyobraziłem sobie cuchnącego ślimakoida, jak siedzi w fotelu, czy co tam mu służy do siedzenia, słuchając zawodzenia kosmicznych wiewiórek o tym, jak fajnie jest skakać z gałęzi na gałąź... i tak dziesięć milionów razy. Nie mogłem nic na to poradzić, ale zachciało mi się wyć ze śmiechu.

– Nawet nie wiesz, jak bardzo mu teraz zazdroszczę – powiedziała.

Zrozumiałem, że nawet istota o psychice tak odległej od człowieka odczuwa smutek, kto wie, może nawet rozpacz. Tym ją kupił i zmusił do posłuszeństwa? Obietnicą dalszej podróży i dostępem do biblioteki tych nagrań? Z drugiej strony z czego właściwie się śmiałem? Dla nich skakanie z gałęzi na gałąź było najwidoczniej równie ważne jak dla naszych gospodyń domowych czytanie harlequinów... Cywilizacja pozatechniczna. Te słowa nawet nie tworzą związku frazeologicznego!

– Sądzi się, że my, Ziemianie, nauczyliśmy się mówić, by koordynować wysiłki w czasie polowania, a narzędzia miały nam pomóc w różnych pracach. Ich doskonalenie pozwoliło nam na zbudowanie cywilizacji.

– Chcesz zapytać, jak staliśmy się rozumni?

Niekiedy bywała zaskakująco bystra.

– Tak.

– Bóg tak chciał. Tak sądzimy. O tym śpiewają nasi... prorocy? Wieszcze? Teolodzy? Kapłani?

Policzyłem wolno w myślach do dziesięciu.

– Wierzysz w Boga? – Spojrzałem na Inę spod oka. – To znaczy mieliście jakąś swoją religię?

– Jest jedna religia kosmosu. Jeden Bóg wszystkich ras rozumnych.

– Bzdury gadasz! – parsknąłem. – Na Ziemi były ich setki i wyznawcy każdej uważali, że to ich wiara jest prawdziwa.

– We wszechświecie jest podobnie.

– To znaczy?

– Nasza religia i wasza religia są jak dwie cegły pochodzące z jednej ściany. Na pierwszy rzut oka wydawać by się mogło, że nie mają żadnych elementów wspólnych. Ale to dlatego, że nie ogarniasz wzrokiem całości. Skrat, który poznał dziesiątki tysięcy religii ośmiuset różnych cywilizacji, twierdzi, że dopiero teraz zaczyna rozumieć ogólny wzór. Choć uważa, że i tak poznał ledwie cień prawdy... Bóg każdemu objawia się inaczej, aby łatwiej trafić do jego serca. Uważasz, że twój Bóg jest wszechmocny?

– Owszem. Tak przynajmniej uczy moja religia.

– Uczy także, że może ukryć się w kawałku chleba, jest jeden, ale występuje w trzech osobach, potrafi cofnąć śmierć fizyczną. Więc jakim dla niego problemem byłoby sprawić, by różne religie były jednocześnie prawdziwe?

I gadaj tu z taką. Herezje jakieś wygaduje...

– Wszystkie?

– Nie. Tylko wszystkie prawdziwe.

– Nie łapię.

– Są religie prawdziwe i religie fałszywe. Prawdziwe są częściami jednej. Fałszywe też są częściami jednej, ale innej. Dwie siły, dobro i zło, zwarły się w walce.

Brzmiało nawet sensownie.

– Ile prawdziwych religii było na Ziemi? – zapytałem. – Czy na przykład hinduiści i...

– Jedna. Do tego kilka czerpiących z niej, ale przekazujących posłanie waszego Boga w sposób mniej lub bardziej zafałszowany.

– Taaak? – odparłem sceptycznie. – W takim razie co z ich wyznawcami?

– Stopień zanieczyszczenia nauk Boga wykluczał uzyskanie za ich pomocą zbawienia. Choć zawsze można liczyć na litość i miłosierdzie Stwórcy. Może trudne warunki egzystencji, nietrwałość waszej pamięci i ogólny niedorozwój intelektualny zostaną w dniu sądu potraktowane jako okoliczność łagodząca.

– A co z rajem? – zapytałem sarkastycznie. – Co z tajemnicami życia po śmierci? Co z duszą? Zapisaliście mi ją w kawałku tworzywa. Ludzkość odeszła w zaświaty, a ja? Żyję czy jestem martwy?

– Filozofia, Ziemianinie. Idiotyczne pytania o istotę bytu, negowanie rzeczywistości. Wasz najsłabszy punkt... Najgorsza skaza waszej prymitywnej cywilizacji.

– Mimo wszystko chcę wiedzieć.

A przynajmniej chcę poznać punkt widzenia kosmicznych wiewiórek i ślimaków, pomyślałem ponuro, ale nie bez szczypty czarnego humoru. Przecież tak naprawdę nie mam pewności, że to, co mówi łasica, w jakikolwiek sposób stanowi prawdę.

– Jeśli pożądasz wiedzy o tym, co czeka cię po śmierci, nie ma problemu. Uśmiercę cię i nakażę Staszkowi zniszczyć twój scalak. To rozwiąże ten problem w sposób ostateczny. Odejdziesz tam, gdzie odeszli inni. Będzie to odpowiednia cena za wiedzę o wartości trudnej do oszacowania – nawiązała do naszych poprzednich sporów. – Staszek i Hela powinni samodzielnie wypełnić zadanie.

Zabrakło mi argumentów.

– Wypocznijcie dobrze kilka dni – poleciło zwierzę. – Niebawem przyjdzie czas wypełnić kolejne zadania. Ja muszę poddać swoje ciało niezbędnym naprawom.

Skoczyła w dziurę w podłodze i tyle ją widziałem. Powoli zszedłem ze stryszku.

✷ Wiatr, który przyszedł w nocy, był nieoczekiwanie ciepły. Ciągnął od gór... Przypominał mi trochę halny, ale zapewne tutaj miał jakąś swoją nazwę. Roboty było niewiele, przeczuwałem, że stary wymyśla nam różne zadania tylko przez grzeczność, abyśmy nie mieli poczucia, że darmo jemy jego chleb. Układaliśmy właśnie ze Staszkiem porąbane drewno pod daszkiem na podwórzu, gdy Hela wyszła z domu introligatora z cebrzykiem pełnym wypranej bielizny.

Nils stanął w drzwiach warsztatu i skinieniem głowy pochwalił staranność ułożenia szczapek. Na widok Heli oczy mu trochę rozbłysły, w jego spojrzeniu była jednak tylko radość, żadnego śladu lubieżności czy podobnych niskich uczuć.

– Chyba lubi na nią patrzeć – zwrócił uwagę Staszek.

– Nie ma telewizji, to i nudzi się jak mops. Sam tu mieszka... – rozważałem.

– Mówił coś, że jego córka wyjechała do Danii z mężem.

– Tak mi się wydaje, że uciekł stąd każdy, kto mógł – mruknąłem. – Bo i po prawdzie czego tu szukać? Rolnictwo zdycha, kopalin brak, rzemiosło padło wraz z ruchem pielgrzymkowym...

– Dlaczego sądzisz, że rolnictwo zdycha? – zdziwił się.

– Trwa mała epoka lodowcowa. Jesteśmy w czasach, gdy zamarza Bałtyk. Za kilkadziesiąt lat sytuacja w Szwecji będzie tak dramatyczna, że wygłodzeni ruszą podbijać bardziej żyzne kraje. W tym Polskę. Nie uczyli cię o tym na lekcjach historii?

– Taka tam nauka – parsknął. – Liczyły się daty do wykucia, a nie okoliczności czy uwarunkowania.

W tym momencie rozległ się gwałtowny głuchy łomot do drzwi. Staszek zrobił się blady jak ściana. Hela zamarła. Błyskawicznie chwyciłem ją za rękę i pociągnąłem za sobą.

– Umykajcie! – szepnął Nils. – Postaram się nie zmarnować czasu przy wrotach!

Przebiegliśmy podwórze, wpadliśmy do szopki. Podstawiłem Staszkowi dłonie złożone w koszyczek. Dwa metry to nie jest dużo... Wdrapał się jak kot i położywszy, spuścił rękę. Hela stanęła tak samo, podał jej dłoń i pociągnął. Popchnąłem mocno od dołu. Wreszcie sam wybiłem się i skoczyłem w górę. Dwie sekundy wysiłku i już byłem na strychu.

Uderzyłem parę razy w płótno woreczka z pieprzem. Chmura gryzącego pyłu poleciała w stronę podłogi. Nie wytropią nas. Zresztą padły szczur leżący obok dziury był już „w pełni rozkwitu". Hela uchyliła klapę. Spiesznie ukryliśmy się za fałszywą ścianą.

Zdążyliśmy w ostatniej chwili. Przyczaiłem się w kącie i spojrzałem przez szczelinę obserwacyjną. Trzech zbrojnych w towarzystwie naszego gospodarza wkraczało właśnie na podwórze. Za nimi szli jeszcze dwaj ludzie w płaszczach i lensmann we własnej obrzydliwej osobie.

– Nie mają psów – szepnąłem do moich towarzyszy.

– Jedno zmartwienie mniej – westchnął Staszek.

Ludzie w płaszczach weszli do domu, zbrojni zaczęli po kolei zaglądać do wszystkich komórek. Wysunąłem kord z pochwy i położyłem w zasięgu ręki. Mój towarzysz zacisnął palce na drewnianym stylisku obuszka. Skąd on go wytrzasnął? Jeśli nas wykryją, drogo sprzedamy nasze skóry.

– Całkiem jak wtedy – usłyszałem w ciemności szept w jidysz. – Jeden los zapisany w księdze życia.

– Co masz na myśli? – zapytałem po polsku.

– Wtedy też były bunkry i fałszywe ściany. Najbogatsi zbudowali je wiele miesięcy przed powstaniem. Tylko że dla takich jak ja nie starczyło w nich miejsca. Ale znaleźli się ludzie, którzy nie mieli ochoty kryć się w ziemi niczym szczury. To oni dali mi broń do ręki...

Spojrzała bezradnie na swoje puste dłonie.

– W razie czego wiej po dachach na tylną ulicę. My ze Staszkiem będziemy osłaniać twoją ucieczkę.

Chłopak nerwowo przełknął ślinę. Bał się. A ja? Też się bałem, ale przecież nie potrafiłem inaczej. W pierwszej kolejności ratuje się kobiety i dzieci.

Umilkliśmy. Piętro niżej trzasnęły drzwi. Strażnik wszedł do środka i przez chwilę buszował po wszystkich kątach. Nawet nie zajrzał na strych. Nie chciało mu się wspinać? Nie podniósł nawet głowy do góry? Znowu przywarłem okiem do szpary. Zajrzeli do komórek, w których mieszkaliśmy. Widać nie znaleźli nic, co wzbudziłoby ich podejrzenia, bo zaraz wyszli.

Siedzieliśmy w kryjówce jak na szpilkach. Hela wyciągnęła swój różaniec. Modliła się bezgłośnie. Osobowość musiała się cofnąć. Jedno zmartwienie mniej. Przypomniałem sobie, co zrobiła z tymi dwoma Rosjanami. Z dwojga złego wolałbym mieć obok siebie kogoś przerażonego, ale którego zachowanie da się choć trochę przewidzieć.

W takich chwilach czas biegnie zupełnie inaczej... I nagle mnie olśniło. Wyjąłem z kieszeni zegarek słoneczny, rozłożyłem pierścienie. Wprawdzie w tej szerokości geograficznej nie działa poprawnie, ale przynajmniej zorientuję się, ile to trwa... Niestety, słońce padało pod złym kątem. Tu nie zdołam wykonać odczytu. Prozaiczna nieznajomość godziny doprowadzała mnie do szału.

Nie wiem, jak długo siedzieliśmy na strychu. Popołudnie zmieniło się w wieczór. Hela zaszyła się w kącie i zapadła w dziwny stan jakby półsnu... Czekanik ustawiła między kolanami, oparła na nim brodę. Milczała, spuściła do połowy powieki, ale od czasu do czasu widziałem ruch gałek oczu... Staszek kawałkiem kozika strugał polano. Nie mieliśmy kompletnie nic do roboty. Nie mogliśmy nawet rozmawiać. Jedyną rozrywką pozostawała obserwacja okolicy. Niestety, była to rozrywka potwornie jałowa. Na zewnątrz również nic się nie działo.

Żołnierze na dziedzińcu też nudzili się jak mopsy. Na szczęście nie przyszło im do głów, by na przykład zrobić dokładniejszą rewizję... Wreszcie urzędnicy wyszli z domu. Aresztowali introligatora? Na szczęście nie... Poszli.

– Wychodzimy? – szepnął Staszek.

– Czekamy. – Pokręciłem głową. – Nie mamy pewności, ilu z nich tu przylazło. Może któryś został?

Nils nie wychodził z domu. A może go zabili lub zranili? Może właśnie tam dogorywa?

– Pójdę na zwiad – zaproponował chłopak.

Nie dziwiłem mu się. Młody, niecierpliwy, a tu spędził bez ruchu kawał czasu.

– Idź, ale cholernie uważaj na siebie – pozwoliłem.

Zeskoczył w dół do celi i w tej chwili nasz gospodarz wyszedł przez drzwi. Odetchnąłem z ulgą. Spotkali się pośrodku dziedzińca. Rozmawiali moment, po czym chłopak zamachał dłonią.

– Już bezpiecznie – powiedziałem do Heli. – Schodzimy. – Ostrożnie spuściłem ją na dół, potem sam zeskoczyłem. – Jak dziwne są koleje losu... – mruknąłem. – Jedna decyzja, by podróżować razem z księdzem Jonem, wpakowała nas po uszy w kłopoty. Jedna decyzja, by przygotować sobie kryjówkę, już następnego dnia uratowała nam życie.

– Owszem. – Kiwnęła głową, wychodząc na dziedziniec. – Musimy być ostrożniejsi.

– Czemu zawdzięczamy ich wizytę? – zapytałem starego, stając na ganku.

– Donos... Szukali książek i klocków do drzeworytów – wyjaśnił. – Ktoś twierdził, że drukuję i oprawiam książki dla Bractwa Świętego Olafa. Oczywiście – wydął wargi – donos był tylko pretekstem dla lensmanna. Od dawna chciał u mnie pobuszować.

– Szukał nas? Albo Heli?

– Kto go tam wie. Ale mój arsenalik bardzo mu się nie spodobał. Słusznie myślałem, że schować trzeba, tylko czasu zbrakło.

– Na wszelki wypadek tej nocy spać będziemy na strychu – zadecydowałem.

– Sądzisz, że zechcą złożyć nam jeszcze jedną wizytę? – Nils spojrzał na mnie z nieoczekiwaną powagą.

– Tego nie wiem. Ja bym tak zrobił na ich miejscu – odparłem.

✵ Kryjówka nie była specjalnie obszerna, ale zawiesiliśmy kawał starego gobelinu, aby uzyskać dwie maciupeńkie klitki. Hela i tak zżymała się straszliwie, że musi dzielić z nami jedno pomieszczenie. Staszek nic nie mówił, lecz widziałem, iż czuje pewną urazę... Wreszcie poszliśmy spać. Nakryliśmy się grubo, bo na strychu panował wilgotny chłód.

Mnie i Staszkowi nie było dane wypocząć. Dziewczyna spała bardzo niespokojnie, co chwila szamotała się i mamrotała przez sen, budząc nas z czujnej drzemki. Kilka razy chyba poderwała się z posłania. Dopiero nad ranem zasnęła na dobre. Niebo odrobinę pojaśniało, niebawem miał nadejść świt. Wstałem cicho i wyjrzałem przez szczelinę. W obejściu panował spokój. Łapacze nie wrócili, a ponoć najlepsza pora na aresztowania i rewizje to czwarta rano. Położyłem się z powrotem, lecz sen nie nadchodził. Hela znowu miotała się niczym ryba wyciągnięta na brzeg. Mamrotała coś sama do siebie, aż wreszcie ponownie głęboko zasnęła.

– Co o tym sądzisz? – zapytał szeptem Staszek.

Widać obudził się i zauważył, że też nie śpię.

– O niej? – domyśliłem się. – Nie wygląda mi to dobrze... Za dnia nieźle się trzyma. Nieźle, jak na kogoś, kto przeszedł przez taki magiel. Niewiele wiemy, co robiła Estera w czasie powstania w getcie i co z tego przebija do umysłu Heli. To też musi jakoś trzymać na wodzy. Ale... w snach wyłazi podświadomość. Wszystko wraca. Nie wiem, nie jestem psychologiem, ale wygląda, jakby tłumiła to w sobie.

– Myślisz, że lepiej byłoby, gdyby to w jakiś sposób uwolniła? Może potrafiłaby opowiedzieć nam o tym i by się jej poprawiło? Albo gdyby tak znaleźć księdza i niech się wyspowiada? Ja tam cholernie tego nie lubię, ale są ludzie, którym sakrament pokuty przynosi ulgę.

– Nie wiem...

Milczeliśmy obaj przybici.

– Trzeba jej jakoś pomóc – powiedział Staszek. – Problem w tym, że nie wiem jak. A nie sądzę, żeby szybko zapomniała...

– Uraz jest prawdopodobnie trwały. Może się już z tego nie wygrzebać. Bardzo możliwe, że nigdy nie będzie w stanie nawiązać normalnych relacji, nazwijmy to, męsko-damskich. Śpij. Zobaczymy, co przyniesie przyszłość.

– A może to i lepiej – mruknął, kokosząc się na macie. – Może przestaje być taka wypalona, znowu zaczyna reagować jak zwykły człowiek.

Samuel maszerował brzegiem rzeki Nidelwy. Idący obok niego więzień zadrżał. Noc była chłodna, a on miał gorączkę. Łańcuch, którym skuto mu dłonie, cicho brzęknął.

Po tygodniach spędzonych w lochu wilgoć weszła w płuca, pomyślał strażnik. Tak czy owak, długo już nie pociągnie.

– Już niedaleko – burknął.

Zagajnik widoczny był jak na dłoni. Wreszcie stanęli na polance otoczonej starymi drzewami. Więzień nie miał pojęcia, że za rozwaliskami muru miejskiego ukryli się ceklarze. Najlepsi łapacze lensmanna, dwunastu ponurych drabów.

Kupiec spóźniał się, ale wreszcie się pojawił.

– Wybaczcie, panie – powiedział. – Interesy zatrzymały mnie dłużej, niż się spodziewałem.

Więzień uchylił powieki. Rozpalone gorączką oczy spoczęły na przybyszu. Nie spotkali się dotąd nigdy w życiu, ale wiele o sobie słyszeli.

– Peter Hansavritson – szepnął. – To naprawdę wy, panie?!

– Tak. Nie mieliśmy dotąd przyjemności się spotkać. Jak mnie poznaliście?

– Jesteście bardzo podobni do swego ojca – wyjaśnił Islandczyk.

– Bractwo Świętego Olafa zawsze stara się chronić i ratować swych konfratrów, jak i sojuszników – odparł z uśmiechem kupiec. – Wyznaczyłeś mi spotkanie, to jestem. Do więzienia Duńczycy z przyjemnością by mnie wpuścili, jednakowoż gwarancji nie miałem, że w jednej celi nas zamkną, tedy postanowiłem inne miejsce na rozmowę wybrać. Trochę nas to kosztowało, ale jesteś wolny.

Na te słowa strażnik uśmiechnął się wrednie.

– Czy mogę teraz dostać resztę zapłaty? – zapytał.

– Oto ona. – Hansavritson podał mu pękaty trzos. – Czterysta dukatów, zgodnie z umową.

Samuel zważył skórzany woreczek w dłoniach. Był cudownie ciężki. Monety zabrzęczały cicho, gdy wkładał go do torby przerzuconej przez ramię.

– Zatem ja słowa dotrzymałem – powiedział kupiec. – Lecz jeszcze o jedno chciałem zapytać...

– Pytaj, panie.

Peter skrzesał ognia i odpalił pochodnię. Samuel rozejrzał się wokoło i odetchnął z ulgą, widząc sylwetki w płaszczach stojące za pobliskimi drzewami. Za chwilę wpadną na polanę, pochwycą więźnia i Hansavritsona, a potem...

– Zastanawiam się mianowicie, co to za jedni? – Kupiec przekroczył pień zwalonego drzewa i oświetlił pochodnią wykrot.

W jasnym świetle strażnik zobaczył dwanaście trupów wpatrujących się szklistym wzrokiem w niebo. Najlepsi łapacze lensmanna spoczywali tu, na trawie, martwi. Co najmniej trzem skręcono karki, większość miała głębokie rany od bełtów.

Obejrzał się rozpaczliwie.

Ukryci do tej pory za drzewami ludzie wyszli na polanę. Otaczali go kręgiem. Każdy z nich krzepko trzymał naciągniętą kuszę. W jednej chwili Samuel zrozumiał swoją pomyłkę. To nie byli ceklarze, tylko marynarze Hansavritsona!

– Przyjaciele moi przybyli tu zaraz po zapadnięciu zmroku i z zasadzki wybili waszych siepaczy – wyjaśnił kupiec. – Wiele ci obiecano za nasze głowy?

– Trzysta dukatów... – wychrypiał Samuel. – I mógłbym zatrzymać, co od was dostałem...

– Razem miałbyś zatem osiemset. Niezwykły zaiste zarobek, jak za jedną noc pracy. Sprzedałeś nas niczym Judasz – powiedział spokojnie Peter. – Ba, nawet bardziej chciwy jesteś, bo jemu raptem trzydzieści groszy starczyło.

– Wtedy jeszcze groszy nie było – uprzejmie zwrócił mu uwagę Islandczyk. – Denar rzymski to moneta grubsza nieco, jakby ćwierć talara. Biskup Jón miał jedną taką, z Chrystusowych czasów, pokazał mi kiedyś.

– Dajcie ten łańcuch, panie – zaproponował Sadko, podchodząc bliżej.

Kawałkiem stalowego drutu sprawnie rozpiął zamek kajdan. Strażnik patrzył na to ponuro. *Nec Hercules contra plures...*

– W tej sytuacji sam rozumiesz, kara może być tylko jedna. – Kupiec odwrócił się do niego, dobywając miecza.

Samuel rozejrzał się rozpaczliwie. Otaczający go członkowie bractwa twarze osłonili kapturami, ale wiedział, że nie może liczyć na ich litość. Przyklęknął i przeżegnał się.

– Tnij! – szepnął.

– Chrystus uczy nas, że należy wybaczać wrogom. – Peter wsunął miecz do pochwy. – Tedy i my ci czyn twój zdradziecki odpuścimy. Ludzie są tak różni. Jednemu wystarczą surowe słowa, innemu trzeba odciąć głowę, lecz są i tacy, których rozum zamknięty jest w sakiewce. Do takich najlepiej przemawiać przez kieszeń. – Odebrał mu torbę z pieniędzmi. – Odejdź w pokoju. Świadomość tego, ile miałeś, co mogłeś za to uzyskać i jak głupio to straciłeś, będzie dla ciebie odpowiednią karą na resztę życia.

Strażnik długo jeszcze klęczał na mokrej trawie pośród trupów siepaczy. Wreszcie wstał ciężko. Więzień, kupiec i ich przyjaciele znikli. Wraz z nimi rozwiały się jego marzenia. Pieniądze. Kupiec odebrał mu wszystko. Sto dukatów zaliczki, czterysta dukatów zapłaty... Nawet ta moneta, którą otrzymał wcześniej, przepadła.

Raz jeszcze popatrzył na ciała. Dwunastu najlepszych zbirów lensmanna. Otto mu nie daruje. I naraz pomyślał o Kopenhadze. Kupiłby mieszkanie w kamieniczce przy jednej z bocznych uliczek. Z przytułku wziąłby sobie dziewczynkę na służącą, a gdyby podrosła i nabrała ciała... Jeszcze wieczorem to marzenie było na wyciągnięcie dłoni. Zgubiła go nadmierna chciwość. Wystarczyło wszak milczeć. Wziąć pięćset dukatów od kupca, wypuścić więźnia i ruszać w drogę. Szansa... Taka jak ta pojawia się raz na całe życie. Trzeba ją tylko umieć pochwycić. A jemu się nie udało. Drugiej takiej nie będzie już nigdy. Skrewił.

Przy pasach siepacze mieli przytroczone zwoje rzemienia. Odczepił jeden z nich. Nawoskowana plecionka była giętka i elastyczna. Na końcu umieszczono małe uszko obszyte czerwoną nitką. Dzięki temu łatwo zadzierzgnął pętlę. Znalezienie odpowiedniego drzewa zajęło mu tylko chwilę. Przerzucił sznur przez konar. Założenie stryczka na szyję okazało się łatwiejsze, niż przypuszczał. Wreszcie pozostało podskoczyć i mocno podwinąć nogi. I już go nie było...

Grupka spiskowców w ceklarskich płaszczach maszerowała szybkim krokiem nabrzeżem rzeki. Zagajniki zostały za nimi. Od wody podmuchy wiatru niosły kłęby białej mgły. Ogrody i pastwiska na brzegu były puste, nigdzie żywego ducha. Planowali ominąć miasto od południa. Straż tylna osłaniała ucieczkę.

– Islandia – powiedział w zadumie Peter Hansavritson. – Jest z nią poważny problem, przyjacielu.

– Nie da się upilnować brzegu, który obfituje w liczne miejsca dogodne do lądowania, a mieszkańcy żyją w niewielkich skupiskach daleko od siebie – rzekł kapitan Bjart. – To poważna wada, ale i zaleta. Małe, szybkie łodzie żaglowe mogą dostarczyć ludzi na wyspę i w razie czego zabrać na pełne morze. Jeśli ustawimy straże na szczytach gór, duńska flota nas nie zaskoczy, choć możliwości oporu nie będą duże...

– Będą żadne – wtrącił Marius, idący tuż za nimi. – Jedyna szansa to zadanie Danii ciosu tu, w Europie. Ciosu, po którym już się nie podniesie. Ciosu, po którym nie zdoła was dosięgnąć. Oczywiście wtedy zostaniecie sam na sam z Anglikami.

– Ty powiedziałeś – rzekł Islandczyk. – Przybyłem prosić was o radę i pomoc. Problem w tym, że nie jestem w stanie w żaden sposób się za nią zrewanżować. Wyspa i jej lud są ubogie. Nie możemy dać wam złota, okrętów, ludzi. Nasze towary szmuglujemy głównie do Anglii, Althing nie zgodzi się na przykład na wejście Reykjaviku do Ligi Hanzeatyckiej. Zresztą nie sądzę, by Hanza była zainteresowana.

– Serce w mej piersi bije dla Hanzy... – powiedział Peter. – Jednak masz rację, hansatag nie będzie tym zainteresowany. Jak jeszcze możemy ci pomóc?

– Gdybyście wysadzili mnie w Bergen i dali parę groszy... Listy przepadły, ale spróbuję porozmawiać z możnymi Anglii. Biedak nie odtrąca żadnej jałmużny.

– Niech i tak będzie. Czy jest tu Nils? – Kupiec rozejrzał się.

– Jestem, panie.

– Mieliście sprawę. Mówcie, proszę.

– Mieszkający u mnie człowiek szuka możliwości wyruszenia do Bergen.

– Hmm... Jaki człowiek?

– Używa imienia Markus. Był obecny w Horg podczas męczeńskiej śmierci księdza Jona. Jego samego obito kijami i porzucono, by skonał, ale zdołał się jakimś cudem wylizać. Podróżuje z dwójką towarzyszy: młodzieńcem o imieniu Staszek i dziewczyną, na którą wołają Helena.

– Czy to nie jest przypadkiem ta młoda ruda niewolnica, której szukali kat i lensmann? – zainteresował się Marius.

– Rzekłeś, panie. Wpadłem na nich prawie, gdy nieprzytomną unosili z domu oprawcy. Wyimaginujcie sobie, że aby dziewczynę uwolnić, włam do jego siedziby uczynili.

– A to chwaty! A teraz powiedz, co budzi twoje wątpliwości – polecił kapitan.

– To kłamcy. Podają się za Polaków, ale wiedzcie, panie, spędziłem w Gdańsku wiele miesięcy. Ich mowa przypomina polską jako żywo, jednak szereg słów i akcent jest inny.

Czesi? Może ze Śląska pochodzą?

– Kto ich wie... Tak czy inaczej, kłamią. Problem drugi jest taki, że nie umiem powiedzieć, kim są z zawodu. Nijak mi nie pasują do żadnej profesji. Markus przybył do Trondheim bez grosza przy duszy. Pracował za żebraczą stawkę przy rozbiórce katedry. Dziewczyna ponoć jest szlachcianką i tak też się nosi, jednak patrząc na ich ręce, widzę, że wszyscy troje są dobrze urodzeni. Coś sprawiło, że porzucili dom i ruszyli w świat. Każde z nich włada kilkoma językami, i to biegle... Duńskim i norweskim mówią bardzo dobrze. Za dobrze, jakby wiele lat żyli w tych krajach.

– Sądzisz, że mogą być szpiegami nasłanymi przez Duńczyków? – zapytał Hansavritson.

– Wykluczyć tego oczywiście nie mogę, jednak nie wydaje mi się. Zanadto mają na pieńku z lensmannem. Sądzę, że to katolicy jak my, ale kim tak naprawdę są, Bóg raczy wiedzieć.

– Może szpiedzy polskiego króla? – zadumał się Peter.

– Nie przypuszczam. – Marius pokręcił głową. – Z pewnością zadbano by, aby lepiej ich do misji przygotować. Przybyliby jako kupcy, może kurierzy z jakimś pismem lub wędrowni mistrzowie. Poza tym czego mogą szukać na tym końcu świata? Tu przecież nie ma nic. Tchnienie dawnej świetności.

– Zakopane skarby Engelbrektssona? – zakpił stary introligator. – Tylko że nie podjęli żadnych prób ich odnalezienia i wydobycia. Zresztą to i tak jedynie legenda.

Biskup żył skromnie niczym ślubujący ubóstwo zakonnik. A pieniądze, które zebrał, poszły na opatrzenie twierdz i wyposażenie wojska.

– Wszyscy troje chcą jechać do Bergen?

– Z początku chcieli, ale zmienili plany. Z wami, panie, płynąć chce tylko Markus. Z tego, co przepytałem, interesował się Alchemikiem Sebastianem i, zdaje się, rusza na południe jego tropem. Czemu ich tu zostawia, nie wiem. Ale i to dziwnym mi się wydaje. Mówili mi, że nie zabawią tu długo, chcą odejść przed zimą – prychnął. – Płynąć nie chcą, a toć przełęcze już zasypane. Ano, ich wola...

– Taak – mruknął Peter. – Ciekawe, zaiste ciekawe. Sam nie wiem, co o tym sądzić.

– Jest jeszcze coś – powiedział cicho stary. – Coś z nimi jest nie tak. Oni... nie wyglądają normalnie.

– Co masz na myśli? – zainteresował się doradca.

– Ten Markus... Sądzę, że liczy sobie nie mniej niż trzydzieści wiosen. A ma wszystkie zęby.

– Czasem i tak bywa – stwierdził spokojnie Marius. – Kozacy znają bardzo dobry lek: z miodu, kłączy jakichś roślin i żywicy drzew owocowych gotują taką masę, którą żują, i to im pomaga zachować je w zdrowiu.

– To draństwo, które Borys i Sadko bez przerwy pchają w gęby? – domyślił się kapitan. – Zęby w rzeczy samej mają zdrowe, ale nie sądziłem, że to od tego. Ciekawe, trza będzie spróbować.

– Moi goście mają też czystą skórę, bez plam i wyprysków. Żadnych blizn. Jakby zbyt zdrowi, zbyt doskonali – ciągnął stary. – Dziewczynę kat okulawił. Markus twierdził, że operację jej zrobił, leki jakoweś szykowali z rosołu w glinianych miskach. Dziewczyna miała przecięte ścięgno pod kolanem. Kilka dni raptem minęło i już normalnie chodzi. Jeśli to medyk, to najwyższej klasy.

– Siła nieczysta? – podsunął Peter.

– Różaniec w dłoni trzymał bez obaw. Aniołami też przecież nie są. Jedzą, śpią, odczuwają zmęczenie. Markus i wódeczki nie odmawia, choć widać nie przywykł do takiej, gębę mu wykręca.

– To mogą być słudzy łasicy – zauważył Marius.

– Nabiłeś sobie głowę legendami. – Kupiec machnął ręką. – Ale co nam szkodzi zabrać go na pokład „Srebrnej Łani"? Najwyżej wysadzimy tego człowieka na jakiejś wyspie albo węgorze pokarmimy. Możemy też wyrzucić go na ląd choćby nad Sognefjordem i zanim pieszo dotrze do miasta, będziemy już przy cieśninach.

– To ryzykowne – powiedział doradca. – Wiesz, panie, co potrafi ten demon w postaci łasicy. Jej pojawienie się zawsze oznacza kataklizm i hekatombę. Nie wiemy, jaką mocą dysponują podwładni potwora.

– Skoro dał się zatłuc kijami i dopiero potem powstał z martwych, nie jest to moc szczególnie duża ani trudna do okiełznania. Poradzimy sobie – zadecydował Peter. – Nawet jeśli nie da się go zabić raz na zawsze, nim urżnięte członki przyszyje, odpłyniemy daleko.

– A kiedy będzie na pokładzie, już ja sprawdzę, co z niego za Polak – mruknął doradca.

– Borys i Sadko z pewnością chętnie ci pomogą. Wydobywanie szczerych wyznań i wzbudzanie skruchy u naszych wrogów to ich specjalność.

– Zatem co przekazać Markusowi? – zapytał Nils.

– Rad bym go sobie jeszcze obejrzeć. Wyruszamy pojutrze o świcie. Przyprowadź chłopaka wieczorem do katedry. Jeśli uznam, że nie stanowi zagrożenia, przyjmiemy go na pokład. Potem się zobaczy, co dalej nam czynić przyjdzie.

Obudziłem się jak na ciężkim kacu. Sen nie przyniósł pokrzepienia, głowa mi ciążyła. Za oknem padał deszcz. Słyszałem krople bijące w dach. Ochłodziło się, widziałem parę swojego oddechu. Staszek już nie spał, siedział przy stole i próbował spasować trybiki. Szło mu to wyjątkowo kiepsko. Co chwila wyjmował któryś i poprawiał pilnikiem.

Zadumałem się. Niebawem zbuduje ten pseudokalkulator. Może rzeczywiście ma do tego dryg? Może pomysł z parasolami też da się zrealizować? Zwlokłem się z łóżka. Półmrok panujący w celi przyprawił mnie o ciężką melancholię. Otworzyłem drzwi i siadłszy na progu, długo patrzyłem, jak deszcz rozpłukuje błoto dziedzińca. Nie miałem kompletnie nic do roboty.

Dzień wlókł się niemiłosiernie. Padało niemal bez ustanku, nie mogłem więc zabrać się za piłowanie drewna ani rąbanie pni na zimę. Introligator też nie miał dla nas żadnego zajęcia, zresztą po śniadaniu wyszedł na miasto w swoich sprawach. Próbowałem się zdrzemnąć, lecz to też nie przynosiło mi ulgi.

Jednocześnie czułem dziwne napięcie. Coś mi podpowiadało, że już wkrótce zatęsknię za senną atmosferą tego popołudnia. Że już niebawem moje życie odmieni się diametralnie. Zmierzch powitałem niemal jak wybawienie. Po kolacji usiedliśmy we trójkę w pokoiku Heli. Staszek znów szlifował pilniczkiem trybik swojego „komputera". Dziewczyna siedziała w kącie i darła pierze. Rozmyślała o czymś. Drobinki puchu fruwały po całym pomieszczeniu. Widok ten był zdumiewający, zachwycał mnie swą prostotą, przywodził na myśl czytane kiedyś książki.

Płomień świecy oświetlający tylko obszar niezbędny do pracy, cienie buszujące w kątach, gwizd wiatru za oknem. W takiej atmosferze można było nawet uwierzyć w złe moce czające się zaraz za progiem.

Nasz gospodarz zastukał i nie czekając na zaproszenie, wszedł do środka.

– Markusie, będę potrzebował twojej pomocy – powiedział poważnie. – Wrócimy przed świtem – wyjaśnił Staszkowi.

Podniosłem się z ławy. Na zewnątrz trwała ulewa. Gospodarz podał mi obszerny płaszcz z sukna, z kapturem. Osłoniłem twarz i powędrowaliśmy przez błoto, potykając się w ciemności na dziurach i wybojach. Nils miał latarkę w dłoni, lecz nie wiedzieć czemu, nie zapalił świeczki.

Deszcz niebawem zamienił się w ohydną mżawkę. Ciemno było choć oko wykol. Parę razy pośliznąłem się na błocie, wtedy stary łapał mnie za ramię, pomagając utrzymać równowagę. Ci ludzie musieli mieć kocie oczy... Mimo pluchy i mroku zorientowałem się, że idziemy w stronę pozostałości katedry. Zbliżyliśmy się do niej od strony ruin i wądołów po wypalonym kwartale zabudowy. Była to chyba zbyteczna ostrożność. W nocy i w takim deszczu nikt nie łaził po ulicach.

Spojrzałem w stronę dawnego pałacu biskupiego. Kilka okien rozświetlały żółte płomyki świec. Przeszliśmy przez bramę cmentarza. Z gęstego mroku gdzieniegdzie wychylały się smukłe sylwetki krzyży. Pod nogami chrupały kawałki drewna i pewnie kości. Nagle spod stóp dobiegł mnie charkot. Serce na moment przestało bić. Zobaczyłem, jak fragment ciemności przesuwa się i błyska zielonymi, fosforyzującymi oczyma. Rozległo się skomlenie, a potem wychudzone, mokre psisko uciekło, trzymając w zębach majaczącą w ciemności bielą zdobycz. Przyspieszyliśmy kroku, kierując się do widocznego na tle nieba łuku bramy. Wreszcie znaleźliśmy się przed zrujnowanym portalem katedry.

– Stać! – rozległo się z mroku. – Kim jesteście?

Szósty zmysł podpowiedział mi, że pilnujący trzyma pod połą czarnego płaszcza napiętą kuszę lub samopał. Mój przewodnik pochylił się i rzucił szeptem jakieś hasło.

– Kto jest z tobą? – zapytał strażnik.

– To przyjaciel. Był przy śmierci księdza Jona – wyjaśnił introligator. – Ufam mu.

– Twoje słowo jest dla nas prawem.

Poznałem po intonacji, że pilnujący ruin mężczyzna nie jest zachwycony moją obecnością.

Schroniliśmy się pod ocalałym fragmentem sklepienia. Nils milczał, ja też o nic nie pytałem. Wreszcie pośrodku głównej nawy ktoś zapalił świeczkę w latarce.

Z różnych zakamarków budowli wyłaniały się kolejne zamaskowane postaci. Wyczułem, że niektóre sylwetki majaczące w półmroku należą do kobiet. Stanęliśmy, tworząc milczący krąg anonimowych ludzi. Człowiek z latarką ustawił ją u swoich stóp i przeżegnał się zamaszyście.

– *Ave Maria, gratia plena...*

Cały tłum zaczął półgłosem odmawiać modlitwę. Poczułem, jak po plecach spływa mi kropla lodowatego potu. Bractwo Świętego Olafa. Tajna katolicka organizacja działająca w samym sercu okupowanej przez protestantów Norwegii. Szaleńcy, którzy zeszli się na swój konwentykiel w zrujnowanej świątyni, leżącej nie dość, że w środku miasta, to jeszcze niespełna sto metrów od siedziby lensmanna, który od lat stawał na uszach, by wszystkich ich wyłapać i w możliwie widowiskowy sposób zgładzić.

– ...*nunc et in hora mortis nostrae. Amen.*

Tak. Dobrze powiedziane. I w godzinę śmierci naszej... Tylko że to może być ta właśnie godzina, która trwa teraz. Msza w ukrytej wśród gór jaskini to już śmiertelne ryzyko, ksiądz Jon jej odprawienie przypłacił życiem. A tutaj...

– Bracia! – odezwał się zamaskowany. – Gdy rok temu przybyłem do was, na moje wezwanie pospieszyło nie więcej niż piętnastu. Dziś z przyjemnością konstatuję, iż liczba ta, początkowo skromna, podwoiła się. Doniesiono mi o męczeńskiej śmierci w Horg naszego brata, księdza Jona. Wiem też o mordzie, który dotknął rodzinę naszego brata Haralda. Czyny Duńczyków zostały spisane i jeśli Bóg pozwoli, za czas jakiś przyjdzie nam wystawić im rachunek. Święta sprawa, jaką przygotowuję w imieniu Kościoła rzymskiego tu, w Trøndelag, nie jest zagrożona. Trzej inni księża otrzymali niedawno w Rzymie i Krakowie święcenia kapłańskie i wiosną przybędą tu kontynuować misję. Dwaj z nich to Norwegowie, trzeci, choć Duńczyk, zachował naszą świętą wiarę. Przyjmijcie go jak brata. Za zmarłych i zamordowanych odmówmy modlitwę...

Recytowałem wraz z pozostałymi półgłosem rodzące mi się w głowie łacińskie formuły, jednocześnie świdrując wzrokiem przywódcę zgromadzenia. Ciekawe, kto to... Nie uszło mojej uwadze, że mówi po norwesku z nieco innym akcentem niż reszta.

– Śmierć księdza Jona powoduje, że nie możemy odprawić tu mszy, prosiłem was jednak, abyście się stawili, gdyż potrzebuję tego wieczoru waszej pomocy.

– Proście, panie, wypełnimy, co polecisz! – odezwał się stary introligator. – Twoje słowo wyznacza ścieżki naszego życia.

– Przyjaciel mój, nauczyciel i towarzysz, syndyk związku hanzeatyckiego, Heinrich Sudermann, zdobył w Londynie dwa listy przesłane z Nidaros na ręce ambasadora angielskiego. Z nich wyłania się obraz wypadków, które zaszły przed dwudziestu przeszło laty, zaraz po tym jak nasz pasterz arcybiskup Engelbrektsson, poniżony i umęczony, wygnany został z Norwegii. Jak większość z was wie, srebrny sarkofag kryjący relikwie naszego króla Olafa świętego, a wydarty przemocą biskupowi, luterańskie psy przywiozły tu i przetopiły, by wybić marki na zapłatę swym żołdakom. Ciało zaś króla pogrzebano cichcem w nieznanym miejscu.

– Od lat próbowaliśmy go odszukać – bąknął ktoś. – Jednakowoż bezskutecznie.

– Czy listy te rzucają światło na tę tajemnicę? – Ktoś inny, widać bystrzejszy, załapał, dokąd zmierza wywód. – Czy pojawiła się szansa, by odnaleźć relikwie?

– Nie do końca. Informator ów, nieznany nam z imienia, wszedł do katedry w dni kilka po przewiezieniu trumny do miasta. Poczuł on woń świeżego wapna i domyślając się, co to może oznaczać, jął przyglądać się ścianom i podłodze. Na lewo od wejścia, w odległości siedmiu stóp od muru, wypatrzył miejsce, gdzie poruszono jedną z kamiennych płyt posadzki, a potem osadzono ją na nowo, biel świeżej zaprawy garścią ziemi zacierając.

Zamyśliłem się. To, co mówił, miało sens. Najeźdźcy zrabowali sarkofag, ale widać czuli jakiś ślad szacunku do człowieka, który kiedyś ochrzcił te ziemie. Nie mogli pochować go uroczyście, bo jego ciało mogłoby stać się miejscem patriotycznych pielgrzymek. Hmmm... może nie patriotycznych, oni nie odczuwają jeszcze tak mocno poczucia odrębności narodowej. Groźniejszy był zatem zapewne aspekt religijny. Relikwie króla męczennika były dla nich jak kamyk w bucie, więc pogrzebali je w miejscu zaszczytnym, ale po cichu.

Ktoś bardzo bystry i domyślny po prostu dodał dwa do dwóch. A ostatecznie na szpiegów wybiera się ludzi, którzy mają trochę oleju we łbie. Wskazówka wydała mi się nieco mętna. Na lewo od wejścia, siedem stóp od ściany...

– Dzisiejszej nocy z bożą pomocą złamiemy tajemnicę naszych wrogów – oznajmił nieznajomy ze wzruszeniem. – Weźcie rydle i łopaty, bracia. Odrzućmy cały ten gruz!

Zaskoczyła mnie niemal archeologiczna fachowość, jaką zaprezentował w ciągu kolejnych minut. Wraz z jeszcze jednym zamaskowanym odmierzyli pięć kroków od ściany i rozciągnęli długi zwój liny. Następnie odmierzyli od niej kolejne pięć stóp i tam ułożyli drugi sznur. W ten sposób wyznaczyli pas gruntu do przebadania, szeroki na jakieś półtora metra i długi na dobre trzydzieści. Rozstawiliśmy się co parę kroków. Ktoś rozdał drewniane szpadle okute na końcu żelazem i zabraliśmy się do dzieła. Od czasu pożaru, który obrócił świątynię w ruinę, minęło niespełna dwadzieścia lat. Potem mury katedry służyły za kamieniołom, z pewnością niszczały też wskutek czynników atmosferycznych. Dawna podłoga, zasypana zwęglonymi głowniami i detalami zawalonego stropu, znajdowała się dobre półtora metra pod obecną powierzchnią ziemi.

Ryłem jak dzik, to używając szpadla, to znowu wybierając kamienie ręcznie. Co jakiś czas zbieraliśmy się po kilku, by wspólnymi siłami wywlekać na bok większe bloki. Przeważnie były obrobione, niekiedy nawet rzeźbione. Rozpoznawałem resztki żeber i zworniki sufitu.

Wreszcie stanęliśmy nad imponującą transzeją wyrytą w gruzie. Odsłoniliśmy poziom podłogi, szare kamienne płyty leżały jedna obok drugiej. Nieznajomy zapalił kolejne świece i w ich mdłym blasku na czworakach posuwał się wykopem. Oglądał wszystkie spojenia, w niektórych dłubał nożem, jakby chciał sprawdzić, czy zaprawa w tym miejscu różni się w jakikolwiek sposób od tej spajającej pozostałości starej posadzki.

Wreszcie wyznaczył dwa najbardziej podejrzane miejsca. Czterech zamaskowanych zeskoczyło do wykopu i zaczęło łomami wgryzać się w szczeliny.

– Bardzo dokładnie sobie to przygotował – pochwaliłem, czując, że stojący obok mnie człowiek to stary introligator.

– Peter jest dokładny – mruknął cicho, aby nikt oprócz mnie nie usłyszał jego słów. – We wszystkim, co robi. I ostrożny. Jeśli sam czegoś nie potrafi, prosi o pomoc kogoś, kto umie. Nie ryzykuje bez potrzeby, ale gdy podejmuje się zadania szaleńczego, jest to szaleństwo bez granic...

– To Peter Hansavritson? Kupiec, który może zabrać mnie na południe?!

– Tak. Po to tu przyszliśmy. Porozmawiamy z nim. Potem.

Domyślałem się, że kupiec musiał przybyć do Trondheim już parę dni temu. Zapewne incognito. Połaził, pogadał z członkami bractwa, z Nilsem z pewnością też niejedną sprawę zdążyli omówić. Tylko my, zamknięci w beginażu, żyliśmy w błogiej nieświadomości... Nie mogłem mieć im tego za złe. Konspiracja ma swoje prawa. Surowe i rygorystycznie przestrzegane, bo błędy grożą śmiercią.

Wyłamane płyty odstawiono na bok. Pod posadzką był żwir. Przekopywaliśmy go bardzo ostrożnie. Przypomniałem sobie, jak wpadłem w odwiedziny do Sławka pracującego przy wykopaliskach w kościele na warszawskim Służewie. Wykop w bocznej nawie, głęboki na trzy metry, i profil niczym z sennego koszmaru, ciemna gleba i sterczące z niej dziesiątki ludzkich kości.

– To jest katedra – powiedziałem półgłosem. – Pod podłogą mogą spoczywać setki szkieletów. Jak Hansavritson rozpozna ten należący do króla? – podzieliłem się wątpliwościami.

– Tak jak się zazwyczaj rozpoznaje relikwie – odparł spokojnie Nils.

Bezradnie potrząsnąłem głową.

– Czy znasz historię o tym, jak cesarzowa Helena odnalazła w jaskini pod Golgotą szczątki krzyża?

– Muszę przyznać się do niewiedzy.

Zbliżyło się do nas kilka osób. Widać i oni chcieli posłuchać. Stary odchrząknął i zaczął snuć opowieść:

– Cesarzowa, panując w Konstantynopolu, jako gorąca chrześcijanka podjęła niemały trud, by w Ziemi Świętej odszukać wszelkie miejsca związane z pobytem tam Pana naszego, Jezusa. Wszystkie nakazała odnowić, z jej fundacji wzniesiono tam liczne kościoły, z których wiele potem pod rządami niewiernych zmarniało.

Pomruk potępienia przetoczył się przez zgromadzonych.

– Bóg za te trudy wynagrodził ją sowicie. Badając górę Golgotę i szykując rozbudowę kościoła, natrafiła na wylot podziemnego lochu, gdzie po egzekucji ciśnięto niepotrzebne już belki krzyży. Wydobyto wszystkie trzy z ogromnym szacunkiem, jednakowoż nie sposób było po tylu wiekach dociec, która należała do krzyża Zbawiciela, a na których zawiśli towarzyszący mu łotrzy – zawiesił głos.

– I jak to ustaliła? – Byłem autentycznie zaciekawiony.

– W jednym ze szpitali Jerozolimy znaleziono obłożnie chorego, nakazano mu dotknąć wszystkich trzech belek. Gdy dłoń jego natrafiła na właściwą, ozdrowiał. Prawdziwość krzyża późniejsze cuda i łaski czynione przez jego fragmenty potwierdziły. Myślę, że Peter tak samo spróbuje wybadać moc relikwii, gdyby pojawiły się jakieś wątpliwości. Chorych w każdym razie ci u nas dostatek...

W pierwszej chwili uśmiechnąłem się w duchu, ale zaraz wróciła mi powaga. Ci ludzie wyznawali tę samą wiarę co ja. Tylko że... wyznawali ją inaczej. Pełniej. Wierzyli w to, co nakazano. Ufali. Nie próbowali stosować rozumu, nie zastanawiali się, nie szukali możliwych wyjaśnień cudu. Nie musieli się bawić w analizy DNA, by ustalić prawdziwość szczątków świętego. Jeśli relikwia jest prawdziwa, czyni cuda. Jeśli ich nie czyni, prawdziwa nie jest. Jeśli na grobie dzieją się cuda, to znaczy, że pogrzebany w nim człowiek był świętym. Ot i cała filozofia... Poczułem wstyd, choć jednocześnie gdzieś w zakamarkach duszy chichotał cyniczny diabeł mojej epoki...

Jeden z kopaczy coś znalazł. Peter pochylił się i w świetle świecy długo deliberowali nad kawałkiem deski. Drewno z czyjejś trumny? Tajna instrukcja zakopana tu przez innych konspiratorów wiele lat temu? Chyba nie, bo odrzucili ją w końcu obojętnie i znowu wryli się w grunt.

Deszcz ustał. Przemoczony kompletnie płaszcz był lodowato zimny. Poczułem, że cholernie przydałaby mi się pięćdziesiątka śliwowicy, ciepła herbata i wanna z gorącą wodą. A potem rozsiąść się w wygodnym fotelu, ściągnąć z Internetu pocztę, zadzwonić do Zuzanny...

Grzebiący w ziemi wydobyli jakieś kości. Oglądali je chwilę, a potem obojętnie odłożyli na hałdę. Były zbyt drobne, mogły należeć do kobiety lub nastolatka, ale nie do rosłego, dobrze zbudowanego króla wikinga. Ktoś zaczął półgłosem odmawiać różaniec. Stojący najbliżej podchwycili modlitwę. Przypomniałem sobie historię izolowanych skupisk japońskich katolików, rybaków ochrzczonych w siedemnastym wieku, którzy przez ponad trzysta lat nie mieli kontaktu z kapłanami. Przypomniałem sobie historię grup Żydów, którzy przetrwali w Hiszpanii kilkaset lat inkwizycji, zachowując szczątki swojej tradycji. Ile czasu będzie istniała katolicka konspiracja tutaj? Zapewne krócej. Nie wygrają, bo wiem z historii, że nie wygrali. Norwegia stanie się samodzielnym i niepodległym państwem dopiero w dwudziestym wieku.

Z drugiej jamy też wydobyto jakieś kości. I znowu zaczęły się staranne oględziny. Może tym ludziom brakowało przygotowania antropologicznego, ale mieli jednak głowy na karku i potrafili w razie czego ich używać. Znowu gnaty poleciały na stos wydobytej ziemi. Kolejne

pudło. Peter długo i uważnie badał posadzkę, szukając najwyraźniej innego obiecującego miejsca.

Wreszcie zdecydowano o zakończeniu poszukiwań. Poczułem rozczarowanie. Ogromny trud trzydziestki konspiratorów poszedł na marne. Zasypaliśmy wyryty w gruzie rów, splantowaliśmy go, na ile się dało. Lepiej, żeby nikt nie wiedział, co tu się działo nocą.

Nils podszedł do Petera i zamienił z nim kilka słów. Potem przywołał mnie gestem.

– To ten człowiek – powiedział.

– Chcecie się udać do Bergen? – Kapitan spojrzał na mnie. – W takim razie zabiorę was.

– Dziękuję, panie. – Ukłoniłem się grzecznie. – Problem w tym, że nie mam funduszy, by...

– Na pokładzie statku zawsze znajdzie się odpowiednie zajęcie dla dodatkowej pary rąk.

– Kiedy mam być gotów do drogi?

– Moje rozliczne interesy już dopełnione. Będę czekał o świcie na pokładzie „Lwa". Odbijemy, gdy promienie słońca dotkną nabrzeża.

Dopytałem jeszcze, gdzie dokładnie stoi ten okręt. Lepiej nie błądzić, nie mogłem się spóźnić. Konspiratorzy pojedynczo lub grupkami wsiąkali w mrok nocy. Po chwili ruszyliśmy i my. Nie udało nam się odszukać relikwii, ale zdobyłem możliwość opuszczenia Trondheim. Dobre i to.

Jutro opuszczę tę kupę błota, desek i kamieni. Pojadę daleko na południe, w nowe krainy, poznam nowych ludzi, być może napotkam nowe możliwości... Łasica. Ciekawe, co planuje. Uda się w ślad za mną czy pozostanie tutaj? Jakie zadanie wyznaczy Heli i Staszkowi? Kiedy zobaczę ich ponownie?

✵ Zapukałem do drzwi eremu. Moi przyjaciele grali w kości. Powiesiłem płaszcz koło nagrzanego pieca, a potem zająłem miejsce na ławie. Z wdzięcznością przyjąłem solidny kubek gorącego kompotu ugotowanego z jabłkowego suszu. Po tym jak wymarzłem i przemokłem, było mi to cholernie potrzebne.

– Co się stało, panie Marku? – Dziewczyna pierwsza zauważyła, że minę mam nieszczególną.

– Nadszedł czas rozstania – powiedziałem.

Nie sądziłem, że mój głos zabrzmi tak smutno.

– Rozstania...

– Świtem odpływa statek do Bergen. Nasz gospodarz skontaktował mnie z Peterem Hansavritsonem.

– Cholera – mruknął Staszek.

Hela trzasnęła go łyżką po dłoni.

– Proszę nie przeklinać w mojej obecności!

– Przepraszam – zreflektował się. – Czyli jedziesz – powtórzył trochę bez sensu. – A my mamy zostać i czekać na rozkazy tego bydlęcia.

– I to właśnie, chol... – urwałem, widząc wzrok dziewczyny – bardzo mi się nie podoba.

– Dlaczego? – Wdzięcznie przechyliła główkę.

– Pozostanie w tym mieście jest dla was po prostu niebezpieczne. Co prawda kat nie żyje, ale namiestnik wie, że uciekłaś. Poza tym zostałaś wywołana jako zbiegła niewolnica. Wprawdzie rozpoznać mogą cię mieszkańcy Horg i ewentualni domownicy tego bydlaka, niemniej jednak...

– Rozumiem – ucięła.

– Zostać w mieście nie możemy. – Staszek spojrzał mi w oczy. – Jeśli Ina zdaje sobie z tego sprawę, pewnie wyśle nas gdzie indziej.

– Pewnie tak. I to podoba mi się jeszcze mniej. Bo niby dokąd? Na północ stąd są już tylko niewielkie osady, w których skupuje się skóry od Lapończyków i ewentualnie wędzi rybę na eksport. Na wschodzie trochę wiosek, na południe was nie wyśle, bo od leżących tam osiedli oddzielają nas piękne fiordy i droga morska jest najsensowniejsza...

– Pozostaje zachód – odezwał się poważnie.

– Tia... Wpław do Ameryki?

– Niekoniecznie wpław i niekoniecznie do Ameryki. – Wzruszył ramionami. – Jesteśmy niemal na szerokości geograficznej Islandii. Bardziej na południe jest Szkocja. Nie jestem pewien, ale tworzy ona chyba w tej chwili oddzielne królestwo. Dalej jest jeszcze Irlandia. Gdzieś po drodze są też Wyspy Owcze i Szetlandy.

– Żeby popłynąć tak daleko, z pewnością potrzebne są pieniądze – powiedziała Hela. – I to zapewne sporo... Ina nie do końca rozumie ich wartość.

– Zażądajcie od łasicy, żeby wam dała jakieś fundusze – poradziłem. – Żądajcie tego twardo.

– Skąd niby je weźmie? To zwierzę nie myśli tak jak my, jeszcze gotowe kogoś obrabować.

– Pamiętasz, co opowiadałem? Wtedy, gdy wskazała mi miejsce, gdzie jest kruszec? Ona jest w stanie wyszukać niewielkie nawet ilości metalu z odległości kilkunastu metrów. Idź z nią na pogorzelisko. Gdy płonie całe miasto, ludzie wyciągają kosztowności ze skrytek. Ale nie wszystkim się udaje. Tam w gruzach leży niejedna moneta.

– To dobry pomysł – przytaknął. – Trzeba podzielić nasz dobytek – zmienił temat.

– Dzielmy. Niedużo tego, ale...

Wziąłem jedną derkę i skórę z renifera. Nie wiedziałem, jak wygląda życie na pokładzie żaglowca w tej epoce. Liczyłem na jakąś koję, lecz domyślałem się, że pościeli raczej mi nie zapewnią. Zapakowałem moje „wyjściowe" ubranie, to, w którym zostałem odtworzony w górach.

– Zostawiam to, co najcenniejsze – westchnąłem. – Nie wiem, dokąd wyruszycie. Kociołek będzie wam chyba bardziej potrzebny niż mnie... – Przesunąłem go na krawędź stołu. – Teraz pieniądze. Mamy łącznie osiem marek i te dukaty lub guldeny po Feliksie. Zostawiłbym wam sześć dukatów, wezmę jednego i cztery marki.

– Mam jeszcze trochę pieniędzy – odezwała się Hela. Sięgnęła za pasek i wyjęła niewielką sakiewkę. Jeśli moje podejrzenia były słuszne, zabrała ją katu. Rozsupłała, a następnie wyłożyła zawartość na stół. Spora moneta, chyba angielska, gruba i srebrna. Talar? Cholera wie. Cztery nieduże, złote, opatrzone wizerunkiem Maryi i napisem, jeśli dobrze odczytałem niewyraźne litery – „Patrona Hungariae".

– Węgierskie? – zdziwił się Staszek. – Jak tu trafiły?

– Zdaje się, że w Siedmiogrodzie jest złoto. Pewnie wydobywają je i zasypują swoją walutą okoliczne kraje – wyjaśniłem. – Nasz gospodarz bywał w Gdańsku, pewnie nawet kilkakrotnie. Ten świat wcale nie jest taki wielki, jak nam się wydaje.

Stanęło na tym, że zabrałem dwa dukaty i cztery marki. Resztę pieniędzy zostawiłem dzieciakom. Protestowali.

– Łasica nam wykopie – chłopak użył mojego argumentu.

– Albo i nie wykopie – uciąłem. – Sam wiesz, jak się z tą idiotką gada. Wam będą bardziej potrzebne – powtórzyłem. – Bergen to duże kupieckie miasto, z pewnością znajdę tam jakąś robotę.

Narzędzia grawerskie po naszym zmarłym towarzyszu przypadły Staszkowi. Zresztą i tak już ich używał, robiąc ten swój komputer. Pozostał zegarek.

– Weź go i uruchom produkcję. – Pchnąłem czasomierz w stronę chłopaka.

– W portowym mieście możesz go bardziej potrzebować – zaprotestował. – Zwłaszcza jeśli będziesz musiał chodzić co rano do pracy.

– Najpierw trzeba by wmontować w niego budzik – zażartowałem. – W zasadzie potrzebny mi jest jak kwiatek do kożucha. Sam widzisz, jaki ci ludzie mają stosunek do czasu.

– W najgorszym wypadku może znajdziesz kogoś, kto go kupi.

– Zrobimy jeszcze inaczej. – Pokręciłem głową. – Wezmę zegarek, ale ty zostawisz sobie wcierkę.

– Co?

– Nie bawiłeś się nigdy tak, że kładzie się na monecie kawałek papieru i końcem ołówka pociera, aż się odbije...

– Jasne!

– Zamiast ołówka możesz użyć kawałka ołowiu. Dzięki temu będziesz miał wzór. Albo go odtworzysz, używając narzędzi, albo i faktycznie znajdziesz kogoś, kto zrobi większą ilość.

– Dobra, to ty dajesz prototyp, ja uruchamiam produkcję, dzielimy na dwóch... Na troje. – Uśmiechnął się do dziewczyny. – Jak nazwać firmę? Patek Philippe? Casio? Seiko? Delbana? Rolex? Jest kupa fajnych nazw i żadna nie została jeszcze zastrzeżona – błaznował.

– Coś wymyślisz. Najlepiej, żeby było łatwe do wymówienia dla tubylców. Tak jak ten numer z cementem ze Szczakowej...

– Nie znam?

– Ja też nie! – Hela spojrzała prosząco.

– W latach międzywojennych w Szczakowej robiono świetny cement portlandzki – zacząłem wyjaśniać. – W kraju sprzedawano go pod nazwą „Szczakowa". Problem w tym, że sporo robiono na eksport, a cudzoziemcy by sobie języki połamali, więc ten, który jechał za granicę, opatrzono marką „Kowa".

– „Kowa" to chyba dobra nazwa. – Uśmiechnął się.

– Nazwij firmę „Feliks" – spoważniałem. – Na pamiątkę. A i nazwa dobra. Krótka i łatwa do wymówienia.

– Dobrze. Jak spotkamy się znowu, wręczę ci pakiet akcji firmy...

– Drukowanych w technice drzeworytu chyba – zakpiłem.

– To staloryt wymyślę – zaperzył się.

– Jeśli się spotkamy – westchnąłem. – Choć liczę na to. Zapewne nasze poszukiwania Oka Jelenia wcześniej czy później zazębią się i los znowu nas zetknie. Może przybędę w towarzystwie tego Alchemika... On bawił się z elektrycznością. Może posiada wiedzę, której nam brakuje. Może wspólnie zdołamy coś osiągnąć.

– Skaczę na głęboką wodę – westchnął Staszek. – A może raczej zostaję wepchnięty. Do tej pory mogłem liczyć na twoją pomoc. Teraz będę musiał samodzielnie walczyć z...

Hela wstała, ujęła się pod boki i tupnęła zgrabną stópką.

– A ja to niby mam dwie lewe ręce? – zapytała.

– I jeszcze muszę się nią zaopiekować. – Zręcznie uniknął kolejnego, tym razem żartobliwego ciosu łyżką.

– Zapamiętaj jedno – powiedziałem poważnie. – W tym świecie jesteś już dorosły.

– Wolność i odpowiedzialność. Żadnej taryfy ulgowej z uwagi na wiek – rzekł z przekąsem.

– Cieszę się, że rozumiesz.

– I jeszcze... – Spojrzał na dziewczynę.

– Powierzam ją twojej opiece. To też odpowiedzialność... – Popatrzyłem w okno.

– Postaram się nie zawieść zaufania.

– Musicie jeszcze wymyślić, w jakim charakterze podróżujecie.

– To znaczy?

– W tym świecie w tej epoce kobieta w jej wieku nie podróżuje z obcym mężczyzną. A w każdym razie nie byłoby to dobrze widziane.

– W naszych czasach też żaden myślący rodzic nie puściłby ze mną szesnastolatki, i to jeszcze za granicę.

– I w czasie roku szkolnego – zażartowałem.

– Fakt, wyzwolenie od obowiązku szkolnego daje mi większą radość, niż sądziłem. Ale może wróćmy do meritum.

– Będziesz moim służącym. – Hela przechyliła zalotnie głowę. – Szlachetnie urodzona dama powinna mieć kogoś takiego.

– O, w mordę... – mruknął.

– Proszę tak przy mnie nie mówić! – W jednej chwili w oczach Heleny pojawił się błysk wściekłości.

Będzie się musiał dużo nauczyć...

– Przepraszam – jęknął. – Spróbuję zapanować nad moim niewyparzonym językiem.

– Przydałaby mi się dziewczyna do posług... – westchnęła nagle Hela.

Spojrzeliśmy na nią zaskoczeni.

– Nie stać nas – bąknął niepewnie Staszek. – Zresztą czy...

– Umiem sobie dawać radę sama, ale dobrze mieć kogoś, kto uprasuje kołnierzyk albo rano ułoży włosy.

Kompletnie nie miałem pojęcia, co jej na to odpowiedzieć. Inny świat, inne wychowanie, inna kultura, wreszcie inne potrzeby. We dworze z pewnością miała kogoś takiego. A może tylko o tym marzyła?

– Myślę, że w podróży możecie uchodzić za kuzynostwo lub małżeństwo. – Uznałem, że powrót do tematu będzie najlepszym wyjściem z impasu.

Wciągnęła w płuca chyba metr sześcienny powietrza. No i znowu sobie nagrabiłem. Z drugiej strony tak ślicznie wyglądała, gdy wpadała w furię...

– Nie mamy obrączek, odpada – zauważył Staszek, widząc, że za chwilę nastąpi eksplozja.

– W tych czasach jeszcze ich nie wymyślono. To dość nowy wynalazek.

– Panie Marku! – prychnęła. – Przestańcie sobie tak dworować albo się do was nigdy już słowem nie odezwę.

– Przepraszam, już nie będę... Wybaczcie żarty, to trema przed wyruszeniem w drogę.

– Wybaczam. – Wyglądało na to, że dziewczyna mówi poważnie.

– Mogę być służącym, nie ma problemu – rzekł z rezygnacją chłopak. – Kiedyś sobie dorabiałem w restauracji podczas bankietu, jestem przyuczony, by otwierać drzwi i się kłaniać.

Uśmiechnąłem się do swoich myśli. Szczerze powiedziawszy, Hela chyba lepiej by się nadawała do tej właśnie roli. Ona żyła w czasach, gdy służba była wszechobecna. Staszek musiałby najpierw poznać zakres obowiązków, ona go po prostu zna. Trzeba by tylko wytłumaczyć jej, że tym razem to ona ma myć podłogi i podawać do stołu. Ha! Chciałbym widzieć takiego odważnego, który by jej to zaproponował. Nie wiem, czy uszedłby w jednym kawałku.

Podniosłem ciasno zapakowaną torbę. Do jej klapy przytroczyłem zrolowany pled i skórę. Przerzuciłem pas przez ramię, po drugiej stronie dla równowagi zawiesiłem pochwę z nożem. Wschodnim zwyczajem usiadłem na chwilę i pomilczałem przed wyruszeniem.

– Pora w drogę – westchnąłem ciężko. – Niedługo zacznie świtać. Muszę zdążyć na czas, bo popłyną beze mnie.

– Cholera, kumplu, mus to mus. – Staszek uścisnął mocno moją dłoń. – Nie daj się zabić.

– Dziękuję za wszystko. – Hela wspięła się na palcach, by pocałować mnie w policzek. – Bez pańskiej pomocy...

– Trzymajcie się.

– Pomyślnych wiatrów i stopy wody pod kilem...

Wyszedłem. Stary introligator siedział na progu swojego domu. Podszedłem do niego.

– Gotów do drogi, jak widzę.

– Tak. Moi towarzysze jeszcze przez jakiś czas tu zostaną.

Kiwnął głową, przyjmując to do wiadomości.

– Może spotkamy się jeszcze kiedyś – bąknąłem.

– Albo i nie – odparł spokojnie. – Ale zawsze będziesz u mnie mile widzianym gościem, Markusie.

Uścisnęliśmy sobie dłonie i ruszyłem uliczką w stronę portu. Niebo stawało się coraz jaśniejsze. Kroczyłem przez brudne zaułki. Byłem pewien, że nie wrócę tu nigdy. Czułem pewną ulgę, to miasto nie podobało mi się i zbyt wiele złych wspomnień z nim związanych miałem. Mimo to zdążyłem się do niego przyzwyczaić. Teraz trzeba będzie zaczynać wszystko od nowa... Perspektywa wyruszenia w drogę z jednej strony podniecała mnie, z drugiej czułem obawę.

Najgorszy był jednak niepokój o los Staszka i Heli. Czy sobie poradzą? Chłopak ma głowę na karku. Wprawdzie część jego pomysłów jest durna, jak to u licealisty, ale pozostałe budzą szacunek. Dziewczyna jest znacznie lepiej przygotowana do życia w tej epoce. Umie i szyć, i haftować, ugotowanie obiadu z dostępnych produktów czy oskubanie kury to dla niej żadna nowość. No i dostali większą część pieniędzy. Gdziekolwiek rzuci ich los, będą mogli przynajmniej na początek wynająć jakiś kąt i spokojnie szukać zajęcia. W każdym razie zrobiłem, co w mojej mocy, żeby im się udało.

Teraz problem, czy się dogadają. Czy zdołają się zaprzyjaźnić i nabiorą do siebie zaufania... Hela... Kompletnie nie mogłem jej rozgryźć. Grała. Grała to słodką idiotkę, to zagubioną dziewczynkę, to dumną szlachcianeczkę... A jaka była naprawdę? Przypomniałem sobie rozmowę, którą przeprowadziłem niedawno ze Staszkiem. Zderzenie z lokomotywą... Jak wiele opanowania musiała mieć w sobie ta dziewczyna, skoro przetrzymała brutalne gwałty, a załamała ją dopiero świadomość, że została zarażona? Jakie wydarzenia ukształtowały i zahartowały jej psychikę? Musiała być twarda jak stal, skoro poszła nocą samotnie rozprawić się z katem. Co więcej, nie zabiła go tak po prostu. Ona wykonała na nim wyrok.

Wzdrygnąłem się. A jeśli ogarnie ją szaleństwo? Stłumiła w sobie zbyt wiele. Po takim zmaltretowaniu mózg może się niespodziewanie zwinąć w kłębek. Co wtedy?

Port był prawie pusty. Większość łódek właśnie wychodziła w morze. Rybacy chcieli być o świcie na łowiskach. Nigdzie nie widziałem obiecanego okrętu. A zatem nie zaczekali, tylko odpłynęli beze mnie. Poczułem rozczarowanie, ale i ogromną ulgę. Wrócę do beginażu, położę się spać w nagrzanej celi, rano zasiądziemy z Helą i Staszkiem do sutego śniadania i...

– Witaj, panie – odezwał się głos z ciemności.

Zza drewnianej budy wyłonił się Peter oraz dwaj inni mężczyźni. Jeden wyższy ode mnie o pół głowy, drugi drobny, można by wręcz powiedzieć, wątły.

– Siadajcie, proszę. – Kapitan wskazał mi łódkę i sam zajął w niej miejsce. Wskoczyłem do środka, obaj dziwni towarzysze zajęli miejsca pośrodku i złapawszy za szerokie wiosła, pospiesznie odbili od nabrzeża.

– Może pomogę? – zaproponowałem, czując pod stopą pióro jeszcze jednego wiosła.

– Nie trzeba – odezwał się ten drobniejszy po niemiecku. – W mig będziemy.

To w mig okazało się prawie godziną. Dobiliśmy do niewielkiej wysepki pośrodku zatoki. Stały na niej ruiny licznych zabudowań. Wyglądało na to, że strawił je pożar.

– Co tu było? – zaciekawiłem się.

– Klasztor – wyjaśnił Peter jakby niechętnie. – Lutry go spaliły, a teraz umyślają twierdzę tu wznieść, by miasto od strony wody zabezpieczyć.

– Niezły pomysł – oceniłem.

– Były takie czasy, cudzoziemcze, że nie istniała w tych stronach siła zdolna zagrozić Nidaros – westchnął. – A oto i nasz „Lew”...

W zatoczce po drugiej stronie skały chwiał się na wodzie okręt. Im bardziej się do niego zbliżałem, tym bardziej rzedła mi mina. Jednostka była niewiele większa od kutra rybackiego. Taką łupiną wypuszczać się na ocean? Chociaż skoro ci ludzie przypłynęli tu aż z Gotlandii...

Przeszedłem po trapie na pokład. Żaglowiec od dziobu do rufy mógł mieć jakieś piętnaście metrów. Na dziobie miał niewielki kasztel, drugi, większy, umieszczono na rufie. Już na pierwszy rzut oka widać było, że okręt jest bardzo stary.

Peter stanął na pokładzie.

– Szykować się! – rozkazał.

Patrzył na niebo. Wreszcie westchnął ciężko, przeżegnał się i uniósł rękę. Widać czekali już tylko na mnie. Marynarze rzucili cumy. Obok mnie stanął dziwny mężczyzna. Był o pół głowy niższy, ale o wiele szerszy w barach. Na obnażonych przedramionach grały twarde węzły mięśni. Nie wiem, jaką pracę wykonywał, że rozwinęły mu się do tej postaci, ale od razu zrozumiałem, że była to robota ciężka i trwała całymi latami. Popatrzyłem na jego bose stopy. Rozczłapane – pierwsze określenie, które przyszło mi do głowy.

– Mam na imię Björn – powiedział niskim, głuchym głosem.

Mówił po niemiecku, choć dość niewyraźnie, zjadając końcówki.

– Markus – przedstawiłem się.

– Pokażę ci twoje miejsce.

Weszliśmy do kasztelu. Pomieszczenie miało jakieś osiem metrów kwadratowych. Wisiało tu siedem hamaków plecionych z grubych sznurów.

– Dla ciebie. – Wskazał mi skrajny. Rzuciłem na niego zrolowane derki, torbę powiesiłem na kołku.

Oczywiście nie spodziewałem się osobnej kajuty, ale nie sądziłem, że będzie aż tak źle. Miałem nadzieję, że marynarze myją się od czasu do czasu.

Wyszedłem na pokład. Za nic w świecie nie przegapiłbym widoku tych fiordów. Dwaj marynarze demontowali właśnie tablicę z godłem statku. Złocony lew powędrował przez luk do ładowni. Na jego miejsce zawieszono głowę sarny obitą cieniutką warstewką polerowanej na lustro blachy. „Srebrna Łania"...

Powoli poznawałem ważniejszych członków załogi. Peter Hansavritson wydał mi się człowiekiem doskonale nijakim. Stał przy relingu, znudzonym wzrokiem wodząc po linii brzegu. Czułem jednak, że jego spokój to kamuflaż. Pod pozornym rozleniwieniem i ospałością krył się nieprawdopodobny refleks. Zupełnie jak u kota. Wiele razy omiatał mnie dyskretnym, ale przenikliwym spojrzeniem. Chyba mu się nie podobałem. Co zrobi, jeśli uzna, iż jestem na przykład duńskim szpiegiem? Dwaj Rosjanie, drobny, szybki w ruchach Sadko oraz niedźwiedziowaty Borys, kroczyli w ślad za swoim pryncypałem niczym obstawa. Czułem, że wykonają każdy jego rozkaz natychmiast i bez słowa protestu. Jeśli rozkaże im, żeby pokroili mnie na plasterki i nakarmili ryby, po prostu to zrobią... Wysoki mężczyzna, który wiosłował, gdy odbijaliśmy od nabrzeża w Trondheim, miał na nadgarstkach dziwne sińce. Ślady po kajdanach czy co? A może był tym Islandczykiem, którego planowali wykraść z więzienia? Widocznie plan się powiódł.

Jednak najniebezpieczniejszy z całej załogi „Łani" wydał mi się mój krajan, Marius Kowalik. Z urywków rozmowy, które pochwyciłem, gdy wymieniał uwagi z Hansavritsonem, wydedukowałem, że jest kimś w rodzaju przybocznego skryby, bakałarza, może też księgowego. Nie wyglądał na uczonego, ale ilekroć go widziałem, trzymał w ręce książkę lub z kieszeni wystawał mu opasły tomik. Palce miał pobrudzone atramentem. Czarny i czerwonawy barwnik wgryzł się w skórę chyba na stałe. Miał własną ciasną kajutę zaraz obok kapitańskiej. Czułem, że to ktoś ważny, może najważniejszy z całej załogi. Jego oczy patrzyły nieprawdopodobnie bystro. Podczas gdy marynarze gawędzili, opowiadając sobie sprośne historyjki, on najczęściej milczał. Czytał, czasem coś kreślił na grubym, kosmatym papierze, używając pałeczki ołowiu.

Koło południa doszło między nami do pierwszego bezpośredniego kontaktu.

– Ładne buty i ciekawą techniką wykonane – zagadnął po niemiecku, zezując na moje obuwie.

– I bardzo wygodne – odparłem w tym samym języku.

Diabli nadali, przecież nie mogę rozmawiać z nim po polsku! Jeśli Hela mówiła tak dziwnie, to co dopiero człowiek urodzony kilkaset lat wcześniej! Ja go pewnie zrozumiem, ale nie odpowiem, nie znając staropolszczyzny wystarczająco dobrze... Między Norwegami mogłem spokojnie przyznawać się do tego, że jestem Polakiem. W towarzystwie Mariusa musiałem być ostrożniejszy.

– Gdzie je zdobyliście? – spytał z pozoru przyjaźnie. – Znacie może miejsce, gdzie powstały, lub człowieka, który je uszył?

Wyczuwałem w nim coś więcej niż zwykłą ciekawość. Czyżby widział już kiedyś coś podobnego?

– Kupiłem od chłopa w porcie w Trondheim, nie pytałem, gdzie je zdobył – zełgałem bez mrugnięcia okiem. – Moje akurat zupełnie się rozlatywały, więc skorzystałem z okazji, że noga podobna.

Pokiwał w zadumie głową.

– Mogę obejrzeć? – zapytał.

Najlepiej byłoby posłać go do diabła, ale nie miałem pojęcia, jak mógłbym to zrobić.

– Ależ oczywiście...

Zzułem jednego i podałem mu. Oglądał go, skupiony i milczący. Zwłaszcza dużo czasu poświęcił podeszwie.

– Ciekawy pomysł – orzekł wreszcie – aby jeden but był przypisany do lewej, a drugi do prawej nogi. To wygodne, wszak stopy różnią się kształtem, jakby odbite w lustrze.

Zauważyłem już wcześniej, że ich buty były identyczne, jak skarpetki... Wolałem nie podejmować rozmowy.

– Pokrycie ze skóry cieniutko wyprawionej, aczkolwiek kształt nadany nie poprzez modelowanie na kopycie, ale za pomocą sztukowania niewielkich kawałków. Komu się chciało tak mordować z szyciem? – dumał na głos.

– Może po prostu nie miał większego płata i tak z drobinek ściubił – podsunąłem.

– Możliwe. – Marius wcale nie wyglądał na przekonanego. – Jednak widać, że z tej formy uczynił prawdziwą sztukę. Tedy szewcem musi być zawołanym. Taki zawsze ma surowiec.

– Polskie przysłowie mówi, że szewc bez butów chodzi – odparowałem. – A może żal mu się zrobiło, gdy patrzył na strzępy pozostałe po innych pracach.

– To być może. Człowiek, od którego to kupiliście, panie, nie posiadał innych temu podobnych artefaktów?

– Nie. Tylko tę jedną parę miał... Jakie artefakta macie na myśli? – Uznałem, że może warto pociągnąć go ostrożnie za język.

– Koszule z drobno tkanego płótna, spodnie osobliwie błękitnego koloru – wyliczał, patrząc mi w oczy.

– Tylko buty i skarpety. – Już i tak było je widać.

A może zauważył je wcześniej, gdy zdejmowałem obuwie, i chciał mnie złapać? Z każdą chwilą ten typek wydawał mi się groźniejszy. Z pozoru zwykły człowiek, lecz było w nim coś, jakaś niebezpieczna mądrość, przenikliwość raczej...

– Ach tak – mruknął jakby rozczarowany.

Poszedł, ale jeszcze kilka razy tego dnia wyczułem, że mi się przygląda. Jakoś mu widać nie pasowałem. On mnie też nie. Musiał zetknąć się z kimś z naszych. Bo te spodnie osobliwie błękitnego koloru to ani chybi jeansy...

Załoga „Łani" w ogóle wydała mi się gromadką bardzo podejrzliwych typków. Nieustannie co najmniej dwóch ludzi lustrowało horyzont przez lunety. Obawiali się pościgu lub zasadzki? Bo przecież chyba nie piratów?

Ja też mimo chłodu wolałem spędzać czas na pokładzie, widoki były bowiem nieziemskie. Płynęliśmy wzdłuż wybrzeża, czasem pokonując cieśniny między lądem stałym a wyspami. Omijaliśmy szare skały, wąskie fiordy otwierające drogę w głąb lądu.

– Czego tak wypatrujesz, cudzoziemcze? – zagadnął mnie kapitan.

– Podziwiam. To niezwykły i piękny kraj – wyjaśniłem.

– Owszem – przyznał. – Stąd pochodzą moi przodkowie i choć przywykłem uważać się za Niemca, zawsze czuję się, jakbym wrócił do domu. Do domu, w którym nadmiernie rozpanoszyli się obcy. Wrogowie... Zresztą poznałeś ich prawa i obyczaje, gdy zamordowali księdza Jona.

– Tak. To prawda.

Poszedł sobie, a ja ruszyłem do kasztelu i ległem w swoim hamaku. Wypadki ostatnich dni potwornie mnie zmęczyły. Teraz napięcie opadło tak dalece, że przez cały czas byłem senny.

Leżałem wygodnie rozparty. Statek kołysał się leciutko, delikatnie. Patrzyłem na pociemniałe ze starości deski. Łączące je kołki były o ton lub dwa ciemniejsze, wykonano je najwyraźniej z drewna innego gatunku.

Nie wiedziałem, co ze sobą zrobić. Nie było sensu tak leżeć.

Wyszedłem na pokład. Chłopak akurat zarzucał linkę z hakiem i kawałkiem skóry jako przynętą. Nie minęło dwadzieścia minut i na moich oczach wyciągnął ładnego, kilkukilogramowego dorsza. Zarzucił zaimprowizowaną wędkę ponownie, a sam zaczął patroszyć i czyścić złapaną rybę.

Robił to szybko i z ogromną wprawą. Będzie obiad. Oddychałem pełną piersią. Rejs wzdłuż wybrzeża Norwegii. W moich czasach musiałbym wydać na taką wycieczkę ładne kilka setek euro.

Staszek umieścił ostatni trybik w pudełku. Pokręcił tarczami. Chodziły trochę ciężko, ale trudno uzyskać odpowiednią precyzję przy braku stosownych części.

– I jak to działa? – zaciekawił się introligator.

– Można za pomocą tego urządzenia sumować liczby nawet czterocyfrowe, o ile tylko wynik dodawania będzie mniejszy niż dziesięć tysięcy.

– Pokaż. Dodaj czterysta dwadzieścia pięć i trzy tysiące sto dwadzieścia.

Staszek ustawił cztery tarcze, przesunął dźwigienkę i ponownie ustawił.

– W tym okienku widać wynik – wyjaśnił.

Stary patrzył na to przez chwilę, a potem ryknął serdecznym śmiechem. Trzęsło nim tak, że zaróżowiły mu się policzki.

– I to tylko do tego służy? – Otarł z oka łzę. – Chłopcze, chyba oszalałeś!

– Coś nie tak? – zachmurzył się Staszek.

– Przecież ja to prędzej policzę na liczydłach! – Dla potwierdzenia swoich słów Nils wyjął niedużą ramkę z drewnianymi kulkami nanizanymi na druty. Jego palce z wprawą przesunęły paciorki. Wzrok niemal nie nadążał za szybkimi ruchami palców.

– Oż, do czarta – westchnął chłopak. – A gdyby tak zbudować maszynkę do mnożenia? Albo dzielenia? – Zamyślił się.

– Jeśli tylko będzie szybsza niż abakus... – Introligator hojnie nalał mu wina.

Trzeba było jednak pomyśleć nad produkcją parasoli, westchnął w duchu przybysz z dwudziestego pierwszego wieku.

Zmierzchało się. Na zewnątrz wył zimny, jesienny, północny wiatr. Nils wychylił czwarty kubek wina. Jego rysy zmiękły, wzrok wydawał się rozmazany, wreszcie gospodarz z troską stwierdził, że pora udać się na spoczynek, i legł na ławie.

Staszek zapalił świecę w latarce, zdmuchnął kaganek kopcący na stole i wyszedł w mrok podwórza. Po nocnym niebie wiatr pędził ciemne, kłębiaste chmury. Blade światło księżyca wysrebrzało dachy i nadawało cieniom niezwykłe kształty. Przez chwilę zastanawiał się, jak to obejście mogło wyglądać w czasach, gdy funkcjonował tu beginaż. Czy wieczorami w oknach płonęły świece? A może te wszystkie pobożne niewiasty zbierały się w jednym pomieszczeniu?

Wiatr pachniał mrozem i wodorostami. Na morzu musi szaleć nielichy sztorm, a Marek popłynął na jednym z tych żałośnie małych i delikatnych stateczków... Chłopak westchnął. Bez pomocy starszego, doświadczonego mężczyzny czuł się niewyobrażalnie samotny. A tu jeszcze musiał otoczyć opieką dziewczynę, a także wykonać zadanie, które było kompletnie nie do wykonania. Z drugiej strony... Jaką miał alternatywę? Śmierć poprzez ugotowanie żywcem, ostatnie chwile życia spędzone na nieustannym wymiotowaniu wskutek napromieniowania, wątpliwa przyjemność oglądania śmierci planety? Lepiej jest tak, jak jest. Tylko ten wiatr...

Zawinął się dokładniej w kurtkę. Przeszedł utwardzoną ścieżką i zapukał do drzwi Heli.

– Proszę! – odezwała się.

Jej pokoik był maleńką oazą spokoju. Zawiesiła kotarę, aby od okna nie ciągnęło chłodem. Napaliła w piecu. Staszek z rozkoszą zanurzył się w cieple. Spostrzegł, że jego przyjaciółka coś haftuje.

– Paskudna pogoda – zagaił.

Nie umiał z nią rozmawiać. Onieśmielała go trochę. Była inna, zupełnie inna od wszystkich dziewcząt, z którymi chodził do szkół. W dodatku myślała inaczej – niewinny żart mógł wywołać furię albo obrazę.

– U nas mówiło się, że wiatr tak wyje, gdy ktoś się powiesi. Siadaj, proszę.

Zajął miejsce na ławie. Wyciągnął dłonie do ognia. Ciepło było takie przyjemne...

– Wyglądasz na smutnego. Czy coś się stało? – zapytała z troską w głosie.

– Zwykła melancholia. – Zbył machnięciem ręki. – Marek pojechał, ciężko mi na duszy bez towarzysza.

– Mnie takoż.

– Do tego ciemno i wiatr wyje. Depresja, no, melancholia jesienna, naturalne zjawisko o tej porze roku. W naszych czasach leczyło się to, naświetlając skórę ultrafioletem...

– Czym? – zaciekawiła się.

– Mieliśmy specjalne łoża, a w nich wbudowane lampy. Kobiety, które chciały być piękne, kładły się do tego nago i opalały skórę na śniady kolor – wyjaśnił.

– Przecież to blada cera jest oznaką urody. Myślisz, że po co damy noszą parasolki i woalki? Skóra powinna być biała jak mleko... Przecież to nie mogło się aż tak zmienić?

– W moich czasach za ładniejsze uchodziły kobiety opalone na brązowo.

– Aberracja! – Wyglądała na naprawdę zdumioną. – A piegi?

– Większość mężczyzn uważała, że dodają uroku. W każdym razie nie traktowaliśmy ich jako poważnego defektu.

– Może wasze obyczaje nie były aż takie złe? – Zamyśliła się. – Może część z nich była dobra... I powiadasz, światłem smutek leczyli? Kurfuszerstwo jakieś.

– Kurfuszerstwo... – powtórzył nieznany sobie wyraz. – To znaczy fuszerka w kuracji?

– Raczej stosowanie metod znachorskich i zabobonów medycznych, co do których człowiek wykształcony pewność ma, że szkodliwe są lub niepomocne – wyjaśniła.

– Melancholia często pojawia się wtedy, gdy człowiek jesienią lub zimą dostaje za mało światła.

– To jakaś piramidalna bzdura! – odparła, wydymając wargi. – Jesteś tego pewien?

– Tak. Nasi uczeni to odkryli.

Patrzyła Staszkowi przez chwilę w oczy, jakby chciała sprawdzić, czy nie stroi sobie żartów. Wytrzymał to badawcze spojrzenie.

– Tak więc depresję leczyliśmy albo naświetleniami, albo za pomocą leków – powtórzył. – A tu ani jednego, ani drugiego.

– Może powinieneś lulkę głupawki wypalić.

Niby powiedziała to po polsku, a nie zrozumiał. Jakby uderzył głową w mur... Lulka... Ach, jasne, fajka, zapamiętał to słowo z czasów, gdy uczył się na pamięć „Pani Twardowskiej" Mickiewicza. Ile to już lat temu, w podstawówce był chyba.

– Co to jest głupawka?

– Nie znacie tego? – Uroczo unosiła brwi, gdy się dziwiła. – Konopia ogrodowa.

– Ogrodowa... Czym to się różni od zwykłych konopi?

– Uprawia się dwie odmiany, te zwykłe do wyrobu lin i ogrodowe do palenia oraz robienia nalewek uśmierzających bóle.

Zatkało go.

– Marihuana – domyślił się. – Konopie indyjskie.

– Tak też to ziele nazywają – potwierdziła.

– Uprawiacie to ot tak, w ogrodzie?! Przecież to narkotyk... I to paskudny.

Pamiętał kilku całkiem, wydawałoby się, sensownych kumpli, którzy popadłszy w nałóg, szybko zapomnieli o wszystkich zainteresowaniach poza tym jednym nowym hobby. Rozleniwili się, zatracili zdolność punktualnego przychodzenia na spotkanie... Jeden facet, z którym rozmawiał, nazwał to zespołem demotywacyjnym. Widząc, co się z nimi dzieje, Staszek poprzysiągł sobie nigdy nie brać tego gówna do ust. Może w epoce Heli, zanim przy roślinie tej zaczęli majstrować „specjaliści", stężenie substancji psychoaktywnej było niższe?

– Narkotyk to laudanum – obruszyła się. – Głupawka to lekkie lekarstwo na takie właśnie humory.

– Laudanum... Ach, jasne, opium. – Staszek przypomniał sobie jakąś starą książkę.

– Używa się go do tłumienia bólów – powiedziała – ale u dzieci lepiej nie stosować. Są i ludzie, którzy tego używają za dużo i za często i nie potrafią już się uwolnić. Napar z niedojrzałych makówek jest bezpieczniejszy, choć nie tak skuteczny.

– W moich czasach było takich bardzo wielu – powiedział. – Byli też tacy, którzy nie mogli uwolnić się od palenia konopi, chyba te z mojej epoki były o wiele silniejsze niż wasze – dodał, widząc jej zaskoczenie.

– Kokaina jest zdecydowanie lepsza – odezwała się w jidysz. – Pamiętam, jak w Zakopanem poszaleliśmy kiedyś...

– Wracaj! – huknął po polsku. – Ty nie istniejesz.

– Znowu – jęknęła Hela swoim zwykłym głosem.

– Znowu – potwierdził. – Nie powinniśmy o tym rozmawiać... Może się obudzić.

– Pojawia się i znika. Czasem znika zupełnie, czasem czuję, jakby jakiś pająk siedział mi na plecach i słuchał, o czym myślę. – Spojrzała na niego bezradnie. – Boję się tego. Boję się jej. To ktoś, z kim nie mogłabym się zaprzyjaźnić.

– Przeszkadza ci, że wyznawała inną religię?

– To bez znaczenia. Przecież znałam wielu Żydów i Rusinów. Ona po prostu inaczej podchodzi do życia.

– Nie rozumiesz jej, bo narodziła się w innej epoce.

– To nie tak. Ciebie lubię i poważam, choć dzieli nas jeszcze rozleglejsze morze czasu. Jesteśmy do siebie podobni. Wprawdzie niekiedy irytuje mnie twoje zachowanie, ale i tak widzę pewne postępy. Nabierasz ogłady.

Z trudem opanował przypływ wesołości. Czuł się już lepiej. Zrobiło mu się ciepło, wiatr wył wprawdzie na zewnątrz, ale tu słychać było raczej trzaskanie polan w piecyku. Dwie świece dawały sporo światła i co najważniejsze, rozmawiał z dziewczyną.

Coś skrzypnęło cicho. Spojrzał w stronę drzwi. Na progu stała Ina. Dłuższą chwilę mierzyli się wzrokiem.

– Witajcie – powiedziała wreszcie.

Skoczyła do przodu ruchem tak szybkim, że rozlała się w jasną smugę i już siedziała na stole.

– Witaj – odparł Staszek.

– Marek oddala się na południe, zaraz się znajdzie na krawędzi zasięgu – powiedziała łasica. – Dedukuję, że zdołał znaleźć kogoś, kto go zawiezie do Bergen.

– Tak. Odpłynął dziś o świcie.

Zwierzę kiwnęło głową.

– Jakie zadanie masz dla nas, pani? – zapytała Hela.

– Analizuję kilka wariantów. Jutro otrzymacie stosowne polecenia. Oboje macie bardzo obniżony poziom serotoniny – powiedziała łasica. – Powinniście coś z tym zrobić.

Zeskoczyła i zatrzymała się w drzwiach.

– Może coca-coli się napijemy? – prychnął Staszek. – Tylko najpierw trzeba do Afryki po orzeszki podskoczyć.

– Wedle danych medycznych, które mi zapisano, ludziom poziom szczęścia wzrasta skokowo w trakcie spółkowania. Powinniście chyba o tym wiedzieć.

– Precz!!! – Hela ze złością cisnęła sabotem.

But zawirował w powietrzu i zawisł nad progiem, a potem miękkim łukiem spadł na podłogę.

– Odwiedzę was jutro – powiedziało zwierzę. – Życzę przezwyciężenia urazów i udanych kopulacji.

– Świnia!!! – wrzasnęła dziewczyna.

Ale łasica już uciekła. Staszek wstał. Wcześniej chciał poprosić, aby Hela pozwoliła mu spać tu, na ławie, ale teraz było mu głupio. Pożegnał dziewczynę i wziąwszy szufelkę żaru, poszedł do swojej celi. Rozpalił w piecyku. Dobrą godzinę siedział, patrząc w płomień, zanim wnętrze pomieszczenia choć trochę się nagrzało...

✵ Staszek obudził się, gdy słońce stało już wysoko na niebie. Przeciągnął się, odruchowo skierował wzrok w stronę pustego posłania Marka.

– No tak – westchnął. – I radź sobie, człowieku, sam jak palec...

Spojrzał na ścianę oddzielającą go od celi zajmowanej przez Helę.

– Łatwo powiedzieć „zaopiekuj się" – mruknął z przekąsem. – Niby jak...?

Nic się nie działo. Wystarczyło siedzieć na tyłku i nie wyściubiać nosa poza próg. Unikać możliwości, że ktoś mógłby ich zobaczyć. W zasadzie to nawet nie ich, ją... To ona ma kłopoty. Westchnął. Misja w Trondheim już zakończona. Alchemik Sebastian wyniósł się z miasta dawno temu. Nie mają żadnego tropu, żadnego śladu pozwalającego odnaleźć Oko Jelenia. Nic nie wskazuje na to, że kamień może znajdować się w tym mieście. Czyli prawdopodobnie dziś otrzymają rozkaz ruszenia w drogę.

Na razie mają jeszcze pieniądze. Przy oszczędnym gospodarowaniu przeżyją za nie rok. Kto wie, może nawet i dłużej. Jeśli jednocześnie będą musieli wędrować, to zapewne oszczędności rozejdą się szybciej... A przecież trzeba kupić ubrania na zimę i lepsze buty, bo trzewiki Heli pewnie służyły do tego, by chodzić po obejściu. Została wskrzeszona w zwykłym, codziennym stroju, który nosiła w chwili, gdy zaskoczył ją napad na dwór.

On też był ubrany prawie zupełnie zwyczajnie. Przecież idąc do szkoły, nie mógł się spodziewać, że planeta przestanie istnieć jeszcze przed matematyką. Pamiętał, że nie odrobił pracy domowej, miał zgłosić nieprzygotowanie. A na szóstej lekcji czekała ich klasówka z fizyki... Omal nie parsknął gorzkim śmiechem. Tamto życie, odległe zaledwie o niespełna dwa miesiące, wydało mu się naraz śmieszne, nieprawdziwe, nieważne. Jego zeszyty obróciły się w popiół razem ze szkołą i nauczycielami. Nagle stało się zupełnie nieistotne, że chyba uwalił sprawdzian z geografii, że nie był w stanie wykuć dat życia jakichś tam poetów. Że podpadł belfrowi od chemii.

Dźwignął się z posłania, ochlapał twarz w cebrzyku z wodą, założył spodnie i koszulę. Zdjął wyprane skarpetki ze sznura, wzuł buty. Wyszedł na podwórze. Hela modliła się chyba, widział jej cień w oknie. Obowiązki... Wyjął ze składziku narzędzia i zabrał się za kolejną kłodę. Piła cięła już bardzo kiepsko, przerwał więc robotę i osełką zaczął ostrzyć jej zęby.

Tyle warta ta moja szkoła, pomyślał, patrząc, jak srebrzyste opiłki żelaza padają na glebę. Wbijali człowiekowi do łba masę rozmaitych śmieci, a gdyby dziadek nie nauczył mnie, jak się obchodzić z narzędziami, tobym się teraz mordował...

Hela minęła go, idąc w stronę domu introligatora.

– Dzień dobry – przywitał ją z uśmiechem.

– Witaj – odpowiedziała i też uśmiechnęła się jakby nieśmiało.

Zebrał kilka cieńszych polan i poszedł za nią. Stary już jadł śniadanie, chyba się spieszył.

– Będzie dziś trochę roboty – oznajmił. – Dostałem książki do oprawienia. Pomożecie mi?

– Oczywiście.

Woluminy, jak się okazało, dostarczono w postaci wydrukowanych kartek poskładanych w dwudziestostronicowe zeszyciki. Wszystko luzem. Strony na szczęście były numerowane.

– Przywieziono je z daleka? – zgadywał chłopak.

– Najbliższe prasy drukarskie są w Kopenhadze lub Sztokholmie – wyjaśnił Nils. – No, może jeszcze w Upsali coś tam jest.

– Opłaca się wieźć taki kawał drogi? Nie lepiej drukować tu, na miejscu?

– Pewnie, że byłoby lepiej i taniej – westchnął Nils. – Od dwudziestu lat staram się o pozwolenie na uruchomienie prasy tutaj, w Trondheim. Niestety, jak już kiedyś mówiłem, władze niechętnie patrzą na wynalazek pana Gutenberga... I zupełnie słusznie, bo pewnie bym tu niejedną rzecz nie po ich myśli wydał. – Uśmiechnął się tak wrednie, że aż Staszka przeszły ciarki. – Zresztą za stary już jestem, by uczyć się tej roboty, a do cechu mnie nie przyjmą.

– Trzeba mieć patent cechowy, by drukować? – domyśliła się dziewczyna.

– Naturalnie! Nie wezmą mnie także dlatego, że Otto ma pewne podejrzenia. Tak więc pozostaje mi oprawiać to, co wydrukują inni...

Składki trzeba było przeszyć lnianą nicią. Potem wkręcali książkę w niewielką praskę. Zwisające nici splatali w warkocz, jego końce przyklejali do drewnianych desek okładki. Na koniec pozostawało okleić ją cienko wyprawioną koźlą skórą i owinąć paskami płótna. Książka, skrępowana niczym egipska mumia, miała leżeć kilka dni, aż kleje dobrze stężeją. Wtedy dopiero przyjdzie czas, by przybić okucia na rogach.

Praca nie była specjalnie skomplikowana, lecz czasochłonna i wymagająca ogromnej uwagi. W tym czasie gospodarz za pomocą innej prasy robił w skórze tłoczenia. Skończył pierwszy i udał się do miasta, zostawiając ich przy robocie.

Sami nie spostrzegli, kiedy minęło południe. Przegryźli po kawałku chleba, a potem wyszli na dziedziniec. Staszek zabrał się za cięcie kłody, Hela bez słowa złapała drugą rączkę piły. Ciągnęła równo. Widać było, że ma większą wprawę niż on.

Jest silna, pomyślał Staszek. Silniejsza, niż na to wygląda... Marek miał rację. W naszych czasach mało który chłopak mógłby jej dorównać pod względem siły i wytrzymałości fizycznej.

– Myślę, że opłaciłoby się założenie tu nowoczesnej drukarni – westchnął. – Choćby takiej jak w twoich czasach...

– Sam słyszałeś. Prawo miejskie, cechy...

– Gorsza biurokracja niż w Unii Europejskiej. – Skrzywił się.

– Gdzie? – zainteresowała się Helena.

Wyjaśnił pokrótce. Gdy skończył, dziewczyna była blada jak ściana i miała łzy w oczach.

– Oddaliście niepodległość własnego kraju? Sami, z własnej woli? – Najwyraźniej nie potrafiła uwierzyć w to, co usłyszała.

– To nie ja, byłem za młody, żeby głosować za lub przeciw – powiedział cicho. – Wiesz, tak się zastanawiam... – wrócił do poprzedniego tematu. – A gdyby ulokować drukarnię na pokładzie statku? Wtedy można by dobić do brzegu i sprzedać książki, a okręt nie podlega chyba prawu miejskiemu?

– Nie wiem – westchnęła. – Ale może to i dobry pomysł. Jak na to wpadłeś?

– W moich czasach ludzie z omijania przepisów uczynili sztukę. Za dużo tego było.

– W moich też – odparła ze smutkiem. – Rozporządzenia zaborców niszczyły nasze odwieczne zwyczaje. Otwarte ich lekceważenie było z naszej strony aktem odwagi, ale i okazaniem pogardy dla wroga.

Zaczęła opowiadać. O carskich ukazach likwidujących wielowiekowe zgromadzenia zakonne. O skonfiskowanych bibliotekach, o zakazie produkcji gorzałki w domu. O kościołach odebranych wiernym i przekształconych w cerkwie...

– Zabronili wam chodzić w żupanach i kontuszach?! – Teraz Staszek nie mógł uwierzyć. – A co drani obchodziło, jak się ubieracie? Paranoja jakaś...

– Strój narodowy to element tradycji, którą zaborcy za wszelką cenę chcieli zniszczyć i wyrugować z ludzkiej pamięci – powiedziała cicho Hela. – Zakazali noszenia szabli w miejscach publicznych. Naród bezbronny łatwo ujarzmić...

Nie potrafił nic na to odpowiedzieć.

– Jesteśmy podobni do siebie – rzekł wreszcie. – Oboje dorastaliśmy w czasach, gdy świat starych wartości odchodził w niebyt opluty i wyszydzony... I obojgu nam się to nie podobało. Tylko w moich czasach nie było już w naszej ojczyźnie ludzi gotowych umrzeć w obronie tego, co uważali za wartości – dodał ponuro.

– Z tego, co wspominał pan Marek, pokój trwał bardzo długo?

– Druga wojna światowa skończyła się w tysiąc dziewięćset czterdziestym piątym roku.

– Nie rozumiem więc, czemu się dziwisz? – Wzruszyła ramionami. – Siedemdziesiąt lat pokoju! To musiało was zniszczyć.

Popatrzył na Helę skonsternowany, nie rozumiejąc, co ma na myśli.

– Możesz to jakoś wyjaśnić?

– Zmiękliście i zdegenerowaliście się, bo nie mieliście okazji łapać za broń. Wojna to było coś nierealnego, coś, czego doświadczyli wasi pradziadowie. Wojna hartuje ducha. Uczy walki z własną słabością, uczy, jak zabijać wroga, ale i jak oddawać życie dla idei.

Długo milczał, układając sobie w głowie usłyszane twierdzenia. Jej wywód wydał mu się strasznie prostacki. W tamtych czasach wszystko wydawało się dużo łatwiejsze. Oni i my. Kto służy wrogowi, ten zdrajca i należy go zabić. Lecz ich wojna też była inna. Okupant plądrował, gwałcił, palił i mordował, ale nie było obozów koncentracyjnych, komór gazowych, łapanek ulicznych, nie było bombardowania cywilnych miast.

– Tradycja walki – mruknął wreszcie. – Nie wiem. Może masz rację, jednak mnie wydaje się to dziwne. Dla mnie wojna to zjawisko demoralizujące. Ludzie uczą się oszukiwać okupanta, potem oszukują własne odrodzone państwo. Okupacja sprzyja powstawaniu marginesu społecznego. Po wojnie jest masa sierot, z których spory odsetek schodzi na złą drogę.

– Może my byliśmy inni? – Zamyśliła się. – Może to, co nas wzmacniało, dla was było już trucizną, bo do tego stopnia zmieniła się mentalność?

– Mentalność...

– *Rabiw do raju ne puskajut* – powiedziała po ukraińsku.

Zrozumiał: niewolników nie wpuszcza się do raju.

Zatraciliśmy coś, pomyślał. Kolejni najeźdźcy walili nas jak batem, aż oduczyliśmy się podskakiwać, aż wbili nam do głów, że mamy słuchać każdego idiotyzmu, jaki wymyśli władza. Z obywateli staliśmy się poddanymi. A ona... A oni... Byli inni. Może kolejne wojny sprawiały, że stawali się twardsi i nabierali większej ochoty, żeby się odegrać. Jeśli trzeba było iść i zabijać zaborców, szli zabijać. Jeśli trzeba było za to umrzeć, umierali z podniesionym czołem.

Spojrzał na Helę. Miała piętnaście lat, gdy podjęła walkę w obronie swojego kraju, nieobecnego nawet na mapach. Miała niespełna szesnaście, gdy umierała zgwałcona na podłodze własnego dworu... Ale i to jej nie złamało. Zauważył też jeszcze jedno. Ona się nie męczyła. Ciągnęła piłę równiutko, nie dostała nawet zadyszki.

Może to kwestia genetyczna, rozważał. Może tacy jak ona umierali za często i z czasem ten podgatunek został u nas całkowicie przetrzebiony? Może wybijano elity narodu tyle razy, aż zostali wyłącznie niewolnicy, ludzie niezdolni do zdecydowanych, śmiałych działań? Poza tym los mniej ich doświadczył. U nich była katorga, przykuwanie do taczek, rozstrzeliwania, szubienice, ale nie było mordowania na skalę masową. Kobiet i dzieci nie wywożono na Sybir. Rodzin powstańców, zdaje się, poza konfiskatami w ogóle nie prześladowano. Może po prostu dostaliśmy kopa, po którym i oni by się nie podnieśli?

– Nad czym tak dumasz? – zagadnęła przyjaźnie.

– Teraz ja płaczę nad tym, co się porobiło z moją ojczyzną i naszym narodem – westchnął ciężko. – Wy byliście po prostu lepsi niż my. Inni. Prawdziwi.

– Może po prostu umieliśmy żyć?

Wartości, nakazy religii, patriotyzm, obrona wiary, obowiązek czynnego sprzeciwiania się złu. To wszystko, co dla jego pokolenia stanowiło już tylko niemodny gorset krępujących ograniczeń, a dla nich było istotą egzystencji.

– Łasica!

Ina siedziała na stosie belek, patrząc na nich paciorkowatymi oczkami. Przerwali cięcie pnia. Hela dygnęła odruchowo. Staszek odłożył piłę.

– Witajcie – powiedziała. – Nadszedł czas, abyście podjęli swoje zadanie. Wypoczęliście już dosyć.

– Jakie są instrukcje?

– Będziecie musieli wyruszyć w drogę.

– Do Ameryki? – Staszek przypomniał sobie rozmowę z Markiem. – Czy może na Islandię?

– To na razie nie będzie konieczne.

– Pani – odezwała się Hela – niezależnie, gdzie nas wysyłasz, będziemy potrzebować więcej pieniędzy.

Zwierzę przechyliło głowę.

– Gotówka zapewni nam spokojny byt i umożliwi dokładniejsze skoncentrowanie się na zadaniu – wyjaśnił chłopak. – Zwiększy także naszą mobilność, gdyby zaszła konieczność dalszego przemieszczania się po Europie.

– Rozumiem – powiedziała i znieruchomiała.

– Hej? – zagadnął z niepokojem.

Nie odpowiedziała. Trwała nieruchoma jak rzeźba.

– Nie żyje? – Hela trąciła lekko palcem wyprężony ogon. – To znaczy zepsuła się?

– E, to chyba niemożliwe...

Patrzył na Inę. Awaria zasilania? Baterie się wyczerpały? Zmarszczył czoło. Z jednej strony to fart. Dogonią jakoś Marka w Bergen i wolni od nadzoru będą kombinować, co dalej. Z drugiej strony łasica zapewnia im mimo wszystko jakąś ochronę. Nie, lepiej, żeby zdechła. A może... dobić? Siekiera leżała opodal. Nie zdążył sięgnąć. Zwierzę otworzyło oczy.

– W tym domu znajduje się około trzystu pięćdziesięciu gramów zanieczyszczonego złota w postaci monet – powiedziało. – Z uwagi na domieszkę innych metali miałam problemy z oszacowaniem ilości atomów kruszców zwanych przez was szlachetnymi.

A więc nie wyłączyła się, tylko liczyła poszczególne atomy w bilonie.

– Wskażę wam miejsce, gdzie się znajdują – zaproponowała. – Weź narzędzia.

– Pieniądze należą do pana Nilsa! – zaprotestował Staszek. – Nie możemy ich zabrać. Nie są naszą własnością!

– Aha, tak – powiedziała Ina. – Wasze głupie zwyczaje! Z drugiej strony, żyjąc w zimnie i warunkach ciągłego niedoboru żywności, musieliście wytworzyć w końcu taki idiotyzm jak prawa własności. Dla mnie to trochę niepojęte.

– Nie mieliście własności?! – Wytrzeszczył oczy.

– Żywność pobieraliśmy głównie z powietrza, do przemian chemicznych korzystaliśmy z energii słonecznej – odparła Ina.

– Ale musieliście się gdzieś chronić przed chłodem nocy... Nie mieliście własnych domów? Szałasów? Jaskiń?

– Nie zapuszczaliśmy się na ciemną stronę naszej planety, a po jasnej miejsca wystarczało dla każdego.

– Ich glob musiał być cały czas zwrócony jedną stroną do Słońca – wyjaśnił Staszek Heli. – Jak Księżyc w stronę Ziemi.

– Obracał się – zaprotestowała Ina. – Ale jeden obrót wokół osi trwał okres odpowiadający setkom waszych lat.

– Czyli w dodatku gdy glob już się obrócił i Słońce oświetliło to samo miejsce, nie było tam żadnego śladu waszego wcześniejszego pobytu – domyśliła się dziewczyna.

– Masz słuszność. Struktury chemiczno-organiczne pod wpływem chłodu ulegały destrukcji, ciepło powodowało, że zaczynały wzrastać na nowo. Zresztą i tak nie byłoby śladu, my nie zmienialiśmy swego otoczenia jak wy.

– Coś jak roślinność odradzająca się z nasion? – zainteresował się chłopak.

– Nie, po prostu wszechkożuch zajmował obszary, które się dostatecznie ogrzały.

– I nie znajdowaliście potem żadnych dzieł sztuki powstałych przed obrotem? – zdumiała się Helena.

– Nasza kultura była wyłącznie sumą tego, co mieliśmy zapisane w umysłach! – Ina uniosła głowę, jakby dumna z dokonań swego ludu.

Staszek zaniemówił. Próbował sobie wyobrazić tak idiotyczny świat... I nie bardzo mu się to udawało.

– Mówiliśmy o złocie – odezwało się zwierzę. – Wy, Ziemianie, myślicie w sposób wysoce nieuporządkowany. Ze zdumiewającą łatwością przeskakujecie z tematu na temat, szybko zapominając o pierwotnym celu rozmowy.

– Pani, koło katedry znajduje się wielkie pogorzelisko. Pan Marek przypuszcza, że w gruzie spoczywa niejedna moneta. Czy możesz wskazać nam miejsca, gdzie należy ich szukać? W ten sposób możemy zdobyć pieniądze, nie krzywdząc nikogo.

– Tak. Ty nie pokazuj się w mieście. Na ile poznałam wasze obyczaje, ten, kto zniewolił samicę waszego gatunku, będzie jej szukał, gdy ucieknie. – Łasica nie zauważyła, że policzki dziewczyny oblewają się krwistym rumieńcem. – A to mogłoby spowodować dalsze komplikacje i niepotrzebną stratę czasu. Staszku, weź rydel albo łopatę. Spotkamy się na miejscu.

Znikła jak duch, pobiegła z taką prędkością, że oko zarejestrowało tylko szarą smugę.

– Ukryj się i czekaj, postaram się niebawem wrócić – powiedział chłopak.

– Bądź ostrożny – poprosiła. – Zostałeś mi tylko ty – szepnęła, spuszczając głowę.

Poczuł dziwne ciepło w piersi... Wziął narzędzia i wymknąwszy się tylną furtką, powędrował na pogorzelisko.

– Niewolenie samic! – parsknął. – Co za wyszukane słownictwo, głupie futrzane bydlę...

Wyobraził sobie Inę, jak wędruje długimi, ciemnymi korytarzami magazynów Biblioteki Narodowej. A może wręcz unosząc się w powietrzu, płynie wzdłuż półek. Nie wiadomo przecież, czy na statku Skrata jest grawitacja. Małe zwierzę wyciąga kolejne woluminy i czyta. Czyta jak leci, całymi półkami, gdzie obok siebie stoją traktaty teologiczne i powieści pornograficzne, encyklopedie, albumy poświęcone sztuce i wspomnienia więźniów sowieckich łagrów. I jak nie mając pojęcia o ziemskiej kulturze, usiłuje ułożyć sobie z tych strzępków jeden spójny obraz.

Siedziała w cieniu fragmentu ocalałego muru. Wokół ciągnęły się wądoły, gleba miała intensywny czerwonoczarny kolor przepalonej gliny.

– W temperaturze, jaka tu panowała, większość metali uległa rozpyleniu na drobinki, które należałoby odzyskiwać przy użyciu zaawansowanych metod chemicznych – odezwała się Ina. – Jest jednak kilka bryłek, które wydają mi się możliwe do wydobycia.

– Pokaż gdzie – poprosił.

Rył we wskazanych przez nią miejscach. Zwierzę działało niczym superczuły wykrywacz metali. Tylko dzięki pomocy Iny potrafił odnaleźć cokolwiek w zwałach gliny z przepalonych polep, wśród cegieł i zwęglonych belek. Wskazywała nieomylnie grudy żużlu kryjące wewnątrz grudki stopionego żółtego metalu.

Dwie godziny później miał w kieszonce dwa zdeformowane dukaty i kilkanaście bryłek kruszcu, każdą wielkości łebka zapałki. Były i większe, takie jak ziarnko grochu. W sumie ważyły może osiem gramów... Było i srebro. Garść szelągów stopionych do kupy w jedną bryłę i silnie zgnieciony kielich.

Czuł się odrobinę rozczarowany, lecz cieszył się, że udało się znaleźć choć tyle. Ponadto przypadkiem trafił na całkiem jeszcze dobry miedziany kubek i co go zaskoczyło, odrobinę zardzewiałą szablę w sparciałej skórzanej pochwie. Broń nie uległa na szczęście przepaleniu, budynek zawalił się, grzebiąc ją w szczątkach strzaskanej skrzyni.

– Mam nadzieję, że to wystarczy wam na jakiś czas – powiedziała łasica. – Obserwacja symptomów gorączki złota nie jest dla mnie przyjemnym doświadczeniem.

– Dziękuję.

– Wasze zadanie jest proste – powiedziała Ina. – Macie dotrzeć do Uppsali. Na uniwersytecie odnajdziecie człowieka o nazwisku Bark. On zetknął się z Okiem Jelenia, a w każdym razie przed kilku laty wykonał jego rysunek. Wyruszycie jutro.

– Ale to niemoż... – zaczął, lecz zwierzę już pędziło w stronę rzeki. – Zaczekaj!

Widział jeszcze przez chwilę, jak gna po powierzchni wody, zostawiając za sobą koła. Nie miał pojęcia, jak to robiła, chyba odbijała się od powierzchni niczym umiejętnie puszczona „kaczka".

– O kuźwa – zaklął. – No to jesteśmy udupieni na maksa... Załatwiła nas na cacy. Lepiej się nie dało.

Pomacał kieszeń z kruszcem i westchnął ciężko.

Wrócił na kwaterę kompletnie oszołomiony. Pan Nils był już w domu, siedział na ganku i wyplatał coś z rzemyków. Hela zaszyła się w swoim eremie, dalej darła pierze.

– Co się stało? – Na widok Staszka wstała z krzesła, wokół wzbiły się drobinki białego puchu.

Usiadł ciężko na ławie. Dziewczyna bez słowa nalała mu z dzbanka wody.

– Helu... Dostaliśmy zadanie – szepnął. – Problem w tym, że wydaje mi się niemożliwe do wypełnienia.

– Opowiedz – poprosiła. – Może wspólnie znajdziemy radę.

– Mamy wyruszyć do Uppsali...

Dziewczyna taktownie milczała, czekając najwidoczniej na dalsze wyjaśnienia.

– Łasica oszalała – jęknął Staszek – albo kompletnie nie zna ziemskiej geografii.

– Co masz na myśli? – zdziwiła się Hela.

– W Norwegii panuje jeszcze jesień, bo tereny po tej stronie gór podgrzewa Golfsztrom.

– Wybacz, nie bardzo rozumiem. – Przechyliła głowę.

Westchnął. Była bystra, ale czasem boleśnie przekonywał się o swojej przewadze. Była dzieckiem innej epoki. Nie oglądała telewizji. Nie miała w domu ilustrowanych albumów ani Internetu. Na pensji widziała zapewne globus, ale w jej epoce atlasy geograficzne nie trafiły jeszcze pod strzechy.

– Zapewne w szkole nie uczyliście się o klimacie – raczej stwierdził, niż zapytał.

– Mieliśmy lekcje geografii, na których mówiono nam sporo o tym, jak wyglądają inne kraje, gdzie jest chłodniej, a gdzie cieplej niż w Polsce. Poznaliśmy też ich najciekawsze miasta, góry, rzeki, zabytki i osobliwości przyrodnicze.

– Ale o tym, jak cyrkulują wiatry i prądy morskie zapewne nie? O tym, jak postępuje obieg wody w przyrodzie?

– Niestety. – Rozłożyła bezradnie ręce.

– Z Zatoki Meksykańskiej... – zawiesił głos i spojrzał na nią pytająco.

– Wiem, gdzie jest Zatoka Meksykańska! – Obrażona tupnęła nogą. – Obok Ameryki Środkowej.

– Przepraszam. A więc wypływa z niej jakby rzeka przecinająca ocean – wyjaśnił. – Jej wody są cieplejsze i mniej zasolone, dzięki czemu nie mieszają się tak łatwo z innymi. Dociera aż do Europy, ogrzewa Wyspy Brytyjskie, a potem dąży wzdłuż Skandynawii ku Morzu Barentsa. Taka masa ciepłej wody w chłodniejszym klimacie paruje, co powoduje częste opady deszczu w Norwegii. Najważniejsze jest, że działa trochę niczym kaloryfer... Jak rozpalony przewód kominowy. – Szukał bardziej zrozumiałych analogii.

– I jak nagrzana szkandela pierzynie, tak ona oddaje ciepło lądowi? – upewniła się.

– Tak. Oddaje ciepło... Co to jest szkandela?

– Nie znacie tego? – Wytrzeszczyła oczy.

– Nie... Jak wygląda?

– No, przypomina zwykłą patelnię ze szczelną przykrywką – wyjaśniła niecierpliwie – na długim drągu. Służąca sypie do niej rozżarzonych węgli, a potem wsuwa do łóżka, żeby nagrzać pierzynę.

Pokręcił głową ze zdumieniem.

– W dekadenckich czasach przyszło wam żyć – wydęła wargi. – Marzliście nocami, zamiast wykorzystać urządzenie proste, praktyczne a skuteczne.

– W mojej epoce w mieszkaniach było tak ciepło, że w ogóle nie odczuwaliśmy potrzeby nagrzewania pościeli – zgasił ją celnie i zaraz pożałował swojej niepotrzebnej złośliwości. – Na służbę też mało kogo było stać... Zimą nie kryliśmy się pod grubymi pierzynami, wystarczyła lekka kołdra. Jeżeli jednak ktoś był chory lub miał problemy z krążeniem... krwi w nogach, używał termoforu.

– Termoforu? Co to takiego? – zdziwiła się.

– To gumowy worek, do którego nalewało się gorącej wody. Jeśli był za gorący, owijało się go ręcznikiem. Na termoforze kładło się zziębnięte stopy.

– Rozumiem. Słyszałam, że niektórzy wkładali sobie do łóżka butelki z wrzątkiem, jednak była to metoda nieco ryzykowna. Jeśli korek okazał się nieszczelny, można było zmoczyć pościel lub nawet ulec poparzeniu. Szkandele były praktyczniejsze.

– Wróćmy do tematu. Góry stanowią barierę, która zamyka wnętrze Półwyspu Skandynawskiego przed ciepłymi wiatrami znad morza. Przekraczając wysokie przełęcze, idziemy wprost w objęcia zimy!

– Rozumiem... – zafrasowała się. – Zimne wiatry od Azji przynoszą ją tam wcześniej.

– W ogóle nie powinniśmy tam iść! Skoro mamy się znaleźć w Uppsali, należało płynąć na „Srebrnej Łani" choćby do Bergen, tam złapać statek do Sztokholmu i ruszyć lądem. Albo poprosić o wysadzenie gdzieś na szwedzkim brzegu i nająć dyliżans, jeśli w tej epoce już kursują.

– Jeśli odmówimy, łasica nas zamorduje. Nie mówiąc już o Duńczykach. Wcześniej czy później ich siepacze nas wyśledzą. Raz już tu buszowali, mogą wrócić – zauważyła.

– Masz rację. Ale w górach może zabić nas zima... To znaczy, chciałem powiedzieć: zabije.

– Natura działa okrutnie i ślepo. Jest jak zwierzę, bezrozumne i dzikie. Można spróbować ją przechytrzyć – stwierdziła Hela. – Przy odrobinie szczęścia przeżyjemy.

Patrzyli na siebie bezradnie.

– Ty... – ugryzł się w język. – Panno Heleno, żyłaś w trochę innej epoce niż moja. Czy zdarzyło się pani zimą nocować poza domem? W lesie?

– Za kogo mnie masz?! – zaperzyła się.

– Khm... no tak. – Kompletnie nie wiedział, co odpowiedzieć. – Musimy zatem możliwie jak najlepiej przygotować się do tej drogi – wykrztusił wreszcie. – O ile w ogóle...

Przymknął oczy, wyobrażając sobie sklep opodal swojego bloku. Narty biegowe i zjazdowe, deski do snowboardu, solidne buty do łażenia po górach, połyskujące niklem raki. Kochery i kuchenki na turystyczne butle z gazem i na paliwo w kostkach. Lśniące aluminiowe menażki, pakiety liofilizowanej żywności. Namioty przeznaczone do wypraw wysokogórskich, leciutkie, na szkielecie z włókna węglowego. I dział z odzieżą. Wiszące długim rzędem goreteksowe kurtki na podpinkach z grubego, ciepłego polaru... Kryte ortalionem czapki, rękawice, śpiwory wytrzymujące temperatury do minus czterdziestu stopni Celsjusza. Prawie zapłakał. Te wszystkie piękne dobra zmiótł ogień spadający z nieba.

Gdyby dało się wyskoczyć do dwudziestego pierwszego wieku! Wystarczyłoby mu pół godzinki. W sklepiku numizmatycznym sprzedaje jednego dukata. Złota moneta z tej epoki z pewnością warta jest ładne kilka tysiączków. Następnie za róg do sportowego i kupuje wyposażenie dla siebie i Heli. A potem można wracać, by stawić czoła przyrodzie...

Odetchnął głęboko. Do diaska, przecież sobie poradzi. Musi. Na razie są w dość bezpiecznym miejscu. Tu nie grozi im zamarznięcie. Można przygotować się do trudów wędrówki. Można spróbować zabezpieczyć się przed czyhającymi w górach niebezpieczeństwami.

– Umiesz szyć? – zapytał wreszcie.

– Oczywiście! – prychnęła. – Zadajesz na przemian głupie albo obraźliwe pytania.

– Nie gniewaj się. Nie potrafię tego ominąć. Staram się, ale... Chodziliśmy do różnych szkół. Uczyliśmy się różnych rzeczy. Nie wiem, co potrafisz, a czego nie. Mówimy także jakby różnymi językami. Znaczenie słów i zdań jest podobne, ale jednak czasem inne. Nasze obyczaje też mają wpływ na język.

– Obyczaje...

– W mojej epoce na przykład było naturalne, że dziewczyna sama chodzi po mieście.

– My zazwyczaj chodziłyśmy po dwie lub trzy. Samotna dziewczyna... To nie było dobrze widziane. Ktoś mógłby sobie coś brzydkiego pomyśleć.

Przymknął oczy. Wyobraził ją sobie, jak latem jedzie metrem, trzymając w ręce pokrowiec na rakietę tenisową... W szortach albo krótkiej sukience odsłaniającej kolana. W stroju dostosowanym do temperatury panującej w danej porze roku. Swobodna i naturalna. Wolna. Wesoła.

– Muszę załatwić kilka sprawunków – westchnął. – O Boże...

Wyjęła zza paska sakiewkę i wysypała zawartość na stół. Pieniądze... Do licha, ma jeszcze złoto z pogorzeliska, trzeba wzorem Marka wymienić je na zwykłe monety, w podróży będą dużo bardziej poręczne.

– Weź ze sobą pana Nilsa – poradziła. – Dobrze zna miasto i wie, gdzie co można kupić.

– Masz rację, tak właśnie powinienem zrobić.

Wrócili po trzech godzinach, niosąc zwój grubego płótna żaglowego, kilka szpul dratwy, kamień wosku i parę skór. Kupili też worek z żywnością i dwa obszerne płaszcze z grubego sukna.

– Uszyjemy namiot – oznajmił. – Zaraz wszystko narysuję. Zrobimy do niego tropik, zaimpregnujemy go woskiem. Z bukowych drążków skonstruuję stelaże do dwu plecaków. Też trzeba będzie je uszyć i też dobrze nawoskować.

– Powiedziałeś: plecaków? – Spojrzała na niego zaciekawiona. – Co to jest?

– Jak to?! – Wytrzeszczył oczy. – Nie wiesz, co to jest plecak? Przecież to wynalazek stary jak świat! Z pewnością już starożytni Egipcjanie malowali je na ścianach swoich grobowców!

Pokręciła bezradnie głową.

– Nie byłam nigdy w Egipcie, choć słyszałam, że hrabia Tyszkiewicz wykopał tam ciekawe pamiątki dawnych epok i przywiózł do Wilna. To jakaś osłona na plecy?

– Musiałaś to widzieć. Na przykład... O, już wiem. W twojej epoce żołnierze nosili w tym wyposażenie. Pamiętam, oglądałem film o wojskach Napoleona. To i wy musicie przecież je znać, choćby z obrazów!

– Znaczy się juki na różne przedmioty? Taki prostokątny worek noszony na grzbiecie? Z pasami przez ramiona? – domyśliła się.

– Właśnie – ucieszył się. – Wiesz, co to jest, a nie wiesz, jak się nazywa?

– Ależ oczywiście, że wiem. – Spojrzała na niego filuternie. – Tornister.

– Tornister... – Z trudem powstrzymał śmiech. – No tak... Mogłem się domyślić. U nas tak się nazywa mały plecaczek, w którym dzieci noszą podręczniki i zeszyty, idąc do szkoły.

– A więc mam uszyć coś takiego. Ze skór?

– Zrobimy je z płótna.

– Po jednym dla ciebie i dla mnie?

– Musimy zabrać sporo wyposażenia. Ja wezmę oczywiście to, co ciężkie, ale ty też będziesz musiała...

– Nie przeszkadza mi to.

– Myślałem, że dama w twojej epoce...

Westchnęła z politowaniem, a potem wykonała gest wkręcania sobie śrubki w skroń. Musiała go podpatrzyć u Marka.

– Przepraszam. – Pochylił głowę. – Ja naprawdę nie znam twojej epoki. Jej obyczaje...

– Jestem szlachcianką, a nie rozpaskudzoną arystokratką, która robi z siebie Bóg wie co.

– Aha... – Odetchnął z ulgą. – Ze skór przygotujemy sobie śpiwory.

Kiwnęła głową na znak, że rozumie.

– Kupiłem też dwa długie płaszcze z flamandzkiego sukna, a za resztę pieniędzy wędzone i zasolone mięso z renifera i trochę słoniny.

– Uwędzimy sało czy topimy na smalec?

Policzył w myślach do dziesięciu.

– Nie wiem, co to jest sało – bąknął.

Uśmiechnęła się z leciutką wyższością.

– Tnie się słoninę na paseczki, tarza w przyprawach, soli i wędzi – wyjaśniła. – Boję się, że trochę za dużo z tym zachodu. Smalec z pieprzem będzie lepszy. Można by też wkroić trochę jabłka albo miodu dodać.

Omal nie zwymiotował.

– Smalec na słodko? – wykrztusił.

– Nie jadłeś nigdy? – Uniosła swoje pięknie zarysowane ciemne brwi. – A posmarowany na chleb i posypany odrobiną buraczanego cukru? Można i z melasą zmieszać.

– Nigdy w życiu! – Wzdrygnął się z obrzydzeniem. – I jakoś nie mam ochoty spróbować.

– Przydałyby się rakiety śnieżne – zauważyła – gdyż zapewne trafimy na partie gór zasypane śniegiem. A i w lasach Szwecji mogą być nieodzowne.

– Myślałem o tym, ale sądzę, że wygodniejsze będą narty.

– Narty?

– Teraz sobie żartujesz?

Pokręciła głową. I nagle jakiś dreszcz przebiegł jej po twarzy. Zrozumiał, co się święci, ale nie miał żadnych możliwości, by temu zapobiec. Rysy ściągały się w maskę, jakby druga, inna twarz wynurzała się pod skórą.

– Narty zjazdowe do dalekich marszów będą niewygodne – odezwała się Estera w jidysz. – Przygotuj raczej szersze, długie na nie więcej niż półtora metra. Wiązania zrób z rzemieni, ale koniecznie ze swobodną piętą.

Zaklął w myślach. Zaledwie jedno głupie, nieopatrznie wypowiedziane słowo obudziło tę drugą.

– Dużo jeździłaś na nartach? – zapytał po polsku.

– Nie pamiętam – powiedziała bezradnie. – Przypominam sobie tylko jeden sezon, w lutym trzydziestego dziewiątego w Zakopanem... Wcześniej mgła. Nie ma tam nic, tylko ta szlachcianeczka i jej zimowe kuligi.

– Wiesz może, kiedy wymyślono narty? Nie mieści mi się w głowie, że Hela tego nie zna!

– Nie mam pojęcia. Ale tamtej zimy poznałam generała Zaruskiego, mówili, że to on sprowadził ten sport do naszego kraju. Ech, ten sezon! – westchnęła. – Jak myśmy szaleli na stokach! A wieczorami dansingi. Poznałam tam sympatycznego studenta z Krakowa. Jak on bosko tańczył...

– Helu, wróć do mnie – poprosił cicho po polsku.

Budziła się... Jęknęła.

– Już dobrze – uspokajał. – Już odeszła.

– Nie rozmawiaj z nią, tak bardzo wtedy słabnę. Odpływam daleko, przestaję istnieć – szepnęła. – Daj mi coś do uszycia. Przy tej pracy zapomnę. Wrócę do siebie...

– Narysuję ci, jak to ma wyglądać – powiedział. – Ale nie znam się na krojeniu materiału. Poradzisz sobie?

– Oczywiście. Na pensji uczono nas również kroju i szycia. Dobra pani domu powinna umieć takie rzeczy.

– To musi być mocne...

– Obrębię każdy kawałek, założę, a potem położę podwójne ściegi. Nie będzie się pruło.

Zostawił Helę przy pracy, a sam poszedł do drewutni. Wyszukał odpowiednie kije na maszty do namiotu i stelaże do plecaków. Deski na narty... Z tym był problem. Wybrał wreszcie cztery, które wydały mu się najlepsze. Nie miał jednak możliwości, by odpowiednio wygiąć ich czubki. Coś mu w głowie kołatało, że drewno można wygiąć nad parą, ale jak?

Zamiast tego przyciął grubą blachę i z niej uformował odpowiednią krzywiznę. Potem wystarczyło tylko podstrugać drewno, spasować i przybić gwoździkami do końców. Obejrzał krytycznie swoje dzieło. Narty były ciężkie i toporne, wyglądały prymitywnie. Ale może spełnią swoje zadanie.

Wiązania przygotował takie, jak radziła Estera. Nie do końca wiedział, co miała na myśli, więc zrobił, jak zrozumiał... Nie był pewien, czy dziewczyna wie coś na ten temat, czy mówi tak, jak się jej wydaje, ale nie miał lepszego pomysłu. Na wszelki wypadek przygotował też rakiety śnieżne. Kto wie czy nie trafią na teren, gdzie narty będą nieprzydatne? Zanim skończył, było już prawie ciemno. Splatał ostatnie sznurki naciągu, gdy do składziku wszedł Nils. Długo w milczeniu przypatrywał się wykonanym już elementom wyposażenia. Widać było, że wzbudziło jego zainteresowanie.

– Naprawdę chcecie przejść przez góry o tej porze roku? – zafrasował się.

– Nie mamy wyjścia – westchnął Staszek. – Dostaliśmy polecenie udania się do Szwecji.

– Kto wam je przekazał? – zdziwił się stary. – Żaden statek dziś nie wszedł do portu.

– To sprawy pana Marka – wybrnął z pułapki chłopak. – Nie chcę o tym mówić bez jego zgody.

– Boję się, że nie zdążycie. Ale niech Bóg was prowadzi. Znacie szlak?

– Niestety nie – przyznał Staszek. – Postaramy się iść po starych znakach. Może trafimy na jakąś drogę po tamtej stronie.

– Nie wiedząc nawet, gdzie szukać? Poczekaj, coś wam dam...

Przeszli do pracowni. Introligator grzebał chwilę w skrzyni, aż triumfalnym gestem wyciągnął długą wstęgę papieru złożoną w harmonijkę.

– To opis drogi – powiedział. – „Księga Pielgrzymia". Dawno temu sprzedawano takie w Uppsali. Pomagała wędrować z tego miasta szlakiem pielgrzymim do Nidaros. Są tu opisy miejsc postoju, jaskiń i kamieni wyznaczających trasę wędrówki.

– To nam nadzwyczajnie pomoże! – wykrzyknął Staszek z radością.

– A niech wam będzie na zdrowie. Kiedy planujecie wyruszyć?

– O świcie.

– Panna Helena dała mi szablę, którą znalazłeś w ruinach. Wyczyściłem ją, na ile się dało, z korozji – Nils wyjął broń z kąta – i naostrzyłem. Było trochę luzów w rękojeści, więc zakułem ponownie. Zrobiłem też nową pochwę z wołowej skóry, poprzednia była już do niczego, w palcach się rozłaziła.

– Dziękuję wam.

– W górach broń może się przydać. Weź to dla panienki Heleny. – Podał chłopakowi obuszek. – Mówiła, że umie się tym posłużyć. Jak z jej nogą? Da radę iść?

– Chyba tak. Zabieg, który przeprowadził nasz towarzysz, przyniósł dobre efekty – skłamał Staszek.

Ujął w dłoń polerowane stylisko broni. A potem uśmiechnął się w duchu. Marek miał rację. To Hela powiesiła kata. Faktycznie był z niego chłop jak dąb, ale nawet Rambo by zmiękł, gdyby go pomacać czymś takim po łbie.

– Chcieliśmy podziękować za opiekę i gościnę oraz...

– Nie dziękuj, to był mój obowiązek. W tych czasach katolicy muszą się trzymać razem i pomagać sobie. Na pohybel heretykom! – zakończył po polsku Nils.

Wyruszyli rankiem. Nils przeprawił ich łódką na drugą stronę Nidelwy, aby Hela nie musiała iść przez miasto. Wprawdzie obszerny płaszcz z kapturem dobrze krył rude włosy i osłaniał częściowo twarz, ale ryzyko było jednak spore. Dobili do brzegu. Stary introligator pożegnał ich krótko, acz wylewnie i zawrócił.

– Pora – westchnął Staszek.

Przeżegnał się, a potem pomógł Heli założyć lżejszy plecak. Popatrzył na nią przez chwilę. Stała na tle brzozowego zagajnika. W płaszczu, z rakietami śnieżnymi przytroczonymi do plecaka i z obuszkiem fantazyjnie zatkniętym za szeroki skórzany pas. Podniósł swój pakunek. Zrolowany namiot, kijki konstrukcyjne, cztery pary nart, kociołek... To wszystko ważyło. Szablę przypasał do boku. Podskoczył lekko, słuchając, czy nic nie brzęczy.

I naraz nieoczekiwanie poczuł, że jest szczęśliwy. Tak po prostu, zwyczajnie i po ludzku szczęśliwy. Mają piękny, ciepły jesienny dzień, wręcz wymarzony na pieszą włóczęgę. Są wolni, nie muszą gnić bezproduktywnie w szkolnych ławkach. Mają co jeść, mają pieniądze...

Przed nimi daleka droga i ciekawe zadanie do wykonania. Uśmiechnął się pod nosem. Do tego wszystkiego ma towarzystwo dziewczyny. Najinteligentniejszej i najbardziej uroczej spośród tych, które dane mu było spotkać przez całe dziewiętnaście lat życia.

– Gotowyś?

– W drogę! – Ruszył pierwszy ledwo widoczną ścieżką.

Późnym popołudniem minęli Horg, jaskinię i nawet miejsce, gdzie nastąpiły wskrzeszenia. Zrobili ponad trzydzieści kilometrów. Im wyżej wkraczali, tym robiło się chłodniej, ale rozgrzani marszem nie martwili się tym. Zbocza gór pobielone śniegiem wyglądały pięknie, kolorowe liście na drzewach drżały w podmuchach wiatru. Jesień w Norwegii wyglądała cudownie. Przeszli przez pierwszą przełęcz. Gęsty brzozowy zagajnik dobrze chronił przed wiatrem. Tu rozbili namiot. Na maleńkim ognisku zagrzali wody. Zapadła noc. Hela zręcznie przyrządziła zupę na wędzonce. Jak się okazało, zapomnieli zabrać łyżek, więc chłeptali ją prosto z misek.

– Jesteś zmęczona? – zapytał.

– Owszem... Chyba pora udać się na spoczynek.

Spostrzegł dziwne napięcie i zrozumiał, że dziewczyna się boi.

– Wejdź do namiotu i przebierz się do snu – powiedział. – Ja tu posiedzę, aż będziesz zawinięta po uszy w śpiwór.

Posiedział nawet dłużej. Wpatrywał się w tańczące jasne płomienie, podziwiał skrzące się gwiazdy, wdychał ostre, czyste powietrze przesycone zapachem jesiennych liści i żywicy.

Pomyślał, że kocha ten świat, te góry i te czasy. Na moment zapomniał o łasicy, problemach z przeprawą... Liczyło się tylko irracjonalne poczucie szczęścia.

Następnego dnia pokonali rozległą kotlinę. Za nią znaleźli ruiny wioski. Domy zostały spalone, ściany z kamienia już się osypywały. Staszek zajrzał do kilku budynków, ale wewnątrz nie znalazł nic użytecznego. W ruinach kościółka rosła brzoza. Dziewczyna oceniła jej wiek na mniej więcej dwadzieścia lat. Kto tego dokonał? Luteranie walczący z katolikami? Banda rabunkowa czy może przeciwnie – armia tępiąca rozbójników? Miejsce to zaznaczone było na mapie otrzymanej od Nilsa, zatem nie zboczyli ze szlaku. Za kolejną przełęczą nieoczekiwanie znaleźli się w sercu zimy.

Od godziny maszerowali na nartach przez kopny śnieg. Przeważnie deski pozwalały utrzymywać się na powierzchni zasp, jednak czasem zapadali się aż po uda. Buty, choć okręcone paroma warstwami nawoskowanej skóry, przemokły. Wiatr przenikał ich na wskroś. Słońce wisiało nisko nad horyzontem.

Staszek patrzył na Helę coraz bardziej przerażony. Po pierwszych niezdarnych ruchach nagle jej nogi odnalazły rytm. Sunęła na nartach z gracją i wprawą. Radziła sobie o wiele lepiej niż on. Zrozumiał, w której części umysłu mogła mieć zakodowane te umiejętności. Zjechała na dno dolinki i obejrzała się.

– No, na co czekasz? – zawołała wesoło w jidysz. – Pyszny śnieg! Jak w Zakopanem!

Poszusował jej śladem. Deski sunęły nieźle, choć daleko im było do prawdziwych nart... Ruszyli naprzód ramię w ramię. Uśmiechała się, upajała ją ta wędrówka. Niemal fizycznie czuł, jak Estera cieszy się z życia.

– A więc stało się – mruknął po polsku. – Znowu tu jesteś... Powinienem był to przewidzieć...

– Za dużo myślisz! – wykrzyknęła radośnie. – Po co? Jakie to ma znaczenie? Jestem tutaj. Dobrze jest żyć, wolę żyć, niż nie żyć. Słońce, mróz, górskie powietrze, powiew wiatru na twarzy. Nawet nie wiesz, jak bardzo brakowało mi tego w getcie.

Widział wyraźnie, jak zmieniła się jej fizjonomia, twarz nie przypominała już maski. Odzyskała mimikę, umysł nauczył się używać cudzych nerwów. Wyglądała inaczej niż Hela, ale prawie naturalnie. Czuł strach. Wiedział, że sytuacja wymyka mu się spod kontroli. Jego mała przyjaciółka gdzieś przepadła.

– W górę – bąknął.

Odpięli narty i zastąpili je rakietami, lepiej sprawdzającymi się na ostrych podejściach. Drogę na przełęcz blokowały zaspy. Drążąc stopnie w śniegu, powoli wdrapali się na górę. Na przełęczy było go już niewiele. Sięgał nieco powyżej kolan, ale gdy przypięli rakiety, dało się iść. Wiatr mieli tym razem w plecy.

– Idziemy dalej? – zapytał. – Jesteś zmęczona?

– Bardzo... Ale poszukajmy bardziej zacisznego miejsca. Tu nas przewieje na wskroś.

Miała rację. Na otwartej przestrzeni hulał dziki wiatr. Przebyli rozległy cyrk lodowcowy i teraz posuwali się szeroką doliną wzdłuż strumienia. Mróz nie chwycił jeszcze mocno, woda nie zdążyła zamarznąć. Tylko przy brzegach osadzał się lód.

– Czy... – zaczął.

Umilkł, nie mogąc sformułować pytania. Hela była odważna, lecz czasem wydawała się tak bezbronna i zagubiona. Sunąca obok dziewczyna okazała się inna. Przebojowa, trochę bezczelna, twarda, ale w zupełnie inny sposób. Rozmawiając z Helą, czuł się onieśmielony, Estera przytłaczała swoją osobowością.

– Idzie śnieg. – Wskazała chmury daleko przed nimi. – Wygląda mi to na nielichą zadymkę. Zresztą noc za pasem.

Słońca nie było już widać. Ściemniało się wyraźnie. Ponad szczytami prosto w ich stronę sunął jednolity wał burzowych chmur.

– Rozbijamy obóz? – zapytał Staszek.

– I to szybko – potwierdziła. – Najlepiej w jakimś osłoniętym miejscu. Raz coś podobnego złapało mnie w Dolinie Kościeliskiej. Nieciekawie było.

Po raz pierwszy Staszek ucieszył się, że ma obok siebie kogoś, kto umie rozpoznać nadchodzące załamanie pogody. Przeszli jeszcze kilkaset metrów. Na lewo od strumienia rosła spora kępa wysokich świerków. Najniższe gałęzie drzew były bardzo rozłożyste.

– Powinny dać nam niezłą ochronę – powiedziała. – I od góry, i z boków.

– Masz rację.

Znalazł kawałek suchego gruntu, zmiótł odłamaną gałęzią tę odrobinę śniegu, która tu leżała. Zrzucił plecak, odczepił namiot. Rozstawił go w nie więcej niż dziesięć minut. Gleba była zbyt zamarznięta, by wbić w nią kołki, poprzywiązywał więc linki do pni i sterczących z ziemi korzeni. Jeszcze tylko tropik.

Płachta załopotała, wiatr wzmagał się z minuty na minutę. Podmuchy otrząsały szadź z drzew, wyrywały płótno z rąk. Przełożył sznurki przez patyki i przygniótł solidnymi kamieniami.

– Powinno wytrzymać – ocenił.

Dziewczyna wrzuciła w tym czasie resztę wyposażenia do środka. Ukryli się wewnątrz, w chwili gdy pierwsze płatki śniegu padły na powierzchnię płótna. Zapiął starannie wejście na haczyki i skrzesawszy ognia, rozdmuchał hubkę, a potem od niej zapalił gruby knot świecy. Zamknął ją w latarce. Zawiesili płaszcze na masztach, tak aby trochę przeschły i jednocześnie zapewniły większą ochronę przed zimnem.

– Jestem idiotą – mruknął do siebie.

– Dlaczego tak sądzisz? – zaciekawiła się.

– Ten głupi komputer. Ile godzin zmarnowałem, a przecież mogłem ruszyć pustą głową i zmajstrować w tym czasie choćby jedną zapalniczkę...

Hmmm. Czym zastąpić benzynę? Spirytus? Szybko wietrzeje...

– Jakoś tak przytulnie się zrobiło. – Rozejrzał się po wnętrzu oświetlonym jasnym płomykiem pełgającym za grubą, niezbyt przejrzystą szybką.

– Przebyliśmy dziś spory odcinek. Pora odpocząć. – Uśmiechnęła się. – Co zrobiłeś z nartami?

– Wsunąłem pod tropik po lewej stronie.

Choć konsekwentnie używał języka polskiego, Estera nadal odpowiadała w mowie swego narodu. Wosk rozgrzany od płomienia pachniał miodem. Odpalili drugą świecę. Może to było tylko złudzenie, ale poczuł, że zrobiło się cieplej. Dziewczyna rozłożyła obie słomianki mające służyć za materace i umieściła na nich śpiwory.

Odwinęli skórzane osłony. Zzuli buty i przemoknięte skarpety. Oboje długo rozcierali zziębnięte palce u stóp. Wiatr wył, drzewa przygięte wichurą szumiały złowieszczo. Staszek wyjrzał jeszcze na chwilę na zewnątrz. Zadymka? Raczej burza śnieżna. Drzewa szczęśliwie chroniły ich przed wiatrem, gałęzie zatrzymywały też większość białego puchu. Tylko czasem przez wnętrze namiotu przechodził lodowaty podmuch.

– Przez noc nawali z pół metra śniegu – powiedział. – Może przykryje te wszystkie kamienie, łatwiej będzie poruszać się brzegiem stru... – Odwrócił się i urwał w pół słowa.

Estera zdjęła suknię i teraz w samej bieliźnie siedziała na posłaniu. Najbardziej jednak zaskoczył Staszka wyraz jej twarzy. Malowało się na niej dziwne oczekiwanie.

– Schowaj się do środka śpiwora, bo przemarzniesz. – Zdziwił się, słysząc drżenie w swoim głosie. – Wydaje nam się, że w namiocie jest ciepło, ale to dlatego, że weszliśmy z zimnicy. Tu jest nie więcej niż pięć, sześć stopni powyżej zera.

Nie liczył, że posłucha, ale grał konsekwentnie.

– Wyglądasz na bardzo nieśmiałego – odezwała się. – Powiedz, całowałeś się kiedyś z dziewczyną?

Sytuacja robiła się coraz bardziej jednoznaczna. W głębi duszy poczuł zdziwienie. Jak do tej pory żadna przedstawicielka płci pięknej nie spojrzała na niego z większym zainteresowaniem.

– Właź do śpiwora, potem ci opowiem – warknął.

– Nie mów, że nie masz ochoty. – Bawiła się warkoczem, wolno przesuwając jego koniec po dekolcie.

– Przestań! – burknął. – Masz szesnaście lat.

– Nie ja. Ona. – Przekrzywiła głowę. – Poza tym my wcześniej dojrzewamy. Jestem już kobietą.

Co chciała przez to powiedzieć? Sygnalizowała, że miała już jakieś doświadczenia? Staszek nie miał pewności. Język pozmieniał się przez te sześćdziesiąt lat. Nie słowa, ale ich znaczenia. Nie łapał aluzji, które dla niej były zapewne zupełnie oczywiste.

– Estero... – zaczął, lecz nie znalazł odpowiednich słów.

Ułożyła się wygodnie na boku i rozchyliła zapraszająco smukłe uda. Ściągnęła odrobinę niżej gorset. Jasnobrązowe aureolki wokół sutków wyglądały teraz znad koronki.

– Nie bądź taki nieśmiały – szepnęła. – Jesteśmy tu sami... A nawet jeśli jeszcze nigdy nie zakosztowałeś takich przyjemności, to czego się boisz? – Szept w obcym języku drażnił uszy.

Staszek sięgnął do kieszeni plecaka, a potem usiadł obok Estery i objąwszy ramieniem, podetknął jej lusterko przed oczy.

– Patrz – warknął. – Nie jesteś nią. Jazda na nartach cię obudziła, ale w rzeczywistości...

Chciał dziewczynie wygarnąć prosto w twarz, że nie żyje, że stanowi tylko błąd zapisu, strzęp wspomnień kogoś, kto od dawna jest martwy, ale głos uwiązł mu w gardle.

Ona czuje, pomyślał. Pamięta. Myśli. Chce żyć, pędzić na nartach po wysokim śniegu, uprawiać seks, cieszyć się towarzystwem chłopaka, napawać świadomością swojego istnienia. Wszystko, co powiem, zaboli ją bardziej, niż zdoła to znieść człowiek.

– Twarz! – prychnęła, wzruszając ramionami. – Obce ciało. Młodsze, słabsze... Jest gorsze, mniej pociągające. Szkoda, że nie widziałeś mnie wtedy... Brzydula z tej waszej Heli. Ruda w dodatku. Ale ja... Cóż, biorę, co dają. Skoro jestem tylko dybukiem, mam do tego prawo.

Słowo coś mu mówiło, chyba widział plakat z przedstawienia pod tym tytułem.

– Dybukiem?

– Wedle naszych legend, gdy ktoś ginie złą i nagłą śmiercią, jego dusza czasem pozostaje na ziemi. A potem może opętać kogoś, kto okaże się wystarczająco słaby. Sam przyznasz, że to idealnie odzwierciedla moją sytuację.

Zamyślił się na chwilę. Legenda. A jeśli kryło się w niej źródło prawdy? A jeśli kiedyś już do tego doszło? Jeśli to, co zapamiętali ludzie, to ślad podobnej misji? Podobnego błędu? A może nawet – tej właśnie misji?

– Nie wierzyłam w to – mówiła spokojnym, monotonnym szeptem. – A jednak się stało.

– To tylko usterka zapisu – wydusił z siebie. – Coś jak choroba umysłowa wynikająca z uszkodzenia mózgu. Nie jak opętanie, raczej przedawkowanie narkotyku. Hela, wracaj...

Dziewczyna pokręciła głową.

– Nie słyszę jej. Odeszła. Odeszła tak daleko jak nigdy dotąd. Kto wie, może jej już nie ma? Jesteśmy tu sami. – Przechyliła głowę. – Może już na zawsze? Była silna, ale to chyba ja wygrałam w tym starciu. Ciało... – Podciągnęła szeroką nogawkę majtek prawie do pachwiny, a następnie przesunęła opuszkami palców po wewnętrznej stronie uda. – Młodsze, nierozwinięte jeszcze do końca, ale czuję je. Widzę, gdzie się napręża, widzę, gdzie mięknie. Słucha mojego instynktu. Dojrzało na tyle, by uzyskać zdolność odczuwania prawdziwych rozkoszy.

Miał jej policzek nie dalej niż centymetr od swojej twarzy. Wystarczyło trochę się nachylić, by musnąć wargami aksamitną skórę. Wiedział, że nie przypadkiem tak się nadstawiła. Wiedział, że tego właśnie oczekuje. Czuł jej ciepło pod ramieniem. W blasku świec wyraźnie rysowały się wszystkie ponętne szczegóły. Widział niewielkie stopy o jasnych paznokciach, twarde łydki i smukłe uda. Wystarczyło położyć dłoń, by poczuć ich sprężystą twardość. I te kształtne piersi...

Przypomniał sobie, jak zaledwie kilkanaście dni temu widział ją nagą po raz pierwszy. Wtedy była cała w sińcach i krwawych pręgach. Teraz jej skóra była gładka i czysta.

– Idziemy zimą przez najdziksze góry. Tam wyżej, na przełęczach, czekają nas zwały śniegu, straszliwy mróz, brak opału i żywności. Lasy pełne wilków... – szeptała. – Dziś pierwszy raz szliśmy przez śnieg. Nawet nie szliśmy, sunęliśmy na deskach po jego powierzchni. Jeden dzień wystarczył, by nasze buty przemokły. Odmrozimy stopy i umrzemy wśród tych pustkowi.

– Zobaczymy.

Czuł, że Estera ma rację. Że wszystko, co zdołał wymyślić, całe zgromadzone wyposażenie okaże się już niebawem niewystarczające. Do tej pory zdołali przejść nie więcej niż pięćdziesiąt kilometrów. Przed nimi pewnie z dziesięć razy tyle. Do tego będą podążać przez kompletnie nieznany i prawie bezludny kraj. Bez map, bez GPS-u, bez kompasu...

– Nawet zahartowani tubylcy zimą siedzą po wsiach. Nie wywiniemy się śmierci. Zostało nam kilka dni, tylko kilka dni, by po raz ostatni skosztować choć okruchów życia – powiedziała z pozoru obojętnie, ale w jej głosie dźwięczał strach.

Przełknął ślinę. Pantalety, idiotyczny wynalazek, były zupełnie otwarte z tyłu. Wystarczyło popatrzeć w dół, by zobaczyć czarujący dołeczek u nasady kręgosłupa i dwa apetyczne pośladki, tylko po bokach częściowo osłonięte napiętą tkaniną. Staszek siedział otumaniony. Wiatr się wzmagał, na zewnątrz namiotu szumiały zasypane śniegiem drzewa. Było coraz ciemniej, zapadała wczesna jesienna noc...

To masz problem, pomyślał. Wszystkie dawne ludy miały swoje rytuały inicjacyjne. Chwila, gdy chłopak stawał się mężczyzną, była zdefiniowana. U nas to wszystko rozmyło się, uległo zapomnieniu. Pozostała dziwna proteza, ten pierwszy raz z dziewczyną, po którym masa smarkaczy uważa się już za dojrzałych... Pozostałem sam ze swoim sumieniem, z etyką, z normami religii. Sam muszę wybrać.

– Chłodno tu. – Zadrżała, a może tylko udawała. – Masz takie ciepłe dłonie, rozgrzej mnie. Chcę poczuć, jak dotyk twoich rąk budzi to ciało. Jak odpowiada ono na pieszczotę...

Nie poruszył się. Co innego zaprzątało mu głowę. Duchy, pomyślał. To ich czas. Ich miejsce. Jak w niskobudżetowym horrorze. Namiot na pustkowiu, nigdzie żywego człowieka, żadnej elektryczności, tylko świece... Samotny bohater i opętana dziewczyna. Opętana rzeczywiście przez żydowskiego dybuka, strzęp istoty, która wraca z krainy zmarłych. Wraca, by zażyć seksu z żywym, niczym sukkub.

To nie jest moja epoka. To nie są czasy, w których miałem żyć. Tu wszystko jest inne, obce, wrogie. Jak dla białego człowieka amazońska dżungla. Jak dla Indianina Carapana środek wielkiej, ruchliwej metropolii. Kroczę naprzód niczym po cienkiej tafli lodu.

A jeśli... Jeśli w tych czasach granice dzielące świat żywych i świat zmarłych są cieńsze, łatwiejsze do pokonania?

Przypomniał sobie, co Marek opowiadał o nocnej wizycie widmowego konia. Nastąpiła krótko po znalezieniu się w tej epoce. Czy tak niewiele czasu wystarcza, by zwarzyć mózg racjonalnie myślącego nauczyciela informatyki? Czy może faktycznie coś tam było? Coś, czego być nie powinno?

Widząc, że Staszek nie reaguje, dziewczyna wywinęła mu się spod ręki i usiadła okrakiem na kolanach. Położyła dłonie na jego ramionach i spojrzała w oczy z zalotnym uśmiechem.

Marek miał szczęście, pomyślał Staszek. Maar pozostał na zewnątrz, w ciemności nocy. Nie dostał się pod łódkę. Może powstrzymał go przed tym różaniec stanowiący własność męczennika za wiarę, księdza Jona... A ja? Ja mam pecha. Mój demon jest tu, razem ze mną. Siedzi mi na kolanach. Patrzy w oczy.

– Przecież widzę, że chcesz...

Chciał. Instynkt walczył z resztkami rozsądku. Krew buzowała mu w żyłach, policzki oblał rumieniec. Z trudem przełykał ślinę, gardło miał dziwnie ściśnięte.

– No – ponagliła go, robiąc nadąsaną minę.

Jest w moim wieku, racjonalizował w myślach. Psychicznie. Nie, nawet jest starsza. Ciało, które opanowała, też jest dobrze rozwinięte. Chyba lepiej niż u przeciętnej szesnastolatki – wręcz słyszał nachalny szept w głowie. Oszołomienie odbierało mu resztki rozsądku.

Opuściła jedną dłoń i zaczęła rozpinać haftki gorsetu, do tej pory ukryte pod zakładkami. Milczał i siedział jak skamieniały, nie będąc w stanie oderwać wzroku. Odsłoniła całe piersi. Przypomniał sobie, jak z Markiem pospiesznie naciągali na nią suknię, gdy uwalniali ją z rąk kata. Wtedy tylko rzucił okiem, teraz widział je w całej okazałości. Oplotła go udami i przysunęła się jeszcze bliżej. Poczuł miękki dotyk i ciepło jej łona

osłoniętego warstwą materiału... Nawet nie. Przecież w tych swoich cudacznych starożytnych gatkach nie miała w tym miejscu tkaniny. To jego spodnie stanowiły jedyną barierę.

– Połóż mi dłonie na plecach – poprosiła.

Bezwiednie wykonał jej rozkaz. Sztywne fiszbiny wszyte w tkaninę, powyżej gładka skóra. Pachniała dziewczęcym potem i lawendą. Ostatnia haftka. Gorset opadł. Ujęła chłopaka za głowę, zbliżyła jego twarz do swoich piersi. Pod wargami poczuł miękką skórę. Sutek trącił go lekko w policzek. Wiedział, że za chwilę pękną w nim wszystkie bariery, że obali dziewczynę na posłanie, posiądzie. Jeśli odtworzono ciało w sposób kompletny, to przy okazji po raz kolejny pozbawi ją cnoty.

Domyślał się, że ten ból może znowu obudzić Helę. Ocknie się w jego ramionach i to będzie koniec. A nawet jeśli wróci dopiero rano, to przecież będzie wiedziała, co stało się pod jej „nieobecność". Pewnie nie będąc dziewicą, zorientuje się, że została wykorzystana. Nie zdoła jej tego wytłumaczyć, ich przyjaźń skończy się raz na zawsze, pozostanie tylko morze pogardy i nienawiści.

I co z tego? – szeptała mu gorsza część duszy. Nie ucieknie przecież. Sama w górach, bez ekwipunku... Jesteś teraz jej opiekunem, łasica do tego właśnie ją przeznaczyła. Poza tym Heli nie ma tutaj, może nie wróci już nigdy, a ta Żydóweczka jest chętna i gotowa.

Odepchnął obrzydliwe myśli. Cofnął głowę. Miał tak silną erekcję, że czuł niemal ból.

Czy to naprawdę był mój pomysł? Czy w głębi duszy jestem aż takim ścierwem? – zdziwił się.

– Co masz do stracenia? – szepnęła.

Widać było, że bierny opór drażni ją, w głosie pobrzmiewało rozczarowanie.

Co mam do stracenia? – pomyślał. Przyjaźń Heli. Fajnej, trochę zahukanej i narwanej dziewczyny. A może i życie, skoro nawykła do uśmiercania tych, którzy jej podpadli. I jeśli mnie zabije, będzie miała rację. Ale przyjaźń jest ważniejsza... Nawet jeśli umrzemy tu w górach, może choć po śmierci trafimy w jedno miejsce.

– Przecież nie jesteś eunuchem. – Poruszyła nieco biodrami, by dokładniej sprawdzić, co dzieje się niżej. Jej łono dotknęło newralgicznego punktu.

– Nie chcę... – Sam nie mógł uwierzyć, że zdołał to powiedzieć.

– Właśnie czuję – zakpiła.

Poruszyła się znowu. Dzieliło ich może pół centymetra. Estera nachyliła się i wargami musnęła jego usta. Poczuł jakby leciutkie wyładowanie elektryczne. Przyjemność płynąca z tak niewinnego jeszcze pocałunku zabolała go...

– Przestań. – Odepchnął ją słabo. Zbyt słabo.

Uśmiechnęła się i tylko mocniej oplotła udami jego biodra.

– Nie wolno nam.

Silniej od strachu i głosu sumienia trzymało go w ryzach obrzydzenie. Świadomość, że Estera nie ma żadnych zahamowań. Że nie waha się użyć czegoś, co nie należy do niej. Że nie myśli o ewentualnych konsekwencjach. Że nie myśli o Heli, tylko ot tak, dla rozrywki używa cudzego ciała.

Jak demon, znowu przemknęło mu przez myśl. Nawet jeśli ubierzemy to w słowa nauki i techniki, to jest opętanie...

Szumiało mu w uszach. Instynkt brał górę. Jak przez mgłę zobaczył, że Estera splata ręce na karku i przeciąga się. Nie panował nad sobą. Wargi odnalazły sutek dziewczyny. Jęknęła cicho z rozkoszy. Tytanicznym wysiłkiem woli szarpnął się do tyłu. Jej piersi poruszyły się, przykuwając jego wzrok z magnetyczną siłą.

Dybuk, pomyślał. Jak niewiele wiem o religii, demonach, opętaniu. A jak bardzo by się to teraz przydało.

To nie jest żadne opętanie. To błąd zapisu, szepnęło mu coś w głowie.

A jeśli obie te kategorie zjawisk rządzą się podobnymi prawami? – wróciły wątpliwości. Hela została wielokrotnie zgwałcona. Ale Estera była, zdaje się, panienką bardzo wyzwoloną i rozrywkową. Miłość fizyczna niesie ze sobą potężne emocje – czuł, że dziewczyna drży z niecierpliwości i jednocześnie sprawia wrażenie miękkiej jak wosk, że topnieje w jego objęciach. Przeżyje orgazm, to wrażenie zapewne w ogóle nieznane Heli. A jeśli to właśnie pomoże Esterze zostać tu już na zawsze na jej miejscu?

Żydowski demon seksu podstępnie kradnie ciało nastoletniej polskiej szlachcianki, zaśmiała się ta bardziej cyniczna część duszy Staszka. No, mój drogi, bajka jak z antysemickiej broszurki...

Jak z broszurki? A jeśli pewien odsetek opisanych tam żydowskich łajdactw jest prawdziwy? – umysł pracował gorączkowo. Nauczono mnie, by to odrzucać, ignorować, podważać, negować. Nauczono mnie, że antysemityzm to głupie, prymitywne uczucie. Nauczono mnie gardzić tymi, którzy choćby krytykują Żydów. Ale może w tym konkretnym przypadku właśnie trzeba stać się na chwilę antysemitą? Może trzeba powiedzieć sobie wprost: ona jest zła. Żydzi nie są święci, są tacy jak my. Dobrzy, uczciwi, szlachetni, ale wśród nich są też jednostki podłe i występne... Albo rozwiązłe. I to jest taki właśnie przypadek.

Nie był w stanie oderwać wzroku od jej piersi. Nie potrafił odkleić dłoni od jej pleców. Palce badały fakturę skóry, cieszyły się krągłością łopatek... Zadrżała.

– Zimno tu – szepnęła ponownie.

Zła. Ona jest zła, powtarzał, licząc na własne opamiętanie. Nawet nie myśli o tym, że przecież może zajść w ciążę! A Hela? Mała spryciara udająca słodkie niewiniątko. Uśmiecha się uroczo. Gra doskonale skromną pensjonarkę. Czterech ludzi posłała na tamten świat. Czy można uznać, że jest dobra? Ale nawet jeśli nie, to przecież nic nie zmienia... Normalny człowiek nie używa seksu, by ukarać kogoś za cudze krzywdy... – powesełał. A może popełniam błąd? Może nie należy tego rozpatrywać w kategoriach moralności, tylko brutalnie. Prawo własności. Ciało jest Heli, koniec kropka. Ona zadecyduje, komu pozwoli się do siebie zbliżyć. A mnie pozostaje uszanować każdą decyzję. I pomóc młodej przyjaciółce zachować choć tę odrobinę władzy nad jej własnym życiem. Marek kazał mi się nią opiekować.

Znowu wierciła mu się na kolanach. I nagle w zamroczonym umyśle błysnęło mu rozwiązanie. Pchnął dziewczynę i przewrócił na rozłożony śpiwór. Estera zrozumiała to zupełnie opacznie, uniosła lekko biodra, jednym zgrabnym ruchem pozbyła się pantaletów.

Przełknął nerwowo ślinę. Kępka włosów na złączeniu ud kusiła, przykuwała wzrok. Gdzieś tam kryło się źródło nieznanej mu jeszcze rozkoszy... Nozdrza złowiły nową, oszałamiającą woń. Estera zamarła z zamkniętymi oczyma, uśmiechnięta, gotowa.

Czekała.

Przemógł się. Narzucił ją połą śpiwora i usiadł okrakiem, przyciskając ramiona do ziemi. Otworzyła oczy zaskoczona i wtedy wyrzucił z siebie długą wiąchę najgorszych niemieckich przekleństw, jakie tylko znał.

Czuł głębokie obrzydzenie do samego siebie. Wiedział, że w tym momencie robi dziewczynie krzywdę, jakiej nie zrobił jeszcze nigdy i nikomu. Lżył ją wyrazami, których nigdy nie wypowiedziałby pod adresem żadnego człowieka. Wiedział, że to może zabić jej umysł. Wyganiał za próg kobietę, która gotowa była oddać mu się w imię zwykłej przyjaźni. Ale czuł, że nie może postąpić inaczej. Wrzeszczał wulgarne niemieckie wyrazy, składał je w zdania, jakich nie powstydziłby się żaden esesman.

Zamarła. Trzask. Zobaczył, że jej osobowość rozsypuje się niczym kopnięta lustrzana tafla. Uciekała. Mięśnie twarzy drgały, jakby rozlewała się maska wykonana z wosku. Nienawistny język obudził w niej głęboko zakorzeniony lęk. Przypomniał koszmar ostatnich miesięcy życia. Przypomniał zwierzęce okrucieństwo i chamstwo żołnierzy pilnujących getta. Przerażenie brało górę.

Szarpnęła się kilka razy, by uciec. Zginając nogi, uderzyła go w plecy kolanami, ale nie dał się zrzucić. Trzymał ją i nadal syczał prosto w twarz słowa w języku Nietzschego i Hitlera. Mogła uciec tylko w jeden sposób. W głąb, do środka, tam, gdzie jej nie znajdzie... I już jej nie było. Rysy twarzy zmiękły.

– Gdzie jestem? Co się stało? – przemówiły usta po polsku, głosem Heli. – Co robisz? Boli...

Poluzował chwyt.

– Ejże! – syknęła oburzona. – Co ty wyrabiasz?! W tej chwili ze mnie złaź!

– Przepraszam. – Opadł na podłogę obok niej. – Złapała nas zamieć śnieżna. Rozbiliśmy obóz – powiedział.

Pamięta czy nie pamięta? Do diabła, przecież leży w tym śpiworze całkiem goluteńka! No ładnie, co sobie pomyśli? Budzi się bez ubrania pod warstwą skór, a on leży na niej, przygniatając do podłoża.

To już koniec, pomyślał z rozpaczą. Wszystko spieprzyłem. Nigdy już nie odbuduję zaufania między nami. Właśnie utraciłem przyjaźń najfajniejszej i najmądrzejszej dziewczyny, jaką w życiu spotkałem.

Spieprzyłeś, zaśmiał się diabeł w jego duszy. Trzeba było sobie chociaż skorzystać, kiedy miałeś okazję.

– Ja... jestem naga. Estera...

– Tak. Była tu.

Nie wiedział, czy cokolwiek pamiętała. Nie miał pojęcia, na ile zachowała zdolność obserwacji, gdy obca jaźń przejęła kontrolę. Wiedział jednak, że tylko szczerość może go uratować.

– Usiłowała mnie uwieść za pomocą twojego ciała. – Spostrzegł, że oczy dziewczyny rozszerzają się ze zgrozy, czy może oburzenia. – Sądzę, że gdybym cię posiadł... – to chyba było odpowiednie słowo – wtedy... dzięki temu mogłaby zostać już na zawsze na twoim miejscu. Rozebrała się. Siedziała mi naga na kolanach i kusiła. Obezwładniłem ją. Nie mogłem się jej pozbyć. Więc trzymałem unieruchomioną, aż wreszcie odeszła.

– Dziękuję – szepnęła.

W pierwszej chwili nie chciał uwierzyć. Aż tak mu ufała? Ocknęła się goła, przyduszona przez niego skórą, a mimo to przyjęła jego wyjaśnienia... Nie. Dziękowała mu za to, że zdołał przynajmniej na moment odesłać w niebyt tę drugą.

– Odepchnęła mnie bardzo daleko – powiedziała. – Myślałam jej myślami, niewiele ze mnie zostało. Czułam jej pożądanie, potężne jak wzburzona rzeka, nieodparte...

A zatem pamięta. Przynajmniej częściowo zdaje sobie sprawę z tego, co zaszło.

– Przepraszam, ja... W takich chwilach ciężko jest zachować rozsądek i pohamować się. My, mężczyźni, reagujemy dużo silniej na takie prowokacje. Musiałem walczyć nie tylko z nią, ale przede wszystkim z samym sobą.

– Nie do końca rozumiem, jak to przebiega. – Spojrzała na niego bezradnie. – Ona... To, co czuła, te zwierzęce żądze. Nie sądziłam, że to tak. Że kobieta też... I że grzech może wydać się tak pociągający. Zbrukała moje myśli bardziej niż wszystko, co dotąd było moim udziałem. Oni dotknęli tylko mojego ciała, ona... Skaziła mi duszę. I jeszcze to... Czego nie powinieneś widzieć.

– Tu jest dość ciemno, więc...

– Ja... Przez te dni tylu oglądało mnie w takim stanie. – W oczach pojawiły się łzy. – Ty i Marek jesteście przynajmniej moimi przyjaciółmi. Dzięki temu łatwiej mi znieść tę hańbę.

– Śpij, proszę – powiedział ciepło. – Musisz wypocząć, jutro ruszamy dalej.

– Pomodlisz się ze mną?

– Tak.

Wreszcie zapadła w sen. Staszek poskładał bieliznę i suknię, ułożył w równiutki stosik. Wsunął się do swojego śpiwora, a potem zdmuchnął jedną ze świec.

Umościł się wygodnie, skóry zaczynały się przyjemnie nagrzewać. Skoro renifery wytrzymują w nich zimą pod gołym niebem, to może i człowiek przeżyje.

Co za ironia losu, pomyślał. Dwa miesiące temu martwiłem się, że moje życie jest nudne oraz jałowe, i bezskutecznie usiłowałem wymyślić coś, co je ubarwi. A teraz leżę w zasypywanym śniegiem namiocie w towarzystwie dziewiętnastowiecznej pensjonarki, która w środku nocy może obudzić się jako ktoś inny i na przykład poderżnąć mi gardło...

Przeżegnał się.

Boże, nie byłem dobrym katolikiem, zaniedbywałem modlitwę, a i na niedzielnej mszy bywałem nie za często, ale mam prośbę. Spraw, żebym obudził się znowu w swoich czasach, a obiecuję, że się poprawię...

Nagle zamarł.

Czy naprawdę tego chcę? – zapytał siebie.

Przypomniał sobie rozmowę z Markiem. Obaj nic w życiu nie osiągnęli. Obaj byli nieudacznikami. Aż do teraz... Przyjmijmy, że nie będzie żadnej zagłady. Że obudzi się we własnym łóżku. Wstanie i pojedzie autobusem do szkoły. Do kumpli z klasy, którzy mają go w dupie, bo nie stać go na najnowszy model komórki. Do dziewczyn lampucerek, z którymi nie da się porozmawiać o niczym ciekawym i które traktują go jak powietrze. Do nauczycieli, którzy już dawno przyczepili mu etykietkę „zdolny, ale leniwy". Do rodziców tak zajętych swoimi sprawami, że nie pamiętają nawet, w której jest klasie. I co będzie tam robił? Siądzie w piwnicy po dziadku, rozmontuje kolejny telewizor, żeby sprawdzić, co jest w środku? A co potem? Studia, praca, gapienie się w telewizor, tym razem od strony ekranu, a nie wnętrzności...

A tu? Tu ma do wypełnienia niewykonalne zadanie. Tu ma pod opieką istotę jeszcze bardziej zagubioną niż on. Towarzyszkę życia trochę dziwną, dziką i zahukaną, ale inteligentną i sympatyczną. Tu ma kogoś, komu jest potrzebny.

Gdy wyruszali, był szczęśliwy. Cieszył się słońcem, jesienią, czekającą ich wędrówką. Czy coś się zmieniło? Jest jak na wycieczce klasowej w Tatrach, tylko zamiast przygłupów z klasy ma dużo sympatyczniejszą przyjaciółkę.

Spojrzał na śpiącą Helę. Rude włosy rozsypały się na futrze, splątały z popielatą sierścią renifera. W blasku świecy widział, jak jej pierś unosi się w równym oddechu. Przypomniał sobie rozpacz wtedy, gdy sądził, że łasica ją zamordowała. Zadrżał.

Kocham ją, pomyślał.

Potrząsnął głową.

Nie, to niemożliwe. Zwykłe przeniesienie. Nie ma tu nikogo innego. Dlatego czuję oszołomienie w towarzystwie pierwszej z brzegu dziewczyny, która zdecydowała się ze mną pogadać. Pierwszej dziewczyny, którą ujrzałem nago.

Czuł, że to ważne, że ten poznany przypadkowo sekret ciała jakoś odcisnął się w jego umyśle. Ukląkł ponownie.

– Panie Boże, cofam to, co powiedziałem. Chcę tu zostać. Przecież po raz pierwszy od paru lat naprawdę czuję, że żyję... Obiecuję, nie zmarnuję szansy, którą otrzymałem. I tych, które być może otrzymam w przyszłości.

Odrobinę spokojniejszy zawinął się jeszcze szczelniej. Przez chwilę patrzył na pełgający płomień świecy, potem przeniósł wzrok na twarz Heli. Cienie grały na jej policzku. Dziewczyna spała głębokim, zdrowym snem. Miała ładne, długie rzęsy, wcześniej jakoś nie zwrócił na to uwagi.

Kosmyk kręconych rudych włosów opadł jej na policzek. To obudziło w nim wspomnienie. Obrzydliwe minuty kilka dni temu... Martwa przyjaciółka leży na podłodze. W sukni na piersi ma wypaloną laserem dziurę. Przekręca jej głowę dłonią, ustawia, bierze do ręki trzonek siekiery...

Zapomnieć... Zapomnieć widok włosów posklejanych krwią, zapomnieć dźwięk pękających kości, zapomnieć, jak grzebał w szaroróżowym mózgu, szukając scalaka. Dziewczyna żyje, tamto to był tylko zły sen, wmawiał sobie. Koszmar, który się przyśnił, bo próbując zrobić antybiotyk, nawdychałem się toksycznych zarodników pleśni.

Popatrzył na Helenę, czując dziwne roztkliwienie. Nie! – ofuknął się ostro. Ona ma szesnaście, niespełna szesnaście lat!

Było mu ciepło, więc ściągnął bluzę i spodnie. I zaraz znowu naszło go wspomnienie, tym razem sprzed zaledwie kilkudziesięciu minut. Szczupłe plecy uwolnione od sznurowanego gorsetu. Cudowne, sprężyste piersi przypominające kształtem i wielkością połówki pomarańczy. Niedbały, ale pełen wdzięku ruch, gdy pozbywa się pantaletów. Trójkąt jedwabistych, poskręcanych w loczki włosów...

– Nie... – szepnął w ciemność. – To tylko halucynacje wywołane zmęczeniem. To także się nie wydarzyło.

Zacisnął dłonie, a potem potarł nimi o słomę, aby wymazać wspomnienie dotyku krągłych łopatek poruszających się pod gładką skórą.

Czy nerwy, zakończenia nerwowe w opuszkach palców mają własną pamięć? – pomyślał, zapadając już w sen.

Wstawał świt. Wewnątrz namiotu pojaśniało. Staszek uchylił oczy. Świeca, choć gruba, dawno się wypaliła. Wewnątrz panował dokuczliwy ziąb. Chłopak z niechęcią wygrzebał się z futrzanego worka. Odzież podłożona pod skórę była zimna i pognieciona, ale na szczęście sucha. Ubrał się i ostrożnie obmacał płaszcze wiszące na słupku. Wilgotne, psiakrew... Uchylił płótno i wyjrzał na zewnątrz. Śnieg musiał padać przez większą część nocy. Namiot otaczały puszyste zaspy. Buty też były lekko wilgotne. Zaklął w duchu.

– Helu... – zaczął.

A może powinien rzec „panno Heleno"? Prosiła go, żeby mówił jej po imieniu, ale nie czuł się z tym dobrze. Onieśmielała go. Do diaska, gadanie z tą dziewczyną było trudniejsze niż polerowanie kryształowej wazy.

– Tak? – wymamrotała.

– Pora wstawać, zaraz zrobię coś do jedzenia i musimy ruszać w drogę.

– Wyjdź, proszę, z namiotu, muszę się odziać.

Odetchnął z ulgą. Najwyraźniej znowu była sobą. Wyszedł posłusznie i stanął opodal. Dolina zasypana białym puchem wyglądała iście bajkowo. Grube sople zwisały ze skały, na każdym krzaku leżała gruba śnieżna pierzyna. Strumyk jeszcze nie zamarzł, wił się pomiędzy głazami ozdobionymi skorupką lodu. Norweska zima też była cudowna.

To tylko pozory, pomyślał chłopak. Śnieg wydaje się miękki i puszysty, ale wystarczy brnąć przezeń godzinę, by buty i skarpety przemokły na wylot. Słońce stoi wysoko, więc wydaje się, że jest cieplej niż wczoraj, ale dla nas śmiertelnie niebezpieczna jest właśnie odwilż i mokry śnieg. Najlepszy byłby trzystopniowy mróz... Ile zdołali przejść? Ile jeszcze przed nimi?

– Jestem gotowa – odezwała się dziewczyna.

Wszedł do namiotu. Ubrała się i nawet naszykowała kanapki: suchary posmarowane smalcem. Posilali się szybko i w milczeniu, unikając swojego wzroku.

Zwinięcie paskudnie wilgotnego tropiku i reszty namiotu zajęło Staszkowi nie więcej niż kwadrans. Starannie przytroczył wszystko do stelażu.

– Przydałyby się sanki – mruknął.

Dziewczyna przechyliła głowę zaciekawiona.

– Nasi podróżnicy idący na biegun ciągną zapasy na sankach za sobą – wyjaśnił.

– Dotarliście do bieguna? – zdumiała się. – Coś podobnego...

– Do obu. Na północny nawet organizowano wycieczki rosyjskimi lodołamaczami. Tylko drogie jak chol... – urwał speszony.

– Z sankami to chyba niezły pomysł. Tylko nie wiem, czy teren nie jest zbyt kamienisty.

– Fakt... Oni chyba idą głównie po płaskim. – Zamyślił się. – Jest tyle spraw, tyle rzeczy, które mogłem w moich czasach bez trudu sprawdzić. O tylu rzeczach wiem ogólnie, ale przydałaby się wiedza bardziej szczegółowa. Detaliczna – użył wyrazu, który w jego mniemaniu łatwiej było Heli zrozumieć.

– *Penicillium*?

– To dobry przykład.

Podociągał paski bagażu, pomógł dziewczynie zapiąć prowizoryczne wiązania nart i mogli wyruszać.

✵ Hamak był zaskakująco wygodny, zapadłem się weń jak w puchowe łoże. A jednak nie mogłem zasnąć. Woń niemytych ciał i przepoconych ubrań kręciła mnie w nosie. Żaglowiec kołysał się na boki, wznosił i opadał. Wyraźnie słyszałem, jak fale liżą burty. O dach kasztelu bębnił deszcz. Nie zazdrościłem temu, kto stał za sterem. Na szczęście tu sufit nie przemakał.

Płynę na łajbie wielkości kutra rybackiego przez Atlantyk. Statek sunie po ciemku wzdłuż skalistego brzegu. Bez GPS-u, bez radaru, bez echosondy ostrzegającej przed rafami. Brak mi doświadczenia. Nigdy nie wypuściłem się na przykład jachtem na morze. Ba, nigdy nie płynąłem nawet promem. Może ta sytuacja, dziwna i przerażająca, nie jest niczym nadzwyczajnym? Może to tylko ja panikuję?

Do tego wszystkiego zostawiłem przyjaciół.

Hela... Dziewczyna, której należałoby zapewnić opiekę psychologa i może jeszcze życzliwego księdza. A tymczasem została z chłopakiem, który jest może i w porządku, ale ma straszliwie zielono we łbie i sam na dobrą sprawę wymaga jeszcze opieki. Poradzą sobie? Tak czy inaczej, oboje muszą dorosnąć w ekspresowym tempie...

I jeszcze ta cholerna łasica.

Jakie zadania im przeznaczy? Wolałem nawet nie zgadywać.

✷ Płynęliśmy, trzymając się około kilometra od brzegu. Jednolity mur szarych granitowych skał, wznoszące się ku niebu stoki górskie, śnieg bielejący w żlebach, od czasu do czasu wodospad wpadający z pluskiem prosto w morze. Wzdłuż ściany, niczym forpoczta wielkiej armii, z fal wynurzały się skaliste wysepki. Minęliśmy wylot jakiegoś fiordu. Krajobraz był surowy, wręcz ponury, ale jednocześnie posiadał swoiste piękno. Jutro przed wieczorem będziemy w Bergen.

– Tu chciałbym kiedyś umrzeć – powiedział Peter Hansavritson, stając obok mnie. – To miejsce przypomina moją duszę. Jest twarde i jałowe, jak moje myśli, lecz jednocześnie trwa niewzruszone na przekór sztormom, chroniąc niewielkie poletka na zboczach, tam, w głębi lądu i nad fiordami.

– Nie sądziłem, że uprawa roli jest tu w ogóle możliwa – przez grzeczność podtrzymałem rozmowę.

– Spotkałeś księdza Jona, cudzoziemcze – powiedział Peter. – Czy wiesz, dlaczego przyjął takie imię, gdy został kapłanem?

– Nie mam pojęcia. – Pokręciłem głową. – Nigdy o tym nie mówił. Za krótko go znałem.

– Przyjął je na cześć męczennika z Islandii. Jeszcze dziewięć lat temu na wyspie tej płonęło światło prawdziwej wiary... – Zapatrzył się w wodę. – Lutry dawno już zaczęli tam buszować, doszło nawet do scysji między biskupami Jónem, który trwał przy starej wierze, i Ögmundem, który ucha nakłaniał ku nowej. Na Althingu stanęli naprzeciw siebie, wraz ze swymi stronnikami. Tysiąc trzystu przeciwko ośmiuset...

– Kto zwyciężył w bitwie?

– Biskupowie w swej dobroci oświecenia doznali i miast pchnąć ludzi do krwawej zwady, zadecydowali, iż dwaj tylko spośród nich stoczą walkę. Zwycięstwo przypadnie stronie, która wystawiła triumfatora.

Zdumiała mnie prostota i swoista elegancja tego posunięcia.

Zwyciężył człowiek Ögmunda, jednak biskup ten szybko na oczy przejrzał i odstąpiwszy heretyków, pojednał się z Jónem. Niebawem jednak król wezwał go do stolicy.

– I co się stało potem?

– Zmarł w drodze. Ponoć śmiercią naturalną, ale czy mamy podstawy, by w to uwierzyć? Zaraz potem wojska duńskie wylądowały, aby pochwycić drugiego biskupa. Jón wraz z ostatnimi wyznawcami przez dwa lata stawiał twardy opór w twierdzy Hòlar. Schwytano go jednak i ścięto wraz z dwoma synami.

Synowie u katolickiego biskupa? Zaskoczył mnie. Z drugiej strony święcenia mógł przyjąć jako wdowiec, i w dwudziestym wieku trafiały się podobne przypadki.

– Dziś nie ma już na wyspie prawdziwego Kościoła – uzupełnił kapitan – choć pozostali wierni. Ludzie pamiętają, jak było dawniej. Doskonale pamiętają.

– A wyświęceni przez biskupa Jóna księża? – zainteresowałem się. – Nie zapewnią im posługi?

– Luteranizm zapuszcza tam dopiero korzenie. Z bożą pomocą wyrwiemy je. – Wyraźnie uchylił się od odpowiedzi.

Spojrzałem mimowolnie na Islandczyka. Bjart siedział przy tylnym kasztelu i w zadumie rzeźbił małym kozikiem w kawałku kości. Jego wzrok wskazywał, że myślami błądzi gdzieś daleko...

– Ale nie o tym chciałem mówić. – Kapitan uniósł lunetę do oczu. – Duch ludzki powinien być niczym te skały. Niewzruszony. Powinien wytrzymać każdy atak, nawet jeśli nie rozumiemy przyczyn ani nie pojmujemy jego charakteru. Jesteś medykiem?

– Poniekąd. Umiem przeprowadzić tylko najprostsze zabiegi – wyjaśniłem.

Nie rozumiałem, do czego dążył.

– Czasem choroba ukryje się głęboko w ciele i stamtąd podstępnie atakuje resztę organizmu – powiedział. – Widywałeś zapewne rany na rękach i nogach, które nie poddają się zwykłym zabiegom. Jedynym wyjściem jest wówczas amputacja.

– Do czego zmierzasz, panie?

– Mój przyjaciel i krewniak Marius Kowalik pożąda wiedzy, która mogłaby uchronić miasta Hanzy przed zagładą. Przed niebezpieczeństwem, które choć realne, nie jest przez nas do końca poznane. Którego źródła nie znamy, ale jego naturę poznajemy po owocach...

– Co wam zagraża?

– Wszystkie niebezpieczeństwa przewidzieć można i choć częściowo im przeciwdziałać. Ale jest jedno, którego nie sposób ni przewidzieć, ni przemóc. Łasica – usłyszałem za sobą po polsku.

Wydaje mi się, że musiał dać jakiś znak, albo może mieli mnie obezwładnić, gdy wypowie to słowo. Sadko złapał za nogawki, Borys stalowym chwytem owłosionych łap unieruchomił mi ramiona. Szarpnąłem się, ale równie dobrze mógłbym próbować siłować się z niedźwiedziem. Sekundę później leżałem na pokładzie. Teraz dopiero spostrzegłem, że Marius stoi opodal z szablą w ręce, a chłopak okrętowy mierzy do mnie z muszkietu. Reszta załogi, do tej pory pozornie bez celu snująca się po pokładzie, otaczała nas półkolem. Wszyscy byli uzbrojeni. W krystalicznie czystym powietrzu widziałem smużkę dymu unoszącą się nad zamkiem lontowym.

– Czym wam zawiniłem?!

Byłem bardziej zaskoczony niż przestraszony.

Borys i Sadko skończyli właśnie mnie wiązać. Robili to bez słowa, szybko i fachowo, idealnie ze sobą współpracując.

– Pora porozmawiać szczerze i otwarcie – odezwał się po polsku doradca kupca. – O tym, kim, panie, jesteście... I o tym, kogo tak nieudolnie próbujecie udawać.

– Nikogo nie udaję! Nie macie prawa mnie więzić!

Moje protesty nie wzbudziły ich większego zainteresowania. Wszystko, co robili, było wcześniej przemyślane i zaplanowane. Wszelkie decyzje podjęli zawczasu.

– Tu go chcesz oprawiać? – zapytał kapitan Mariusa.

Oprawiać?! O, do diaska...

– A czemu nie? – Spojrzenie tego człowieka doprowadzało mnie do szału. – Niech się choć przed śmiercią pięknym widokiem twej ojczystej ziemi nacieszy.

Rozciągnęli mnie na drewnianej ławie i przypętali dodatkowymi rzemieniami. Widać było, że mają cholerną wprawę w tej miłej robocie. Ktoś przesłonił mi słońce.

– Ociec – rzucił Sadko po rosyjsku – radę ci dam. Wyznaj wszystko od razu i szczerze, jak na świętej spowiedzi. Bo prawdy i tak docieczem, a po co ma boleć?

– Yyyy... – wykrztusiłem.

– A bolało będzie naprawdę – uzupełnił Borys. – Będziesz się tu wił i miotał, aż wreszcie w męce ducha oddasz. I po co ci to?

– Bracia – odezwał się Kowalik – nim rozpoczniemy naszą krwawą robotę, pomódlmy się o odpuszczenie grzechów, które popełnimy, zadając męki temu człowiekowi.

Poczułem, że w żołądku rośnie mi wielka lodowa bryła. Milczący Islandczyk postawił na pokładzie stolik i zaczął odwijać ze szmatek młotki, przecinaki, kleszcze, cęgi i piły. Chłopak okrętowy przyniósł z kuchni druciany koszyk z żarzącymi się węglami. Wetknął pomiędzy nie jedną parę szczypiec. Przełknąłem nerwowo ślinę.

– No to z bożą pomocą. – Borys zaczął dmuchać w węgle.

Zachciało mi się płakać. Po jaką cholerę wsiadałem na ten wrak? Po co rwałem się tak do tego Bergen?

– Kim waść jesteś? – Mój krajan wyciągnął z sakwy przy pasie arkusz szarego papieru.

Idę o zakład, że miał tam całą listę „spontanicznych pytań". Ciekawe, ile czasu je układał.

– Jestem człowiekiem – palnąłem.

Westchnął, jakby takiej właśnie odpowiedzi się spodziewał, i coś sobie zaznaczył.

– Gdzieś się zrodził, człowieku?

Zabił mi klina. Potwornego klina. Przyznać się, że jestem Polakiem? Uwierzy? Mało prawdopodobne. Inny język, inny akcent, nawet śmierdzę inaczej niż on...

– W ten sposób, Markusie, do niczego nie dojdziemy – powiedział. – Nie potrzeba nam twych zmyśleń. Odpowiadać masz od razu albo wcale. Skłamiesz, będzie bolało. Nie odpowiesz, też będzie bolało. Gdzie zatem przyszedłeś na świat?

– W Otwocku.

– Jesteś Polakiem?

– Tak.

– Jesteś szlachetnie urodzonym?

– Nie.

– A widzisz? Ja też nie – westchnął. – Dlatego postanowiłem kupieckim rzemiosłem się parać. Kupiec to prawie szlachcic przecież... A są i tacy, którzy twierdzą, że lepiej kupcem być niźli szlachcicem. A w jakiej ziemi leży Otwock?

Co on, głupi? Borys jednym ruchem ściągnął mi buty, potem skarpety. Sadko ujął cęgi.

– Ostrzegałem cię – syknął Kowalik. – Odpowiadać masz natychmiast i bez czasu niezbędnego do namysłu. Tylko prawda jest dla nas ciekawa. A ty milczysz, szukając wybiegów.

– Każdy Polak wie, gdzie leży Otwock!

– Doprawdy? – zdziwił się. – Zdumiewające. Polakiem wszak jestem, a o mieście takim nie słyszałem.

– Jak to?! – Wytrzeszczyłem oczy. – Na Mazowszu, rzut kamieniem od Warszawy.

– Wyimaginujcie sobie, panie, że w Warszawie bywałem i jako żywo miejscowości takiej w okolicy sobie nie przypominam, a powinna być znaczna, skoro wedle słów waszych każdy Polak winien wiedzieć, gdzie się znajduje.

Dał znak ręką. Sadko zręcznie przesunął mi żelazem nad palcami stopy. Poczułem żar, ale tym razem umyślono chyba tylko postraszyć mnie, bo nawet nie musnął skóry.

– A więc twierdzicie, panie, że pochodzicie z Mazowsza. – Kowalik zaznaczył na papierze. – Tedy i w Warszawie zapewne bywaliście.

Zawiesił głos. Zrozumiałem, że to pytanie.

– Tak.

– Opowiedz mi zatem, co jest u podnóża skarpy, na której zamek książęcy stoi?

– Ogrody królewskie. I potężna arkada podtrzymująca skarpę przed osuwaniem się ziemi.

Wyszczerzył tylko zęby w ironicznym uśmiechu. Z rozpaczy walnąłem głową o dechy.

Boże, co ze mnie za debil! Toż tę arkadę postawili w osiemnastym wieku...

– A dawno byliście w Warszawie? – podpuszczał mnie chyba.

– Dawno... – Szarpnąłem się jak rażony prądem, kiedy Borys chwycił mój mały palec u nogi cęgami.

Na szczęście nie tymi rozpalonymi... O co, u diabła, chodzi tym oprawcom? Może oczekiwali bardziej precyzyjnej odpowiedzi?

– Markusie, czy jak cię zwą – westchnął doradca – sam widzisz, że rozmawiamy na razie niczym przyjaciele serdeczni. O proste i codzienne rzeczy pytamy, a ty, nie wiedzieć czemu, od razu okoniem stajesz... Łżesz i łżesz, nie dbając nawet o to, by słowa twoje choć pozór prawdy posiadły.

Milczałem. Ale myśli tłukły mi się rozpaczliwie pod czaszką. Co robić?

– Skoro nie chcesz szczerze odpowiadać na pytania proste, może od tych trudniejszych zacząć powinniśmy... – Zadumał się. – A zatem jak znalazłeś się w Horg?

– Przyszedłem starym szlakiem pielgrzymim wraz z moją towarzyszką Heleną i księdzem Jonem.

– Skąd przybyliście?

– Spotkaliśmy księdza o pół dnia drogi od wioski.

– Nie o to pytam. – Gestem powstrzymał Borysa łapiącego już za rozgrzane cęgi.

– Ze Szwecji.

– Jesteś pewien?

– Tak.

– A z jakiego miasta?

– Ze Sztokholmu.

– Powiadasz, że szliście dawnym szlakiem pielgrzymim?

– Tak.

– W jakim mieście bierze on początek?

– Nie wiem.

– A zatem z jakiego miasta wyruszyliście? Gdzie odnaleźliście tę drogę? Jaka była ostatnia duża wieś po szwedzkiej stronie gór?

Milczałem.

– Wymieńcie wszystkie miasta Szwecji, jakie znacie – rozkazał.

– Sztokholm, Uppsala, Malmö...

Kurde, Karlskrony jeszcze chyba nie było?

– I? – Spojrzał pytająco.

– Lund, Göteborg...

Gucio, nie znałem więcej.

– Zatem Szwecję przejechaliście z workiem na głowie i zatkanymi uszami. Nic po drodze nie widzieliście, co jest wielce intrygujące, bo wymieniliście miasta leżące o wiele dni drogi od siebie...

Czyżby to „znacie" odnosiło się wyłącznie do miast, które odwiedziłem osobiście!?

– Który z budynków w Uppsali wydaje wam się najwyższy?

– Nie wiem.

– Poznaliście stolicę tego kraju. Jak nazywa się część miasta, gdzie stoi zamek króla?

– Nie wiem.

Doradca założył mi opaskę na oczy. Co jest grane?

– Odetnę mu fajfusa – powiedział ktoś w jakimś innym języku.

– Tylko wykastruj – odpowiedział Kowalik w tej samej mowie.

Deska pokładu skrzypnęła pod czyjąś stopą. Szarpnąłem się, rozpaczliwie zaciskając kolana.

Zerwali mi szmatę z oczu.

– Przyjacielu, jak to możliwe? – uśmiechnął się Marius. – Widać, że nigdy nie odwiedziłeś Szwecji, ale słów kilka w ich mowie od razu pojąłeś.

– Szwedzki jest podobny do norweskiego. Dzięki temu zrozumiałem.

Machnął ręką, ucinając moją wypowiedź.

– Ile języków znasz, Markusie? – zapytał. – Mówisz po duńsku i norwesku, dukasz po polsku, rozumiesz łacinę, szwedzki i rosyjski. Nawet flamandzki nie jest ci obcy. Ile zatem?

– Siedem?

Westchnął.

– Albo i czterdzieści siedem. A gdzie się tych języków nauczyłeś?

– Przestawałem z ludźmi wielu narodowości – mruknąłem.

– A gdzie z nimi przestawałeś? W tej Warszawie, której nigdy na oczy nie widziałeś?

O, w mordę...

– Ech, Markusie. Nasz kapitan bardzo brzydką opinię na wasz temat przedsięwziął, umyślił sobie mianowicie, żeście duńskim szpiegiem. Przyznam, że prawdopodobne mi się to wydało. Razem z księdzem poszliście przez góry, wzięliście udział we mszy, a potem? Cóż, księdza Jona ktoś zdradził i spalono go na stosie.

– To nie ja!

– Stary introligator Nils twierdził, żeście dobrym człowiekiem. Teraz ja stwierdzam, żeście nie są duńskim szpiegiem.

Odetchnąłem z ulgą.

– Bo Duńczycy nigdy nie wyznaczyliby do tej roboty kogoś tak ciemnego jak wy, panie – uzupełnił Islandczyk.

– Dobra, czas go trochę sponiewierać – wydał dyspozycję doradca kapitana.

Sadko i Borys złapali kleszczami po paznokciu na małym palcu u moich stóp i jak na komendę szarpnęli. Ciągnęli sukinsyny fachowo, tak aby nie urwać, ale powolutku oddzierać od ciała. Zawyłem tak, że aż żagle zadrżały.

– Te palce masz najmniej wrażliwe – poinformował mnie Marius jakby ze smutkiem. – Pourywamy po kolei, jeśli to nie pomoże, zabierzemy się za dłonie.

Dał znać ręką. Puścili. Czułem krew cieknącą mi po podbiciu stopy.

– Wy ścierwa... – wycharczałem.

– I na co tak nieładnie mówić? – rzekł spokojnie. – Serca mamy na dłoni, a ty uparcie łżesz i szukasz wykrętów, zamiast odpowiedzieć. Rozumiem, że mogłeś zostać zaprzysiężony i pewnych rzeczy nie wolno ci zdradzić, ale zważ, że pytaliśmy o rzeczy kompletnie nieistotne, a ty zaczynasz od nieszczerości.

– Nie zrozumiesz... Nawet jeśli powiem prawdę, nie uwierzysz – jęknąłem.

– Zaczynamy od początku – zadysponował. – A zatem gdzieś się rodził?

– W Otwocku.

– Ilu mieszkańców liczy to miasto?

– Nie wiem.

– Byłeś w Gdańsku?

– Tak.

– Ilu mieszkańców liczy Gdańsk?

– Nie wiem. Kilka tysięcy?

– Jak dotarłeś do Szwecji?

– Okrętem.

– Jak się nazywał i ile zapłaciłeś za przebycie Bałtyku?

Cholera. Tym razem Sadko wyszarpnął mi cały paznokieć. Borys, kręcąc głową, posypał ranę czymś podobnym do mąki, co trochę powstrzymało krwawienie, choć ból nadal był nieziemski.

– Nasza inwencja nie kończy się na paznokciach. – Doradca kupca wskazał koszyczek z żarem. – Nie chcemy ci jednak zadać poważnego kalectwa, tedy raz jeszcze prosić będę, zacznij szczerze odpowiadać na pytania. Opór nic ci nie da.

– Czemu pytasz o tak dziwne rzeczy?

– By ocenić rozległość twojej niewiedzy, bracie.

– Niewiedzy?

– Jakie monety są w obiegu w Rzeczypospolitej?

– Dukaty? I talary. No i grosze oczywiście – dodałem pospiesznie.

– Na ile groszy dzieli się dukat?

– Yyy...

– A ile kosztuje gotowana kokoszka? Jakie jest najważniejsze miasto, przez które przechodzisz, idąc traktem z Warszawy na Gdańsk? – zasypał mnie gradem pytań, najwyraźniej nie oczekując odpowiedzi.

Spodziewałem się kolejnej porcji bólu, ale ona nie nastąpiła.

– Markusie, nie masz pojęcia o Rzeczypospolitej. Nawet bladego. Nie znasz miejsc, na które się powołujesz. Nie znasz kompletnie Szwecji. Jakie miasta Norwegii możesz wymienić z pamięci?

– Trondheim, Bergen, Oslo... Horg to wioska...

– Przez jakie wsie przechodziłeś? Jak nazywa się miejsce, gdzie król Olaf poniósł męczeńską śmierć?

– Eee...

– Nie znasz też, bracie, Norwegii. Twoja droga to kilka dni marszu z księdzem Jonem, kaźń w Horg i przybycie do Nidaros. Ty nie przybywasz z Polski, ze Szwecji ani z żadnego miejsca w *oikoumene*. Twoja wiedza to tydzień, dwa obserwacji poczynionych w jednym mieście i na jednym wybiegającym z niego szlaku.

– Co to według was oznacza?

– Nigdy nie poznałeś ludzi, których mową władasz. Masz dar języków. Nie jesteś jednak aniołem, diabłem ani prorokiem. Anioł nie pozwoliłby się pochwycić. Diabeł znałby odpowiedzi na nasze pytania, na proroka jesteś za młody.

– Może głowa moja i pamięć po obiciu kijami w Horg uległy uszkodzeniu i nie pamiętam po prostu miejsc oraz ludzi, których poznałem w trakcie wędrówki.

– I tak całkiem przypadkiem masz przy sobie węzełek z tak niecodziennym ubraniem? – Przejął z rąk Islandczyka mój worek podróżny.

Nie wystarczyło mi sił, by choć zakląć w duchu.

– Zaczniemy przesłuchanie raz jeszcze. – Wyjął drugą kartę. – Bardzo cię proszę, Markusie, dla swojego dobra i spokoju naszych sumień mów prawdę. Jeśli będziesz kłamał, wsadzimy ci pod paznokcie rozżarzone szpile. A jeśli to nie pomoże, zdam się na inwencję tych dwóch uchodźców z Nowogrodu. – Wskazał Rosjan gestem. – Nie jesteś pierwszym, który wpadł w ich ręce. Ten statek widział niejedno w ciągu ostatnich dwu stuleci.

Przełknąłem nerwowo ślinę. Ładny gips. Dociekliwy śledczy, dwaj wysokiej klasy specе od tortur. W co ja się wpakowałem?

– Czy jesteś sługą łasicy?

– Co? – Byłbym usiadł ze zdziwienia, gdyby nie krępujące mnie rzemienie.

– Tak czy nie?

– Tak. Skąd wiecie o...

– Żyjesz w naszym świecie dopiero od kilku niedziel?

– Tak, ale...

– Jesteś dojrzałym mężczyzną. Żyłeś już wcześniej.

– Tak, ale...

– Czy Nidaros grozi zagłada?

– Nic mi o tym nie wiadomo.

– W jakim celu podążasz do Bergen?

– Wysłano mnie, żebym odnalazł pewnego człowieka.

– Alchemika Sebastiana. – Rzucił okiem na kartkę.

– Skąd wiecie?!

Byłem pewien, że idealnie wtopiłem się w tło. Nosiłem ubiór mieszkańców Norwegii. Mówiłem językiem norweskim. Sądziłem, że nikt z tubylców nie ma zielonego pojęcia o mojej misji... Nie doceniłem ich. Wcale nie byli tacy głupi. Zdołali mnie rozszyfrować, namierzyć i wciągnąć w pułapkę.

– Czy Alchemik Sebastian jest także sługą łasicy? Czy zdołał się zbuntować przeciw demonowi? – Pytanie było precyzyjne jak cios miecza.

– Tak.

– Czy masz go zgładzić?

– Nie wiem. Jeśli podporządkuje się woli łasicy, prawdopodobnie zostanie przy życiu.

– Jakie jest wasze zadanie? Czego szukacie w tym świecie?

– Nie wiem.

Tym razem zdołałem go okłamać.

– Dajcie mu wody – polecił.

– Skąd wiecie? – powtórzyłem po raz trzeci, gdy Borys oderwał blaszany kubek od moich warg. – Jak mnie rozpoznaliście?

Marius uśmiechnął się lekko.

– Nie jesteś pierwszym. I wbrew pozorom nie było to trudne. Pojawiacie się od trzech setek lat, może dłużej. Okaleczeni geniusze. Potraficie często rzeczy, o jakich nam się nie śniło, i zarazem nie radzicie sobie ze sprawami codziennymi. Nie umiecie się ubrać, zachować przy stole, nie znacie modlitw, zwyczajów. I wszyscy pospołu nie macie pojęcia o świecie, w którym przyszło wam żyć. To zresztą normalne. Przychodzicie między nas zrodzeni na pobliskich wzgórzach. Zrodzeni od razu jako mężowie w sile wieku lub młodzieńcy. Ale to tylko część prawdy. Wy mieliście dzieciństwo i młodość, jednak przebiegła ona daleko stąd. Przybywacie z czasów, które dopiero nadejdą.

Znowu szarpnąłem się w więzach.

– I właśnie dlatego postawiłem sobie zadanie odszukania was... Dla mądrości, jaką dać może przyszłość. Za każdym razem pojawienie się łasicy zwiastuje nieszczęście. Upadają królestwa. Giną całe floty, a motłoch rozwleka po ulicach szczątki możnych. Moc łasicy jest potworna, jeśli zwierzę to potrafi spalić całe miasto na popiół. Jednakowoż niezłomność ducha, którą możemy jej przeciwstawić, sprawi, że wcześniej czy później to my zwyciężymy.

Japończykom pod koniec drugiej wojny światowej też się tak wydawało, pomyślałem z przekąsem. A potem Amerykanie zrzucili na nich bombę atomową.

– Sądzisz, że możemy z nią wygrać? – Chyba zbyt wiele wyczytał z wyrazu mojej twarzy.

– Nie. To niemożliwe. Lepiej zrezygnujcie od razu.

– Dlatego też jesteś nam potrzebny. – Prawie się uśmiechnął.

– Co?

– Broń nasza słaba, a i wiedza znikoma. Ty pochodzisz z czasów, gdy nauka uczyniła wielki postęp. Dedukuję tedy, że szybciej niż my znajdziesz rozwiązanie tego problemu.

Zamyślił się. Dłuższą chwilę oglądał szew mojej koszuli. Najwyraźniej splot tkaniny zachwycił go swą regularnością.

– Będziemy musieli jeszcze dużo i szczerze pogadać – powiedział w zadumie. – Ale i czasu jest dużo. Do Bergen przypłyniemy najwcześniej jutro koło południa... Do tego czasu albo dojdziemy do porozumienia, albo nakarmimy tobą węgorze. – Spojrzał melancholijnie za burtę.

– Łasica jest zbyt niebezpieczna. Dysponuje mocą, możliwościami, których nie jesteście sobie w stanie nawet wyobrazić. Nie macie szans. Nawet z moją pomocą.

Roztrzaska każdą klatkę i każdą skrzynię. Umie poruszać się szybciej, niż nadąży wzrok. Może zabić każdego, kogo ujrzy. Może też zadać ból, jakiego nie dacie rady okiełznać.

– Alchemik jednakowoż zdołał jej zaszkodzić. Udało mu się ją obezwładnić i pozbawić przytomności na wystarczająco długi czas, by wrzucić ciało do wykopu pod fundament i przywalić kamieniami.

– Na chwilę. Wyrwała się przecież... Poza tym Alchemik jest mądrzejszy ode mnie. Widziałem pozostałości jego laboratorium. Posiadł większą wiedzę niż ja. A i tak mu się nie udało. Sądził, że ją uśmiercił, a przecież uciekła. Nawet zamurowanie jej nie zaszkodziło.

– Masz rację. Oglądałem to miejsce. Łasica nie wydostała się przez luźniejsze warstwy gleby, ale zdołała przebić drogę przez lity mur. Wydawać by się mogło, iż to niezwykłe. Lecz gdy się temu dokładniej przyjrzeć, co w tym niezwykłego? To tylko umiejętność zgromadzenia wielkiej siły w niewielkim ciele. Zresztą powiadają, że to pozór jedynie, że w rzeczywistości stworzenie to zbudowane jest z żelaza, a jeno skórą po wierzchu obciągnięte... Prawda to?

– Nie wiem, czy z metalu, ale co do reszty masz, panie, słuszność. Jeśli zdołacie ją unieruchomić, to też nic wam to nie da. To nie jest zwierzę. To rzecz. Nie czuje bólu, głodu ani zmęczenia. Prawdopodobnie nie jesteście w stanie zniszczyć jej ciała. Ona zaś może zadać wam dowolne kalectwo. Dowolną mękę.

– Nie jest jednakowoż bezrozumnym mechanizmem...

Chłopak pokładowy coś krzyknął. Wszyscy jak na komendę padli na pokład. Grad odłamków uderzył w burtę i poszarpał dolną część żagli. Dopiero po sekundzie nasze uszy poraził straszliwy huk.

– Do broni! – krzyknął kapitan. – Kusze! Bystro.

– Uwolnijcie go – polecił Marius. – Każdemu szansa, by życie ratować, należna!

Sadko przeciął moje więzy. Nie mieli czasu dłużej się mną zajmować. Stoczyłem się z ławy na deski pokładu i teraz dopiero rozejrzałem na boki. Najwyraźniej „Srebrna Łania" wpadła w pułapkę. Gdy mijaliśmy skalistą wysepkę, wypłynął zza niej dużo większy dwumasztowy żaglowiec. Szedł teraz prosto na nas, a jego załoga na dzień dobry powitała nas salwą z działa. Piraci?

Co robić? Przyłączyć się do napastników? Sadko rozwiał moje wątpliwości. Kryjąc się za burtą, podczołgał się do mnie.

– Umiesz się z tym obchodzić? – Podał mi kuszę.

– Nie...

– Będzie okazja się nauczyć. – Wyszczerzył zęby. – A potem... Gdy już na nas na dobre wsiądą, i to może ci się przydać. – Zaprezentował dziwaczną broń, ni to szablę, ni to maczetę.

Tasak artyleryjski – podpowiedział mi scalak.

Armata wypaliła po raz kolejny.

– Siekańcami walą! – usłyszałem głos Mariusa.

Przyczaił się za beczką tuż obok mnie. Naciągał korbą kuszę. Dalej leżał parszywy typek, który dopiero co zafundował mi seansik iście średniowiecznych tortur. Miałem go na wyciągnięcie miecza. Wystarczyło pchnąć raz a dobrze... Zabijałem już ludzi. Zresztą równie dobrze mogłem mu obciachać to lub owo. A jednak nie wiedzieć czemu poczułem, że to nie jest dobry pomysł.

– Uderzysz na mnie? – Marius chyba wyczuł moje myśli. – Czy wolisz ramię w ramię odeprzeć wroga, który jest nam wspólny?

– Policzymy się później. Kto nas atakuje?

– Jest jedna siła, która napaść może na hanzeatyckiego kupca na wodach Hanzy... Duńczycy – dodał, widząc, że nie rozumiem. – A raczej kaprowie na usługach Danii.

Spostrzegłem coś zaskakującego, ktoś wypuścił gołębie z klatki na przednim kasztelu. Zawirowały nad okrętem niczym biała chmura i zaraz pomknęły w stronę lądu.

– Bez znaczenia, za daleko jesteśmy – mruknął mój krajan.

Nie zrozumiałem, o co mu chodzi. Kolejna armatnia kula uderzyła w tylny kasztel. Chwilę później doradca dał mi znak. Wychyliliśmy się jednocześnie. Na pokładzie wrogiej łajby stała liczna banda oberwańców. Niektórzy nosili jakieś elementy pancerzy, a jeden miał na łbie hełm, wikiński chyba, zardzewiały, jakby świeżo wyciągnięty z czyjejś mogiły. Większość dzierżyła w rękach miecze albo okute kije, kilku trzymało zwoje liny i haki. Statek szedł prosto na nas. Szarpnąłem spust kuszy i zaraz padłem, kryjąc się za burtę. Drewno zatrzeszczało, gdy szpikowali nasz żaglowiec strzałami.

Jedna przeszła na wylot tuż koło mojego nosa. Zupełnie inaczej wyobrażałem sobie bitwę morską. Na filmach wyglądało to dużo efektowniej. W dodatku nawet nie bardzo było jak popatrzeć. Gdybym tylko wystawił głowę ponad burtę, z pewnością bym oberwał. Część załogi „Łani" strzelała z przedniego kasztelu, ale znowu miałem ten sam problem – nie mogłem wychylić głowy, by ocenić skutki obrony. Doradca przeczołgał się dalej. Sadko gdzieś zniknął. Naciągnąłem kuszę i kryjąc się za beczką, wystrzeliłem raz jeszcze. Rosjanin wrócił, padł obok i podał mi bez słowa mały miedziany kociołek z pokrywką. Przez dziurę sterczał ciasno zwinięty sznurek. Lont? Złapałem krzesiwo i puściłem iskrę.

Sznurek zasyczał i zaczął się palić. Sadko wyciągnął dłoń ze swoją bombą – podałem mu ogień. Odpalił i jak na komendę wychyliliśmy się, by rzucić oba ładunki. Coś szarpnęło mnie za ucho, to bełt kuszy rozciął mi małżowinę. A ja się martwiłem, że mam odstające... Padliśmy znowu płasko. Wybuchł tylko jeden z naszych „granatów". Może zdążyli wyrwać lont drugiego? Zaraz potem usłyszałem huk kolejnych eksplozji. Widać przyczajeni na kasztelach członkowie załogi też zabrali się za bombardowanie wroga. Deszcz bełtów na chwilę ustał. Coś brzęknęło o burtę. Hak abordażowy? Szarpnąłem go dłonią i piłując mieczem, przeciąłem linę, na której był zaczepiony. Nie zdążyłem się nacieszyć tym drobnym sukcesem, gdy oba żaglowce zderzyły się burtami.

Z miejsca zrozumiałem, że mamy totalnie przesrane. Ich okręt był o dobry metr wyższy niż „Łania". Oberwańcy zwalili się na nas jak grad. Poderwałem się i w ostatniej chwili zasłoniłem klingą przed dębową pałą wycelowaną w moją głowę. Nie przypominało to batalistycznej sceny z „Piratów" Polańskiego – raczej nawalankę dwu band kibiców... Borys, rycząc jak niedźwiedź, wypadł z kasztelu, uzbrojony w potężną maczugę. Nie miałem jednak czasu patrzeć, co zrobi, bo otoczony przez trzech wrogów rozpaczliwie walczyłem o życie... Zdołałem rozharatać ramię jednemu z piratów i chyba poważnie zraniłem drugiego. W ostatniej chwili zbiłem czyjś miecz spadający na głowę kapitana. Spostrzegłem, jak doradca, trzymając w każdej dłoni po jednym zakrwawionym kordzie, pędzi ku nam. Obaliłem Duńczyka, który brał go na cel kuszy. Bełt z głuchym stukiem wbił się w pokład. Przez zgiełk walki słyszałem, że Peter coś krzyczy. A potem rozbłysło mi w oczach i moja świadomość zgasła.

Teraz, gdy wracam myślą do tamtych wypadków, sądzę, że te dwie, może trzy minuty, gdy uratowałem kapitana i jego doradcę, to były TE chwile. Oni obaj mieli zginąć. Oko Jelenia tego właśnie dnia miało przepaść bez śladu i na zawsze. Zmieniając przeznaczenie dwóch mężczyzn, zmieniłem cały bieg dziejów. Niezwykła energia Petera wsparta ogromną wiedzą i mądrością Mariusa zdołały nagiąć strumień czasu.

Dolina skończyła się całkiem ślepo. Przed nimi wyrastała skalna bariera.

– Pobłądziliśmy – powiedział Staszek z ciężkim westchnieniem.

Hela patrzyła na otaczające ich urwiska. W kilku miejscach przecinały je piargi, ale żaden nie nadawał się do wspinaczki.

– Masz rację – odparła spokojnie. – Pokaż mapę.

Podał jej zwój. Długo wpatrywała się w pożółkły papier, porównując rysunki z otoczeniem. Wreszcie wzruszyła bezradnie ramionami.

– Musimy zawrócić – powiedziała spokojnie. – Myślę, że rankiem skręciliśmy w zły wąwóz. Strumień, który mamy zaznaczony na planie, zapewne zmienił bieg. Minęło wiele lat, od kiedy przygotowano ten drzeworyt, a i zimą wszystko inaczej wygląda.

Zacisnął zęby w bezsilnej złości. Jeśli dobrze pójdzie, wieczorem dotrą do rozwidlenia. Zmarnowany dzień, kilkanaście kilometrów przeszli na próżno.

– Ruszajmy – poprosił. – Im szybciej dojdziemy, tym lepiej.

Szli teraz pod wiatr. Na szczęście nie zanosiło się na śnieg. Po wielu godzinach suwania nartami Staszek nie czuł już nóg. Hela też wyglądała na nieludzko zmęczoną.

To pułapka, myślał chłopak. Z pozoru nic się nie dzieje, maszerujemy sobie na nartach przez śnieg. Przemarznięci na kość, z przemoczonymi butami, ale generalnie nie jest źle. Tylko że takie głupie błędy i rosnące trudności szybko pozbawią nas sił. Zdechniemy w tych górach.

Zapadał zmierzch, gdy wykończeni stanęli nad potokiem. Hela zrzuciła plecak i usiadła na nim. Przymknęła oczy. Widać było, że nie zdoła przejść choćby kroku. Staszek odgarnął, na ile się dało, zbrylony śnieg. Rozstawił namiot. Dziewczyna zdawała się drzemać, ale gdy tylko rozłożył posłania, ocknęła się. Zgromadziła stosik chrustu, nabrała wody do kociołka, nakruszyła krup, dodała odrobinę smalcu i zabrała się do gotowania zupy.

Staszek przydźwigał kamienie, by zbudować murek zasłaniający ognisko. Potem poszedł w krzaki i zaczął łamać gałęzie. Wybierał te, które wyglądały na uschnięte. Zebrał ich całkiem sporo. Porozkładał opał wokół ogniska, żeby przesechł.

Patrzył, jak Hela krząta się, przygotowując posiłek. Westchnął ciężko w duchu. Dziewczyna szykuje jedzenie i dba o obozowisko. Zgodnie z odwiecznym podziałem obowiązków powinien zdobyć pożywienie. Powinien iść w las, ubić jakąś zwierzynę. Tylko jak i czym? Trzeba było wyprosić u pana Nilsa choćby jedną kuszę. Zjeść sobie królika pieczonego nad ogniskiem...

A potem powinniśmy uprawiać radosny seks na niedźwiedzich skórach, zaśmiał się diabeł w jego duszy.

– Szkoda, że nie mamy soli. – Drgnął, słysząc jidysz.

– Nie mamy – uciął po polsku.

– Proszę. – Podała mu miskę z polewką.

– Dziękuję.

Estera piła spokojnie i powoli. Trochę się przy tym krzywiła.

– Nie smakuje? – zaniepokoił się.

Po prawdzie zupa była fatalna w smaku i wodnista. W zasadzie jedyną jej zaletą było to, że rozgrzewała.

– Nie, to nie to. Wiesz, byliśmy, że się tak wyrażę, zasymilowani, nie przestrzegaliśmy zasad koszerności posiłków jak bardziej ortodoksyjni Żydzi, ale mimo wszystko wieprzowina ciągle budzi moje opory.

Nie bardzo wiedział, co odpowiedzieć. Hela znowu odeszła. Czuł, jakby dostał obuchem w głowę.

– Potem, gdy zrobiło się już naprawdę źle, przestałam zwracać uwagę na to, co jem. – Zapatrzyła się w płomienie.

– Czytałem o tym, co się działo w warszawskim getcie. – Wiedział, że nie powinien o tym rozmawiać, że to tylko ułatwia Esterze pozostanie. – Byłem też raz na wystawie zdjęć tam zrobionych. Współczuję, że musiałaś przechodzić przez ten koszmar.

– Było ciężko... – urwała.

Najwyraźniej nie miała ochoty o tym mówić.

– Najgorsze... Cholerny Skrat. Wiesz, co mi zrobił?

– Błąd zapisu...

– Nie rozumiesz. Zostały mi prawie wyłącznie złe wspomnienia. Cudowna zima w Zakopanem, ostatnie miesiące wolności, a potem już tylko jedna czarna otchłań. Wojna, okupacja i nasze powstanie... Głód, nędza, poniewierka i kilka dni z bronią w ręku.

Zacisnęła pięści.

– Nie pamiętasz niczego, co zdarzyło się wcześniej?

– Nie bardzo. Jakieś fragmenty wyrwane z kontekstu. Gdy próbuję pomyśleć o dzieciństwie, ciągle wyłażą wspomnienia tej rudej małej. Ale to, co mi się przypomina, ukazuje moje życie jako całkiem morowe. Dobrze było, spokojnie, przyjemnie. A zostało tylko to, co ponure...

Zacisnął pięści. Jak by się czuł, mogąc z całego życia zachować wspomnienie jedynie złych i tragicznych wydarzeń?

– Nie jestem sobą – powiedziała. – Powinnam umrzeć do końca. Został strzęp mnie... Kawałek roztrzaskanej duszy uwięziony w obcym ciele.

Rozpłakała się. Usiadł obok i objął ją ramieniem. Gładził delikatnie po głowie, aż wreszcie się uspokoiła.

– Trzeba było uciekać z getta – westchnęła. – Lecz kto mógł przewidzieć, że to skończy się aż tak źle? Powiedz, to prawda, co gadali o miejscu zwanym Obermajdan lub Treblinką?

– Tak – odparł lakonicznie. Wolał nie wdawać się w szczegóły.

– Czyli nikt z moich bliskich ani przyjaciół nie mógł przeżyć?

– Tam wybuchł bunt, kilkudziesięciu Żydów zdołało się wyrwać z tego piekła – powiedział. – Ale nie pamiętam daty.

– Może więc ktoś miał szansę...

– Poza tym uciekali w drodze, z transportu. Wyłamywali deski w podłodze wagonu i skakali. Jeśli mieli szczęście... Polscy kolejarze, jeśli mieli możliwość, pomagali. Wrzucali do wagonów łomy i klucze francuskie. Ostatecznie wielu waszych nasi przechowali.

Nie bardzo chciał w to wierzyć, ale ona najwyraźniej rozpaczliwie potrzebowała choć promyka nadziei.

– Po wojnie ci, którzy przeżyli, odbudowali na Bliskim Wschodzie Izrael – dodał, ale to specjalnie dziewczyny nie zainteresowało.

Dołożył do ognia grube polana, z wierzchu przyłożył je kilkoma płaskimi kamieniami. Przy odrobinie szczęścia będą się powoli żarzyć aż do rana.

– Nie myśl już o tym – poprosił. – Kładź się spać.

Kiwnęła głową. Wpełzła do namiotu. Staszek siedział, patrząc w żar. Żal mu było opuszczać wygrzane miejsce.

Znowu się obudziła, myślał. To pewnie ze zmęczenia. Umysł Heli zaczął przysypiać, no i stało się... Może odejdzie sama z siebie?

Wszedł do środka. Leżała w śpiworze z rękami pod głową i patrzyła w płócienny sufit.

– Nie możesz spać? – zapytał.

– Przeglądam wspomnienia. Swoje i jej – wyjaśniła. – Nie martw się, wytrzymam... Najgorsze jest to ciało.

– Nie rozumiem?

– Patrzę cudzymi oczyma z wnętrza cudzej głowy. Patrzę w lustro i widzę tę cholerną wiewiórkę.

– Wiewiórkę?

– Tak mi się kojarzy – prychnęła, nawijając kosmyk rudych włosów na palec. – I jeszcze te zęby.

– Co?

– Górne siekacze jak u gryzonia. – Wyszczerzyła się. – Koszmar. Obrzydlistwo...

– Przesadzasz.

– Nie zrozumiesz. Byłam od niej dużo ładniejsza – wybuchła. – Czarne włosy, gęste i puszyste, gruby warkocz, oczy duże i ciemne jak u sarny. Długie nogi, pełne biodra i piersi. Nos miałam prosty, nie taki, jak zwykle u naszych. Gdy szłam ulicą, to się za mną oglądali i Żydzi, i goje. Jestem niczym zwierzę zamknięte w zbyt ciasnej klatce. Jej ciało nawet pachnie inaczej! Nawet to mi zabrał!

Staszek znów nie umiał nic na to powiedzieć. Wiedział, o jaki typ sylwetki chodzi Esterze. Pewnie i jemu by się spodobała. Kto wie, może nawet obejrzałby się, gdyby minęła go na ulicy. Tylko co z tego? Nie znajdował słów. A może lepiej zmienić temat?

– Jak sądzisz, ile dni zajmie nam wędrówka do Uppsali? – zapytał.

– Nie dojdziemy. – Pokręciła głową. – Nie ma szans. To stary szlak, może idąc nowym od wioski do wioski, mielibyśmy szansę. Może tamten główny jest łatwiejszy do przebycia. Tu nic dobrego nas nie czeka.

– Chodziłaś po Tatrach...

– Tak. Zimą jeździłam na nartach. Ale tam było łatwiej, dużo łatwiej. Poza tym nie było konieczności brnięcia tam, gdzie robiło się niebezpiecznie. No i zawsze mogłam wrócić na noc do schroniska albo zejść dolinami do miasta. Nie przeżyjemy dziesięciu dni.

– Zobaczymy – warknął.

– Nie powiem, sprytnie przygotowałeś się do drogi – pochwaliła – ale namiot już przemaka. Buty też mimo nawoskowania ciągną wilgoć ze śniegu. Nie mamy jak ich wysuszyć, w moich czasach sypało się do środka rozgrzane ziarno. Ponadto nie przywykliśmy, by długo przebywać w tak niskich temperaturach. Na razie nasze ciała bronią się przed zaziębieniem.

– Eskimosi latami żyją w igloo zbudowanych ze śniegu.

– Nie jesteśmy Eskimosami.

– Śpij już. Czas wypocząć.

– Dobrej nocy – mruknęła po polsku.

❋ Świadomość wracała leniwie i niechętnie. Twarda deska pod policzkiem, tępy ból stłuczonej kości promieniowej, w ustach obrzydliwy metaliczny smak krwi. Nos też miałem zapchany strupami. Przy każdym głębszym oddechu coś boleśnie kłuło mnie w boku, chyba trzasnęło co najmniej jedno żebro. Poruszyłem się ostrożnie, szukając innych złamań. Kolano bolało, ale na szczęście było tylko stłuczone. Z trudem opanowałem silny zawrót głowy, lecz nie zdołałem utrzymać treści żołądka. Wymiotowałem długo, torsje szarpały mną bez końca. Wstrząs mózgu? Bardzo prawdopodobne.

Ręce w nadgarstkach spętano mi grubym bydlęcym rzemieniem, dłonie nieznośnie mrowiły. A więc przegraliśmy. A ja jestem żywy. Jak długo jeszcze? Stawiliśmy bohaterski opór. Prawdopodobnie pozostawiono nas przy życiu tylko po to, żeby urządzić jakąś wymyślną egzekucję. Każą skakać z deski do morza? Mimowolnie uśmiechnąłem się na myśl o absurdzie sytuacji. Czy siedząc z Zuzanną w kinie i oglądając Johnny'ego Deppa w „Piratach z Karaibów", mogłem kiedyś przypuścić, że tylko kilkadziesiąt dni dzieli mnie od wpadnięcia w ręce piratów? I to nie cukierkowych, rodem z Hollywood, ale prawdziwych?

Dochodziłem do siebie. Zawroty głowy trochę mijały. Nie miałem pojęcia, czy to naturalne, czy może nanotech zabrał się za rekonstrukcję uszkodzonych miejsc. Rozejrzałem się. Rzucono mnie pod tylny kasztel. Paru marynarzy naszej załogi, podobnie skrępowanych, z nogami zakutymi w prymitywne dyby, spoczywało jak ja pod ścianą. Policzyłem ich wzrokiem. Siedmiu. Borys, Sadko, Islandczyk Bjart, dwóch pozostałych nie znałem, ale to chyba jeden z nich w czasie tortur chciał mnie kastrować. Doradca też przeżył i leżał, łypiąc wokoło ponurym spojrzeniem. Żył także chłopak okrętowy... Nigdzie nie widziałem naszego kapitana.

Opodal dwaj piraci rzucali trupy do morza. Nasi walczyli do ostatka, na pokładzie leżało kilkanaście ciał napastników. A przecież przed bezpośrednim starciem udało nam się trafić co najmniej kilku. „Srebrna Łania", ciągle spięta hakami abordażowymi z okrętem wroga, kołysała się na małej fali. Oba żaglowce od czasu do czasu uderzały o siebie z łoskotem.

Zatrzeszczały deski. Dwaj obdarci morscy rozbójnicy wnieśli na nasz pokład piękny fotel z oparciem rzeźbionym w lwy. Gdański czy ki diabeł? Z trudem zogniskowałem wzrok. Znowu coś nieśli, tym razem tylko wysokie, wyścielane skórą krzesło. Pewnie herszt chce sobie wygodnie siedzieć, patrząc, jak wyciągają nam flaki. Choć może najpierw zrobią parodię procesu sądowego, a dopiero potem powieszą nas na rejach?

Zadudniły czyjeś kroki. Na fotelu zasiadł potężnie zbudowany, brodaty typ. Miał wredną, paskudnie czerwoną gębę opoja i łapska pokiereszowane jak u rzeźnika. Obok na krześle przysiadł skromnie... lensmann Otto. Zawyłem w duchu.

Dwaj łotrzykowie przywlekli Petera Hansavritsona i bezceremonialnie rzucili go na pokład pod nogi swojego wodza. Kupiec musiał stawiać wyjątkowo zaciekły opór. Opuchlizna prawie zasłaniała jedno oko, krew z rozbitych łuków brwiowych pokrywała twarz, sklejała brodę. Na rękach i nogach miał ciężkie kajdany.

– Ten? – zapytał pirat Duńczyka.

– Tak.

– Peterze Hansavritson – wódz wstał – sprytnie wywinąłeś się mojemu przyjacielowi w Trondheim, ale twoja droga właśnie dobiegła końca.

– Magnus Störtebeker zwany Wilkiem. – Kupiec zidentyfikował pirata bez większego trudu. – Nie wiedziałem, że współpracujesz z tym duńskim sodomitą. – Przelotnym spojrzeniem zaszczycił Ottona.

– Polowaliśmy na ciebie dwa lata – syknął Magnus.

– Zatem skoro doszło do naszego spotkania, pewnie chcesz o czymś pogawędzić przy kielichu reńskiego wina – zakpił kapitan. – Nie rozumiem tylko, po co to wszystko. – Potrząsnął łańcuchami.

– Dość tej gry, kupcze – warknął Otto.

Peter pokręcił głową ze zdumieniem.

– Dziwne, świnia, a gada jak po ludzku. Jak zdołałeś wytresować tego wieprza? – zwrócił się do Magnusa.

Patrzyłem na to zdumiony. Prowokował ich, żeby zabili go od razu w przypływie wściekłości? Pirat wykonał gest ręką. Jeden z jego kamratów podskoczył i rąbnął na odlew bykowcem. Siła uderzenia rzuciła kapitana na deski. Na koszuli wykwitły mu trzy krwawe pręgi. Jęknął, ale po chwili zdołał się opanować.

– Wiesz, kim jestem – warknął Magnus.

– Sądząc po nazwisku, którego używasz, podajesz się za potomka Klausa Störtebekera, przywódcy braci witalijskich. – Peter wykrzywił się kpiąco. – I, jak mniemam, twoją ambicją jest zjednoczyć wszystkich piratów na Bałtyku. Ponieważ jest to w zasadzie niewykonalne, dopóki pływają tam statki pokoju, zbratałeś się z Duńczykami, by wspólnie działać przeciw Hanzie.

Obaj zasiadający na krzesłach wymienili zaskoczone spojrzenia. Byłem pewien, że Hansavritson trafił dokładnie w sedno.

– Nie rozumiem tylko, dlaczego to mnie postanowiliście dopaść jako pierwszego. Jestem prostym, ubogim kupcem. Obracam towarem wartym nie więcej niż kilkaset talarów. By wypełnić ładownie „Łani", dogadałem się z dziesięcioma podobnymi do mnie dziadami. Mam jeden walący się dom w Visby, a okręt, który odziedziczyłem po pradziadku mojej żony, pływa po morzach od ponad dwóch stuleci. Mój dom w Nidaros – z premedytacją użył starej nazwy – został spalony z rozkazu tego typka. – Wskazał brodą lensmanna. – Jestem dziś nędzarzem, w krwawym trudzie pracującym, by spłacić odsetki lichwiarzom.

– Piękna przemowa. – Magnus udał, że ociera nieistniejącą łzę. – Tylko że, kupcze, to, co nam przedstawiłeś, to jedynie legenda wymyślona na użytek takich jak my.

– Prawda jest zupełnie inna. Bardziej złożona i na swój sposób o wiele ciekawsza. Zwłaszcza ciekawsza dla mnie i dla króla Fryderyka – odezwał się Otto. – Jesteś wodzem Hanzy.

– Hanza nie ma wodzów. Czasem powołujemy syndyka, aby dbał o nasze interesy, ale Heinrich Sudermann, z tego, co wiem, przebywa w Anglii.

– Ma – warknął Otto. – Hanza ma wodza.

– Twoje słowo przeciw mojemu. Ale gadasz bzdury. A może nasłuchaliście się jakichś bajek. Hanza to związek czterystu miast. Ich przedstawiciele przybywają co kilka lat na hansatag i tam decydują wspólnie o handlu, karach, wykluczeniach oraz polityce związku. Każdy o tym wie.

– Hanza – Otto podniósł się z krzesła i przeszedł kilka kroków – przetrwała ponad czterysta lat. Wszystkie krainy, gdzie głos ludu był ważniejszy od głosu władcy, upadały rychło i przestawały istnieć. Takie jest prawo natury.

– Republiki Rzymska czy Ateńska przetrwały wiele stuleci. Republika Wenecka istnieje do dziś.

Lensmann jakby go nie słyszał.

– Tymczasem Hanza trwa i obraca niewyobrażalnymi pieniędzmi, być może nawet miliardem talarów... – ciągnął.

– Hanza nie ma swoich pieniędzy. Jej bogactwem jest bogactwo członków.

– ...i skupia dziesiątki tysięcy kupców. To wszystko bez własnych sił zbrojnych, sztabu... A jednocześnie każdy, kto próbuje ograniczyć wasze zapędy, sam wkrótce upada w niebyt. A to oznaczać może tylko jedno.

– Co takiego?

– Że hansatag to tylko parawan. Dekoracja teatralna uczyniona dla takich jak my. Natury nie da się naginać w nieskończoność. By przetrwać tak długo, musicie być monarchią. Musicie mieć jednego wodza w każdym pokoleniu.

– Nawet jeśli tak jest, choć osobiście uważam to za bzdurę, nic mi o tym nie wiadomo.

– Przodkowie mego przyjaciela – Otto wskazał gestem pirata – przed stu kilkudziesięciu laty zdobyli Visby. I co się stało?

– Pamiętam – odpowiedział Peter. – Wygoniono ich. Konkretnie: nasi pradziadowie zwołali hansatag, uchwalili składkę od wszystkich miast związku, wynajęli Krzyżaków, którzy wylądowali na Gotlandii i zdobywszy z marszu miasto...

– Coś szybko im to poszło, nieprawdaż?

– Krzyżacy byli świetnie wyszkoloną armią... – Kupiec z udawaną zadumą pokiwał głową. – Lepszej nie znajdziesz w ówczesnej Europie. To znaczy tak się wszystkim wydawało do bitwy pod Tannenbergiem czy, jak mówią Polacy, pod Grunwaldem.

– Nie to mam na myśli. Zjechali się kupcy w Lubece, uchwalili, zebrali pieniądze... Tak twierdzicie. Ile czasu by im to zajęło? Rozesłać zaproszenia, ustalić listy delegatów, wysłać ich, uradzić, rozjechać się do domów, zebrać pieniądze, wysłać posłów do wielkiego mistrza, przekonać go, przewieźć gotówkę albo choćby weksle, kwity i listy zastawne...

– Nie wiem, nie żyłem w tamtych czasach.

– Cztery tygodnie! – Otto uderzył pięścią w maszt. – Hansatag jeszcze obradował, gdy Krzyżacy wsiedli na swoje, a właściwie wynajęte i czekające na nich w Gdańsku statki!

– I co z tego wynika? Że własnej floty nie mieli? – Peter z premedytacją i na zimno rżnął głupa.

Mimowolnie poczułem zachwyt. Talentu aktorskiego mógłby mu pozazdrościć sam Leoś di Karpio...

– Gdy piraci zdobyli Visby, ktoś podjął natychmiast decyzję wynajęcia Krzyżaków. Ktoś dysponujący nieprawdopodobną ilością złota udał się do Gdańska, nakazał szykować okręty, a sam pojechał zmiennymi końmi do Malborka i rzucił na stół taką ilość dukatów, że wielki mistrz natychmiast zawezwał wszystkich żołnierzy, których miał w okolicy. Gdy rycerze dotarli do Gdańska, okręty były już na miejscu, obsadzone załogami, wyekwipowane, uzbrojone i gotowe do wyjścia w morze – powiedział lensmann.

– Dobrze znacie historię, panie. W każdym razie o wiele lepiej niż ja. Ale to, co mówicie, jest pasjonujące. Kiedy już mnie wypuścicie, będę musiał sobie coś doczytać. Byłem dotąd przekonany, że Krzyżaków o interwencję na Gotlandii poprosiła władczyni Szwecji Małgorzata. I cztery lata to trwało, a nie cztery tygodnie.

– A co było potem? Krzyżacy nie chcieli opuścić Gotlandii przez siedem lat. Hansatag zbierał się w tym czasie dwa razy, radząc, jak się ich pozbyć. I co się stało? Jeszcze radzili, gdy nagle polski król Jagiełło zaczął kupować ogromne ilości stali. Nagle w połowie Polski zadymiły mielerze do wypału węgla drzewnego, a warsztaty płatnerskie rozbrzmiały hukiem młotów. Nagle z południa przez górskie przełęcze wyruszyły setki wozów załadowanych beczkami najlepszego żelaza i prochu strzelniczego. Rozesłano wici po Polsce, Litwie i Rusi. I znikąd w ciągu kilku miesięcy zaledwie na granicy państwa zakonnego wyrosła wielotysięczna, świetnie uzbrojona i wyekwipowana polska armia.

– No i? Peter grał po mistrzowsku, wydawał się szczerze zainteresowany opowieścią.

Ja też słuchałem z rosnącym zdumieniem. Niczego takiego nie przypominałem sobie w historii, którą znałem.

– Krzyżacy pospiesznie wycofali garnizony z Gotlandii. Po całej Europie zaczęli szukać sojuszników. Nie zdążyli. Ledwie dotarli do Malborka pierwsi rycerze, wojska polskie przekroczyły Wisłę i trzeba było wydać im bitwę na polach Grunwaldu.

– Mieliśmy dużo szczęścia, że Polacy akurat wtedy zapragnęli walczyć z zakonem – rzekł z uśmiechem kupiec. – Może nawet dostali od nas jakieś pieniądze.

– Hanza nie musiała urządzać składki. Istnieje wielki centralny depozyt. Dziesiątki cetnarów srebra, które ktoś przekazał Jagielle. Ktoś, kto miał prawo to zrobić. Ktoś stojący na czele związku, ktoś, kto w sytuacji śmiertelnego zagrożenia nie musi słuchać hansatagu, bo to Hanza słucha jego. Król.

– To brzmi zupełnie prawdopodobnie – zgodził się kapitan. – Szkoda, że tak dobre rozwiązanie zostało przez nasz związek zarzucone i zapomniane.

– Wcale nie zostało – burknął pirat, znudzony chyba pojedynkiem na słowa, z którego najwyraźniej niewiele rozumiał. – A na dodatek nie tylko wiemy, że to ty, ale jeszcze mamy cię w swoich rękach.

– Człowiek wybierany raz na pokolenie, wybierany przez zaledwie pięciu ludzi, przedstawicieli pięciu kantorów hanzeatyckich. Człowiek, którego tożsamość utrzymywana jest w bezwzględnej tajemnicy... – Otto wyglądał na niezadowolonego, że towarzysz spalił mu puentę.

– Gadasz bzdury! – parsknął Hansavritson. – Jak to sobie niby wyobrażasz? Jeśli nikt nie wiedziałby, kto jest tym ukrytym władcą, to jakim cudem wymusiłby na kimkolwiek posłuch? Przyjmijmy, że jestem takim człowiekiem. I co? Wchodzę do Dworu Artusa w Gdańsku, znajduję miejsce przy stole, gdzie siedzi nad piwem burmistrz, klepię go po ramieniu, mówię, że jestem władcą Hanzy, i żądam tysiąca dukatów na cele związku? Albo proszę, aby mi za dwa dni wystawił osiemdziesiąt okrętów, bo chcę zabrać kilka tysięcy Krzyżaków na drugą stronę Bałtyku? Jeśli burmistrz będzie w dobrym humorze, tylko mi się w twarz roześmieje i każe wyrzucić na ulicę lub spuścić do kanału, abym głowę ochłodził. Ale jeśli będzie w parszywym nastroju, to pod pręgierzem stanę za czynienie tak niemożebnie głupich i obraźliwych żartów!

– Nikt nie wie, kim jest wasz król, i tylko burmistrzowie, zapewne zresztą nie wszyscy, wiedzą, że on w ogóle istnieje. – Otto twardo brnął w innym kierunku. – Ale sam rozumiesz, tajemnica, którą zna kilkuset ludzi, wcześniej czy później musi ujrzeć światło dzienne. I jak to się mówi, ujrzała. A my mamy swoich szpiegów w wielu miejscach.

– Nawet jeśli ktoś taki istnieje, to skąd mogę wiedzieć, kto nim jest?

– Ty – wtrącił się znowu Magnus.

– Jestem tylko ubogim kupcem. Gdybym miał dostęp do wielkiego centralnego skarbu, to kupiłbym sobie lepszy okręt i ubrał się po ludzku... Gdyby Hanza powierzyła mi tę funkcję, to z pewnością zadbałaby też o to, abym nie musiał mieszkać w domu, którego dach wymaga od lat natychmiastowej wymiany. Gdybym miał decydować, z kim Hanza będzie toczyć wojny, poruszałbym się pod ochroną całej floty okrętów wojennych. Swoją drogą, nie rozumiem jednego. Skoro wierzycie w ten skarbiec, czemu polujecie na mnie, zamiast zaatakować miejsce jego ukrycia i zrabować te, jak to określiłeś, setki cetnarów srebra?

– Odeślij swoich ludzi na „Wilka" – polecił Duńczyk Magnusowi.

– Dlaczego?

– Jeśli chcesz dożyć do rana, lepiej, żeby nie zobaczyli tego, co chcę ci pokazać.

– Tak jest! – Pirat wstał z fotela i po chwili pokład był pusty.

Pozostali tylko ci dwaj pilnujący Petera. Tylko czterech wrogów na całym pokładzie „Srebrnej Łani". Leżący opodal mnie Borys pomyślał najwidoczniej o tym samym, bo napiął potężne mięśnie i szarpnął więzami. Niestety, ci, którzy nas skrępowali, musieli dobrze znać swój fach. Otto wziął od jednego z piratów toporek.

– Co to jest? – Podszedł do leżącej na dziobie kotwicy.

– Kotwica. Nie widzieliście nigdy czegoś podobnego? – zakpił Hansavritson. – Służy do tego, by zatrzymać statek na morzu, gdy nie ma do czego przycumować. – Nadal się zgrywał, ale teraz w jego głosie pobrzmiewał starannie maskowany niepokój.

– Po co wam ona? Macie przecież dwie inne? – syknął jadowicie Duńczyk.

– Zazwyczaj jej nie używamy, jest za ciężka, zrzucanie za burtę i wyciąganie wymaga zbyt wiele wysiłku. Gdy jednak w czasie sztormu stajemy w złym miejscu, na przykład naprzeciw piaszczystej łachy, przydaje się, by dobrze unieruchomić „Łanię". – Peter wzruszył ramionami. – Dlaczego pytasz?

– Centralny skarb Hanzy jest gdzieś ukryty. – Duńczyk zwrócił się do swego kompana. – Ten wieprz ma rację, najlepszym posunięciem byłoby zrabowanie go...

– To dlaczego tego nie zrobimy? – Pirat łypnął zaskoczonym spojrzeniem.

– Bo nie wiemy, gdzie jest. Ale dyktator, tajny wódz związku, musi dysponować pewnym funduszem rezerwowym do natychmiastowego użycia. Otóż go znaleźliśmy...

Uderzył toporkiem z całej siły, ścinając końcówkę jednego z ramion kotwicy. Podniósł kawałek metalu i podał piratowi.

Nawet ja natychmiast domyśliłem się wszystkiego.

– To srebro?

– Tak. Tylko zewnętrzna powierzchnia zmieszana została z opiłkami żelaza, aby zardzewiała. Dobre trzy, może cztery cetnary kruszcu.

– Czy możesz nam to wyjaśnić? – Magnus zwrócił się do więźnia.

– Nie miałem o tym pojęcia. Sam jestem zaskoczony. Odziedziczyłem kotwicę razem ze statkiem – odparł kupiec. – Uwolnijcie mnie, to oddam wam połowę i zachowam was we wdzięcznej pamięci.

– Twoje przypuszczenia się sprawdziły. – Pirat spojrzał na Duńczyka. – Jaką śmiercią ma zginąć?

– Król chce przesłuchać go osobiście. Peterze Hansavritson – Otto stanął prosto, przybierając oficjalną minę – w imieniu Jego Wysokości władcy Danii, Fryderyka Drugiego, żądam wydania nam Oka Jelenia.

Drgnąłem. Co on powiedział?! Po raz pierwszy od rozmowy z łasicą usłyszałem tę nazwę z innych ust. Czy to możliwe, że byłem tak blisko rozwiązania tej tajemnicy? Za chwilę... Na twarzy więźnia odmalowało się dobrze udawane zdziwienie.

– Nie mam żadnego jelenia na statku, coby mu ślepia wyłupić. Trzeba było dostawę dziczyzny w Trondheim zamówić. A co do mojej „Łani"... – Wskazał rzeźbioną głowę.

Teraz dopiero zauważyłem, że w miejscu oka wprawiono rzeźbie srebrną monetę.

– Wiesz, o czym mówię.

– Czym więc jest to „oko jelenia"? – zapytał Peter.

Tym razem nie zdołał zapanować nad swoim głosem. Udawał, próbował ich oszukać. Ale i ja, i oni wiedzieliśmy już, że trafili w samą dychę.

– Odświeżę ci pamięć. – Otto podszedł do nas i jednym szarpnięciem postawił na nogi chłopaka okrętowego.

– To, zdaje się, twój kuzyn – zwrócił się do kupca. – Ile jest dla ciebie warte jego życie?

Wyciągnął zza pasa samopał i przystawił dzieciakowi lufę za uchem. Jeden z piratów usłużnie podszedł z krzesiwem, skrzesał ognia. Lont wetknięty w zamek zaczął delikatnie dymić. Łebek pobladł i spróbował przeżegnać się skutymi rękami.

– Oko Jelenia to tylko legenda – powiedział Peter. – Nawet jeśli kiedyś istniało, zaginęło dziesiątki, może setki lat temu...

– A może ty, mały, nam o tym powiesz? – Otto uderzył chłopaka lufą w potylicę.

Spojrzałem w oczy dzieciaka i zorientowałem się, że on wie. Widziałem pot roszący mu obficie czoło.

– Nigdy o czymś takim nie słyszałem – powiedział drżącym głosem.

– Zaraz umrzesz... Chyba że nam powiesz... Albo ty. – Przeniósł wzrok na kupca.

– Ja nic nie wiem.

Dzieciak już się opanował. Zrozumiałem w jednej chwili. Wie, ale będzie milczał. Będzie strzegł tajemnicy, nawet jeśli ma go to kosztować życie. Ile mógł mieć lat? Jedenaście? Dwanaście? Widocznie wystarczyło. Już wiedział, czym jest odpowiedzialność. Ja na jego miejscu posrałbym się ze strachu i wszystko wyśpiewał.

Otto bez mrugnięcia okiem pociągnął za spust. Syknął proch na panewce. Sekunda, może mniej. Chłopak wiedział, że umiera, ale jeszcze zdążył unieść dumnie głowę, wywinąć wargi w pogardliwym uśmiechu i wyciągnąć w stronę piratów mały palec u ręki. Znałem już ten gest, miejscowi uważali go za obraźliwy.

Huknęło. Kula rozłupała głowę młodego jeńca na kawałki. Patrzyłem w milczeniu na odłamki czaszki, pasma sklejonych krwią włosów i szaro-czerwone fragmenty mózgu rozbryźnięte na deskach. Ciało wolno osunęło się na ziemię. Serce jeszcze biło, krew ciągle chlustała z rozerwanych tętnic, tworząc coraz większą kałużę. Przy każdym ruchu statku strumyki ściekały to w prawo, to w lewo... Otto podszedł do nas. Zmrużył oczy – wybierał sobie kolejną ofiarę.

Czas się zatrzymał. Czułem przerażające zimno promieniujące z żołądka. Nigdy dotąd nie bałem się tak straszliwie. Ani czekając na zagładę planety w piwniczce na działkach, ani wtedy w Horg. Strzeli mi w głowę. Kula roztrzaska scalak. Przestanę istnieć. Odejdę tam, gdzie wszyscy ludzie urodzeni w mojej epoce...

Gdy potem na chłodno analizowałem sytuację, zrozumiałem przyczynę tej paniki. Za pierwszym razem wiedziałem, że umrę wraz z resztą ludzkości. Wyrok został wydany, nie ma odwołania. Za drugim razem podobnie – wiedziałem, że mnie rozpoznali i że zatłuką.

Na pokładzie statku było inaczej. Otto wprowadził pewien element nieoznaczoności, czynnik ludzki, można powiedzieć. Śmierć nie była nieuchronna, moje przetrwanie lub nie zależało od decyzji tego żałosnego dupka... I ta niepewność okazała się stokroć gorsza niż świadomość nieuchronności zagłady, która towarzyszyła mi wcześniej.

Stał przed nami, milcząc. Napawał się naszym strachem. Przypomniała mi się opowieść dziadka z czasów, gdy siedział w obozie na Majdanku. Wtedy dwa razy przechodził przez takie selekcje. Dwa razy jakiś bydlak w mundurze z trupią czaszką na czapce podejmował za niego decyzję: życie czy śmierć. Nagle Duńczyk drgnął i spojrzał na mnie uważnie. Poznał? Szlag. Inny strój, broda zasłaniająca policzki, ale chyba poznał.

– Ty! – warknął. – Skąd znam twoją gębę?

– Być może znał pan mojego brata. Został stracony w Horg kilka tygodni temu – skłamałem błyskawicznie.

– Rzeczywiście. – Wyszczerzył zęby. – Podobieństwo zaiste uderzające. Będziemy musieli jeszcze o tym szczerze pogadać...

A więc nie zabije mnie teraz. Wzbudziłem ciekawość, a tym samym odsunąłem od siebie śmierć. Za to pewnie czekają mnie tortury. Otto wywlókł z naszej gromadki kolejnego więźnia. Tym razem padło na Szweda. Przyłożył mu kord do szyi.

– Zaczekaj. – Magnus powstrzymał go gestem. – Jeśli Hansavritson jest tym królem Hanzy, to i ludzie, którzy są z nim, zebrali się tu nieprzypadkowo. Potorturujemy ich, to dowiemy się ciekawych rzeczy. Może nawet gdzie trzymają wielki skarb Hanzy i jak go uszczknąć. A z Okiem Jelenia też nie ma się co spieszyć. Odholujemy „Srebrną Łanię" do doków i tam, jeśli żaden nie powie, rozbierze się ją i rozszczepi każdą deskę na dziesięć części. Jeśli jest na tym żaglowcu, znajdzie się.

– Tak, do czarta, masz rację. – Otto pchnął niedoszłą ofiarę między nas.

Na jego twarzy odbiło się pewne rozczarowanie. Chyba mieli rację ci, którzy mówili, że on po prostu lubi zabijać. Ale nie był aż tak głupi, na jakiego wyglądał. W każdym razie umiał posłuchać dobrej rady.

– Do karceru ich! – warknął Magnus. – „Łanię" bierzemy na hol. Jeśli dobrze pójdzie, najdalej za tydzień będziemy w stolicy.

– A kotwica? – zapytał Otto. – Będzie kłopot z przeniesieniem jej na pokład „Wilka".

– Lepiej niech tu sobie leży. W Kopenhadze się ją zważy i król wypłaci nam czwartą część łupu.

Pirat skinął dłonią. Na pokład „Łani" przeskoczyło zręcznie kilku jego kamratów. Zdjęli nam dyby, potem podnosili kolejno i prowadzili na „Wilka".

Stała tam już otwarta skrzynia pełna zardzewiałych żelaznych łańcuchów. Po kolei zdejmowano nam pęta. Zdążyłem rozetrzeć nadgarstki, zanim zatrzasnęły się na nich grube obręcze. Przez uszko jeden z piratów przesunął ramię kowalskiej roboty kłódki. Zakręcił i sprawdził, czy dobrze trzyma. Spojrzałem z westchnieniem na zachodzące słońce. Czy jeszcze je kiedyś zobaczę?

Popychany brutalnie przez dwóch eskortujących mnie zbójów, zszedłem po wąskich drewnianych stopniach w ciemną czeluść luku.

✵ Staszek zbudził się, słysząc złowróżbne bębnienie kropli o tropik. Deszcz... Pewnie przyszła odwilż.

Widział w półmroku parę swojego oddechu. Wilgotność powietrza wzrosła? Zapalił świecę. Coraz lepiej radził sobie z krzesiwem. Ciepłe światło wypełniło namiot, tylko w kątach pozostały cienie. Dziewczyna spała. Odblaski płomienia tańczyły jej na policzku. Chłopak obejrzał podłogę. Na szczęście nigdzie nie podciekało.

Estera przesadza, poradzimy sobie, pomyślał. Ciekawe, co u Marka. Na pewno lepiej mu się płynie, niż nam idzie. Ma facet szczęście, zawsze jak kot na cztery łapy.

Gdzieś daleko zawył wilk, po chwili dołączyły kolejne. Polowały? Przymknął powieki, ale sen odszedł i nie chciał wrócić. Dziewczyna też otworzyła oczy.

– W górach żarłoczny nie pożarł go zwierz, kule strażników chybiły w zamieci – zanucił cicho.

– Miałam złe sny – powiedziała. – Jak z tych opowieści o obozach, stosy trupów zamieniające się powoli w popiół.

Znowu mówiła w jidysz. Westchnął ciężko.

– Wolałbyś, żeby to ona tu była, a nie ja? – zapytała.

– Odpowiedź na to pytanie zaboli. – Wzruszył ramionami. – Tak, wolałbym.

Usiadła po turecku na posłaniu. Widział jej twarde łydki i smukłe uda. Sutki nabrzmiały, piersi napinały cienkie płótno giezła. Popatrzyła Staszkowi w oczy i uśmiechnęła się.

– Znowu zaczynasz? – westchnął ciężko.

Zawinął się w śpiwór i odwrócił do dziewczyny plecami. Deszcz już nie bębnił, teraz jednostajnie szumiał. Do rana cały śnieg spłynie, a oni będą musieli brodzić przez błoto i kałuże. Buty przemiękną na wylot. Chyba że by poczekać tu dzień lub dwa. Tylko że poruszają się i tak za wolno. O wiele za wolno... Świadomość powoli odpływała.

Sen przyszedł niemal natychmiast. Był kompletnie idiotyczny, a przy tym realistyczny jak diabli. Staszek trzymał w ramionach nagą dziewczynę. Jego dłoń wędrowała po rozkosznych wzgórkach jej pośladków... Ocknął się i w ułamku sekundy odzyskał pełną przytomność. Odepchnął Esterę, zrzucając z posłania na podłogę namiotu. Prychnęła wściekle.

– Moja droga, jeśli się nie uspokoisz, będę musiał cię związać – powiedział ostro.

Uklękła odwrócona do niego plecami, powoli założyła giezło. Nie był w stanie oderwać oczu od jej sylwetki, więc opuścił powieki. W żyłach płonął mu ogień.

– O co ci chodzi? – zapytała. – Przecież nie jesteś homoseksualistą ani eunuchem! Ani nawet antysemitą! I tak to wszystko już bez znaczenia. Jesteśmy już martwi. Wkrótce umrzemy ponownie!

Powstrzymał słowa cisnące mu się na usta.

– Śpij już! – rozkazał.

– Więcej prosić nie będę. – Skrzywiła wargi i, najwyraźniej ciężko obrażona, położyła się plecami do niego.

– Posłuchaj – powiedział cicho. – Nasz problem polega na tym, że nie jesteśmy sobą. Łasica nam to wyjaśniła. Mnie i Markowi. Pogrzebali nam bezpośrednio przy osobowości. Założyli blokady, żebyśmy nie przejmowali się śmiercią najbliższych. Heli przycięli pamięć, aby nie myślała za bardzo o tym, jak ją gwałcono.

Estera odwróciła się w jego stronę. Chłonęła słowa z uwagą.

– Nie jesteś sobą – powtórzył. – Nawet nie dlatego, że wychlastano ci piętnaście lat wspomnień. Nawet nie dlatego, że nakładają ci się obrazki z cudzego życia. Zastanów się. Czy twoje zachowanie, to, co pamiętasz... Czy nie ma różnicy? Czy to cholerne zwierzę nie zrobiło ci czegoś z popędem płciowym? Czy nie zblokowało jakoś poczucia wstydu? Nie zdjęło barier przyzwoitości? Czy nie zachowujesz się nazbyt swobodnie, inaczej niż dawniej?

Długą chwilę rozmyślała, wpatrując się we własne dłonie. Potem, nadal milcząc, spojrzała na niego, ściągając brwi.

– Wiesz, ja... – zaczęła. – Masz rację. To nie było tak. Lubiłam poflirtować, zabawić się, dwa razy nawet przeżyłam prawdziwe romanse, ale... To przecież wyglądało inaczej. Teraz płonie we mnie ogień, lecz nie jest prawdziwy. Wtedy czułam oszołomienie w rozumie, teraz tylko zmysły. Ciało... Ciało tego żąda. Nie głowa. Nie serce.

Sztuczna stymulacja gospodarki hormonalnej, przeleciało mu przez myśl.

– Nie obraź się, ale... – urwała, popatrzyła na Staszka bezradnie. – Wszyscy, którzy mi się podobali, byli starsi, bardziej... męscy. Inni, inaczej zbudowani.

– Nie jestem w twoim typie? – zgadł.

Nie znała chyba tego określenia, ale domyśliła się przez kontekst.

– Tak. Dojrzali, ich ciała były okrzepłe, podczas gdy ty ciągle przypominasz budową chłopca. Dzieciaka. Nie wzbudziłbyś we mnie pożądania, nawet gdybyśmy przez rok mieszkali na bezludnej wyspie. A mimo to, patrząc na ciebie, nabieram ochoty... Jak zwierzę. Bez flirtu, bez pozorów, że między nami coś mogłoby się ułożyć. I nawet nie myślę o tym, czy to bezpieczny dzień, czy nie. Teraz, kiedy mnie o to zapytałeś, stygnę i zastanawiam się nad tym. Wcześniej nie...

– Chodźmy spać – poprosił po raz kolejny.

– Masz rację. Nie jestem sobą. Nie wiem, kim jestem. Garść wspomnień córki lekarza z Nalewek, ciało zagłodzonej nastolatki, a w żyłach kipiąca, buzująca krew...

– A ja...? – Zamyślił się.

Milczał długo. Oddech dziewczyny wyrównał się, chyba zasnęła. On jeszcze przez dobrą godzinę miotał się po posłaniu, obracając w głowie głupie pytanie:

– A kim jestem ja?

Oczy powoli przyzwyczaiły mi się do ciemności. Tyle razy słyszałem o tym, że próchno fosforyzuje, ale teraz dopiero w to uwierzyłem. Podłogę tu i ówdzie znaczyły plamy mdłego blasku. Na tyle silnego, że widziałem sylwetki współwięźniów.

Pomieszczenie nie było duże. Jakieś pięć metrów długości, nie więcej niż trzy szerokości. Ściana naprzeciw lekko się wyginała, musiała przylegać do burty, bo słyszałem, jak tuż za nią szumią fale. Sufit zawieszony nisko nad naszymi głowami to już pokład statku. Pod podłogą znajdowały się chyba ładownie. Powietrze cuchnęło zgnilizną i rybami.

Wszystkich nas przykuto identycznie. Siedzieliśmy rzędem pod ścianą. Ręce opinały metalowe okowy umieszczone jakieś półtora metra nad ziemią. Na nogach mieliśmy dyby z drewnianych kłód ściągniętych śrubami. Przy odrobinie szczęścia, jeśli będą nas poić, przeżyjemy jakoś ten tydzień. Jeśli nas nie rozkują, będziemy musieli srać i sikać pod siebie... Spróbowałem wyszarpnąć dłoń z kajdan. Niestety, piraci wykazali się profesjonalizmem.

Poczułem, że ogarnia mnie coraz większa rozpacz. W co ja się wpieprzyłem? Z drugiej strony – cóż, nie miałem wyjścia. Musiałem płynąć do Bergen, decyzję podjęto za mnie. Gdybym spóźnił się na statek, ta przeklęta Ina z pewnością surowo by mnie ukarała.

– Björn – usłyszałem głos Petera Hansavritsona.

– Tak, panie.

– Muszę cię o coś prosić...

– Tak, panie.

Siedzący obok mnie więzień z trudem podciągnął bliżej kloc, w którym uwięzione były jego nogi. Zdołał wywindować się do pozycji z grubsza przykucniętej. Hansavritson najpierw szeptał coś do Szweda, potem zapytał głośniej:

– Zdołasz to zrobić?

– Trzy szanse na tuzin. – W głosie marynarza usłyszałem wahanie. – Co będzie...

– Hanza zadba o ciebie i twoich bliskich. Jeśli ci się nie uda, zaopiekujemy się nimi. Tak jak rodzinami tych, którzy zginęli na mojej służbie.

– Nigdy w to nie wątpiłem, panie – zapewnił.

A potem dobiegł mnie dziwny odgłos i stłumione jęki. Co on, próbował zębami skruszyć stal?

Przypuszczam, że domyśliłem się od razu, ale mój umysł po prostu odrzucił to rozwiązanie. Dopiero gdy marynarz wypluł odgryziony kciuk na podłogę i przeciągnął okaleczoną dłoń przez okowy, uwierzyłem w to, co widziałem.

Krwawił potwornie, lecz szybko sięgnął ocalałymi palcami do buta. Spod podeszwy wyciągnął dziwaczny stalowy haczyk i wraziwszy go w kłódkę, chwilę majstrował.

– Sadko, przygotuj się, ja chyba... – usłyszałem jego słaby głos.

Kłódka otworzyła się ze szczękiem. Björn uwolnił drugą dłoń i dłuższy czas szarpał zębami rękaw koszuli, by założyć sobie prowizoryczny opatrunek.

To niemożliwe, pomyślałem. Nie zatamuje krwawienia, umrze z upływu krwi najdalej za kilka minut.

– Tak, cudzoziemcze – powiedział półgłosem Peter. – Widzisz oto, jak duch ludzki zwycięża słabości ciała...

Marynarz nie zdołał opatrzyć okaleczonej ręki. Zamiast tego włożył dłoń do ust i ścisnął zębami brzegi rany. Drugą dłonią majstrował przy dybach, wreszcie był wolny. Podszedł, zataczając się, do swego pryncypała. Kilka minut dłubał wytrychem w zamku kajdan.

– Siadaj i odpocznij – rozkazał mu kapitan. – Straciłeś zbyt dużo krwi. Ja pomogę reszcie.

– Tak – wybełkotał niewyraźnie Björn, osuwając się na podłogę.

Peter pracował szybko. Chyba miał wprawę. Po chwili wszyscy marynarze byli wolni. Mnie też nie pominięto. Sadko, widać przeszkolony na medyka, zajął się natychmiast rannym. Pomogłem mu bez słowa. Felczerskie szkolenie znów się przydało. Znalazłem główną żyłę i zacisnąłem. Sadko w tym czasie podwiązywał to, co sterczało z rany. Ktoś skrzesał ognia i teraz rozgrzewał nad świecą ostrze nożyka, aby przypalić.

– Cudzoziemcze – zwrócił się do mnie Peter – nas, ludzi ze „Srebrnej Łani", wiążą przysięgi, które sprawiły, że jesteśmy niczym bracia. Trafiłeś między nas, ale pozostajesz obcym. Co gorsza, nie wiemy, kim jesteś. Wstępne przesłuchanie potwierdza nasze najczarniejsze obawy. Nie tylko nie możemy ci ufać, nie tylko stoi za tobą siła straszliwa i niosąca zagładę, ale na domiar złego poznałeś zbyt wiele naszych sekretów. Mimo to w czasie bitwy dzielnie stanąłeś przy nas ramię w ramię. Jakbyś nie czuł urazy, choć przecież wydałem cię na męki. Czy ślubujesz nadal walczyć wraz z nami mimo wielokrotnie przeważających sił wroga i poświęcić swoje życie, jeśli będzie to niezbędne dla zwycięstwa?

– Ślubuję – powiedziałem poważnie. – Dysponuj moim życiem, kapitanie.

Gdzieś w głębi duszy obudziła się krew przodków. Odezwały się geny rycerzy, szlachty, kupców, rzemieślników, mieszczan, chłopów... Kilkadziesiąt pokoleń dzielących nasze epoki przestało mieć znaczenie. Marynarzy ze „Srebrnej Łani" ukształtowały i zahartowały zupełnie odmienne doświadczenia niż mnie. A jednak nad tą otchłanią czasu udało się przerzucić most. Honor był pojęciem uniwersalnym, stanowił wspólny punkt odniesienia. Nigdy nie miałem okazji, by się tego nauczyć. Nigdy się nad tym nie zastanawiałem. To przyszło nagle. Jakbym niespodziewanie przypomniał sobie coś, co zawsze umiałem. Zrozumiałem, czym jest szacunek, zrozumiałem, czym jest bezwzględna lojalność wobec człowieka, którego sam sobie wybierasz na wodza. Ten niepozorny kupiec, drobny, niższy ode mnie o głowę, zaimponował mi już wcześniej hartem ducha. Teraz jednak, widząc szaleńcze poświęcenie Björna, zrozumiałem, że pirat mówił prawdę. Stojący przede mną człowiek był tajnym, niekoronowanym królem Hanzy. Nawet gdyby nie miał tego całego Oka Jelenia, nadal pozostałby królem. Tak po prostu.

Björn zdrową ręką wyciągnął spod podeszwy buta krótką, zakrzywioną piłę i podał pryncypałowi. Peter podszedł do drzwi i przyłożywszy do nich ucho, nasłuchiwał. Wreszcie, uspokojony, przesunął brzeszczot między płycinami a framugą, namacał zewnętrzny rygiel i cicho zaczął go piłować. Nie wiem, ile czasu minęło. W takich chwilach biegnie on inaczej niż zwykle... Wreszcie cichy trzask uświadomił nam, że droga do wolności stanęła otworem.

– Borys, prochownia – rozkazał Peter. – Daj długi lont, będziemy czekali z przecięciem cumy.

– Nie czekajcie – warknął Rosjanin. – Zrobię to. Trza by tylko krzesiwo, bo moje zabrali.

– Będziemy czekali – powtórzył z naciskiem Hansavritson. – Spiesz się. Jeśli nie zdołasz podpalić, uciekaj. Jesteś nam potrzebny żywy, a nie martwy. To rozkaz!

Zatrzymał nas gestem, a potem ostrożnie pchnął drzwi. Uchyliły się bezgłośnie. Wyskoczył w ciemność korytarza. Ktoś zacharczał, jakby się krztusił. Nie wiem, jakim cudem natychmiast zrozumiałem, że to czyjeś płuca wciągnęły ostatni haust powietrza, tonąc już we krwi z poderżniętego piłą gardła. Ciało runęło na deski. Peter wrócił uzbrojony w zdobyczny kord. Podał Rosjaninowi krzesiwo.

– Wiesz, co masz robić – powiedział. – Za mną! – rozkazał.

Szliśmy cicho jak koty. Po kolei ostrożnie przekraczaliśmy ciało leżące w poprzek korytarza. Tylko czasem skrzypnięcie buta albo cichy trzask deski zdradzał naszą obecność. Przejście biegło pod całą długością okrętu. W połowie przez otwarty luk wpadał słaby poblask księżyca.

Przy stole, prawie bezpośrednio pod otworem, siedział tyłem do nas jakiś pirat. Drzemał? Bjart wysunął się na prowadzenie. Rozległo się ohydne chrupnięcie skręcanego karku, a potem słaby odgłos bijących w agonii pięt.

Ktoś otworzył drzwi po lewej. Peter uderzył trzymanym w dłoni kordem. W ciemności usłyszałem jęk. Poczułem nagle zapach krwi i wymiocin. Borys pomaszerował naprzód, my stanęliśmy u podnóża drabiny. Sadko podtrzymywał słaniającego się na nogach Björna. Złapałem go od drugiej strony, podparłem.

Kapitan pierwszy wyskoczył na pokład. Widziałem jego czarną sylwetkę na nieco jaśniejszym tle. Zaraz też machnął ręką. Ruszyliśmy za nim. Przy maszcie w zwój lin wetknięto miecze. Moi towarzysze porwali je bez słowa. Ktoś wcisnął mi w rękę kord. Jeden z piratów stał na tylnym kasztelu, plecami zwrócony do nas. „Łania" chwiała się na wodzie jakieś trzy metry od duńskiego okrętu, połączona czterema linami.

Peter dał znak. Złapaliśmy za sznury i z wysiłkiem przyciągnęliśmy drugi żaglowiec. Stuknęły się burtami z łomotem, który obudziłby umarłego. Pirat stróżujący na platformie odwrócił się zaskoczony. Sadko cisnął mieczem, przeszywając go na wylot, ale Duńczyk, choć śmiertelnie ranny, zawył jak syrena.

– Na „Łanię"!!! – ryknął Hansavritson.

Puściliśmy liny i przeskoczyliśmy na pokład. Kilku zaspanych oprychów wyskoczyło z pomieszczeń dziobowych naszego okrętu. Padli zaraz pod ciosami mieczy. Kolejnego, który wyjrzał z luku, Islandczyk Bjart zdekapitował jednym cięciem. Głowa potoczyła się po deskach. Sadko przeciął po kolei trzy liny łączące obie łajby. Zostawił najdłuższą. Burty oddalały się. Na pokładzie wrogiej jednostki zaczął się ruch.

– Wracam po brata! – krzyknął mały Rosjanin. – Jeden los nam pisany!

– Dobrze – odparł nasz dowódca.

Ale już nie było potrzeby. Kilku wrogów padło, reszta rozprysła się na boki i Borys, wymachując mieczem, przebiegł po napiętej linie.

– Odcinaj! – krzyknął do brata.

Sadko uderzył siekierą w hol. Olbrzym skoczył, w chwili gdy drugie uderzenie zerwało cumę. Uderzył ciężko stopami o reling, puścił zakrwawiony po rękojeść oręż. Runął do przodu, padł na pokład jak kot, na cztery łapy, przetoczył się i skoczył na równe nogi, najwyraźniej żywy i nieposzkodowany.

– Ognia!!! – rozległ się krzyk. Chyba poznałem po głosie lensmanna.

Od strony „Wilka" błysnęło, gdy jednocześnie wypalono z kilku hakownic. Przypadłem do pokładu. Huk wielu wystrzałów zlał się w jedno.

– Kusze! – ryknął kapitan. – Skrzynia w kajucie!

Stałem najbliżej. Wpadłem do pomieszczenia na tylnym kasztelu. Jakiś Duńczyk skoczył w moją stronę. Diabli nadali, i tu zostawili wartę! Sam nie wiem, jak to zrobiłem, porwałem za nogę masywny dębowy stołek i z całej siły przyładowałem piratowi w głowę. Padł martwy lub zamroczony. Otworzyłem skrzynię. Pusta. Co było tu wcześniej? Kusze, kołczany pełne bełtów, miecze... Całe wyposażenie zabrali piraci.

Przy Duńczyku znalazłem tasak. Lepszy rydz niż nic. Czy mamy jakiekolwiek szanse? Nie zdołaliśmy obronić się przed abordażem, a teraz załoga była szczuplejsza i prawie nieuzbrojona. Tym razem nie będą brali żadnych jeńców, tylko wyrżną nas do ostatniego.

A może to wszystko ma zupełnie inny sens? Może wyrwaliśmy się z oków tylko po to, by dać Peterowi możliwość zniszczenia ukrytego gdzieś na „Łani" Oka Jelenia? Myśl błysnęła i naraz spłynął na mnie spokój. Chyba jednak było warto. Oko Jelenia nie miało prawa dostać się w ręce wroga. Nasze życia wcale nie były wygórowaną ceną!

Wyskoczyłem na pokład. I wtedy to zobaczyłem. W bladym blasku przedświtu od strony lądu pod pełnymi żaglami szły dwa statki. Przepadliśmy. A może...? „Wilk", zamiast płynąć w naszą stronę, oddalał się, piraci pospiesznie stawiali żagle.

Peter odwrócił się do mnie z uśmiechem.

– To... – wykrztusiłem, wskazując je gestem.

– Nasi! Odsiecz! To okręty pokoju z Bergen. Teraz damy rybom posmakować duńskiej wątroby!

Obok mnie wyrósł zwalisty Borys.

– To chyba twoje, *bratok*! – Z łapy wielkiej niczym bochen chleba zwisał na łańcuszku zegarek wykonany przez Feliksa.

– Moje – potwierdziłem.

– To postawisz mi dzban piwa. – Wyszczerzył w uśmiechu zęby. – Zabrałem jednemu obezjajcowi, który pilnował prochowni. Oddać po dobroci nie chciał, dlatego posoką utytłane.

I pomyśleć, że dwanaście godzin temu ten właśnie bydlak ze swoim braciszkiem z piekła rodem wyrywał mi cęgami paznokcie stóp...

– Dwa dzbany, gdy tylko zejdziemy na ląd. *Błagadariu!* – Przewiesiłem sobie łańcuszek przez szyję.

– Prochownię podpaliłem, ale widać lont ugasili, bo już by gruchnęło – raportował dowódcy.

– To już bez znaczenia. Byle tylko nie zdołali ujść.

Piraci wykonali rozpaczliwy zwrot. Na okręcie znajdującym się bliżej „Wilka" nierówno zagrały trzy albo cztery armaty. Kule padły jednak daleko. Odwróciłem się w stronę kapitana, robiąc krok do przodu, i nagle poczułem uderzenie, coś w mojej głowie chrupnęło donośnie.

– *Mein Gott!* – krzyknął ktoś po niemiecku.

Zdążyłem pomyśleć, że ktoś trafił mnie w potylicę, a potem wszystko ogarnęła ciemność.

Gdy obudzili się rankiem, Estera nie powiedziała ani słowa. W milczeniu zjedli po sucharze. W milczeniu zwijali obozowisko. Już nie padało. Tropik był mokry, namiot też zwilgotniał.

Przydałoby się trochę słońca i silny wiatr, pomyślał Staszek. I parę godzin...

Niestety, czas naglił. Pogoda mogła się zmienić już tylko na gorsze. Wyruszyli wzdłuż strumienia, a potem zakręcili w dolinę. Jej dno stanowiło rumowisko skalne, porośnięte tu i ówdzie połaciami kolczastych krzaków, jednak ku swojemu zaskoczeniu znajdowali całkiem wyraźne ślady drogi. Buty przemiękły, nogawki spodni Staszka i suknię Heli aż do kolan pokryło błoto. Ale mimo to szło im się całkiem nieźle. Koło południa natrafili na głaz ozdobiony prymitywnie wykutym krzyżem i rysunkiem topora.

– A zatem jesteśmy na szlaku – mruknął.

Nie odpowiedziała. Obojętnie ruszyła dalej. Kroczył za nią apatycznie. Tęsknił do Heli, rozpaczliwie brakowało mu rozmów z przyjaciółką. Jednocześnie nie był w stanie wyrzucić z pamięci nocnej przygody. Klął w duchu, że nie skorzystał z okazji... Czas ciągnął się jak guma. Szli i szli. Chłopak usiłował powtarzać w pamięci treść przeczytanych kiedyś książek i wierszy. Brak zegarka doskwierał mu niczym obcięta ręka... Jak mierzyć czas? W dodatku w tym dziwnym kraju, gdzie dzień ma zupełnie inną długość niż w Polsce.

Która może być godzina? Spojrzał na szczyty oświetlone słońcem. Piętnasta?

W pierwszej chwili sądził, że się zwyczajnie potknął. Upadł w błoto. Zachłysnął się lodowatą breją z gnijącego igliwia i na wpół stopionego śniegu. Stanął na czworakach, z trudem wykaszlał to, co łyknął. Sekundę później smagnął go potworny ból. Znowu zwalił się w bajoro. I nagle wszystko się skończyło. Uchylił oczy.

Ina siedziała na głazie.

– Ty ścierwo – jęknął. – Co ty wyrabiasz?

– Znowu ignorujesz moje rozkazy – powiedziało zwierzę. – Znajdujecie się w innym miejscu, niż powinniście.

– Nie mogliśmy iść główną drogą – wyszeptał. – Tam by nas szybko schwytano.

– Zdaję sobie z tego sprawę. Przebyliście jednak dystans dalece niewystarczający.

– Sama sobie przebywaj! – wrzasnął wściekle. – Co ty sobie wyobrażasz? Jesteśmy ludźmi. Czujemy zmęczenie, przedzieraliśmy się przez kopny śnieg... Pobłądziłem.

– Jesteście nie dalej niż czterdzieści kilometrów od Nidaros. To nie jest dużo, jak na cztery dni marszu – powiedziała spokojnie. – Zostaniecie ukarani.

– Pani... Zrobiliśmy absolutnie wszystko, by wykonać twoje rozkazy! Jeśli nie wierzysz, zbadaj naszą pamięć! – powiedziała Estera.

Staszkowi pociemniało w oczach, przez ułamek sekundy widział migające niczym w kalejdoskopie sceny, potem wszystko utonęło w białym szumie.

– Nie przypuszczałam, że można być tak słabym i głupim jak wy – oświadczyła kosmiczna tancerka. – Ale rzeczywiście mówicie prawdę. Na swój prymitywny i niedoskonały sposób usiłowaliście wypełnić polecenie.

Przechyliła łebek, patrząc na Staszka.

– Dlaczego odtrąciłeś zaloty swojej towarzyszki? – zapytała.

Splunął w odpowiedzi.

– Wasze idiotyczne ziemskie zabobony. – Zwierzę powiedziało to chyba z naganą. – Specjalnie dokonałam uwypuklenia jej drugiej osobowości, by ułatwić wam kopulację.

– Co? – Spojrzał na nią uważnie. – Zrobiłaś coś, by osobowość Estery dominowała nad Helą?

– Mniej więcej. Masz zbyt małą wiedzę z dziedziny psychologii, żeby zrozumieć – zbyła go Ina. – Muszę radzić sobie z materiałem, jaki wyselekcjonował Skrat.

Estera w mniejszym stopniu ulega waszym zakazom religijnym i zwyczajowym, łatwiej było zrobić jej korektę. Mniej blokad i zahamowań.

– Bydlę! – wrzasnął.

– Nie rozumiem was. – Zwierzę wzruszyło ramionami. Ten prawie ludzki gest doprowadził Staszka do kolejnego ataku białej gorączki. – Stężenie hormonów i poziom nierozładowanego napięcia seksualnego dawno przekroczyły u ciebie normy typowe dla...

– ...statystycznego wzorca gatunku *homo sapiens* – parsknął. – I co z tego?

– Powinniście oboje regularnie spółkować, aby zniwelować poczucie dyskomfortu utrudniające wam wykonanie zadania.

– Kłamiesz. To ja mam wykonać zadanie. Dziewczynę dostałem tylko po to, żebym miał zapewnioną... – zabrakło mu słów. – Żebym mógł się skupić. Zresztą mówię „dziewczynę", a tymczasem to już prawie nie jest człowiek. Okaleczyłaś jej psychikę. Z normalnej, myślącej i czującej istoty ludzkiej zrobiłaś gumową zabawkę z sex shopu. Lalkę Barbie, panienkę potrafiącą tylko rozkładać nogi na zawołanie. Wyrwałaś jej taki kawał jaźni, że mam obok siebie nie zwykłą kobietę, ale ożywioną bohaterkę trzeciorzędnego pornola. Nic nie wiesz o ludziach!

– Już mi o tym mówiłeś. Owszem, na ile jestem w stanie się przekonać, obserwując osobniki waszego gatunku, wiedza nabyta z filmów i literatury nie przystaje do rzeczywistości, a niekiedy jest z nią wręcz sprzeczna.

Zwierzę jakby posmutniało.

– Wykonujemy twoje rozkazy najszybciej i najlepiej jak potrafimy. – Spojrzał jej prosto w oczy.

– Można przyjąć takie założenie. – Kiwnęła głową. – Co chcesz mi w związku z tym zakomunikować?

– Nie wtrącaj się w nasze życie osobiste! Nie masz o tym pojęcia. Kaleczysz nas. Zabijasz. Twoje działania już wywołały poważne kłopoty. I to nie pierwszy raz. Nie potrzebujemy twojej pomocy. Wystarczy w zupełności, jeśli przestaniesz nam przeszkadzać.

– Czego zatem oczekujesz? – Łasica spojrzała na niego uważnie.

– Przestań przy nas dłubać! Przestań cokolwiek poprawiać wedle własnego widzimisię. Odeślij, zablokuj osobowość Estery. Wyłącz. Umiesz to zrobić.

Dziewczyna spojrzała na niego z żalem i wyrzutem. Milczała, i to było najgorsze. Spuścił wzrok.

Zabiłem ją, pomyślał. W imię egoistycznych zachcianek zażądałem właśnie uśmiercenia drugiego człowieka.

– To awykonalne. Mogę ją jedynie przytłumić. Najlepiej byłoby zlikwidować dziewczynę jako źródło kłopotów, ale to absurd ekonomiczny... Zresztą nie mam już nikogo, kto mógłby ci towarzyszyć.

Nagła cisza sprawiła, że Staszek spojrzał w bok. Jego towarzyszka leżała w błocie z zamkniętymi oczyma. Widział szybkie ruchy gałek pod powiekami. Dłonie i stopy drgały lekko.

– Co...

– Dostrajam zgodnie z twoim życzeniem. Czy coś jeszcze?

– Potrzebuję mapy. Nasza jest niewystarczająca. Nie znamy drogi.

– Załatwione. – Łasica kiwnęła łebkiem. – Coś jeszcze?

– Jesteś w stanie wytworzyć nam lekarstwa? – zagrał va banque. – Przydałaby nam się choćby głupia aspiryna, sulfonamidy, antybiotyki...

– Nie. Brak mi informacji o ich składzie chemicznym. Nie spotkamy się przez najbliższe siedemdziesiąt, może osiemdziesiąt dni – powiedziała. – Oczekujcie na instrukcje w Uppsali.

Zrozumiał, że zaraz odejdzie. Zastanawiał się rozpaczliwie, jakie jeszcze pytania może jej zadać, ale umysł miał doskonale pusty.

– Procedura zakończona, osobowość kobiety o imieniu Helena została ustabilizowana, na ile się dało – poinformowała go Ina.

– Co to znaczy?

– Mogą nadal następować przebicia – wyjaśniła. – Jak po pierwszym wybudzeniu w tej epoce.

Odetchnął z ulgą.

– Dziękuję.

– Co do ciebie... – zawahała się. – Stwierdzam znaczne rozchwianie równowagi biochemicznej mózgu. Wciąż masz poważne zaburzenia gospodarki hormonalnej. Jeśli chcesz, mogę cię bezboleśnie wykastrować.

Odruchowo zasłonił przyrodzenie.

– Nie!

– Jak sobie życzysz. Bywaj.

Rozmazała się w smugę. Widział jeszcze, jak wbiega na pionową ścianę skalną, a potem znikła.

A mapa?! – krzyknął w ślad za nią. I w tej chwili spostrzegł czarny przedmiot leżący w miejscu, gdzie wcześniej siedziało zwierzę. Podniósł go i nie oglądając nawet, schował do kieszeni. Dopadł Heli.

Dziewczyna, leżąc w błocie, przemokła na wylot. Była nieprzytomna. Letarg, jak wtedy, gdy znalazł ją Marek? Na to wyglądało... Złapał ją pod kolana, drugą rękę wsunął pod plecy. Dziewczyna sporo ważyła, choć na to nie wyglądała.

– Do jasnej cholery! – zaklął wściekle.

Znalazł sporą wnękę w ścianie wąwozu, gdzie było dość sucho. Pospiesznie rozstawił namiot. Miejsce wybrał doskonale, od dwu stron osłaniała je lita skała. Hela miała całe plecy mokre. Ułożył ją na śpiworze i zawahał się. Nie ma wyjścia... Ściągnął z niej przemoczony płaszcz i suknię. Gorset był tylko trochę wilgotny, więc nie musiał go zdejmować. Staszek nakrył dziewczynę skórami, a sam poszedł nazbierać drew na opał. Rozpalił przed namiotem ognisko i teraz dopiero, gdy woda w kociołku zaczęła grzać się na zupę, wyciągnął z kieszeni zagadkowy przedmiot pozostawiony mu przez Inę. Tubus z czegoś, co wyglądało na plastik, miał około dziesięciu centymetrów długości i nie więcej niż dwa centymetry średnicy. Z jednego końca widać było cienką jak włos linię łączenia.

Staszek pociągnął, a potem spróbował przekręcić. Ścianki tubusu miały milimetr grubości. Wewnątrz znajdowała się rolka cieniutkiej folii. Chłopak odwinął kawałek. Dłuższą chwilę wpatrywał się w zadumie w to, co widzi. Miał przed sobą zdjęcie satelitarne przedstawiające dolinę, w której się znajdowali. Cienką, oślepiająco czerwoną linią zaznaczono szlak wędrówki... Chłopak odwinął kolejny kawałek.

– Da się żyć – mruknął.

Zajrzał do namiotu. Hela nadal spała mocno, prawie nie oddychając. Uniósł jej rękę. Była bezwładna.

Czemu aż tak głęboki letarg? – zamyślił się. Co Ina jej zrobiła, że wymagało to aż takich środków?

Spróbował policzyć puls, lecz zupełnie mu to nie szło. Nigdy się tego nie uczył, nie potrafił ująć nadgarstka w odpowiedni sposób. A może lepiej na szyi? Też nic z tego... Woda w kociołku zawrzała. Wrzucił do niej kawałek wędzonki i nakruszył krup kaszy. Helena otworzyła oczy, gdy obiad akurat przestygł na tyle, by dało się jeść.

– Łasica – szepnęła.

– Już odeszła – wyjaśnił Staszek.

– Aha... Jestem słaba. Co ona ze mną robiła?

– Nie wiem. Twierdziła, że spróbuje ustabilizować scalak, żeby Estera nie budziła się tak często.

– Znowu... – zaczęła i urwała. – To nieistotne – powiedziała jakby do siebie.

– Odpocznij – poprosił. – W dalszą drogę ruszymy dopiero jutro. Musisz jeszcze poleżeć.

– Dziękuję – powiedziała. – I przepraszam, ciągle masz przeze mnie jakieś kłopoty.

– Daj spokój. – Wzruszył ramionami. – To przecież nie twoja wina.

Zmierzchało. Znowu stracili prawie cały dzień. Położył się w swoim śpiworze, chciał się choć odrobinę zagrzać. Hela, okręciwszy się derką, usiadła na macie.

Wyobraził sobie, jak wyglądałaby w jego czasach. Wróciłaby ze szkoły, wzięła szybki prysznic, przebrała się w dres, a potem siedziałaby sobie na łóżku z książką w ręce albo położyła na kolanach laptop i stukała w klawisze. Poszła do lodówki po karton z jogurtem, po drodze wrzuciła dżinsy do pralki... Chyba miał dziwny wyraz twarzy, bo Hela popatrzyła na niego pytająco.

– Wyobrażam sobie, jak spodobałaby ci się moja epoka – wyjaśnił.

– Z tego, co słyszałam, nie spodobałaby mi się – odparła. – Choć niewątpliwie możliwości techniczne mieliście wspaniałe, to jednak kultura i duchowość znajdowały się w potwornym regresie.

– Coś w tym guście... Z drugiej strony panowała większa wolność i swoboda. Trudno mi to wyjaśnić – zadumał się. – Pewne rzeczy były lepsze, inne gorsze.

Czy rzeczywiście byliśmy bardziej wolni niż oni? Skrępowani przepisami, żyjący w labiryncie podatków, koncesji, zezwoleń, norm ISO i tak dalej?

– Nie miałabym ochoty się zamienić.

– Ja chyba też nie – westchnął. – Ale na wycieczkę w twoje czasy z chęcią bym się udał. Tak na parę dni. Pewnie też by mi się nie podobało.

– A na razie oboje jesteśmy tu i pewnie zostaniemy już na zawsze. Chyba że łasica przeniesie nas z powrotem, gdy wykonamy zadanie.

– To raczej niemożliwe...

Zamyślił się. Może niegłupio byłoby żyć w czasach Heli?

– Czego najbardziej ci brakuje? – zapytała.

– Obrazów. Telewizji, książek z ilustracjami, prostej pstrokacizny, kolorów i kształtów towarów w sklepie.

– Opowiedz, proszę...

Siedzieli przy ogniu. Zapadała już noc. Patyki walające się po ziemi wystarczyły już tylko na moment, Staszek poszedł jednak kawałek dalej i wyłamał kilka całych uschłych świerczków. Z nieba walił paskudny, ciężki, mokry śnieg. Rozwiesili tropik namiotu, płaszcze i śpiwory, żeby przeschły. Także buty ustawili opodal płomienia. Przy ogniu było ciepło, zdjęli nawet serdaki. Chłopak studiował prymitywną mapę Nilsa i porównywał ją ze zdjęciem od łasicy, usiłując odgadnąć, czy znajdują się jeszcze na szlaku, czy już nie.

– To beznadziejne – powiedział. – Być może dla nich to szczyt kartograficznej precyzji, ale ja nie umiem się połapać.

– Pójdziemy trasą Iny czy odbijemy na północ i odnajdziemy główny trakt do Uppsali?

– Nie wiem. Za tymi górami – machnął dłonią – biegnie główna droga. Tam są wioski, jak paciorki nanizane na sznurek. Szlak pielgrzymi przechodzi przez kilka osad. Trasa Iny omija wszystkie.

– Wioski. Ciepłe schronienie na noc, możliwość wynajęcia transportu do kolejnej – rozważała. – No i zapewne szeroka, dobrze utrzymana droga, a nie te wertepy. Boję się tylko, że podróżując wśród ludzi, narazimy się na szybkie schwytanie. Otto z pewnością szaleje. Mogą mieć mój rysopis.

Hmm... A gdyby tak przebrać cię za chłopaka? – Staszek popatrzył na Helę.

– Obawiam się, że to by było bardzo trudne. Zresztą wystarczy, że zdejmę płaszcz, i wszystko się wyda.

Ocenił dziewczynę taksująco. Gdyby tak poluzować gorset, by ukryć smukłość talii, piersi ma niewielkie...

– Jestem szeroka w biodrach, każdy po sylwetce pozna – wyjaśniła.

– Tak, chyba tak – mruknął.

Ściskała się tym idiotycznym gorsetem od tak dawna, że była w widoczny sposób węższa w talii, przez co biodra rzeczywiście wydawały się bardziej rozłożyste.

– A jeśli schwytają mnie w męskim stroju, to nawet listy gończe lensmanna nie będą potrzebne.

– Co masz na myśli? – Spojrzał na nią zupełnie zdezorientowany.

– Mogliby pomyśleć, że jestem łasicą – zaczerwieniła się. – A za to chyba karzą śmiercią.

Policzył powoli do dziesięciu. Odpowiedź dziewczyny wydała mu się kompletnie od czapy. O co jej, u diabła, chodziło?! Znowu to zderzenie, znowu poczuł, jak bardzo zmienił się język, nawet nie same słowa, ale ich znaczenie, niuanse, głębszy sens. Słowa złożone w zdania, które nie tylko brzmią dziwnie, ale...

– Nie rozumiem. – Bezradnie rozłożył ręce.

Zaczerwieniła się jeszcze bardziej.

– No przecież... – urwała.

– Powiedz – poprosił. – Musimy się jakoś porozumieć...

– Istnieją dziewczęta i kobiety, które owładnięte histerią i wścieklizną macicy posuwają się do tego, że obcują ze sobą – wykrztusiła. – Niektóre z nich przebierają się w męskie stroje.

– Lesbijki – domyślił się.

Nie znała chyba tego słowa.

– W naszych czasach takie zachowania były dość powszechne. Niektórzy uważali je za normę – wyjaśnił.

Wyglądała na naprawdę wstrząśniętą. Wolał nie opowiadać jej o paradach równości, rejestracji związków jednopłciowych i temu podobnych pomysłach.

– Świat utracił niewinność... – zacytował słowa zapamiętane z jakiejś książki i zamilkł.

Hela uklękła pod ścianą i modliła się bezgłośnie. A on siedział, patrząc w ogień.

Coś straciliśmy, pomyślał po raz kolejny. Może pierwotną czystość, może tylko jej świadomość, umiejętność odróżniania dobra od zła.

Znów przypomniał sobie dziewczyny z klasy. Dlaczego żadna nie nosiła spódnicy do kostek? Albo spodnie, albo mini, albo legginsy. Albo zanegowanie i zamaskowanie kobiecości, albo jej podkreślenie czasem do granic wulgarności. Hela była inna. Naturalna.

– Raz w życiu nosiłam spodnie – odezwała się. – Przebywałam u mojej kuzynki Konstancji. Nie zabrałam sukni do konnej jazdy, tedy użyczyła mi angielskich bryczesów. Pojechałyśmy przez park i wpadłyśmy prosto na wuja i jego przyjaciół wracających z polowania. Myślałam, że się ze wstydu spalę.

– Prostota, skromność i niewinność – westchnął. – Tych trzech cech brakowało w mojej epoce.

Śnieg nadal padał. Miękko i bezgłośnie. Chłopak popatrzył na stos gałęzi przeznaczonych do spalenia. Do rana od biedy wystarczy. Wstał i bez słowa zaczął znosić skalne bryły. Układał z nich pryzmę, coś w rodzaju murku. Jeśli wiatr zmieni kierunek... Hela przyjrzała się, po czym zaczęła robić to samo. Zbudowała murek za ogniskiem.

– Jutro będzie bardzo ciężko – powiedział Staszek. – Zwłaszcza jeśli znowu trzeba będzie się wspinać.

– Wiem. – Kiwnęła głową. – Jak wynika z łasicowej mapy, ta dolina kończy się ślepo i dalej droga wiedzie po graniach i trawersami szczytów. Tam powinno być mniej śniegu, ale możemy nie natrafić na drewno... I bardziej dokuczy nam zimno.

– Dlaczego tak sądzisz?

– Posłuchaj, jak wiatry wyją. Tu w dolinie ich nie odczuwamy. Tam uderzą w nas całą siłą.

– Błędy, popełniłem zbyt wiele błędów – powiedział z rozpaczą. – Ale ja... nigdy nie nocowałem zimą w lesie. Czytałem o tym tylko. Tu, w tej epoce, nie ma naszych tworzyw. Nawet dobrych butów nie mamy.

– Zrobiłeś, co mogłeś – szepnęła Hela. – Nie obwiniaj się.

– Boję się śmierci – wyznał. – Jak do tej pory pomagał nam przypadek. Boję się, że zginiesz przeze mnie.

– Jeśli ktoś ponosi winę, to tylko zwierzę, które nas tu wysłało. Gdy skóry wyschną, natrzemy ich spodnią stronę woskiem. Wtedy oprą się wilgoci.

Dlaczego sam na to nie wpadł?

Szli przez wysoką przełęcz. Wedle zdjęcia satelitarnego mieli przed sobą kilka kilometrów otwartego terenu, potem powinni zejść do kolejnej doliny, tym razem biegnącej prosto na wschód. Wilki pojawiły się nagle... Staszek i Hela mijali właśnie skupisko głazów, gdy zobaczyli je przed sobą. Zwierzęta warowały na drodze. Na widok wędrowców podniosły się i rozsypały w tyralierę.

Chłopak rozejrzał się rozpaczliwie. Najlepiej byłoby wejść na drzewo albo wspiąć się na wysoką skałę. Jednak przełęcz usiana była jedynie niedużymi głazami. Hela, choć pobladła, zachowała spokój.

– Dobądź szabli – poleciła, odpasując od boku plecaka czekanik. – Już czas.

Przełknął ślinę.

– Zima wewnątrz półwyspu musiała nadejść już dawno – powiedziała. – Wilki są głodne. Nie były w stanie wyżywić się w szwedzkich borach i górach, więc ruszyły ku zasobniejszym dolinom Norwegii.

– Są głodne... – powtórzył, zrzucając bagaż z ramion i wyjmując szablę z pochwy.

– Tak. To płochliwe zwierzęta. By zaatakowały człowieka, muszą być w nielichej opresji. Obawiam się, iż przyjdzie nam nałożyć głowy.

Rzuciła swój plecak około półtora metra od plecaka Staszka.

– Nie lubią naszego zapachu, nie lubią naszych przedmiotów. Zaatakują, omijając tornistry. Na wprost, twarzą w twarz. Zaprzemy się plecami i stawimy im godny odpór.

– Dzięki temu będziemy mieli choć częściowo osłonięte boki – domyślił się.

– Ochrona to wielce problematyczna – uśmiechnęła się – ale lepsza taka niż żadna.

Staszek patrzył w zimne czarne ślepia, widział lśnienie czarnych nosów. Zwierzęta ziały, w lodowatym powietrzu widział parę unoszącą się z ich pysków. Było ich mniej, niż wydawało się początkowo. Pięć sztuk. Tylko pięć, a może aż pięć...

Hela przeżegnała się.

– Panie, w godzinę śmierci wezwij mnie i każ mi przyjść do siebie, abym ze świętymi Twoimi chwaliła Cię. Ojcze, w Twoje ręce oddaję... – odmawiała półgłosem.

Wielki basior z nieco jaśniejszymi kępkami sierści nad oczyma stanął naprzeciw Staszka. Chłopak popatrzył zwierzęciu prosto w ślepia. Gdzieś w głowie kołatało mu, że wilk nie jest w stanie wytrzymać spojrzenia człowieka.

Bestia najwyraźniej tego nie wiedziała. Wystartowała jak wystrzelony pocisk. Staszek spodziewał się, że zwierz skoczy mu do gardła, ale przewodnik stada uderzył nisko, celując w kolana, może uda...

Chłopak pchnął szablą, ale ześliznęła się po szczęce i utknęła w barku bestii. Omal nie upuścił broni. Ostrze wygięło się lekko, a potem weszło miękko aż do połowy pióra. Wilk szarpnął łbem w bok, zacisnął zęby na klindze i zaraz, zraniwszy paszczę, cofnął się. Staszek parł do przodu jak szalony, lecz szabla się zaklinowała. Zaabsorbowany walką zapomniał o reszcie.

Drugi kudłaty pysk pojawił się znikąd tuż przy jego nogach. W ostatniej chwili chłopak kopnął sabotem i rozpaczliwym szarpnięciem uwolnił broń. Ciął, waląc jak cepem, i wilk uskoczył z rozharatanym łbem. Krwawił, ale nie stracił wigoru. Odskoczył nie dalej niż na metr i głucho warcząc, obnażył zęby. Przewodnik lizał ranę w barku. Staszek zrobił wykrok i z całej siły ciął go w szyję. Z tyłu słychać było urywany oddech Heli, lecz Staszek nie miał czasu się oglądać. Jedno zwierzę z przeraźliwym skowytem przetoczyło się koło niego i zamarło, bijąc nogami w agonii. We łbie miało paskudne wgniecenie zadane obuszkiem.

– To nie są wilki! – wydyszała Hela.

– A co?

– Wilkołaki. Zresztą sama nie wiem. Zwykłe wilki, gdy widzą, że przeciwnik się broni, odchodzą.

Staszek wykonał kolejny wypad i dobił przewodnika stada sztychem w bok. Zdążył rzucić okiem przez ramię. Śnieg wokół Heli był nieźle zakrwawiony.

– To mądre zwierzęta – wyjaśniła. – Już by odpuściły. Ktoś kazał nas zabić. Niezależnie od ceny, jaką przyjdzie im...

Tym razem ruszyły na niego dwa wilki. Skoczył między nie i ciął na odlew. Jeden oberwał przez grzbiet, musiało go zaboleć, ale skończyło się na powierzchownie rozerwanej skórze. Niemal w tej samej chwili drugi zatopił zęby w nogawce. Chłopak, rozpaczliwie robiąc szablą, pchnął w dół, przyszpilając basiora do ziemi. Wyrwał spodnie spomiędzy spazmatycznie zaciśniętych szczęk.

Odwrócił się w ostatniej sekundzie. Jeden z wilków przemknął obok niego i właśnie skakał od tyłu na dziewczynę. Siłą rozpędu obalił Helę w śnieg. Staszek dobiegł w porę. Zmusił zwierzę do wycofania się i zapewnił towarzyszce osłonę na czas niezbędny, by zdążyła wstać.

Wilk zawył ponuro. Chłopak uniósł klingę i popatrzył mu w oczy. Po stali ciekła gruba kropla krwi. Ocalałe zwierzęta skoczyły na niego niemal jednocześnie. Pierwszego wilka ciął w kark, drugiemu zranił łapę, odpychając go sztychem szabli. Ujrzał tylko jasną smugę, gdy obuszek Heli zatoczył łuk, robiąc w czaszce kolejnego dziurę wielkości mysiej nory. Chwilę później Staszek chybił i bestia obaliła go na wznak. Wilk siadł mu na piersi, by rozszarpać twarz. Chłopak złapał go za gardło. Zwierzak był pierońsko ciężki i silny.

Ręka namacała rękojeść broni. Nie zdołał zadać ciosu, głownia była za długa. Uderzył wilka ostrzem po grzbiecie, ale miał zbyt mało siły, by w taki sposób zrobić mu krzywdę. Pociągnął jak nożem. A potem raz jeszcze. Piłował wilka po grzbiecie i ten nagle zrezygnował. Wyrwał się i uskoczył lizać głęboką ranę.

Staszek poprawił chwyt na rękojeści, gdy rozległo się chrupnięcie i zwierz znieruchomiał z łbem roztrzaskanym obuszkiem. Chłopak poderwał się na równe nogi. Czuł strumyczek krwi ściekający po skórze pod spodniami. Łydka rwała tępym bólem, ale wilk, gryząc przez grube skórzane nogawice, nie zdołał rozszarpać skóry. Łokieć bolał upiornie, a przy każdym ruchu ręką po nerwach wędrowało nieprzyjemne mrowienie.

Staszek zlustrował pobojowisko. Śnieg zroszony krwią, martwe wilki otaczające go półkolem. Ostatni stał cztery metry przed nim, ale chyba tak długotrwały i zaciekły opór ofiar pozbawił go początkowego animuszu. Staszek odwrócił się w stronę Heli.

– Wszystko w porządku – powiedziała dziewczyna słabym głosem.

– Jesteś ranna?

– Draśnięcie – zbagatelizowała.

Obejrzał się w samą porę. Ostatni basior próbował się podkraść od tyłu. Teraz i Staszek poczuł, że coś jest nie tak. Zachowanie wilka było zbyt ludzkie.

To ostatnia, może przedostatnia próba, pomyślał. Jeśli teraz zdołam go zabić albo poranić, mamy szansę.

Ale bestia jakoś nie kwapiła się do starcia.

Staszek ujął mocniej rękojeść i pokuśtykał naprzód. Z piersi wydarł mu się dziki wrzask. Wilk spróbował przebiec obok niego. Chłopak ciął, w zamieszaniu popełnił błąd, trafił go tuż nad ogonem. Ale to wystarczyło. Tylne łapy zwisły bezwładnie. Hela uderzyła czekanem tylko raz.

– Pani – chłopak ukłonił się – uratowałaś mi życie.

– Ty moje dwukrotnie...

Podeszła, objęła go i pocałowała w policzek.

– Dziękuję – szepnęła.

A potem zawstydzona swoją wylewnością wyjęła mu z ręki szablę. Staszek dotknął skóry w miejscu, gdzie musnęły ją wargi Heli. Patrzył na przyjaciółkę dłuższą chwilę zamyślony.

– Co ty wyrabiasz? – ocknął się nagle.

Hela działała jak automat. Każdego trupa dziurawiła w co najmniej kilku miejscach. Następnie, waląc oburącz obuszkiem, roztrzaskiwała im głowy.

– Nie wiem, czy to wystarczy, ale nie wolno nam niczego zaniedbać – wysapała.

– Co?

– To nie są wilki – powtórzyła z uporem.

– Co ty pleciesz?

– Znam wilki. Od dziecka. W lasach było ich pełno. Polowałam na nie zimą. Te tutaj nie są prawdziwe. Nie zachowują się jak prawdziwe.

– Może norweskie...

– To wilkołaki albo coś jeszcze gorszego.

– Przestań.

– Atakowały nas jak ludzie. Za wszelką cenę. Zobacz sam. – Wskazała szablą na najbliższe ścierwo.

Z roztrzaskanego czerepu wypadł kawał mózgu. Staszek pochylił się nad nim.

– O, w mo... – w ostatniej chwili zdusił przekleństwo. – Co to jest?!

Zwoje pokrywała delikatna niczym pajęczyna siateczka metalicznie srebrnych żyłek.

– Myślałam, że ty mi powiesz...

Wyjął z kieszeni kozik i przystąpił do sekcji. To nie były druty, raczej jakieś zawierające dużo metalu tworzywo sztuczne. Tu i ówdzie widniały zgrubienia, z których w głąb mózgu wybiegało coś na kształt bardzo rozgałęzionych korzonków.

– Coś jak elektrody wpuszczone bezpośrednio w tkankę – zawyrokował. – Te zwierzęta były sterowane!

– Sterowane? – powtórzyła. – Jak statek? – zdumiała się.

– Nie wiesz, co to jest radio? No jasne, wynaleziono je pod koniec dziewiętnastego wieku. Wyobraź sobie... O, już wiem. Dźwięki w powietrzu, których nie słyszymy. Które potrafią przebyć nawet setki kilometrów i nie osłabną. Te zwierzaki miały w głowach urządzenia, które... Hmmm...

Jak, u licha, jej to wyjaśnić?

– Sprawiały, że słyszały rozkazy wydawane z daleka takim niesłyszalnym głosem?

Spojrzał na nią z podziwem.

– Nawet więcej – powiedział. – Ten, kto je posłał, nie tylko mógł wydać im rozkazy. Dzięki temu, że dźwięki te biegną też po drutach, mógł zapewne sprawić, że zwierzęta nie mogły ich odrzucić ani zignorować. Atakowały nas, bo im rozkazał. Nie odeszły, bo im na to nie pozwolił. Być może nawet widział nas ich oczyma.

– Boję się – zadrżała. – Czary...

– To nie czary. Możesz uważać to za magię, ale to tylko nauka. Wiedza...

– Czy potrafiliście zrobić takie rzeczy? Czy to wasz wynalazek?

– Nie wiem. W moich czasach próbowano pomóc niewidomym... eee... wpuszczając im do głów obrazy przez podobne druty wbite w mózg. Ale jak już powiedziałem, to było dopiero w fazie prób. Może wojsko miało taką technologię, ale nie wydaje mi się. Zbyt skomplikowane. Zbyt nowoczesne. Nie wiem, może nawet to coś narosło samo według wcześniejszego programu.

– Niedźwiedź też to miał.

– Co? Jaki niedźwiedź?

– Ten, którego zastrzelił ksiądz Jon. Marek ci opowiadał?

– Wspomniał, że trup, którego pogrzebali, mógł pochodzić z naszej epoki, ale nie mówił nic o tym, że zwierzę miało coś w mózgu.

– Bo nie wiedział. Ja poszłam... za potrzebą. Wracałam koło truchła i zobaczyłam takie właśnie druciki sterczące z dziury na potylicy. Myślałam wtedy, że to od pocisku.

– Ale... – urwał. – To może oznaczać tylko jedno – szepnął. – Grozi nam niebezpieczeństwo. Nawet nie wiem, jak wielkie ani kto chce nas zabić.

– Staszku! – Spojrzała mu prosto w oczy. – Łasica mnie zabiła, a potem odtworzyła zdrową. Musiała przy tym wyjąć kryształ z mojej głowy?

– Zmusiła mnie... – Wzdrygnął się na samo wspomnienie.

– Czy miałam w środku coś podobnego? Czy nasz kryształ jest połączony drutami z resztą ciała?

– Nie.

– Zatem to nie są słudzy łasicy. Ani nawet słudzy Skrata. Wilki i niedźwiedzia wysłano, aby bezlitośnie zabijać takich jak my. Ktoś ma żal do naszego pana. Ktoś chce pokrzyżować mu szyki. Jeśli patrzy ich oczyma, być może wie już, że przeżyliśmy, a więc niebawem czeka nas kolejna napaść.

– Co radzisz?

– Musimy stąd jak najszybciej odejść. Może spadnie śnieg i zasypie nasze ślady...

Zejście w dolinę było bardzo trudne, ale wreszcie dotarli do brzozowego zagajnika. Słońce dawno już ukryło się za skałami. Robiło się coraz zimniej i zbierało się na kolejną zadymkę. W tej sytuacji kontynuowanie marszu było niemożliwe.

– Nie mamy wyjścia – powiedziała cicho dziewczyna. – Musimy tu rozbić obóz.

Rozstawiali namiot prawie po ciemku. Śniegu nie udało się wymieść do czysta, nałamali więc świerkowych gałęzi i ułożyli grubą warstwę. Pod wpływem ciepła śnieg stopnieje, lecz nie przemoczy podłogi namiotu. Dopiero gdy wpełzli do środka, mogli zająć się ranami. Staszek miał potworne sińce na łydce i udzie, poważnie ucierpiało prawe kolano, a także lewy łokieć. Zgniecione zębami mięśnie reagowały bólem przy każdym poruszeniu. Pokąsane miejsca bolały i napuchły. Zgiął ostrożnie nogę. Syknął z bólu. Ciekawe, czy jutro da radę iść. Prawa dłoń także nie była całkowicie sprawna. Gdy ruszał palcami, czuł jakby ukłucia prądu biegnące od nadgarstka do palców.

Nerwy, pomyślał. Wilk nie przegryzł rękawicy, ale zmiażdżenia są chyba poważniejsze, niż sądziłem.

Hela usiadła plecami do niego. Zakasała spódnicę. Miała rozharataną łydkę. Ząb wilka rozorał dziewczynie skórę na długości około dwudziestu centymetrów. Rana przyschła, ale była dość głęboka i w każdej chwili mogła się otworzyć.

– Trzeba zszyć – powiedziała słabym głosem.

– Gdzie? – Odwrócił się w jej stronę.

– Nie uchodzi tak się gapić na dziewczynę w negliżu – parsknęła.

– Przepraszam – bąknął.

– To, co Marek nazywał ninotechiem...

– Nanotechem – poprawił. – W naszych czasach trochę się o tym mówiło, lecz jedynie w aspekcie teoretycznym, bo nie byliśmy jeszcze w stanie tego zrobić. Chodzi o małe roboty... urządzenia, maszyny, które można wpuścić do ludzkiej krwi, by od środka naprawiały uszkodzenia ciała.

– My to mamy?

– Nie wiem. Nasz przyjaciel bardzo szybko wydobrzał po obiciu kijami, stąd podejrzenia. Ale przeciętego ścięgna ci nie załatało.

– Rana zabliźniała się niezwykle bystro...

Okręcił dłoń kawałkiem płótna, a potem owinął długim rzemieniem. Zastanawiał się, czy takie usztywnienie wystarczy.

Ciekawe, ile potrwa, zanim się wygoi.

– Polej, proszę, ranę wódką. Nie żałuj. – Podał jej buteleczkę otrzymaną od introligatora. – Trzeba odkazić... Byle z tego nie było czegoś gorszego – dodał zaniepokojony własną myślą. – Może lepiej wypalić...

Urwał. Nie, to bez sensu. Oparzenia będą się paprać jeszcze dłużej.

– Nic mi nie będzie – powiedziała niewyraźnie, bo wyjmowała akurat zębami korek. – A chore wilki nie polują.

Może i miała rację. W jej czasach wilki w lasach po prostu były. Ludzie stykali się z nimi regularnie... Z pewnością wiedziała dużo więcej niż on. Jakby wtórując jego myślom, gdzieś daleko rozległo się ponure wycie. Położył obnażoną szablę koło posłania.

Marek miał rację, pomyślał. To nie jest zwykła dziewczyna. To nie jest kwestia jakiegoś jednorazowego doświadczenia, które zmąciło jej umysł. Ona musiała już wcześniej niejedno przeżyć i niejedno widzieć. Powstanie. Nie chce nic mówić. Tajemnice. Jakie może mieć tajemnice piętnastolatka? Nie chodzi o to, że jej bliscy walczyli w oddziałach leśnych. Co zatem? Uczyła się w Lublinie, ale często bywała w domu. A może... Może w mieście działała jakaś delegatura Rządu Narodowego, ktoś, kto kierował walką, sztab, ośrodek koordynujący akcje przeciw Rosjanom, a ona pełniła rolę łączniczki? Jak wyglądało to cholerne powstanie? Nasi po lasach, Ruscy w miastach? A może stan wojenny i na przykład zakaz poruszania się cywilów po kraju? Albo obostrzenia jakieś. I mamy piętnastoletnie dziewczątko z pensji, które nieraz musi, mijając rosyjskie posterunki, przechodzić rewizje, cały czas gra przy tym słodką idiotkę... a najmniejszy błąd kosztować może życie. Przyzwyczajona do niebezpieczeństwa. Do tego głęboka wiara, która sprawia, że prawie nie boi się śmierci.

– Tak się zastanawiam – zaczął ostrożnie – byłaś w powstaniu kurierką?

Skoczyła jak pantera. Nie spodziewał się tak gwałtownego ataku i już leżał na wznak. Klęczała Staszkowi na piersi. Kolanem wgniatała mu mostek. Drugim przyciskała rękę. Czuł ostrze nożyka przyciśnięte nawet nie do gardła, ale z boku szyi, tam gdzie przebiega tętnica. Rana na łydce dziewczyny znów się otworzyła, krew leniwie kapała na jego koszulę.

Zarżnie mnie, pomyślał. Marek miał rację, to wariatka...

– Skąd wiesz? – syknęła z wściekłością.

– Domyśliłem się. Nie zabijajcie mnie, pani... Powstanie... To się skończyło dawno temu.

– Mów! – rozkazała.

Co? I naraz się domyślił. Chciała wiedzieć, jak do tego doszedł. Trochę nieskładnie, ciągle zdrowo przestraszony, zaczął wyjaśniać. Poluzowała chwyt.

– Wybacz. – Wstała. – Macie rację, to już nieważne. Ale sami rozumiecie, składałam przysięgę.

– Przepraszam, nie będę o nic więcej pytał – zapewnił Staszek.

– Dla was, dla ciebie i pana Marka, to historia. Ale masz słuszność. Chciałam pomóc. Jedni walczą w pierwszej linii, stając z wrogiem twarzą w twarz, inni służą zwycięstwu na miarę swoich możliwości. Opatrując rannych, przewożąc rozkazy, robiąc na drutach ciepłe skarpety, lejąc kule, ucierając w moździerzach proch lub modląc się o wygraną... Uczyłam się służyć ojczyźnie, od kiedy skończyłam dziesięć lat. Wcześniej czy później musiało dojść do konfrontacji. Nie wiedziałam tylko, że tak szybko nadejdzie godzina próby.

Rozpłakała się. Staszek milczał. Bał się powiedzieć cokolwiek. Nie umiał przewidzieć jej reakcji. Dzieliło ich tylko półtora stulecia, ale różnice mentalności sprawiały, że często był kompletnie bezradny... A jednak jej słowa i ten nagły wybuch furii potwierdziły jego przypuszczenia. Miała czternaście, może piętnaście lat, gdy stanęła w obronie swojego kraju. Miała niespełna szesnaście, gdy przyszło jej za to zapłacić życiem. A drugie wcielenie? Estera? Liczyła sobie około dwudziestu jeden lat, gdy wybuchło powstanie w getcie. I los powtórzył się, jak inkarnacja, jak klątwa... Wzięła broń do ręki i stanęła do walki z wrogiem. Do walki bezsensownej, skazanej od razu na przegraną.

Nie, to nie tak, pomyślał. One obie nie były typowe nawet dla swoich epok, Skrat wybrał je ze względu na pewne cechy, które wydały mu się przydatne. Wyselekcjonował najlepszy materiał ludzki, jaki znalazł. Skoro nastąpił błąd zapisu na scalaku, to znaczy, że do tej konkretnej misji, do poszukiwania Oka Jelenia, wybrał sobie ekipę. Potem zgrał odpowiednie osobowości na scalaki i dał Inie. A może jednak nie? Może po prostu zapisał dusze ludzi, którzy przypadkiem zginęli w jego obecności? Bo przecież nie jestem podobny do Heli, stwierdził. Marek może tak, wygląda na twardego i konkretnego faceta, ale ja przecież jestem dupa wołowa do kwadratu. Wilki... Miałem szablę i nie potrafiłem obronić się przed garstką takich nieco bardziej wyrośniętych podwórzowych burków. W tym samym czasie Hela ubiła trzy. Ubiła młotkiem. No dobra, trochę większe były i silniejsze od psów. Dłuższą chwilę w zadumie studiował rysy twarzy dziewczyny. Poczuła jego wzrok i przechyliła głowę w niemym pytaniu.

– Niezależnie od wszystkiego jest dla mnie zaszczytem, że mogłem panią poznać i pani towarzyszyć. – Ukłonił się.

– Staszku...

Umilkł zaskoczony.

– Mówmy sobie po imieniu, tak jak przywykłeś... Spróbuję też przyswoić sobie twój sposób wyrażania. Będziesz mnie uczył?

– A to mnie zaszczyt kopnął...

Hela wybuchnęła śmiechem.

Przypominało to restart systemu. Funkcje ciała włączały się kolejno. Najpierw wrócił słuch, potem węch, nagle poczułem całą powierzchnią ciała dotyk siennika pod plecami, szorstkie płótno i nacisk pierzyny od góry.

Otworzyłem oczy. W głowie szumiało i dłuższą chwilę nie mogłem zogniskować spojrzenia. Desynchronizacja półkul? Uszkodzenie mózgu? Możliwe, w końcu trzeci raz w ciągu kilku tygodni pozbawiono mnie przytomności, waląc po łbie. Żadna głowa tego nie wytrzyma.

Deski... Leżałem w czymś w rodzaju płaskiej szafy. Trumna? Nie, to tylko zabudowane ze wszystkich stron łóżko. A więc żyję i chyba jestem na stałym lądzie.

– Nareszcie dochodzi pan do siebie – usłyszałem.

Głos mówił po niemiecku. Przekręciłem głowę. Obraz rozjechał się i znowu widziałem podwójnie. Pomrugałem oczyma. Wzrok wrócił do normy. Tak czy siak, żyję. Poruszyłem dłońmi, a potem stopami. Wszystko działało bez zarzutu. Dobra nasza, nie jestem nawet sparaliżowany.

– Gdzie jestem? – wychrypiałem.

Siedzący na zydlu jasnowłosy chłopak troskliwie podał mi gliniany kubek z wodą. Wziąłem go do ręki. Uda się usiąść? Zawrót głowy był silny, ale oparłem się plecami o dechy. Upiłem dwa czy trzy łyki. Odchrząknąłem.

– Niech pan nie wstaje – ostrzegł mnie zagadkowy opiekun. – Jest pan ciężko ranny. Z pewnością minie jeszcze wiele dni, zanim dojdzie pan do siebie.

– Mam na imię Markus – wyjaśniłem. – Albo Mark, jak ci wygodniej.

– Hans – przedstawił się. – Ale zazwyczaj wołają mnie tu Kuternoga.

– Jak wolisz, żeby się do ciebie zwracać?

– Hans...

– Co mi... – Dotknąłem opatrunku na głowie. Namotali tam płótna, jakbym miał turban. – Opowiedz, proszę, co się ze mną działo. Ostatnie, co pamiętam, to to, że byłem na pokładzie „Srebrnej Łani" i coś uderzyło mnie w potylicę.

– Piraci trafili pana kulą z hakownicy – wyjaśnił. – W głowę. Potrzaskała się kość tam z tyłu. Mózg było widać na wierzchu, wszystko we krwi i włosów mnóstwo w ranie. Medyk twierdził, że już po panu.

Już po mnie. Dobrze by było... Nanotech znowu poskładał mnie do kupy i najwyraźniej faktycznie nastąpiła reaktywacja. Kurde, czy ja nigdy nie umrę jak człowiek? Idiotyczne myśli pojawiły się znikąd i odpłynęły. Przecież dobrze jest żyć...

– I zdaje się, że pan widzi?

– Widzę?

– Medyk orzekł, że nawet jeśli pan przeżyje, będzie ślepcem do kresu swoich dni, gdyż mocny cios w tę część głowy zrywa połączenia między okiem a sercem.

– Jestem w...

– W Bergen.

– Chwała Bogu. – Poczułem szaloną ulgę.

I naraz jakby piorun we mnie strzelił. Bergen. Po cholerę mam gnić w tej dziurze, tropiąc Alchemika renegata, kiedy wystarczy wyśledzić, gdzie Peter chowa Oko Jelenia, i mu je wykraść!

Hans wyczuł, że czekam na dalsze wyjaśnienia.

– Gdy przyleciały gołębie, komendant kantoru zrozumiał, że pan Hansavritson popadł w biedę na morzu. Wysłał natychmiast wszystkie statki, by go szukali. Dwa okręty pokoju trafiły na „Srebrną Łanię" pół dnia drogi na zachód. Odpędziły Duńczyka.

– Pamiętam...

– Ktoś z „Wilka" chciał jeszcze za wszelką cenę zabić kapitana Petera. Wystrzelili z hakownicy albo muszkietu i z kilku kusz, zasłonił go pan własnym ciałem. – W głosie chłopaka usłyszałem ogromny szacunek.

Zasłoniłem? Gucio prawda, po prostu przypadkowo wlazłem gdzie nie trzeba i oberwałem kulkę przeznaczoną dla niego. Zresztą, gdybym nawet się tam nie wpakował, skoro mnie trafiło w tył łba, to temu kurduplowi gwizdnęłoby dziesięć centymetrów nad głową i tyle. Po prostu głupi niefart.

– „Łania" była trochę uszkodzona, zawinęła do Bergen celem naprawy. Pana zniesiono na noszach z pokładu. Kapitan Peter wezwał natychmiast najlepszego doktora z miasta. Medyk poskładał panu kości jak się dało i zaszył ranę.

Poskładał, dobre określenie. Pewnie wziął kości czaszki, połączył złotymi drucikami, wstawił na miejsce. To wszystko brudnymi paluchami. Potem zszył skórę nieodkażaną igłą i lnianymi nićmi. Tężec i gangrena murowane. Tych ludzi w takich wypadkach ratowała wrodzona odporność, a ja... Mnie zapewne uratowało to, co krąży w moich żyłach. Nie, do licha. Przecież nanotech tylko naprawiał uszkodzenia, nie uchronił Heli przed zarażeniem francą.

– Nie sądziliśmy, że się pan wyliże. A tu proszę, niespodzianka. Przez pierwsze dni miał pan bardzo wysoką gorączkę. A teraz rano spadła. Sądziłem, że albo pan stygnie i trza szykować pogrzeb, albo idzie ku lepszemu.

W sumie to też metoda, podnieść temperaturę do granicy poziomu denaturacji białek, wytłuc bakterie gangreny rozwijające się w ranach... A może w przypadku

poważnych zakażeń nanotech rozpoznaje zagrożenie? Syfilisu po prostu nie zidentyfikował i dlatego nie działał? Zachciało mi się śmiać.

– Pan kapitan zapłacił lekarzom i nakazał zadbać o pana albo pogrzebać, gdyby pan zmarł... Szczerze powiedziawszy, nie przewidywał, że się pan wyliże. Poiliśmy rosołem, żeby ciało miało z czego czerpać siły – dodał chłopak.

Dobry pomysł na dożywianie nieprzytomnego w epoce przedkroplówkowej...

Rozejrzałem się po pokoju. Był malutki, może dwa metry szerokości i ze cztery długości. Niski drewniany sufit. Niewielkie okute drzwi z sosnowych dranic, okno oszklone gomółkami oprawionymi w ołów. W kącie zawieszony mosiężny czajnik, pod nim miska do płukania rąk, jakieś trzynogie zydle, łachy na kołkach wbitych w ścianę. W powietrzu czuć było intensywny zapach wędzonych ryb.

– Muszę pomówić z kapitanem Hansavritsonem... – powiedziałem. – Podziękować za opiekę.

– To niemożliwe. Jest już pewnie u wejścia do Sundu. Albo i na Bałtyku.

– Co?

– Odpłynął pięć dni temu. Kapitan chciał przezimować wśród swoich w Visby.

Poczułem zawrót głowy. Oko Jelenia. Scalak przedstawiciela kosmicznych nomadów, zagadkowy artefakt, którego zdobycie stanowiło sens mojej misji. Jeśli Peter rzeczywiście miał je ze sobą, z każdą chwilą było dalej i dalej.

– Muszę dostać się na Gotlandię – jęknąłem. – Mam trochę pieniędzy, dowiedz się, proszę, kto mógłby mnie tam zawieźć.

– Na pewno wiosną ktoś będzie płynął na Bałtyk, to się pan zabierze.

– Jak to wiosną?!

– Już mamy początek listopada – wyjaśnił. – W zeszłym roku wczesne lody na Bałtyku uwięziły i zniszczyły wiele statków, dlatego z rozkazu syndyka sezon żeglugowy zamknięto. Pan Peter Hansavritson wyruszył ostatnim statkiem, który wyszedł tej jesieni z Bergen.

Opadłem na wypchany morską trawą siennik, odpływając znowu w skrzącą się zielono otchłań maligny.

Maksym Omelajnowicz od trzech dni przedzierał się przez dziwnie spustoszoną połać kraju. Koń zastrzygł uszami i parsknął. Kozak ziewnął i spojrzawszy na stojące nisko słońce, zjechał z drogi. Zeskoczył na gruby mech. Odczepił klatkę z gołębiami, beczułkę i torbę przytroczone do siodła, następnie szablą ściął kilka krzaków i zręcznie przygotował szałas. Rozpalił spory ogień, zawiesił nad nim kociołek. Z torby wydobył kawałek kosmatego papieru, przycięte gęsie pióro oraz flaszeczkę inkaustu. Poślinił koniec pióra, po czym z mozołem począł skrobać koślawe litery.

Drogi batko atamanie!

Wedle wiedzy mej, a w mieście Sztokholmie od przyjaciół naszych nabytej, ruszyłem ku krainie Norwegią zwanej, gdzie w mieście Bergenie liczę trop dalszy pochwycić.

W drodze zgodnie z rozkazem twym popatruję, czym krainy pludrackie bogate i co mogłoby nam za godziwy łup posłużyć. Tedy opisać spieszę kraj Smalandią zwany, któren przy szlaku moim leży. Kraina ta, bogata wielce lat temu kilkadziesiąt, dziś wydaje się bezludna. Jeno liczne ruiny spalonych wsi czynią wrażenie, jakby Tatarzy tu przeszli, co jednakowoż dla oddalenia od Krymu możliwym nie jest, tedy dumam, iż zniszczenia tutejsze innej wojny śladem. Starzec, któregom wczoraj na szlaku spotkał, po niemiecku nie mówił, ja jednakowoż, nieco szwedzką mową już władając, podpytałem. Opowiedział mi, iż chłopi miejscowi, nie chcąc herezji Lutra podlegać, za broń pochwycili i obrócili się przeciw królowi, po stronie uwięzionego władcy Chrystiana stając. Tedy ich w lat kilka do cna wygubiono, kobiet i dzieci nie oszczędzając, gdyż taki u pludraków obyczaj obrzydliwy, że im więcej o religii gardłują, tym mniej chrześcijańskie ich czyny. Wszakoż za bratobójstwa zbrodnię kara boska spadnie niechybnie, tedy problem ten mnie nie zajmuje. Tak więc daleko tu od morza, czajką dopłynąć niesporo, a i zrabować tu niczego, chociaż wedle słów dziadka zbójcy tu grasują, może zatem nie tak do końca kraj ten spustoszony...

Zamyślił się i odłożył pismo. Było już zupełnie ciemno. Koń zastukał kopytami i spojrzał na swego pana.

– Wiem, wiem – mruknął Maksym i wczołgał się do szałasu.

Pięciu oprychów bezszelestnie wychynęło z krzaków. Idący na przedzie uzbrojony był w zardzewiały miecz, pozostali dzierżyli włócznie. Wódz dał znak. Jednocześnie pchnęli włóczniami w poszycie szałasu i zawaliwszy konstrukcję, jęli dźgać z furią.

Kozak obserwujący zajście zza drzewa poczekał, aż się zasapią, i dopiero wtedy wyszedł na polankę.

– O, goście w dom, a ja tylko jeden mały garnek polewki naszykowałem – powiedział po szwedzku, gładkim ruchem dobywając szabli.

W świetle wschodzącego księżyca plamy krwi wydawały się zupełnie czarne. Koń parskał, widać woń posoki kręciła go w nosie. Maksym zanurzył pióro w najbliższej kałuży.

Wybaczcie, batko, zmianę koloru pisma, alem inkaustu zapragnął oszczędzić. Do meritum wracając, zbójcy tutejsi poważnej przeszkody uczynić nam nie powinni, uzbrojeni bowiem kiepsko, władać orężem nieprzyuczeni, a atakować próbują, gdy przewaga ich – przerwał i przeliczył trupy – *pięciokrotna.*

Koniec

tomu drugiego

fabryka słów®
WYDAWNICTWO

PRODUCENT
Fabryka Słów sp. z o.o.
ul. Poznańska 91
05-850 Ożarów Mazowiecki
biuro@fabrykaslow.com.pl

DANE DO KONTAKTU
Fabryka Słów sp. z o.o.
ul. Chmielna 28B/4
00-020 Warszawa
www.fabrykaslow.com.pl
biuro@fabrykaslow.com.pl

WYDAWCA
Robert Łakuta

DYREKTORKA WYDAWNICZA
Izabela Milanowska

MARKETING
Luiza Kwiatkowska
Urszula Słonecka

SPRZEDAŻ INTERNETOWA
swiatksiazki.pl
czytam.pl
KSIAZKI.PL

ZAMÓWIENIA HURTOWE
DRESSLER
Dressler Dublin sp. z o.o.
ul. Poznańska 91
05-850 Ożarów Mazowiecki
tel. (+ 48 22) 733 50 31/32
www.dressler.com.pl
dystrybucja@dressler.com.pl

DRUK I OPRAWA
CPi Moravia Books
www.cpi-moravia.com

REDAKTORKA PROWADZĄCA
Joanna Orłowska

REDAKCJA
Katarzyna Pilipiuk
Karolina Kacprzak

KOREKTA
Magdalena Byrska

ILUSTRACJE
Rafał Szłapa

ILUSTRACJA ORAZ PROJEKT OKŁADKI
Paweł Zaręba

Wydanie IV
ISBN 978-83-8375-136-8
Nr 1000664/D0